L. S. Hilton

Domina

PIPER

Zu diesem Buch

Seit sie ihre eigene erfolgreiche Kunstgalerie in Venedig eröffnet hat, kann Judith Rashleigh endlich aufatmen. Das Leben in Luxus und Glamour, für das sie über mehr als eine Leiche gegangen ist, genießt sie in vollen Zügen. Und an den verruchten Spielchen hinter den verschlossenen Türen der illustren Kreise findet Judith ganz besonderen Gefallen – wie an dem russischen Milliardär, der sie umschwärmt. Doch schon bald holt ihre Vergangenheit sie ein. Jemand weiß, was sie getan hat. Und wieder begibt sich Judith auf die Flucht. Ein Katz-und-Maus-Spiel durch die exquisiten und anrüchigen Hinterzimmer der High Society beginnt, von Venedig über St. Moritz bis nach Serbien. Nach und nach verliert Judith die Kontrolle über die Situation. Und begreift allmählich, dass sie es dieses Mal mit einem Gegner zu tun hat, der schneller, stärker und skrupelloser ist, als sie es sich je hätte vorstellen können.

L.S. Hilton wuchs in Nordengland auf, studierte Englische Literatur in Oxford und anschließend Kunstgeschichte in Paris und Florenz. Danach zog es sie nach Key West, New York, Paris und Mailand, wo sie als Journalistin, Kunstkritikerin und Rundfunksprecherin arbeitete. Vor Kurzem ist sie nach England zurückgekehrt. Sie lebt mit ihrer Tochter in London.

L. S. Hilton

DOMINA

Roman

Übersetzung aus dem Englischen
von Wibke Kuhn

PIPER

Mehr über unsere Autoren und Bücher:
www.piper.de

Von L. S. Hilton liegen im Piper Verlag vor:
Maestra
Domina
Ultima

FSC
www.fsc.org
MIX
Papier aus verantwortungsvollen Quellen
FSC® C083411

Ungekürzte Taschenbuchausgabe
ISBN 978-3-492-31292-9
April 2018

Titel der englischen Originalausgabe:
»Domina«, Zaffre, ein Imprint von Bonnier Publishing Fiction, London 2017

erschienen im Verlagsprogramm Paperback
Umschlaggestaltung: Favoritbüro, München nach einem Entwurf von Jet Purdie (Art Direction) und Gray318 & Blacksheep-uk.com (Design), über Bonnier Publishing Fiction Limited
Satz: Kösel Media GmbH, Krugzell
Gesetzt aus der Dante
Druck und Bindung: CPI books GmbH, Leck
Printed in the EU

Für die Herzogin – mit bestem Dank.

Prolog

Ich wollte es einfach nur hinter mich bringen, aber ich zwang mich, ganz langsam zu machen. Ich schloss die Fensterläden an allen drei Fenstern, machte eine Flasche Gavi auf, füllte zwei Gläser und zündete die Kerzen an. Vertraute, wiedererkennbare und tröstliche Rituale. Er stellte seine Tasche ab, zog langsam die Jacke aus und hängte sie über eine Stuhllehne, ohne mich aus den Augen zu lassen. Wortlos hob ich mein Glas und nahm einen Schluck. Seine Augen glitten über die Bilder, während ich das Schweigen zwischen uns so lange ausdehnte, bis er es unterbrach.

»Ist das ein …?«

»Ein Agnes Martin«, vollendete ich seinen Satz. »Genau.«

»Sehr schön.«

»Danke.« Ein amüsiertes Lächeln spielte auf meinen Lippen. Neuerliches Schweigen. Die wattige Stille des nächtlichen Venedig wurde nur von den Schritten unterbrochen, die unten den *campo* überquerten. Wir wandten beide den Kopf zum Fenster.

»Wohnst du schon lange hier?«

»Eine Weile«, erwiderte ich.

Die Keckheit, die er vorhin in der Bar an den Tag gelegt hatte, war verschwunden. Er wirkte verlegen und schrecklich, schmerzlich jung. Sah ganz so aus, als würde ich den ersten Schritt tun müssen. Wir standen zwei Schritte auseinander. Ich trat nach vorn und hielt dabei seinen Blick fest. Kapierte er, was ich ihm sagen wollte?

Lauf weg, bedeutete es. Lauf weg und schau nicht zurück.

Ich machte einen zweiten Schritt und streckte die Hand aus, um ihm über die stopplige Wange zu streicheln. Langsam, ohne meinen Blick von seinem Gesicht abzuwenden, beugte ich mich vor, berührte mit der Nase seine Wange und ließ meine Lippen seitlich über seine gleiten, bis seine Zunge endlich meine fand. Er schmeckte nicht so schlecht, wie ich erwartet hatte. Ich zog mich wieder zurück, um mir das Kleid über den Kopf zu streifen und es in einer einzigen Bewegung auf den Boden zu werfen, gefolgt von meinem BH. Dann strich ich meine Haare nach hinten und ließ die Handflächen langsam über meine Brustwarzen gleiten.

»Elisabeth«, murmelte er.

Die Badewanne stand am Ende des Bettes. Als ich die Hand ausstreckte und ihn um die Wanne herum zu meinem Frette-Bettzeug führte, spürte ich, wie eine erstickende Welle von Müdigkeit über mich hinwegging, ganz ohne das Gefühl, das mir einmal so vertraut gewesen war. Ich hatte keine Wut mehr in mir und auch keinen Funken Begehren. Ich ließ ihn machen, und als er fertig war, setzte ich mich mit einem Kichern in der Stimme auf und ließ meine Augen funkeln. Ich durfte nicht zulassen, dass er mir eindöste. Ich ließ mich auf die feuchten Laken fallen und ließ das schlaffe Kondom mit dem jämmerlich kleinen Lebendgewicht auf den Boden fallen und streckte die Hand nach dem Heißwasserhahn aus.

»Ich hab Lust auf ein Bad. Ein Bad und einen Joint. Und du?«

»Klar. Immer doch.« Nach dem Vögeln hatte er prompt seine Manieren abgelegt. »Wollen wir jetzt die Fotos machen?« Vorhin im Café hatte ich ihn davon abbringen können, Fotos von mir zu schießen. Jetzt fummelte er in seiner achtlos auf den

Boden geworfenen Jeans schon wieder nach seinem Scheißhandy. Ein Wunder, dass er seinen Höhepunkt nicht bereits auf Instagram eingestellt hatte. Für den kurzen Augenblick, den er auf mir lag und mich stieß, hatte ich ganz vergessen, was für ein Riesentrottel er war. Auf einmal fühlte sich alles so viel leichter an.

»Das können wir machen, mein Lieber. Warte mal eben.« Ich trabte nackt ins Ankleidezimmer und wühlte in einer Schublade nach einem Heftchen Zigarettenpapier. Dabei zog ich vorsichtshalber den Stecker meines WiFi-Scramblers. Für ihn würde es keine Updates in Echtzeit mehr geben. Ich ließ ein bisschen kaltes Wasser zulaufen, gab einen Schuss Mandelöl in die Wanne und öffnete den schweren antiken Wäscheschrank, um ein paar Handtücher herauszunehmen.

»Spring doch schon mal rein«, sagte ich über die Schulter, während ich den Tabak aus einer Zigarette herausbröselte. Er ließ sich ins Wasser gleiten.

»Ich hol nur schnell ein Feuerzeug«, murmelte ich. »Hier.«

Ich steckte ihm den Joint zwischen die Lippen, doch noch während er inhalierte, legte ich ihm meinen Hermès-Schal, den ich vor unserem Treffen an den Griff meiner Handtasche geknotet hatte, um den Hals und zog fest zu. Er verschluckte sich sofort am Rauch und drosch mit den Händen aufs Wasser ein. Ich stemmte meine Füße gegen die Badewanne, lehnte mich zurück und zog noch fester zu. Er zappelte mit den Beinen, fand aber keinen Halt am öligen Porzellan. Ich schloss die Augen und begann zu zählen. Seine Rechte, die absurderweise immer noch den Joint hielt, versuchte vergeblich, mich am Handgelenk zu packen, aber er erwischte den richtigen Winkel nicht, und seine Finger streiften mich nur kurz.

Fünfundzwanzig … sechsundzwanzig … Während wir miteinander rangen, spürte ich nur das anaerobe Prickeln in meinen Muskeln, nur meine eigenen geräuschvollen Atemzüge in den Nasenlöchern, während er wild im Wasser strampelte. Neunundzwanzig, keine große Sache, dreißig, keine große Sache. Ich spürte, wie er nachließ, aber es gelang ihm doch noch, einen Finger und dann eine ganze Faust zwischen den Schal und seinen Adamsapfel zu zwängen, und er schleuderte mich mit aller Macht nach vorne. Dabei rutschte er allerdings selbst unter die Wasseroberfläche. Ich drehte mich um hundertachtzig Grad, landete in der Wanne und legte ihm das linke Knie auf die Brust, um ihn mit meinem ganzen Gewicht nach unten zu drücken.

In meinem Auge und im dampfenden Wasser war Blut, doch ich konnte noch Blasen aufsteigen sehen, während er sich weiter wehrte. Ich ließ den Schal los und griff blindlings nach unten, zu seinem Gesicht und seinem Hals. Er schob die Kiefer vor und versuchte, nach meiner Hand zu schnappen. Dann hörten die Blasen auf. Langsam kam ich wieder zu Atem, und meine verzerrten Züge entspannten sich. Ich konnte sein Gesicht durch das milchige Hellrosa des Badewassers nicht sehen. Vorsichtig bewegte ich mein Becken vorwärts, da schlug mir das Wasser auf einmal in einer Riesenwelle entgegen, als er sich unter mir aufrichtete. Ich ließ mich rittlings auf ihn fallen, während er verzweifelt den Kopf zu heben versuchte. Es gelang mir, ihn mit dem Ellbogen wieder hinunterzudrücken, dann rutschte ich so weit hoch, bis ich jeweils ein Bein auf seinen Schultern hatte. So blieben wir eine ganze Weile, bis eine Träne aus Blut von meinem Gesicht in die Wanne fiel.

Vielleicht war es die Klarheit dieses einen winzigen Geräuschs. Vielleicht war es die Wolke von Mandelöl im kreiselnd aufsteigenden Dampf oder die abkühlenden Hautschüppchen auf der Wasseroberfläche. Jener kalte Nachmittag damals, jene endlose Stille, jenes erste tote Ding unter meinen Händen. Die Verwerfungslinie in meinem Inneren öffnete sich zu einem klaffenden Abgrund, und mit einer Kraft, die den Atem aus mir presste, wurde ich dorthin zurückkatapultiert. Auf einmal war die Zeit wie komprimiert, die Vergangenheit verdichtete sich und kam zu mir.

Es war so lange her, dass ich sie verlassen hatte. Sie war nie ein Teil meines Lebens gewesen, hatte ich mir selbst eingeredet, aber jetzt sah ich sie gerade wie zum ersten Mal. Benommen griff ich wieder ins tiefe Wasser, doch ich fand nur das Fleisch eines Fremden. Diese Sache hier war notwendig gewesen, obwohl ich mich gerade nicht mehr an den Grund erinnern konnte. Seine Hand stieg zur Wasseroberfläche empor, und ich klopfte ihm auf die Finger, in einer wässrigen kleinen Melodie. Es mochten ein paar Minuten vergangen sein, in denen ich die leisen Wellen auf dem Wasser beobachtete, vielleicht aber auch eine Stunde. Bis ich wieder zu mir kam, war das Badewasser kalt.

Als ich ihn irgendwann hochzog, waren seine Augen offen. Das Letzte, was er von dieser Erde gesehen hatte, war meine offene Möse gewesen.

Seine glitschige Haut war rosarot und aufgequollen, seine Lippen waren bereits grau. Sein Kopf fiel nach hinten, im Kerzenlicht zeigte seine Kehle keinerlei Spuren. Ich hielt mich am Wannenrand fest und kletterte mit zitternden Beinen hinaus. Als ich ihn losließ, rutschte er wieder unter Wasser, und ich musste unter seinem hin und her wabernden Haarschopf nach dem Badewannenstöpsel tasten. Während das Wasser ablief, schmiegte ich mich in ein Handtuch. Als seine Brust auftauchte, legte ich ihm eine Hand aufs Herz. Nichts. Ich richtete mich auf und streckte mich. Der Boden war pitschnass, der Badewannenrand von Blut und Tabakkrümeln verunreinigt. Mit etwas heißem Wasser säuberte ich ihn.

Ich musste ihn von der Seite in den Arm nehmen, um ihn über den Wannenrand hieven zu können. Er war ganz schlaff. Als ich ihn auf den Boden gelegt hatte, bedeckte ich ihn mit dem anderen Handtuch und setzte mich im Schneidersitz neben ihn, bis er ganz kalt war.

Dann zog ich das Handtuch von seinem Gesicht, beugte mich vor und flüsterte ihm ins Ohr:

»Ich heiße nicht Elisabeth. Ich heiße Judith.«

1. REFLEXION

1. Kapitel

Acht Wochen zuvor …

Während ich mich anzog, hörte ich Cole Porters *Miss Otis Regrets*, in der Version von Ella Fitzpatrick. Sie brachte mich immer zum Lächeln. Ich hatte das Schlafzimmer meiner Wohnung am Campo Santa Margherita in ein Ankleidezimmer umgewandelt und Molteni-Schränke mit Glastüren hineingestellt, sodass meine Schuhe, Taschen, Schals und Kleider und Jacken immer alle schön sichtbar waren. Auch das brachte mich zum Lächeln. Die Wohnung lag im Hochparterre, und von den Fenstern blickte man auf den Platz mit seinem alten Fischmarkt und dem Pflaster aus weißen Steinen.

Im Wohnzimmer hatte ich eine Wand herausbrechen lassen, um einen einzigen großen Raum zu schaffen. Am Fuß meines Bettes stand auf einem dicken grünen Marmorsockel die Badewanne, vor einem der drei Bogenfenster. Mein Badezimmer, das mit antiken persischen Kacheln gefliest war, hatte ich hinter dem Ankleidezimmer an die Stelle bauen lassen, wo sich vorher ein Treppenhaus befunden hatte. Das war eine der vielen Freuden der Wohnung von Elisabeth Teerlinc. Der Architekt hatte so einiges in seinen Bart geknurrt, von wegen Stützbalken und Genehmigungen, aber in den neun Monaten, die ich inzwischen in Venedig war, hatte ich festgestellt, dass man mit sündiger Währung so einiges möglich machen konnte. Die

Bilder, die ich in Paris erworben hatte – den Fontana, das Gemälde *Susanna und die beiden Alten* sowie die Cocteau-Zeichnung –, hatte ich aufgehängt und noch ein modernes Stück, ein kleines Werk ohne Titel von Agnes Martin in Weiß mit wolkengrauen Linien, das ich über Paddle8, das Online-Auktionshaus in New York, gekauft hatte. Meine anderen französischen Werke hatten mich ebenfalls hierherbegleitet, mit Ausnahme der kopflosen Leiche von Renaud Cleret, die sich in einer zugenagelten Kiste in einem Lagerraum für Kunstwerke in der Nähe des Château de Vincennes befand. Mal ganz abgesehen davon, was der Architekt dachte – ich machte mir ab und zu tatsächlich Sorgen um Lecks.

Die handgeschriebene Einladung zu meiner ersten Ausstellung steckte an einer Ecke meines Spiegels. *Elisabeth Teerlinc hat die Ehre, Sie in die Gentileschi Gallery zu bitten* ... Ich überflog die Worte noch einmal, während ich mir die Haare hochsteckte. Ich hatte es geschafft. Ich war jetzt Elisabeth. Judith Rashleigh war für mich nicht einmal mehr ein Phantom, kaum mehr als ein Name auf dem unbenutzten Pass, der in meiner Schreibtischschublade lag.

Ich ließ die Hand über die ordentlich aufgehängten Kleider gleiten, genoss die Glätte von Jersey und das geschmeidige Gewicht guter Seide. Für die Ausstellungseröffnung hatte ich mir ein tailliertes tiefschwarzes Kleid von Figue aus Shantungseide ausgesucht. Am Rücken wurde es mit winzigen türkis-goldenen Knöpfen geschlossen und war im Stil eines traditionellen chinesischen Kleides gehalten. Die Farbe des Stoffes glühte, als ich ihn zwischen den Fingern drehte. Ich setzte auf den strengen Look der traditionellen Galeristin, aber irgendwo tief in meinem Innersten steckte ein kleines Einhorn, das ungeduldig die Mähne schüttelte. Ich schenkte meinem Spiegelbild ein leises Lächeln. Liverpool war weit, weit weg.

Einer der kurzlebigen Jobs meiner Mutter war eine Putzstelle in der Nähe von Sefton Park, in dieser selbstbewussten viktorianischen Enklave aus Bäumen und Glashäusern in Zentrumsnähe, drei Busse von unserer Wohnsiedlung entfernt. Eines Tages, als ich ungefähr zehn Jahre alt war, stellte ich bei Schulschluss fest, dass ich meinen Hausschlüssel vergessen hatte, und ich beschloss, meine Mutter an ihrer Arbeitsstelle aufzusuchen.

Die Häuser waren riesig, bestanden aus unzähligen roten Ziegeln und Erkerfenstern. Ich drückte mehrmals auf die Klingel, aber niemand machte auf, deswegen probierte ich es an der Klinke, und tatsächlich war die Tür nicht abgeschlossen. Im Flur roch es nach Möbelpolitur und ganz leicht nach Blumen, die Bodendielen waren nackt bis auf ein helles Teppichviereck, und der Raum zwischen den Türen und dem ausladenden, geschwungenen Treppenhaus war mit Regalen voll dicker, schwerer Bücher gefüllt. Es war so still. Sobald ich die Tür leise hinter mir zugemacht hatte, hörte ich kein Summen von Fernsehern, kein Stakkatogeschrei von streitenden Paaren oder spielenden Kindern, keine laufenden Motoren oder raufende Haustiere. Nur … Stille. Ich hätte gern die Hand ausgestreckt und die Buchrücken berührt, doch ich wagte es nicht. Noch einmal rief ich nach meiner Mutter, und sie erschien in dem Trainingsanzug, den sie immer anzog, wenn sie putzen ging.

»Judith! Was machst du denn hier? Ist alles in Ordnung?«

»Ja. Ich hab bloß meinen Schlüssel vergessen.«

»Du hast mich zu Tode erschreckt! Ich dachte, es wäre ein Einbrecher.« Sie rieb sich müde übers Gesicht. »Du musst etwas warten. Ich bin noch nicht fertig.«

Am Fuß der Treppe stand ein breiter Stuhl und daneben eine große Lampe. Ich knipste die Lampe an, und der Raum verdichtete sich, schimmerte um mich herum, ganz still und privat. Ich schüttelte meinen Rucksack von den Schultern und stellte ihn ordentlich unter den Stuhl, dann ging ich wieder an die Regale. Ich glaube, ich suchte das Buch aus, weil mir die Farbe des Rückens gefiel, ein knalliges Rosa, von dem sich der Titel in Goldbuchstaben abhob. *Vogue, Paris, 40 ans,* stand dort. Es war ein Modebuch mit Abbildungen von Frauen, die außergewöhnliche Kleider und Schmuck trugen und deren Gesichter perfekte Make-up-Masken waren. Langsam blätterte ich um, ganz gebannt von den prächtigen, erlesenen Farben. Ein Bild zeigte eine Frau in einem hellblauen Ballkleid mit riesigem Rockteil, die durch den Straßenverkehr rannte, als würde sie ihrem Bus hinterherlaufen. Hingerissen blätterte ich weiter und schaute, blätterte weiter und schaute.

Mir war gar nicht bewusst, wie viel Zeit vergangen war, bis ich auf einmal merkte, dass ich schrecklichen Hunger hatte. Ich rappelte mich hoch und legte das Buch behutsam auf die Sitzfläche des Stuhls, als jäh die Tür aufflog. Ich fuhr zusammen und stand leicht geduckt und mit schuldbewusster Miene da.

»Was machst du hier?« Die scharfe Stimme einer Frau, mit einem Unterton von Angst.

»Entschuldigung. Es tut mir leid. Ich bin Judith. Ich hab meinen Hausschlüssel vergessen. Ich warte hier auf meine Mum.« Ich deutete mit einer vagen Geste zur Tür, die meine Mutter vor gefühlten Stunden geschluckt hatte.

»Ah. Verstehe. Ist sie noch nicht fertig?«

Sie bedeutete mir, ihr durch einen Gang in den rückwärtigen Teil des Hauses zu folgen, der sich zu einer großen, gemütlichen Küche öffnete.

»Hallo?«

Hinter dem Tisch stand ein Sofa, dessen bunte Kissen auf dem Boden lagen und meiner Mum Platz gemacht hatten.

»Hallo?«

Ich glaube, ich hatte die Weinflasche auf dem Boden noch vor ihr entdeckt, doch der resignierte Ton, den die Dame des Hauses angeschlagen hatte, verriet mir, dass dies nicht das erste

Mal war. Meine Mutter musste den Wein aus dem Kühlschrank stibitzt haben.

»Hab mich nur mal kurz hingelegt.«

Ich erglühte in kalter Scham. Die Dame ging zum Sofa und half meiner Mutter, sich aufzusetzen, energisch, aber nicht unfreundlich.

»Wir haben schon mal darüber gesprochen, oder? Es tut mir leid, aber ich denke, Sie waren heute zum letzten Mal hier, meinen Sie nicht auch? Ihre Tochter ist hier.« Ihrem Tonfall war anzumerken, dass ich ihr leidtat.

»Entschuldigung, ich hab mich nur …« Mum zupfte an ihrem Trainingsanzug und versuchte, sich zu rechtfertigen.

»Schon gut.« Jetzt schon etwas strenger. »Aber Sie sollten jetzt besser gehen. Bitte holen Sie Ihre Tasche, und ich bringe Ihnen Ihr Geld.« Sie war überhaupt nicht gemein, das war es ja gerade. Ihr war das, was sie da tat, sichtlich unangenehm, und ihr kontrollierter, professioneller Ton sollte ihr Unbehagen kaschieren und uns auf die Straße hinausschieben, wo wir unsere Garstigkeiten untereinander ausmachen konnten.

Ich ging zurück und stellte mich mit der Schultasche neben die Tür. Ich wollte gar nicht mehr zuhören. Als die Dame meiner Mutter zwei Zwanzig-Pfund-Scheine gab, muss sie gesehen haben, dass meine Augen wieder zu dem Buch wanderten.

»Möchtest du das vielleicht mitnehmen? Als kleines Geschenk?« Sie drückte es mir in die Hand, ohne mich anzuschauen. Sie gab es mir, als wäre es nichts.

»Blöde Kuh«, murmelte meine Mutter, während sie mich zur Bushaltestelle schleifte.

Als wir irgendwann zu Hause waren, gab sie mir ihren Schlüssel und stieg vor mir aus, an der Haltestelle neben der Kneipe. Ich dachte mit Nervosität an die vierzig Pfund. Von denen würden wir so schnell nichts mehr sehen. Ich machte mir Bohnen auf Toast und zog dann das Buch aus der Tasche.

Innen stand der Preis – sechzig Pfund. Sechzig Pfund für ein Buch. Und die Dame hatte es einfach so verschenkt. Ich verstaute das Buch sorgfältig unter meinem Bett, und im Laufe der nächsten Zeit schaute ich es mir so oft an, dass ich die Namen der Fotografen und Modedesigner bald auswendig kannte. Der Haken war nicht der, dass ich die Kleider unbedingt hätte haben wollen. Ich dachte mir nur, wenn man zu den Leuten gehörte, die solche Kleider hatten, würde man sich anders fühlen. Wenn man solche Sachen besaß, konnte man sich aussuchen, wer man sein wollte, jeden Tag aufs Neue. Man konnte sein Inneres durch sein Äußeres bestimmen.

Ich rieb meine High Heels kurz mit dem Schuhbeutel ab, bevor ich hineinschlüpfte. Vielleicht hatte Elisabeth Teerlinc nur eines mit Judith Rashleigh gemeinsam: Sie beschäftigte kein Hausmädchen. Elisabeth zu werden, hatte letztlich viel mehr gekostet als nur eine teure Garderobe. Eine Rüstung kann einen nur dann schützen, wenn sie unsichtbar ist, und das hatte am meisten Mühe gekostet. Ich musste nicht nur lernen und Prüfungen bestehen, sondern mir diese Überzeugung bewahren, dass ich gewinnen konnte. Es galt, aus dieser jämmerlichen Wohnsiedlung zu entkommen, in der ich groß geworden war. Ich durfte mir auf keinen Fall gestatten, mich in das elende Leben meiner Mutter hineinziehen zu lassen.

Dafür musste ich viel Spott ertragen, Schimpfwörter wie »Schlampe« und »Zicke«, die man mir auf den Schulfluren zuzischte, nur weil ich mehr wollte. Ich hatte mir selbst beigebracht, die Mädchen in der Schule zu hassen und sie dann zu ignorieren, denn was würden sie in ein paar Jahren schon sein? Schwabbelige Mütter in der Schlange an der Bushaltestelle, weiter nichts. Am schwierigsten war es jedoch, auch die letzte Spur des überwältigten Proletenmädels zu tilgen, als das ich mich fühlte, nachdem ich schließlich einen Platz an der Uni ergattert hatte. So was sehen die Leute nämlich. Sie sehen nicht nur das traurige Kind, das unter der Bettdecke über seinem kostbaren Modebuch und seiner kleinen Sammlung von Kunstpostkarten geträumt hat, sondern das ehrgeizige, aber klägliche Herz, das in ihm schlägt. Sobald ich den Zug südlich der Lime Street bestiegen hatte, sollte niemand dieses kleine Mädchen jemals wiedersehen. Langsam, aber sicher hatte ich meinen Akzent ausgerottet, mein Benehmen geändert, meine Sprachen gelernt, meine Verteidigungsstrategien geformt und verfeinert wie ein Bildhauer seinen Marmor.

Aber auch das war nur der Anfang der Anforderungen, die Elisabeths Existenz an mich stellte. Eine Weile, als ich einen Job in einem renommierten Auktionshaus hatte, hatte ich mich in dem Glauben gewiegt, ich hätte es schon geschafft, aber ich hatte weder Geld noch Verbindungen, und das hieß, dass ich niemals mehr werden würde als der Wasserträger der Abteilung. Also nahm ich nachts einen Hostessenjob in einer Bar an, dem Gstaad Club, denn bestimmt würden ein schöneres Kostüm und ein besserer Haarschnitt etwas verändern. Von diesem rührenden Irrglauben wurde ich kuriert, als ich entdeckte, dass Rupert, mein Chef, in einen Fall von Kunstfälscherei verwickelt war. Er hatte keine fünf Minuten gebraucht, um mir die Tür zu weisen.

Da hatte mir einer der Gäste meines Clubs, James, ein Wochenende an der Riviera angeboten, und ab diesem Moment waren die Dinge vorübergehend ein wenig… unsauber gelaufen. Wenn auch unterm Strich sehr profitabel, denn ich hatte die Fälschung, derentwegen ich meinen Job verloren hatte, ausfindig gemacht und verkauft und mich mit diesem Geld als Kunsthändlerin in Paris niedergelassen. Zugegeben, es hatte da den einen oder anderen Todesfall gegeben. James hatte es nicht zurück nach London geschafft, obwohl das nicht ganz meine Schuld gewesen war. Dasselbe galt für den Händler

Cameron Fitzpatrick, dem ich die Fälschung gestohlen hatte, meine alte Schulkameradin Leanne, den Undercover-Ermittler Renaud Cleret und Julien, den Besitzer eines Pariser Sexclubs. Es war aus praktischen Gründen erforderlich gewesen, als Elisabeth Teerlinc nach Venedig zu gehen. Nicht zuletzt, weil ich die Aufmerksamkeit eines gewissen Polizisten namens Romero da Silva vermeiden wollte.

Es war ganz schön mühsam gewesen, das alles zu vertuschen. Doch Elisabeths Fassade war inzwischen wirklich gut, ihre glänzende Oberfläche reflektierte nur das, was die Menschen in ihr sehen wollten. Es stimmt schon, was die Leute sagen – am Ende kommt es immer auf die inneren Werte an.

2. Kapitel

»Miss Teerlinc? Elisabeth Teerlinc?«

»Das bin ich, ja.«

»Ich bin Tage Stahl. Ich hoffe, es macht Ihnen nichts aus, wenn ich einfach hier hereinplatze, aber ich bin einfach so fasziniert von diesen Stücken.«

»Das freut mich zu hören.«

»Haben Sie diese Galerie schon lang?«

»Nein, erst seit dem Frühjahr.«

»Also, wirklich ganz wunderbar.«

»Danke. Dann wünsche ich Ihnen viel Freude in der Ausstellung.«

Der Kunde tauchte in das ein, was sich wie eine Menschenmenge anfühlte, obwohl in die Gentileschi Gallery nur ungefähr dreißig Leute passten. Mein Laden mochte nur fünfzehn Schritte lang sein, aber davon gehörte jeder Schritt mir. Die Galerie befand sich im Erdgeschoss des ehemaligen Marinegebäudes am untersten Ende der Insel, in der Nähe der Vaporetto-Haltestelle San Basilio: schlichte funktionale Architektur aus dem neunzehnten Jahrhundert, die mit dem fantastischen Ausblick auf den Osten von Giudecca kontrastierte. Die Schönheit Venedigs ist ein ausgelutschtes Thema – man kann dazu nichts sagen, was jemand anders nicht schon viel besser gesagt hätte –, aber ich mochte meine Galerie deswegen noch lieber, wegen seiner Geste zu den Ursprüngen dieser Stadt, deren Zauber auf Schiffen und Schweiß und Gewürzen aufbaute.

Meine erste italienische Show war eine Gruppenausstellung serbischer Künstler, des Xaoc-Kollektivs, das in einem besetzten Haus in Belgrad arbeitete. Die Stücke – bestickte Collagen und Leinwände mit willkürlich zusammengestellten Fundstücken – waren volksnah und bewusst unpolitisch, anspruchslos und angenehm fürs Auge, genauso wie der Preis. Und sie verkauften sich wirklich gut. Ich hatte beschlossen, mit einer bescheidenen Eröffnung im August anzufangen. Elisabeth Teerlinc war es zwar schon gelungen, viele von den Leuten kennenzulernen, die sie kennen musste, wenn im Frühjahr die Biennale-Karawane durch Venedig zog, aber sie war noch weit davon entfernt, eine etablierte Galeristin zu sein. Die relativ ruhigen Monate rund ums Filmfestival, wenn die Stadt vor allem den Touristen und der schwindenden Zahl der Venezianer gehört, die sie bedienen, war die perfekte Zeit gewesen, um meine Kontakte und meine neue Identität zu pflegen und mich auf die nächste Biennale vorzubereiten.

Ich hatte Wochen damit verbracht, die Einladungen zur Ausstellung zu schreiben. Ich hatte eine kurze Pressemitteilung abgefasst, hatte ein ganz besonderes graues Leinenpapier für meinen Katalog ausgesucht und mit einer Malerfirma verhandelt, die mir die Wände der Galerie weiß strich. (Die Käufer zeitgenössischer Kunst erwarten weiße Wände, genauso wie sie erwarten, dass die Werke provokativ, zweideutig oder subversiv sind.) All das unterschied sich nicht wesentlich von den unproduktiven Beschäftigungen, die ich damals im Auktionshaus in London erledigt hatte, und doch hätte der Unterschied kaum größer sein können. Denn nun hatte ich einen richtigen Schreibtisch mit einem Designersessel vom Modell T13 Poltrona, nach dem Vorbild des Albini-Sessels von 1953, der zumindest die italienischen Besucher sehr beeindruckte. Und ich konnte mich tatsächlich daraufsetzen, ohne dass mich jemand der Faulheit bezichtigte. Einen Assistenten hatte ich noch nicht – ich hatte ein paar Studenten von der Uni angeheuert, die Prosecco servierten und den Gästen die Garderobe abnahmen –, aber sie sprachen mich als »Signora Teerlinc« an und nicht mit »Äh …«.

Einen Moment wünschte ich mir, ich könnte hinter mich greifen und die Spinnennetze zerreißen und meinem jungen Ich diese Zukunft zeigen. Diese Gäste und diese Gläser waren echt, ebenso wie die handgeschriebenen Schildchen, die die Studenten an den Kunstobjekten befestigten, sobald sie verkauft waren. Wenn ich so dastand, selbstsicher, glänzend, selbstbewusst, hatte sogar ich das Gefühl, dass Elisabeth Teerlinc real war. Mein Erfolg mochte noch relativ bescheiden sein, aber ich fühlte mich nicht gedemütigt. Ich war entzückt.

Auf der anderen Seite des Raums blätterte der skandinavisch aussehende Typ, Stahl, langsam meinen sorgfältig verfassten Katalog durch. Ich sah, wie er einem der Studenten ein Zeichen gab und nach seiner Brieftasche griff. Er kaufte etwas. Ich wollte schon zu ihm hinübergehen, doch da legte mir jemand die Hand auf den Arm, und ich drehte mich um. Ein älterer Mann, trotz der Wärme ganz seriös im korrekten Tweedjackett. Ich ging davon aus, dass es sich um einen verirrten Touristen handelte oder um einen Professor von der Universität Ca' Foscari, doch der Akzent seiner wenigen englischen Worte klang russisch, also versuchte ich es nervös mit einem russischen »guten Abend«.

»Sie sprechen Russisch?«

»Leider nicht viel.« Ich wechselte zurück ins Englische. »Kann ich Ihnen helfen?«

»Sie sind Elisabeth Teerlinc?«

»Genau.«

Er reichte mir eine Visitenkarte, ganz förmlich, mit einer

kleinen Verbeugung. Darauf standen sein Name, Dr. Ivan Kazbich, und die Adresse einer Galerie in Belgrad, Serbien. Er musste also von Xaoc gehört haben.

»Gut. Ich bin gekommen, um im Auftrag meines Arbeitgebers mit Ihnen zu sprechen. Hätten Sie wohl einen Augenblick Zeit für mich?«

»Oh. Ja, natürlich«, antwortete ich fasziniert.

»Es wäre mir lieber, wenn wir unter vier Augen sprechen könnten.«

Ich warf einen Blick auf meine Armbanduhr. Sieben Uhr fünfundzwanzig. »Selbstverständlich. Aber wenn Sie vielleicht noch ein wenig warten könnten? Die Ausstellungseröffnung wird nicht mehr lange dauern.«

Er schaute an die Wände. Offenbar hatte Stahl die letzten drei Werke gekauft, denn auf jedem prangte jetzt ein »Verkauft«-Schildchen mit roter Schrift.

»Sie müssen sehr zufrieden sein.«

»Danke, ja. Wenn Sie mich einen Augenblick entschuldigen würden?«

Ich ging zu Stahl, der sich noch in der Galerie herumdrückte, während sich die übrigen Gäste an der Tür voneinander verabschiedeten oder zum Abendessen verabredeten. Er fragte, ob ich nicht mit ihm in Harry's Bar gehen wollte. Das hätte mir im Grunde schon damals alles über ihn sagen sollen. Wenn Venedig das größte Meisterstück ist, das unsere Art jemals hervorgebracht hat, warum sollte jemand dann im einzigen Lokal ohne Ausblick essen wollen, wo man außer der freudlos-grotesken Kundschaft nichts anzuschauen hat? Ich biss mir auf die Zunge, erklärte, dass ich schon eine Verabredung hatte, und begleitete ihn höflich, aber entschieden auf den Kai hinaus, wo der Himmel sich gerade von verhangenem Saphirblau zu Honigtau verfärbte. Ich bedankte mich bei meinen Helfern, die die Kataloge wieder aufgestapelt und die Flaschen und Gläser weggeräumt hatten, bezahlte sie bar und machte die Tür hinter ihnen zu, bevor ich mich wieder Dr. Kazbich zuwandte.

»Entschuldigen Sie, dass ich Sie habe warten lassen.«

»Oh wirklich, gar kein Problem.«

Kazbich erklärte, dass er für einen Sammler arbeitete, der seine Stücke gerne schätzen lassen würde. Die Sammlung befand sich in Frankreich. Ob ich wohl solche Arbeiten übernehmen würde? Tatsächlich hatte ich so etwas schon länger nicht mehr gemacht, aber ich hatte damals im Auktionshaus durchaus Stücke geschätzt, manchmal mit überraschenden Ergebnissen. Es sei eine ... bedeutende Sammlung, fuhr er fort. Ich wusste natürlich sofort, was das hieß, und erkundigte mich, ob sein Auftraggeber nicht in Betracht gezogen hätte, einen der Experten der IFAR in Anspruch zu nehmen, der International Foundation for Art Research. Die Provenienz der Stücke stehe gar nicht infrage, entgegnete er mit der Andeutung eines Lächelns, die signalisierte, dass wir beide wussten, dass der andere wusste, wovon wir hier redeten. Es handle sich um eine rein private Schätzung. Also eine zwielichtige Sache, aber auch das war uns beiden klar. Das war die Art von Angebot, die kein anständiges Mädchen annehmen sollte, zumindest nicht, bevor sie nicht weiß, wie hoch das Honorar ist. Wie auf ein Stichwort erklärte Kazbich, dass sein mysteriöser Auftraggeber ein vorläufiges Beratungshonorar von zwanzigtausend Euro zuzüglich Spesen bot, dem eine Zahlung von hunderttausend bei Abgabe meines Berichts folgen würde. Ich würde mir die Sammlung vor Ort ansehen, und dann hätte ich zwei Wochen, um meine Schätzarbeit abzuschließen.

»Das würde mich sehr interessieren«, antwortete ich sofort, denn ich glaubte nicht, dass jemand, der solche Summen bot, sich von Zeitverschwendung durch Ziererei beeindrucken lassen würde. Was der Kunde mit der Schätzung anfangen wollte, ging mich überhaupt nichts an.

Dr. Kazbich reichte mir einen dicken cremeweißen Umschlag und schaute mich erwartungsvoll an, während ich das Kuvert öffnete. Darin steckte nicht nur ein Scheck über die erste Summe, der auf den Namen von Elisabeth Teerlinc ausgestellt war, von einer Bank auf Zypern, sondern auch ein Zettel, auf dem nur ein Name stand. Pavel Yermolov.

Einen Augenblick starrte ich wie belämmert auf den Namen. Ich bin sonst nicht so leicht sprachlos. Aber nun sollte ich mir tatsächlich Pavel Yermolovs Bilder ansehen. Oder besser gesagt, Pavel Yermolov hielt mich für gut genug, seine Bilder zu begutachten. Ich glaube, Kazbich wusste, dass ich ihm jederzeit mit Freuden den Scheck zurückgegeben und selbst einen ausgeschrieben hätte, um mir die Chance zu sichern, die sich mir hier bot.

Yermolovs Sammlung war ein Geheimnis, Gegenstand von Legenden, aber auch gierigen Gerüchten. Als Oligarch der zweiten Generation hatte er den Ruf eines äußerst seriösen Käufers, aber er erschien nie selbst in den Showrooms, sondern zog es vor, durch eine Reihe von austauschbaren und anonymen Mittelsmännern zu kaufen. Man hatte ihn in den letzten fünf Jahren mit erfolgreichen Geboten auf einen Matisse, einen Picasso und – nicht ganz so vorhersehbar – einen Jacopo Pontormo in Verbindung bringen können, ein Pollock war jedoch definitiv im Namen eines seiner Firmentrusts gekauft worden. Und dann waren da noch die Jameson-Botticellis. Sie waren nach dem amerikanischen Raubritter benannt, der sie im neunzehnten Jahrhundert unter dubiosen Umständen aus Italien in die Staaten gebracht hatte. Der Ort, an dem sich diese Gemälde befanden, war unbekannt, und die Gerüchte wuchsen sich schon bald zu Verschwörungstheorien aus.

Ein Gemäldepaar in ovalen Rahmen, eine *Verkündigung* und eine *Madonna mit dem Kinde*, hatte die Öffentlichkeit seit hundertfünfzig Jahren nicht mehr zu Gesicht bekommen. Ein paar

Experten bezweifelten ihre Existenz und behaupteten, sie seien bei einem Brand des Jameson'schen Anwesens zerstört worden, jedoch mit betrügerischer Absicht neu versichert, um das schwindende Familienvermögen zu vergrößern. Andere hingegen berichteten, die Bilder seien in Qatar oder Korea gesehen worden. Vor einem Jahrzehnt in Zürich war Yermolovs Name auf jeden Fall im Zusammenhang mit diesen Bildern gefallen, doch niemand wusste mit Sicherheit, ob er sie besaß.

»Meine Antwort lautet Ja. Bitte richten Sie Mr…«

Er unterbrach mich, indem er sich theatralisch einen Finger an die Lippen hielt. »Mein Arbeitgeber erwartet von Ihnen die absolute Diskretion.«

»Selbstverständlich. Entschuldigen Sie bitte.«

»Kein Problem, Miss Teerlinc. Sie haben ja meine Visitenkarte. Sobald Sie reisen können, nehmen Sie bitte Kontakt mit mir auf, und ich werde die erforderlichen Arrangements treffen.«

Er trug zwar keinen Hut, aber als sich die Tür der Galerie hinter ihm schloss, war ich mir sicher, dass er sich grüßend an die imaginäre Kopfbedeckung getippt hatte.

Wenig später, als ich in meiner Wohnung am Campo Santa Margherita in der Wanne lag und es mir mit einem Glas Soave gut gehen ließ, umklammerte ich die Visitenkarte wie einen Talisman. In den frühen Abendstunden lag ich gerne dort und lauschte den Kindern, die unten auf dem Platz spielten. Die Mädchen schwangen eine Wäscheleine und sprangen Seil, die Jungs spielten mit ihren Fußbällen und Skateboards, während die Markthändler ihre Kisten mit Tintenfisch und Moleche zusammenpackten und die Cafés sich mit Touristen und Studenten füllten. Es fühlte sich an, als wären es… meine Nachbarn.

Ich versuchte, mir die Stücke von Yermolovs Sammlung vorzustellen. Das Einzige, was mir von meinem Job im Auktionshaus in London wirklich fehlte, waren die Bilder selbst. Bis jetzt hatte ich zwar vermieden, mit Werken zu handeln, die ich nur voller Verachtung betrachtete, aber ich konnte mir auch nicht vormachen, dass die Stücke, die Gentileschi gerade verkauft hatte, mehr gewesen wären als vordergründig beeindruckender Mist. Ich vermisste nicht nur diesen anfänglichen Schock, in den einen die Schönheit wahrer Meisterwerke versetzte, sondern auch das Privileg an sich, mit diesen Gemälden Zeit verbringen zu dürfen, dieses geradezu erotische Vorgefühl, das man verspürte, wenn sie sich einem Stück für Stück öffneten, die Art, wie man in ein Bild eintauchen konnte, es immer und immer wieder anschauen und dennoch bewegt sein konnte oder verstört oder erstaunt. Mein erster Besuch als Schulmädchen in der National Gallery hatte mein Leben verändert, und seitdem waren Gemälde das Einzige, was mich niemals enttäuscht hatte. Na ja, und Zigaretten wahrscheinlich.

Als ich über meine Pläne für den Herbst nachdachte, wurde mir klar, dass Yermolovs Angebot nicht nur extrem schmeichelhaft war, sondern auch perfekt getimt. Die Gewinne der Balkan-Ausstellung würden die Ausgaben der Galerie eine Weile abdecken, aber meine Wohnung und die Arbeiten daran hatten gerade die Hälfte meines verfügbaren Kapitals verschlungen. Reichsein kostet so ein Heidengeld. Ich hätte mir bei meiner Ankunft in Venedig vor neun Monaten auch etwas mieten können, doch der Wunsch nach einem Ort, der eindeutig nur mir gehörte – vielleicht war es sogar der Wunsch nach einem Zuhause –, war um Längen stärker gewesen als jede Vernunft. Die Wohnung gehörte der Gentileschi Gallery und war von der Bank der Galerie in Panama in bar bezahlt worden. Ich hoffte, irgendwann auf den sekundären Markt vorzudringen und gute Bilder aus Privatbesitz weiterzuverkaufen, aber vorerst fehlte mir das bewegliche Kapital, um mit irgendetwas anderem zu handeln als mit »Nachwuchskünstlern«, also unter der Hunderttausend-Euro-Grenze. Trotzdem konnten neue Arbeiten, die abgesehen von ihrem Status als Geldanlage keinen Wert besaßen, extrem lukrativ sein, wenn eine Laune der Mode es so wollte. Ich brauchte also etwas Sensationelles für die nächste Saison, eine Entdeckung, die ich billig kaufen und nächstes Frühjahr teuer verkaufen konnte. Es gab da ein dänisches junges Mädchen, das mich interessierte. Ich hatte mir ihre Abschlussarbeiten am St. Martin's College in London online angesehen, und darunter befand sich eine Serie von schlichten grafischen Gemälden, seltsam fesselnde, golden schimmernde Himmelskörper vor dunklem Hintergrund, die sich meiner Meinung nach ganz wunderbar vor dem sirupartigen Licht der Lagune ausnehmen würden. Vielleicht ließ sich in meiner Galerie eine privaten Schau bei Sonnenaufgang arrangieren, falls ich die Bilder bekam …

Dann waren da noch meine russischen Sprachkenntnisse, die ich dringend etwas aufbessern sollte. Ich hatte schon immer das Gefühl gehabt, dass solche Kenntnisse in meiner Branche praktisch sein dürften, weil mittlerweile so viele Russen Kunst im Westen kauften. Doch wie es jetzt aussah, würde ich sie schon viel früher brauchen als gedacht. Ich machte mir keine Illusionen, dass ich mich mit Yermolov fließend auf Russisch unterhalten könnte (falls er überhaupt vorhatte, anwesend zu sein), aber die Klänge der Sprache begannen langsam zu gelieren, und ich nahm mir vor, mir zumindest die gängigsten Höflichkeitsfloskeln wieder einzuprägen.

Ich fand eine pensionierte Opernsängerin, Mascha, die hinter La Fenice in einer richtigen Dachkammer wohnte, wo sie Russischunterricht gab. Meine Lehrerin war gebürtige Venezianerin, wie sie sagte, Kind eines russischen Opernsängerpaares, das kurz nach dem Zweiten Weltkrieg auf dem Weg nach Italien aus der Sowjetunion geflohen war. Sie sprach Italienisch immer noch mit starkem Akzent. Und ihr dämmriges Studio, im sechsten Stockwerk, das man über immer schmaler werdende Treppen erreichte, sah aus wie das Bühnenbild einer Amateurtheaterproduktion eines Tschechow-Stücks. An jeder Fläche, die nicht mit fransenbesetzten Schals verhängt war, hingen Ikonen. Sie hatte einen richtigen Samowar, Regale voller russischer Lyrik, und dazwischen hing ein schwacher Hauch von gekochtem Schweinefett. Mascha musste an die achtzig Jahre alt sein und hatte noch nie einen Fuß auf russischen Boden gesetzt, doch sie beschrieb Szenen aus dem Leben ihrer Eltern in St. Petersburg, die sie sich nur aus Romanen zusammengeklaubt haben konnte. Hochnäsig korrigierte sie die Deklinationsendungen der Sprecher der russischen Radiosender, die sie einstellte, um mir beim Üben zu helfen. »Off«, rief sie höchst angewidert und rollte die Augen unter ihrem schwarz gefärbten Schopf, »nicht *ovvv*. Eine Tragödie ist das. Eine Tragödie.« Ganz so, als hätten sich sämtliche Schrecken des Stalinismus in der falschen Aussprache eines russischen Vatersnamens auskristallisiert. Im Großen und Ganzen war sie eine großartige alte Schwindlerin. Vielleicht mochte ich sie deswegen so sehr.

3. Kapitel

Wie sich herausstellte, hatte ich jede Menge Zeit für zusätzliche Unterrichtsstunden, denn die Vorbereitungen für meine Begutachtung der Yermolov-Sammlung zogen sich über einen Monat hin. Zeit ist für die Reichen diese Welt eine skalare Größe, das hatte ich von meinem Freund Steve gelernt, dem eingeigelt lebenden Millionär, dessen Jacht, die Mandarin, sowohl mein Zufluchtsort als auch die Startrampe für meine eigene Galerie gewesen war. Die Reichen sind vollkommen immun für die Hinweise ihrer Untergebenen, für sie verschiebt oder dehnt sich der Kalender, je nachdem, wie sie es gerade brauchen.

Dr. Kazbich hatte mir die Nummer einer gewissen Madame Poulhazan gegeben, Yermolovs Assistentin, die unser Treffen in den nächsten Wochen energisch festsetzte und dann doch wieder verschob. Ich war erleichtert, als sie mir mitteilte, dass Yermolov mir sein Flugzeug zur Verfügung stellen werde, aber ich machte die Fahrt zum Flughafen mit dem Wassertaxi zweimal – nur um zu erfahren, dass Yermolov wieder abgesagt hatte. Er war in São Paulo, er war in New York, er war bei einer Krisensitzung in London, er war nicht mehr zu sprechen.

Ich nutzte die Verzögerungen, um das Potenzial seiner Sammlung einzuschätzen, notierte mir die letzten belegten Kaufpreise für Gemälde, die Yermolov angeblich besaß, verglich sie mit vergleichbaren Verkäufen im Artprice Index und fügte Hintergrundinformationen über die Bewegungen von Gemälden hinzu, von denen bekannt war, dass sie in den letzten zehn Jahren auf dem Markt gewesen waren. Als der Tag meiner Abreise schließlich gekommen war, fühlte ich mich gründlich vorbereitet.

Meine Recherchen hatten ergeben, dass Yermolov vier Flugzeuge besaß, und sogar nach den Maßstäben des Marco-Polo-Flughafens war seine Dassault eine auffällige Maschine. Nicht wegen ihrer Farbe, einem hübschen, diskreten Marineblau, sondern wegen der vier uniformierten Flugbegleiter, die geduldig auf dem Rollfeld warteten, um mich zu begrüßen, als wäre ich ein Staatsgast. Die zwei Hostessen rückten keck ihre winzigen Hütchen im Wind zurecht.

Ich lehnte Wodka, Champagner, Kaviar mit Blinis und kalt gepressten Grünkohlsaft ab. Nur das Armani-Wasser nahm ich widerstrebend an, als wir abhoben. Bis wir die Wolkendecke durchstießen, betrachtete ich das herrliche rosarote Gestein der Dolomiten mit ihren frisch beschneiten Gipfeln, die unter mir hinwegzogen. Dann lehnte ich mich zurück, um meine Notizen zum Chef der emsigen Hostessen durchzugehen. Jeder wusste Bescheid über Yermolov, aber ich wusste nur, was jeder wusste, und das war letztlich nichts. Yermolov passte perfekt ins Muster des neuen Oligarchen: zuerst eine Ausbildung in der Organisation, die einmal der KGB gewesen war, großes Interesse an Mineralien und industrialisierter Landwirtschaft, enge Verbindungen zur Regierung, offizieller Wohnsitz in Russland, doch Besitzer von Häusern in Frankreich, in London, auf Anguilla und in der Schweiz. In einem Bericht über die Bildhauerin Taïs Bean im *Architectural Digest* war ein Kronleuchter zu sehen, den sie für Yermolovs Skihütte entworfen hatte. Im ersten Moment überraschte es mich zu erfahren, dass er auch Politiker war, er hatte einen Gouverneursposten in seiner Herkunftsregion im Kaukasus, aber als ich das mit den Biografien von Seinesgleichen verglich, stellte ich fest, dass das keine ungewöhnliche Art war, Loyalität gegenüber Mütterchen Russland zu zeigen. *Forbes*, *Spears* und *Financial Times* förderten nichts Kontroverses zutage. Ich hatte es sogar mit alten Ausgaben der *Rossijskaja Gaseta* und der *Vedomosti* versucht, doch trotz meiner Anstrengungen mit Mascha fühlte sich mein Russisch immer noch sehr rudimentär an, und es war schwierig gewesen, irgendetwas Unvorhergesehenes aufzustöbern. Yermolov besuchte die üblichen Wohltätigkeitsbälle und ab und zu einen Selbstbeweihräucherungs-Thinktank, hatte sein Lager auch mal in Davos und Yerba Buena aufgeschlagen und war sogar schon mit Elton John und Bono fotografiert worden, doch im Vergleich zu seinen Vorgängern aus der letzten Generation postsowjetischer Cowboys war er entschieden wenig extravagant. Sein Wohlstand war offiziell respektabel und unanfechtbar. Seine Sammlung mochte geheimnisumwittert sein, doch da Yermolov nie auf einer der großen Biennalen auftauchte und auch nie im Garage-Museum für Zeitgenössische Kunst in Moskau fotografiert worden war, kam ich zwangsläufig zu der Schlussfolgerung, dass er Bilder vielleicht doch aufrichtig mochte.

Als wir in Nizza landeten, führten mich die eifrigen Hostessen zu einem wartenden Maybach, der genauso dunkelblau lackiert war wie das Flugzeug. Ein Typ hielt mir die Tür auf, der mich an Shrek erinnerte. Sein Anzug wölbte sich über dem Pistolenholster und seinen schwellenden Halsmuskeln. Ich wusste es zu schätzen, wie ich behandelt wurde, wir hätten genauso gut alte Freunde sein können, doch ich fragte mich schon, ob ein Bodyguard *und* ein Chauffeur nicht ein bisschen übertrieben waren. Die beiden saßen vorne, während das Auto über die Autobahn Richtung Toulon brauste und kurz hinter Saint-Tropez abfuhr. Wir blieben an einem Tor stehen, an dem der Fahrer einen Sicherheitscode eingab, dann fuhren wir weiter über eine Allee mit Platanen, die goldgefleckt in der Schwere des Frühherbsts leuchteten. Wir fuhren ein Stück bergab und wieder bergauf, in der Ferne erahnte ich das aufregende Funkeln des Mittelmeers. Wieder ragte ein Tor vor uns auf, doch diesmal bog der Chauffeur von der Straße ab und auf eine Betonauffahrt. Dort ging bereits ein Garagentor auf und ließ uns ein. Wir bewegten uns durch ein plötzliches bläuliches Zwielicht, bis eine weitere Tür aufglitt und das Auto in eine enge, niedrige Zementbox hineinfuhr. Der Fahrer öffnete mir die Tür und führte mich zu einer runden Glaskabine in einer Wandnische.

»Bitte hier herein, Madam. Einen Moment.«

Die Kabinentür glitt auf, ein Licht summte und brummte an der Decke – vielleicht eine Art Röntgenscanner? Man ließ mich wieder hinaus, und der Fahrer unterzog meine Taschen feierlich demselben Manöver, um sie dann zu einem Aufzug in der gegenüberliegenden Wand zu tragen. Schweigend fuhren wir nach oben, bis sich die Türen zu einem Ausblick öffneten, bei dem ich vor Freude loskichern musste.

Wir standen ganz oben auf einem flachen Hügel, von dem ein kiesbestreuter Weg, gesäumt von Kiefern und Pappeln, zu Yermolovs Villa hinunterführte. Direkt dahinter lag das Meer. Das Haus war blassrosa, es stammte aus dem neunzehnten Jahrhundert und war so bombastisch und frivol wie eine Hochzeitstorte, ein Haus für eine Kurtisane von Colette, für jasminduftende Rendezvous und gemietete Betten, die Art von Haus, die man einst im Casino von Monte Carlo verwettet haben mochte. Nach den etwas düsteren Sicherheitsmaßnahmen im Untergeschoss verbreitete dieses Gebäude mit seiner absurd hübschen Gefälligkeit den zart betörenden Duft einer verschwundenen Fin-de-Siècle-Welt. Als wir auf die blassgrüne Doppeltür zuhielten, mit einem riesigen Messingtürklopfer in Form eines Löwenkopfs, begannen versteckte Springbrunnenhähne rechts und links auf dem Rasen ihre Wasserspiele, sodass wir durch eine Fontäne aus Regenbögen gingen. Beinahe hätte ich dazu die Klänge eines Walzers erwartet. Manchmal kann Vulgarität so vergnüglich sein.

Ein angemessen behäbiger Butler führte Miss Teerlinc zu ihrem Zimmer im ersten Stock. Weitere Flügeltüren öffneten sich zu einem kleinen achteckigen Vorraum mit Rosenholztäfelung, einem Balkon auf der einen Seite und dem Schlafzimmer auf der anderen. Doch ich nahm die Umgebung kaum zur Kenntnis, denn in diesem Moment schlug mir ein Schwall von schwerem Lilienduft entgegen, und ich konnte gerade noch ein Dankeschön murmeln, bevor ich auf ein Bett sank, das auch in einem anderen Zimmer hätte stehen können, in dem ich vor langer Zeit neben einem aufgedunsenen Körper gewartet hatte, der im Tod auf einmal ganz verletzlich geworden war. Jetzt wartete ich wieder, bis mein Blut aufhörte, mir in den Ohren zu pfeifen und zu wirbeln.

Vielleicht bin ich in der Hinsicht oberflächlich veranlagt, aber ich halte mich nicht lange damit auf, über die Vergangenheit nachzudenken. Ich verstehe mich auf das Zusammentreffen von Ereignissen und Reaktionen. Genau derselbe dicke Geruch hatte das Zimmer im Hôtel du Cap durchdrungen, in dem ich James' Leiche gefunden hatte. Ich hatte lange nicht mehr an jenen Ort gedacht, doch das riesige Arrangement aus Calla-Lilien mit ihren pergamentenen Blättern hatte mir einen Augenblick vorgegaukelt, dass ich ihn niemals verlassen hatte. Musste ich für immer in dieser Szene stecken bleiben, gefangen mit meinen zitternden Händen im Portemonnaie eines toten Mannes?

Neben der Vase auf dem Nachttisch bemerkte ich einen schweren cremefarbenen Umschlag, der mir bekannt vorkam. Ich öffnete ihn mit den Zähnen und einer Hand, während ich mit der anderen Hand systematisch die Blüten von den Stängeln abbrach und damit die Kette, die mich an jenen Moment fesselte, Glied für Glied zerriss. Die Staubgefäße gaben kleine orange Wölkchen ab, die Flecken auf meinen Manschetten hinterließen. Ich las:

Miss Teerlinc,
ich hoffe, Sie hatten eine angenehme Reise und das Zimmer ist zu Ihrer Zufriedenheit. Bitte zögern Sie nicht, Ihre Wünsche zu äußern, wenn Sie irgendetwas benötigen. Man wird Ihnen die Sammlung zeigen, sobald Sie dazu bereit sind. Anschließend würde ich mich über Ihre Gesellschaft beim Abendessen freuen. Ich bedanke mich für Ihren Besuch.
Hochachtungsvoll
P. Yermolov

Meine Augen glitten mehrmals über das Blatt, bevor die letzte Lilie zu Boden fiel. Das riss mich aus meiner Trance. Meine hübsche Chloé-Seidenbluse war ruiniert. »Verdammt, Judith«, sagte ich laut. »Bring das sofort wieder in Ordnung.« Doch dann hielt ich inne. Der Teppich war schmutzig, aber das hier war eben meine neue Welt. Irgendjemand anders würde sich später darum kümmern. Ich war nicht mehr das Mädchen, das in einem stickigen Zimmer stand und um Fassung rang. Ich war reich, ich war unabhängig, ich war frei, und ich war hier. Zu meinen eigenen Bedingungen, in beruflicher Funktion. War ich nicht der lebende Beweis dafür, dass man werden konnte, was man wollte, wenn man nur an sich selbst glaubte und seinen Traum verfolgte? Über die toten Beweise dachte ich am besten nicht weiter nach. In meinem Leben ging es nur um die Macht des Hier und Jetzt, um mich. Geschichte war unnütz, und Proust konnte mich mal kreuzweise, mitsamt dem Lindenblütentee seiner Tante.

Ich ging ins Bad und ließ mir kaltes Wasser über die Handgelenke laufen, dann duschte ich und zog mich um, wusch mir das Gesicht und band mir die Haare straff zurück. Ich war so weit gekommen, es brauchte schon mehr als die Erinnerung an einen Geruch, um mich aus der Bahn zu werfen. Höchste Zeit, dass ich mich an die Arbeit machte.

Als der Fußsoldat mich durch die Villa zu dem schlichten, modernen, würfelförmigen Gebäude führte, in dem Yermolov seine Kunstsammlung aufbewahrte, war ich wieder ganz bei mir. Ich hatte ein schwarzes Shiftkleid von Max Mara angezogen, dazu robuste Marni-Clogs – grässlich, aber ich fand, sie nahmen sich neben der schlichten Seide wunderbar künstlerisch aus. In meiner Aktentasche hatte ich ein Maßband und meine Notizen zu den Maßen der Gemälde, zusammen mit einer Taschenlampe und einem Vergrößerungsglas – es ist nämlich überraschend, wie viele Fälschungen unbemerkt bleiben, weil die Experten die Grundlagen vernachlässigt haben. Ich hatte auch eine altmodische Polaroidkamera dabei, denn ich konnte mir nicht vorstellen, dass man mir erlauben würde, mit meinem Handy zu fotografieren. Als wir ankamen, nahm mich eine Französin mit missbilligender Miene in Empfang. Sie trug einen Rock, der dem von Yermolovs Stewardessen nicht unähnlich war. Das war also Madame Poulhazan, die Assistentin, mit der ich bereits zu tun gehabt hatte. Ihr Ton war effizient und höflich, doch der lange prüfende Blick, den sie auf meinen Beinen und meiner Aktentasche ruhen ließ, verriet, dass es ihr schrecklich gegen den Strich ging, mich einlassen zu müssen. War ich zu jung, oder zeigte ich mich nicht überwältigt genug? Getönte Glastüren glitten auf, nachdem sie eine komplizierte Prozedur aus Iriserkennung und Sicherheitscodes abgespult hatte, dann traten wir in eine dämmrige Lobby, die nach Ozon und Lack roch.

»*Alors,* Mademoiselle. Das hier ist eine Vertraulichkeitsvereinbarung. Unterschreiben Sie bitte hier und hier und hier.«

Das Dokument war drei Seiten lang und auf Englisch abgefasst. Es ging so ins Detail, dass ich im Grunde nicht nur auf mein Recht verzichtete, mit irgendjemandem über die Inhalte dieser Sammlung zu sprechen oder mich anderweitig zu äußern, sondern quasi versprechen musste, sie hinterher aus meinem Gedächtnis zu streichen. Ich kritzelte trotzdem Elisabeths Unterschrift darunter.

Madame scannte mich mit einem leuchtenden Gerät, das aussah wie ein Luxusdildo, sie blätterte misstrauisch in meinen Papieren und sortierte dann triumphierend die Polaroidkamera aus.

»Die ist nicht gestattet.«

»Die brauche ich aber für die Begutachtung.«

»Können Sie Ihren Augen denn nicht trauen?«, schnaubte sie höhnisch.

Ich hätte natürlich sagen können, dass ich eher Yermolovs Augen nicht traute, aber das hätte mir ja nicht wesentlich weitergeholfen, also schlug ich ihr höflich vor, im Haupthaus anzurufen und die Genehmigung einzuholen. Mir war die Freude vergönnt, wenig später ihre angewiderte Miene sehen zu dürfen, als mir die Erlaubnis gewährt wurde. Es dauerte noch einen Moment, als sie am letzten Schloss einen langen Code eingab, dann waren wir drinnen.

Der Boden war aus Malachit, doch der Klang meiner Blockabsätze auf der glasartigen Oberfläche hätte mir nicht mehr Befriedigung geben können, wenn er aus gehämmertem Smaragd gewesen wäre. Während mich die durch den Lilienduft ausgelöste Panikattacke völlig unvorbereitet getroffen hatte, musste ich jetzt an die Kilometer denken, die ich in den endlosen Korridoren des Auktionshauses zurückgelegt hatte, an Monate voller langweiliger Botengänge in den Straßen von London. Es war ein gobelinbespannter Weg, der direkt zurückführte zum ersten Mal, als ich ein Gemälde wirklich *gesehen* hatte, in der National Gallery. Was mich wiederum hierhergeführt hatte, professionell, unabhängig, sogar angesehen. Nur selten wird einem wirklich bewusst, dass man genau das bekommen hat, was man wollte. Ein paar Sekunden fühlte ich mich schwerelos, wie auf einer Zeitspirale schwebend, mühelos anwesend in meinem eigenen Erfolg. Nicht schlecht, Judith. Gar nicht schlecht. Ich schlug die Augen wieder auf und merkte, dass Madame mich fragend musterte. Ich gönnte ihr nicht die Freude, mich beeindruckt zu sehen, aber obwohl ich schon so einige außergewöhnliche Orte gesehen hatte, war mir so etwas wie Yermolovs private Galerie noch nie untergekommen.

Der Raum war lang und hoch, sanft beleuchtet wie durch Kerzenlicht. Zwei Breuer-Sofas aus zahnpastaweißem Wildleder standen Rücken an Rücken in der Mitte, ein paar andere Sitzgelegenheiten, darunter einige Regency-Stühle mit Lyra-Rückenlehne und ein Louis-XIV.-Bergère-Stuhl mit einem Bezug aus grauer Seide. Das Ganze sah aus wie eine Szene aus einem Konversationsstück, die darauf wartete, mit Menschen bevölkert zu werden. Ohne einen weiteren Schritt in den Raum tun zu müssen, erkannte ich den Pollock und den Matisse – das *Maison à Tahiti,* das in New York für eine Sensation sorgte, als vor fünf Jahren ein anonymer Käufer offenbar von der Straße hereinspaziert gekommen war und knapp vierzig Millionen Dollar geboten hatte –, drei Picassos, einen Rembrandt, zwei Breughels, einen Cézanne, einen Tizian, verdammt, einen Tizian, wer besaß denn allen Ernstes einen Tizian?, sowie Pontormos *Ritratto di un giovane con un berretto rosso*. Es war schwindelerregend. Ich musste den Drang unterdrücken, zu den Gemälden zu rennen und meine Hände auf ihre glänzenden Oberflächen zu legen, um ihre Faszination ganz in mich aufzusaugen. Die linke Wand gehörte russischen Künstlern, ein wirbelnder Vrubel-Drache, ein Grigoriev, ein Repin, dann der

Übergang zu einem Poussin, gefolgt von einer Serie von Klimt-Landschaften.

»Und hier sind die Zeichnungen.« Madame richtete eine Fernbedienung auf ein Bedienfeld unter den Klimts. Eine Luke glitt mit geschmeidigem Surren auf, und ein Stahlbehälter, der aussah wie ein altmodischer CD-Ständer, wurde ausgefahren. Als sie die Knöpfe drückte, glitten sie vorbei, ein Riesenrad aus Kohlezeichnungen und Radierungen, von denen jedes einzelne für sich genommen ein Meisterwerk war.

Meine Begeisterung wurde so bitter wie ein Martini Kaviar. Ich hatte durchaus erwartet, einer anspruchsvollen Aufgabe gegenüberzustehen, und ich hatte die Herausforderung aufregend gefunden, aber das hier war zu viel. Das war einfach zu viel, und das Zuviel war zu gut. Ich hätte ein Team gebraucht, mit Assistenten, Leitern, Handschuhen, weiß Gott was für Ausrüstung. Ich traute mich diese Objekte ja kaum anzufassen, geschweige denn, sie zu untersuchen und zu schätzen. Was führte Yermolov eigentlich im Schilde? Warum sollte ein Mann, der eine Sammlung dieses Kalibers besaß, überhaupt in Erwägung ziehen, eine einzelne, unbekannte Galeristin zu bitten, Kunstwerke zu schätzen, deren Schönheit mir auf einmal vorkam wie der blanke Hohn? Madame hatte sich steif auf eines der Sofas gesetzt und den lippenstiftbemalten Mund zu einem schmalen, erwartungsvollen Lächeln verzogen. Jetzt bloß keine Angst zeigen, dachte ich.

»Wenn ich das richtig verstanden habe, gibt es auch ein paar Renaissance-Kunstwerke?« Etwas Trotzigeres wollte mir gerade nicht einfallen.

»Natürlich. Hier entlang.«

Ich folgte ihr durch die Galerie. Jetzt, wo sie es nicht sehen konnte, senkte ich den Kopf. Die hintere Wand war kahl, was nur die Schätze betonte, die dorthin führten. Madame legte die Handfläche auf ein weiteres verstecktes Bedienfeld, und eine winzige Tür glitt auf. Es sah aus, als würden wir die Zelle eines mittelalterlichen Mönchs betreten. Als wir drin waren, bemühte ich mich gar nicht erst, mein Erstaunen zu verbergen. Der winzige Raum war eine Kopie des berühmten *studiolo* des Herzogs von Urbino, komplett vertäfelt, mit komplizierten Holzintarsien. Die Trompe-l'Œil-Bilder wechselten mit den klassischen Philosophen, die in der Renaissance verehrt wurden. Meine Augen tanzten über diesen glänzenden Wirbel. Und dann entdeckte ich zwei Medaillons, so nah, dass ich nur den Arm hätte ausstrecken müssen, um sie zu berühren. Sie zeigten zwei glänzende emaillierte Gesichter, zwei modellierte Kinne unter fragenden grauen Augen, zwei blonde Köpfe, die sich unter einem derart zarten Schleier verbargen, dass er meinem verblüfften Gesicht entgegenzuwehen schien. Die *Verkündigung* und die *Madonna mit Kind*. Sie waren hier. Die Gemälde, die ich studiert, aber nie gesehen hatte, die kaum ein lebender Mensch je gesehen hatte. Die Jameson-Botticellis. Langsam wurde mir klar, warum Yerlomov diesen ganzen Papierkram verlangt hatte.

»Sind das die Jameson-Botticellis? Die echten?« Ich konnte die Ehrfurcht in meiner Stimme nicht verbergen.

»Allerdings«, erwiderte Madame und taute allmählich etwas auf. Vielleicht hätte ich mir meine blasierte Show von vornherein sparen sollen. Nur ein Trottel wäre angesichts dieser Sammlung nicht überwältigt gewesen. Ich war froh, dass ich mich überhaupt auf den Füßen halten konnte. Das dritte Bild, das gegenüber von uns an der Wand hing, war mit einem schweren grünen Samtvorhang bedeckt. Vorsichtig zog ich ihn beiseite.

»Oh.«

Ich hatte meine Galerie nach Artemisia Gentileschi benannt, der Malerin, in die ich mich als Teenager verliebt hatte. Artemisia hatte mit ihrer Malerei Vorurteile, Armut und sogar eine

Vergewaltigung überwunden. Sie hatte sich für die Tollkühnheit entschieden, statt sich einer Welt zu unterwerfen, die sie besudelt und missachtet hatte.

Im Jahr 1598, als Artemisia Gentileschi noch ein kleines Mädchen war, hatte ihr Vater und Lehrer Orazio viele wilde Nächte in Gesellschaft seines Freundes verbracht, eines norditalienischen Malers namens Michelangelo Caravaggio. Damals waren gute Zeiten für böse Buben in Rom. Caravaggio und seine Freunde liefen wie eitel-vergnügte Rockstars durch die Straßen, brachen Streitigkeiten vom Zaun, gingen zu Huren, taumelten mit dem Schwert im Gürtel durch die Tavernen der römischen Unterwelt, berauscht von Wein und Bleiweiß.

Caravaggio, der nach dem bewaffneten Erzengel benannt war, malte in jenem Jahr ein Bild von unerbittlicher Virtuosität und umwerfender heidnischer Leuchtkraft. Es war ein Geschenk seines Arbeitgebers, des Kardinals del Monte, an Ferdinando de Medici in Florenz – und zugleich Caravaggios Selbstporträt als gorgonische Medusa. Das Gemälde befindet sich auf einem konvex gewölbten Prunkschild aus Pappelholz, einer Nachahmung der Bronzewaffe, mit der Perseus den versteinernden Blick der Gorgone abwehrte, indem er sie tötete. Wenn Ovids Held der Zauberin direkt in die Augen geschaut hätte, wäre er zu Stein geworden. Caravaggio gab dem Monster sein eigenes Gesicht. Er zeigte den Augenblick des letzten Erwachens, kurz bevor das Haupt der Medusa durch Perseus' Schwert vom Körper getrennt wird.

Doch Caravaggio spürte wohl intuitiv, dass sich der Raum so geschmeidig biegt wie die Nerzhaare eines Malerpinsels und nicht stillstehen kann und dass die Zeit schneller oder langsamer vergeht, je nachdem, wie sie sich zur Schwerkraft verhält. Auf dem Medusenschild strafen die Schatten des bebenden, schlangengekrönten Hauptes die Konvexität der Oberfläche Lügen. Hier schneiden sich zwei Ebenen, hier kommt die Zeit für einen Augenblick ins Straucheln. Wenn unsere Augen denen der Medusa begegnen, friert Caravaggio das Universum ein, um den Moment des Todes einzufangen und zugleich den Gesetzen der Kunst zu trotzen. Als Zuschauer sind wir in Sicherheit – wir können wegschauen und wieder hinschauen zu diesem Werk, das die reine malerische Darstellung transzendiert, indem sie in einer maximalarroganten Zurschaustellung künstlerischer Bravour zum Dargestellten selbst wird. Mit diesem Werk bewies der lombardische Niemand in seiner zerfetzten, zerlumpten Sonntagskleidung, dass er auf einem Stück Holz Gott spielen konnte. Nimm das hier in die Hand, sagt der Maler zu seinem Auftraggeber, und du kannst die Zeit anhalten.

»Oh.«

Sogar als Kopie war es noch atemberaubend. Hätte ich das Original nicht in den Uffizien gesehen, ich hätte geglaubt, den echten Caravaggio vor mir zu haben. War es möglich, dass Yermolov …? Nein, das konnte doch nicht …

»Es ist natürlich eine Kopie«, fügte Madame hilfsbereit hinzu. »Mr Yermolov wollte ein drittes Stück für den Raum.«

»Es ist trotzdem ganz wunderbar.«

»Vorläufig.«

Ich deckte das Bild wieder zu, um den Vorhang dann doch noch einmal zu heben. Das Gesicht der Medusa schnappte nach meinem Herzen. Langsam drehte ich mich um und schaute zurück in die Galerie. Der kleine Raum war das Herz einer Flamme. Dahinter sah man die Farben der anderen Gemälde tanzen und glänzen.

»Danke«, sagte ich und meinte es ganz aufrichtig. »Danke, dass Sie mir das gezeigt haben.«

Es fiel mir schwer, mich von den Bildern loszureißen, auch wenn ich neugieriger denn je auf die Begegnung mit Yermolov war. Was für einen Willen brauchte es, um so eine Sammlung zusammenzutragen? Die Jameson-Botticellis zu besitzen und versteckt zu halten? Und außerdem fragte ich mich, was der wahre Grund meines Kommens war. Als ich Dr. Kazbich kennenlernte, war uns beiden klar gewesen, dass diese private Schätzung nicht ganz koscher war. Das kommt in der Welt der Kunst ständig vor – sogar Auktionshäuser in London lassen dubiose Gutachten erstellen, oftmals aus versicherungsrechtlichen oder steuerlichen Gründen, doch Yermolov konnte nichts von meiner Vergangenheit in einer dieser Einrichtungen wissen. Ich nahm an, dass Dr. Kazbich von der Ausstellung der Belgrader Künstler zu meiner Galerie geführt worden war – seine eigene Galerie lag in der serbischen Hauptstadt. Vielleicht hatte Yermolov in aller Eile jemanden gebraucht, und ich hatte einfach nur Glück gehabt. Die Hoffnung, die Botticellis zu sehen – ganz zu schweigen von der Bezahlung –, hatte ausgereicht, um mich zu überreden, auch wenn ich nicht aus den vornehmsten Gründen ausgewählt worden war. Doch nachdem ich die Qualität dieser Sammlung gesehen hatte, kam mir das alles schon viel weniger plausibel vor. Warum wandte sich ein Mensch, der Kunst so liebte, wie Yermolov es offensichtlich tat, sich nicht an die Besten der Branche, wie es seiner Gemälde würdig gewesen wäre?

Der Butler verkündete, dass Mr Yermolov mich um acht Uhr zu einem Drink auf der Terrasse erwarte, aber ich zog mich eilig um und war um Viertel vor acht schon unten, vielleicht in der Hoffnung, ihn dabei zu erwischen, wie er gerade ein Atom-U-Boot verkaufte. Tatsächlich war mein Gastgeber mit etwas so Unspektakulärem wie der Lektüre des *Economist* beschäftigt. Yermolov war groß und schmalschultrig, aber ohne schwächlich zu wirken, er hatte helles Haar und nordisch farblose Augen. Seine Kleidung war so unscheinbar, wie es sich nur sehr reiche Männer leisten können: schlichtes Hemd und dunkelblaue Hose, billige Digitaluhr.

Yermolov stand auf und begrüßte mich mit einem seltsamen Blick – fragend, leicht amüsiert, als würden wir uns bereits kennen. Während er mir einen Stuhl hinstellte und mir ein Glas Champagner anbot, fiel mir auf, dass seine Bewegungen etwas sehr Bedächtiges und Kontrolliertes hatten, eine anmutige Ruhe, die einnehmend hätte wirken können, wären da nicht seine Hände gewesen. Sie waren lang und zierlich und erinnerten an die Beine einer Spinne, wenn er den Stiel seines Glases umfasste, den Saum seiner Leinenserviette ergriff, die kleinen Tellerchen mit den Oliven und Cornichons spiralförmig zurechtschob. In Verbindung mit der militärischen Note seines blonden Stoppelschnitts gingen mir seine Hände schrecklich auf die Nerven. Ihr Anblick beschwor in mir Bilder von stickigen Vernehmungsräumen herauf, von vergilbten Akten aus alten Schränken und Bleistiften, die bereit waren, zwischen zwei Schlucken bitteren Kaffees ein Leben in Sibirien auszustreichen. Ihre rastlose Energie passte nicht zu seiner Körperhaltung, denn ihr unablässiges Greifen hatte etwas Gieriges.

»Willkommen, Miss Teerlinc. Ich freue mich sehr, dass Sie sich eine Weile von der aufregenden Kunstwelt losmachen konnten.« Er lächelte über seinen Versuch, komisch zu sein. Ich versuchte meine beste Version eines perlenden Gelächters.

»Ich bin überglücklich, hier sein zu dürfen.«

Yermolov schien mich schweigend einschätzen zu wollen, während wir unseren Aperitif tranken und Small Talk über meine Reise und die Aussicht trieben. Später wechselten wir zum Essen in ein Gartenhäuschen, von dem man einen Blick aufs Meer hatte. Die Diener brachten Ceviche vom Wolfsbarsch, dann Languste im Filoteig, während die Wellen hundert Meter unter uns höflich ans Ufer schlugen. Flackernde Kerzen säumten den Weg zur Terrasse, ich sah sie über Yermolovs rechter Schulter. Ich konnte ihren Lichtschein bis zum Ufer verfolgen, eine Treppe hinunter, die direkt in den Stein gehauen war. Mein Gastgeber rauchte, was ich lustig fand, seine Art, Konversation zu treiben, war bemüht höflich, und der Chassagne-Montrachet war ganz exzellent, aber ich wurde mein ungutes Gefühl nicht los. Ich konnte es nicht mit dem Wissen in Einklang bringen, dass Yermolov der Mann war, der eine Kunstkammer von solch hinreißender Schönheit zusammengetragen hatte.

Bei den ersten Gängen hielt ich mich an die Form, über Geschäftliches erst zu sprechen, wenn die Teller leer gegessen waren, also redeten wir über die beste Jahreszeit für einen Besuch in Venedig und in der Karibik, über die Renovierung des französischen Hauses, das ihm seit fünf Jahren gehörte, und über die neue Architektur in Moskau, über die ich vor meinem Herflug einen Artikel gelesen hatte. Mittlerweile patrouillierten Bürgerwehrgruppen nachts durchs Stadtzentrum und hofften, die Brandstifter zu erwischen, die alte Gebäude zerstörten, um Platz für Neues zu machen. Und dann unterhielten wir uns über Lermontov, denn da Yermolov aus dem Kaukasus stammte, liebte er Lermontov, und er zitierte einen langen Abschnitt aus dem *Dämon*, auf diese entwaffnende Art, wie sie nur die Russen beherrschen, und ich begann, ihn tatsächlich zu mögen. Seine Hände wanden sich und spielten an allem Möglichen herum, während ein Puddinggang aus winzigen violetten Crèmes brûlées serviert wurde, die keiner von uns anrührte. Dann schwieg ich und wartete auf seine Fragen.

»Nun ... Sie haben eine gewisse Zeit in New York verbracht, bevor Sie nach Venedig gezogen sind, nicht wahr? Oder war es Paris?«

Ich erstarrte. Elisabeth Teerlinc hatte noch nie einen Fuß nach Paris gesetzt.

»Nein, ich bin aus der Schweiz.«

»Entschuldigen Sie. Da muss ich mich geirrt haben.«

Auf einen Schlag wurde mir bewusst, wie isoliert wir hier waren, weit weg von seinem Haus, weit weg von allem. Ich hatte niemandem erzählt, wo ich war, weil ... nun ja, weil ich niemanden hatte, dem ich es hätte erzählen können. Es gibt keinen Grund, warum du dir Sorgen machen müsstest, sagte ich mir, er ist ein viel beschäftigter Mann. Du bist für ihn im Grunde nur eine Angestellte. Warum sollte er sich in so einer Frage nicht irren dürfen? Ich hob mein Weinglas.

»Hatten Sie ein wenig Zeit, um einen ersten Blick auf meine Sammlung zu werfen?«

»Es war eine große Ehre für mich, sie sehen zu dürfen.«

»Und, glauben Sie, Sie können sie begutachten und schätzen?«

Ich stellte mein Glas ab.

»Mr Yermolov, ich möchte ehrlich zu Ihnen sein. Ich fühle mich sehr geschmeichelt, dass Sie mich gebeten haben, hierherzukommen, und ich bin Ihnen sehr dankbar für Ihre Gastfreundschaft, aber bei einer Sammlung wie der Ihrigen würde ich mir eine fachmännische Schätzung nicht wirklich zutrauen. Ich glaube, es wäre besser, wenn Sie eins der großen Häuser in London oder New York damit beauftragen würden.«

Wenn ihm meine Worte missfielen, zeigte er es nicht. Obwohl seine rastlosen Hände sich auf einmal verknoteten und still liegen blieben.

»Sie halten sich für ... unqualifiziert? Aber warum denn? Ihre Galerie scheint doch erfolgreich zu sein.«

Gerade als ich zu einer Antwort ansetzte, wurden meine Augen von einer Bewegung abgelenkt. Blonde Haare, die kurz im Kerzenschein aufleuchteten, das Aufglänzen einer nackten Frauenschulter. Yermolov drehte sich nicht um, aber er sagte in scharfem Ton etwas auf Russisch, und ich zuckte erschrocken zusammen, als ein Leibwächter hinter einer der Säulen des Gartenhäuschens hervorsprang und die Treppe hinunterlief. Ich hatte nicht gewusst, dass er dort gewesen war, und ich wusste nicht, ob ich darüber erschrocken oder erleichtert sein sollte.

»Entschuldigen Sie. Manchmal werden wir hier von Eindringlingen belästigt.«

»Der Ort ist aber auch unwiderstehlich schön.«

Ich glaubte ihm kein Wort. Sein Haus war besser bewacht als die Downing Street 10. Was für ein Eindringling hätte uns so nahe kommen können?

»Also, was wollten Sie gerade sagen?«

»Nun, Sie sind sehr freundlich, aber ich würde meine Galerie wohl kaum als besonders erfolgreich beschreiben – noch nicht.« Ich hielt inne und spielte an meinem Löffel herum. »Ich habe … erst vor einem Jahr … die Gentileschi Gallery übernommen. Und wir handeln in erster Linie mit zeitgenössischer Kunst.«

»Wenn ich es richtig verstanden habe, kennen Sie sich aber auch mit den alten Meistern aus.« Er schaute mich forschend an.

Was meinte er damit? Gar nichts. Sei nicht so paranoid, ermahnte ich mich.

»Ich habe meine Ausbildung, aber auf dem Gebiet bin ich definitiv keine Autorität. Die Bandbreite und der Wert Ihrer Stücke sind außergewöhnlich, das wissen Sie auch. Ich würde mir nicht zutrauen, ihren genauen Marktwert einzuschätzen.«

»Aber Sie würden sich trotzdem dazu bereit erklären?«

Natürlich würde ich mich bereit erklären. Nachdem ich jetzt wusste, was da war, konnte ich die Verkaufsberichte der letzten paar Jahre durchgehen, auf Artprice nachsehen, mit Prognosen für ähnliche Stücke vergleichen, wie ich es schon damals im Auktionshaus getan hatte. Eine Herausforderung, aber nicht unmöglich.

»Wenn Sie sich Gedanken über die Authentifizierung machen – die Provenienz der Gemälde ist lückenlos belegt. Es geht mir nur um die Schätzung des Wertes.«

»Ich würde …«

Man hörte Stimmen in nächster Nähe, die sich auf Russisch unterhielten, eine Frau und der Bodyguard. »Ich will mit ihm sprechen«, hörte ich sie zischen, und dann die tiefere Stimme des Mannes, die in beruhigendem Ton etwas sagte, was ich nicht verstand, und dann: »Unmöglich.«

»Entschuldigen Sie einen Moment, Miss Teerlinc.«

Yermolov stand seelenruhig auf und verschwand in die violette Nacht. Er hob seine Stimme nicht, aber ich hörte sie ganz deutlich.

»Schaff sie hier weg. Ich kümmer mich morgen früh drum.«

Er wusste nicht, dass ich ein wenig Russisch sprach, andererseits hatte er mich aber auch nicht gefragt. Ich überlegte, ob der nächtlichen Spaziergängerin klar war, wie gefährlich ihr Ausflug hätte werden können, und das nicht in erster Linie wegen der steilen Klippe. Der Umstand, dass ich bis jetzt noch keine Kalaschnikows gesehen hatte, bedeutete nicht, dass keine da waren, und nachdem ich die Galerie gesehen hatte, war mir klar, warum sie wohl sogar erforderlich waren. Etwas an der eiskalten Ruhe in Yermolovs Stimme ließ erahnen, dass er nicht zögern würde, höchstpersönlich eine einzusetzen.

»Ich bitte nochmals um Entschuldigung.« Die Hände ergriffen seine Serviette, hielten inne und legten sie dann wieder hin.

Was Yermolov so beängstigend machte, war die Tatsache, dass er überhaupt nicht beängstigend wirkte, das wurde mir in diesem Moment klar. Er brauchte gar nicht einschüchternd aufzutreten. Die Ruhe war keine Maskierung seiner Skrupellosigkeit, sondern ihre Bestätigung. Es ärgerte mich, wie sexy ihn das plötzlich machte.

»Wo waren wir stehen geblieben?«, fragte er.

Ich war mir sicher, dass ich meine Arbeit gut machen konnte, wenn ich genug Zeit bekam. Doch irgendetwas an der Qualität der Bilder ließ mich zögern. Sie hatten das Beste verdient, und sosehr es mir widerstrebte, es zuzugeben, ich war nicht die Beste, noch nicht.

»Mr Yermolov, darf ich fragen, warum Sie gerade mich für diese Arbeit ausgesucht haben?«

»Dr. Kazbich hat Sie vorgeschlagen. Er kauft für mich.« Bei der leichtesten Andeutung, dass ich seine Zeit verschwenden könnte, war er ungeduldig geworden.

»Mr Yermolov, Sie können sich meiner Diskretion sicher sein. Und ich fühle mich geehrt, dass ich Ihre Sammlung sehen durfte. Aber ich glaube einfach nicht, dass ich die Richtige für diesen Job bin. Dazu bräuchte es ein Team aus Experten, Assistenten …« Ich verstummte. Kaum hatte ich diese paar Worte gesagt, langweilte ich ihn auch schon. Wie erwartet machte er noch ein paar halbherzige Bemerkungen, dann entschuldigte er sich und erklärte, er habe noch ein paar Anrufe zu erledigen. Ich war nutzlos für ihn, deswegen interessierte er sich nicht mehr für mich.

Am nächsten Morgen machte Yermolov sich nicht einmal die Mühe, sich von mir zu verabschieden. Weder konnte ich zu diesem Zeitpunkt wissen, dass ich ihn noch einmal wiedersehen würde, noch ahnte ich, wie sehr ich mir einmal wünschen sollte, dass das auch wirklich unsere letzte Begegnung geblieben wäre.

4. Kapitel

Wie die meisten unklugen Handlungen meines Lebens war auch Ibiza meine eigene Entscheidung. Ich hatte Tage Stahl bei der Ausstellung im August keine besonders große Aufmerksamkeit geschenkt, aber er rief und schrieb mir hartnäckig. Wie sich herausstellte, war er Däne und hatte irgendetwas mit Schiffen zu tun. Irgendwann schmiss er eine Party auf seiner Privatinsel nördlich von Ibiza. Eher zum Spaß fragte ich ihn, ob er wohl sein Flugzeug schicken könne, um mich abholen zu lassen, und als er antwortete, selbstverständlich ja, war es natürlich nur folgerichtig und im Sinne der Etikette, das Angebot anzunehmen.

Ich bereute meine Entscheidung nicht, Yermolovs Sammlung nicht zu schätzen, als eine Art Loyalität gegenüber meinem wahren Ich, wer auch immer das nun sein mochte. Ich war den Gemälden treu geblieben, indem ich ablehnte, mich in das hineinziehen zu lassen, was Yermolov vorhaben mochte. Aber die Art, wie ich die Sache gehandhabt hatte, machte mir zu schaffen. Seit meiner Zeit im Auktionshaus hatte ich mich nicht mehr so trampelig gefühlt. Da war eine schicke Party genau das, was Elisabeth Teerlinc brauchte, um sich wieder ein wenig besser zu fühlen. Außerdem nervte mich meine Wohnung. Normalerweise hatte es schon eine beruhigende Wirkung auf mich, wenn ich mich einfach nur dort aufhielt, zwischen all den schönen Sachen, aber irgendwie stellte ich Dinge neuerdings an die falsche Stelle. So drängten sich Tassen und Gläser in meiner üblicherweise makellos aufgeräumten Küche, und offenbar hatte ich aus Versehen einen Schokoriegel gekauft. Ich fand ihn im Schrank bei den Gewürzen: achtundneunzig Prozent Kakao, mit Mandelsplittern. Seltsam. Mandeln hasse ich nämlich noch mehr als Bitterschokolade.

Ich kam am Nachmittag auf Ibiza an. Ein spritziger dunkler Van fuhr mich übers Rollfeld. Die breite Masse der Passagiere im Flughafen sah so aus, als wäre dies nicht die angenehmste Zeit des Tages. Obdachlose Bündel aus schlafenden Nachtschwärmern hatten sich neben folienverkleideten Koffern zusammengerollt, eine Gruppe von Mädchen, deren blumige Gesichtsbemalung zu Blutergüssen verblasst war, stritt sich lustlos am easyJet-Schalter. Zwei unversöhnliche Putzfrauen mit Haarnetzen und türkisen Overalls schoben breite Mopps durch eine Pfütze aus apricotfarbenem Erbrochenem. DJ David Guetta starrte von überall durch seine Ray-Ban auf einen herab.

Schließlich entdeckte ich Stahls Chauffeur. Er verfrachtete mich in einen offenen schwarzen Jeep, der durch Abgase und zirpende Zikaden quietschte und rumpelte, vorbei an der Abfahrt zur weißen Zitadelle über dem Hafen, vorbei an Pizzerien und Yogastudios und Massen von Plakatwänden, die für DJ Nirvana warben, bis sich die Straße irgendwann verengte und wir durch die sanft geschwungenen Hügel hinauffuhren, an deren Ränder flache weiße Fincas standen. Ich war zum ersten Mal auf der berühmten Insel und sah sofort, dass es hier früher einmal wunderschön gewesen sein musste.

Das Besondere an Ibiza begann ich noch besser zu verstehen, als wir irgendwann an einem Schild stehen blieben, das den Weg zu einem Strand namens Agua Blanca wies. Wir parkten auf einem staubigen Parkplatz voller Jeeps und Mopeds. Der Chauffeur trug meine Tasche einen steilen Pfad hinunter, der sich unten zu einer milchweißen Bucht verbreiterte, in der nackte Kinder im flachen Wasser zwischen hohen Säulen aus rötlichem Fels spielten. Ich schlüpfte aus meinen flachen Schuhen und spürte diese kleine Aufwallung von herrlichem Freiheitsgefühl, die einen unweigerlich befällt, wenn man Sand zwischen den nackten Zehen spürt. Weiter hinten am Strand wirbelten kaum bekleidete Jongleure mit Dreadlocks ihre Jonglierstäbe, während sich die Sonnenanbeter in der Hitze brutzeln ließen. Ich ging zwischen ihnen hindurch zu einem Anlegesteg, wo der Chauffeur gerade ein graues Beiboot losmachte.

Es schaukelte ein wenig, als wir auf die Strömung trafen. Wir nahmen Kurs auf die kleine Insel am Horizont. Zwei grüne und eine weiße Klippe öffneten sich wie Schmetterlingsflügel.

Stahls mächtige Neubauvilla war zwar aufgemacht wie eine Südseestrandbar, doch dieser Ausblick über die Meerenge war vermutlich der beste, der mit Geld zu kaufen war. Alle Zimmer der Villa, die sich wie Würfel aus Stahl und Glas auf dem Hügel stapelten, schienen Meerblick zu haben. Als ich aus dem Boot stieg, war keine Spur von anderen Gästen zu sehen, abgesehen von einer abgemagerten Frau in einem Norma-Kamali-Kaftan, die am Ende einer riesigen geschwungenen Terrasse saß und lustlos in einem Eiweißomelette herumstocherte. Ein Dienstmädchen führte mich zu meinem Zimmer und begann, für mich die Koffer auszupacken, während ich versuchte, mir zwischen ihren geschäftigen Händen einen Bikini und eine abgeschnittene Jeansshorts zu schnappen. Auf der Terrasse hatte die Kaftanfrau ihr Essen stehen lassen, und ich nahm mir eine Aprikose von ihrem Tablett. Der kalkige Saft füllte meinen Mund, während ich das blasse Ufer betrachtete, das einen Kilometer entfernt sein mochte. Eine hölzerne Treppe mit Grimassen schneidenden polynesischen Schnitzköpfen führte zu einem verlassenen Pool hinunter, einem riesigen ovalen Becken aus grauem Marmor. Das Wasser sah wundervoll glatt aus, doch bevor ich es ausprobieren konnte, erschien Stahl, der gerade vom Tennisplatz kam, und irgendetwas an seiner sonnengebräunten Größe, der Festigkeit seines Oberkörpers und seinen lapislazuliblauen Augen erinnerte mich an einen glücklichen skandinavischen Sommernachmittag vor zwei Jahren. Ich hatte in Venedig in letzter Zeit ein eher stilles Leben geführt, deswegen besiegelten wir unseren Xaoc-Deal in seinem riesigen balinesischen Bett, bis alle anderen ihr spätes Frühstück verzehrt hatten. Er legte dabei mehr Enthusiasmus als Können an den Tag, aber hinterher kam mir die Welt gleich viel friedlicher vor. Unterm Strich war ich auf ein richtig vergnügliches Wochenende eingestellt.

Der Rest der Gesellschaft hatte sich mit Rosé und Joints am Pool eingefunden, als mein Gastgeber und ich wieder auftauchten, und Stahl stellte mich der üblichen Mischung aus ergrauenden Männern und hungrigen Frauen vor, eine Kombination, die mir von meinem ersten Mittelmeerausflug nur zu vertraut war. Ich lehnte sowohl Gras als auch Wein dankend ab, aber schloss mich gerne den Gesprächen an, wo sie alle gewesen waren und wohin sie demnächst fahren wollten. Als gerade diskutiert wurde, ob Pantelleria besser sei als Patmos, spürte ich eine Hand auf der Schulter.

»Hallo, meine Liebe. Ich bin Alvin.«

Es war gar nicht das allgegenwärtige »meine Liebe«, das mich so irritierte, sondern eher der Umstand, dass Alvin im Gegensatz zu den anderen Männern eher in meinem Alter war, vielleicht sogar jünger. Unter der Freundlichkeit seines amerikanischen Akzents lauerte etwas Verschlagenes und Suggestives, bei dem es mir eiskalt über den Rücken lief.

»Elisabeth Teerlinc. Ich glaube, wir kennen uns noch nicht, oder?«

»Nicht persönlich.«

»Ich freue mich, Sie kennenzulernen.«

»Wir sind Freunde auf Facebook.«

»Richtig, ja.«

Judith Rashleigh existierte online nicht, doch die erfolgreiche Galeristin Elisabeth Teerlinc unterhielt natürlich pflichtschuldigst ihre Kontakte auf den sozialen Medien. Sich ganz zu enthalten, wäre zu verdächtig gewesen, deswegen setzte ich mich täglich eine halbe Stunde hin und stellte irgendwelche nichtssagenden Bilder ein, niemals persönliche Fotos, und immer nur Dinge, die mit Gentileschi zu tun hatten. Beim Annehmen von Freundschaftsanfragen war ich nicht besonders vorsichtig – Ablehnungen wären noch verdächtiger gewesen.

Alvin war ein schlaksiger Rothaariger mit einem unattraktiv nassen Mund. Ich erkannte ihn nicht, konnte mir aber auch vorstellen, warum er vielleicht eher davon absehen würde, ein Foto von sich als Profilbild zu verwenden – er hatte diesen leicht räudigen Look eines vermögenden Kiffers.

»Sie haben eine Wohnung in Venedig, stimmt's?«

»Stimmt.« Ich lächelte, blieb aber vorsichtig.

»Ich hab gerade ein Jahr im Courtauld absolviert. Mein Vater arbeitet mit Tage zusammen.«

»Da haben Sie wirklich Glück. Also, wegen des Courtauld Institute meinte ich jetzt. Obwohl ich sicher bin, dass auch Ihr Vater sehr nett ist.«

Als er mein Lächeln erwiderte, stellte ich fest, dass seine Zähne dezidiert unamerikanisch aussahen, krumm und schief und in Zahnfleischnähe mit dicker Plaque überzogen.

»Ja, das war cool, aber ich interessier mich nicht so für dieses ganze museale Zeug, wissen Sie?« Ich hatte das dumme Gefühl, dass er mir gleich erzählen würde, an was für einer App er gerade arbeitete, deswegen entschuldigte ich mich und holte mir noch ein bisschen Eistee, aber irgendwie verfolgte mich der

Schatten dieses Wolfsgrinsens den ganzen langen heißen Nachmittag.

Tages »Partyschiff«, eine Razan 47 mit Bronzerumpf, brachte uns am Abend zurück zum Festland, wo wir uns zum Abendessen in einer Villa einer anderen Party anschlossen. Nach der erdrückenden Hitze Venedigs fühlte sich die Luft auf Ibiza richtig klar an. Das Sirren der Zikaden wurde vom Wummern eines Garrix-Tracks übertönt, während die Jeeps immer weiter die Hügel hochfuhren, doch den Kiefernharzduft der Büsche und den Geißblattduft von den niedrigen weißen Mauern des Hauses konnte die Musik nicht ausschalten.

Die Frauen auf ihren Keilabsätzen stützten sich auf die Arme der Männer, als wir einen kiesbestreuten Vorhof überquerten, wo weitere Jeeps, ein riesiger Bentley mit offenem Verdeck und ein roter Ferrari parkten.

Es nervte mich ein wenig, dass ein Teil von mir immer noch überrascht und begeistert war, weil ich mich jetzt mitten in einer solchen Szene befand, und zwar ohne mit einem Tablett in der Hand herumzulaufen. Doch alte Gewohnheiten sind langlebig: Wenn man sich nicht wirklich teilnahmeberechtigt fühlt, sollte man sich in Acht nehmen. Genau wie zu Collegezeiten hatte ich nachgeschlagen, was es Wichtiges über Ibiza zu wissen gab. Als mir klar geworden war, dass das Haus im Stil Blakstads nachgebaut worden war, eines Architekten, der in den teuersten Gebäuden der Insel imitiert wurde, konnte ich unserem Gastgeber ein Kompliment zu seinem guten Geschmack machen, als Tage mich vorstellte.

»Das ist Elisabeth. Sie hat mir die Xaoc-Stücke verkauft, die ich in Kopenhagen habe.«

»Sie sind Kunsthändlerin?«

»In kleinem Rahmen.« Ich lächelte. »Ziemliche Anfängerin.«

»Sie hat ein großartiges Auge!« Tage drückte mir enthusiastisch die Hand.

Unser Gastgeber war ebenfalls ein behäbiger Däne. Er wurde langsam kahl, trug einen Siegelring und hatte eine amerikanische Frau, die mindestens zwanzig Jahre jünger war als er. »Ihr seid einfach ein wunderbares Paar!«, quiekte sie Tage zu, der ihr das Missverständnis gar nicht zu verübeln schien. »Wie habt ihr euch kennengelernt?«

»Ach, vor einer Weile. In Venedig«, antwortete ich.

»Ich liebe Venedig – mein Gott, wie romantisch. Wir wohnen da immer im Danieli, kennen Sie das Danieli? Ich liebe Italien. Letztes Jahr sind wir nach Sardinien gefahren – wo haben wir noch mal gewohnt, als wir auf Sardinien waren, Sven?«

»Auf Tages Schiff.«

»Ach ja, natürlich. Nein, ich hatte an die Toskana gedacht – wo haben wir noch mal gewohnt, als wir in der Toskana waren?«

Es sah so aus, als würden wir länger in dieser Gesprächsschleife hängen bleiben, also zog ich sie sanft beiseite und bewunderte den Blumenschmuck, der sich über die Mitte des langen Tisches zog, geflochtene Kränze aus Orangenblüten, die sich um schwarze Feigen rankten.

»Sind die toll gemacht!«, zwitscherte ich. »Nach den ganzen Vorbereitungen müssen Sie ja total erschöpft sein.«

Das war eine Regel, hinter die ich bereits gekommen war: Je reicher der Ehemann, desto erschöpfter die Ehefrau. Das war ein todsicherer Schachzug.

»Oh Gott, Sie können es sich nicht vorstellen! Seit einer Woche bin ich nur mit diesem Dinner beschäftigt. Ich hab schon zu Sven gesagt, Sven, hab ich gesagt, nach diesem Abendessen mach ich absolut nichts mehr. Gar nichts. Es war wirklich der Wahnsinn.«

Ich schaute an ihr vorbei zum Tisch, der im rechten Winkel zum Pool stand. Letzterer sah aus, als hätte er zwischen zwei riesigen, weiß bemalten Skulpturen aus Treibholz einen Überlauf über die Klippe. Vier Kellner in dunklen Jacken stellten eisgefüllte Schalen mit Sushi auf, ein weiterer zündete am Rande des Bootsdecks Feuer in bronzenen Gefäßen an. Zwei andere schenkten Champagner und Rosé aus, noch ein anderer reichte winzige Fingerfood-Häppchen aus Iberico-Schinken und eingelegtem Ingwer herum. Die Frau musste wirklich völlig erledigt sein.

»Ich meine, ich halte die Dinge gerne schlicht, wenn Sie verstehen.« Sie kicherte. »Ich meine, wir sind hier auf Ibiza, da sind die Leute ja eher gechillt, aber trotzdem ...«

»Es ist schon eine Menge Arbeit, wenn man es anderen Leuten richtig schön machen will«, beendete ich ihren Satz und meinte es ganz aufrichtig.

»Mein Gott, Sie kapieren es einfach, Elsie! Hach, ich könnte mich ja voll in deine Freundin verknallen!«, quiekte sie Tage zu, der netterweise gekommen war, um mich zu retten.

Beim Abendessen gab es keine Sitzordnung, weil alles so gechillt war. Tage saß neben mir und auf meiner anderen Seite eine Frau in einem Vita-Kin-Kleid mit Pompons. Sie unterhielt sich eine Weile an mir vorbei mit Tage, ohne sich zu präsentieren, und stellte detaillierte Fragen über den Ibiza Polo Club, erwähnte eine Menge *patrons* und wen sie im Cowdray Park Polo Club gesehen hatte. Wir waren Seelenverwandte, wenn nicht in der Ausführung, so doch im Stil. Erst als Tage mir ein Stück Ahi-Thunfisch mit weißem Trüffel in den Mund steckte, während er gleichzeitig sein Gesicht an meinen Hals schmiegte, kapierte sie. Ich musste es ihr lassen, sie korrigierte ihren Kurs sofort, schob ihre hennatätowierte Hand in meine, nahm einen großen Schluck Rosé und erzählte mir, ihr Haus sei gerade mit goldenem Wasser ausgestattet worden.

»Wie bitte?«

»Na ja, Sie kennen doch diese Wirbel auf einem Schneckenhaus, oder? Die stehen für den Goldenen Schnitt, der findet sich überall in der Natur. Wasser sollte immer wirbeln und nicht still und statisch sein wie im Wasserhahn. Deshalb hab ich jetzt so eine Maschine, die die Moleküle im Wasser wissenschaftlich nach dem Goldenen Schnitt anordnet …«

»Sie meinen, wie bei einem … ähm … Teilchenbeschleuniger?«

»Genau. Und das macht das Wasser gleich viel hydrierender. Man schmeckt es, wenn Obst- und Gemüsepflanzen damit gegossen wurden – wissen Sie, man kann so richtig spüren, wie glücklich sie waren. Es ist total mathematisch, aber auch spirituell.«

»Holistisch«, brachte ich gerade noch heraus und musste mir auf die Innenseite meiner Wangen beißen.

»Ja. Sie können sich so ein Gerät für Ihr Badezimmer überall besorgen. Die warten momentan noch auf die Genehmigung des Gesundheitsministeriums, aber, na ja, das kennt man ja, das ist ein einziger Bürokratendschungel. Warten Sie, ich hab hier so eine Karte.« Sie begann, in ihrer Gucci-Schlangenleder-Tasche zu wühlen. »Ich meine – das hat echt mein Leben verändert.«

»Vielen Dank. Ich … äh … ich werd mir das auf jeden Fall mal anschauen.«

»Gern geschehen, meine Liebe.«

Als die Gäste aufstanden und sich verteilten, zündeten die Kellner winzige bunte marokkanische Laternen in den Bäumen an. Man hatte getrockneten Lavendel in die Feuerschalen geworfen, die jetzt duftende Schwaden in die weiche, salzige Luft abgaben.

»Mit der guten alten *vigile* gehen Sie aber ein ganz schönes Risiko ein, Sven!«, bemerkte ein Engländer, der sein blaues Vilebrequin-Leinenhemd mit genau einem Knopf geschlossen hatte. Sven lachte trocken.

»Natürlich, wenn irgendjemand auch nur eine offene Flamme meldet, muss man zehntausend Euro Buße zahlen. Letztes Jahr ist der halbe Hügel bei San Juan in Flammen aufgegangen. Ich find es da immer einfacher, den Beamten gleich *im Voraus* zehntausend Euro zu geben.« Die beiden Männer lachten verschwörerisch.

Tage führte mich zu einem Teaksofa, auf dem feine Ikat-Tücher drapiert waren. Einen Arm hatte er besitzergreifend um mich gelegt, als er mich einem schwedischen Architekten vorstellte, der den Auftrag hatte, nächstes Jahr den Pavillon für die Serpentine Gallery zu gestalten. Seine Frau hatte in Stockholm einen Job in der medizinischen Forschung, der sich sehr beeindruckend anhörte. Ich hatte das Gefühl, dass sie wenig mit goldenem Wasser am Hut hatte. Die beiden waren klug und reizend und mehr als höflich interessiert an meinen Plänen für die Gentileschi Gallery. Während ich dort mit Tage saß und aus den schmelzenden Eiswürfeln winzige Blüten in meinen Rosé sickerten, blickte ich auf die glänzenden Wände des Hauses und zum dunklen Versprechen des Gartens, und wieder einmal konnte ich mich freuen, Judith Rashleigh aus meinem Leben verbannt zu haben. Hier hatte ich immer sein wollen. Und das Beste war, ich war niemandem Rechenschaft schuldig.

Da entdeckte ich Alvin, der sich mit zwei Mädchen in einer Hängematte räkelte, und hob das Glas, um ihm zuzuprosten. Trotz meiner Enttäuschung wegen der Yermolov-Geschichte war ich voller Optimismus, ja, ich war – vielleicht – sogar glücklich.

Erst viel später sollte mir klar werden, dass dies der letzte Tag gewesen war, an dem ich mir vormachen konnte, dass alles gut ausgehen würde.

5. Kapitel

Es begann schon beim Essen am nächsten Abend schiefzugehen. Ich war allein in meinem Zimmer aufgewacht – meine Sachen hatte ich nicht in Tages Boudoir mitgenommen, denn ich teile mein Bett nur mit jemandem, wenn es wirklich unumgänglich ist. Ich war einmal um die Insel gelaufen und hatte am Ende in kobaltblauen Wellen gebadet, wo dicke graue Fische um meine Füße herumschwammen. Dann verbrachte ich den Rest des Tages mit den anderen, die am Pool lagen. Tage hatte einen Bootsausflug zur nahe gelegenen Insel Formentera organisiert, aber da die Septemberhitze über dem Festland schimmerte, zog ich es vor, mich in mein kühles Bett zurückzuziehen, zu lesen und zu dösen, bis es Zeit zum Umziehen wurde.

Die Mädchen zogen sich gegen neun zurück, um sich anzuziehen, und nach dem Gekicher und dem barfüßigen Patschen zu urteilen, ging ich davon aus, dass sie auch einen kleinen Drink zum Vorglühen konsumierten. Ich duschte ausgiebig und zog ein schlichtes schwarzes Isabel-Marant-Maxikleid aus Georgette über, zu dem ich schlichte Ledersandalen trug. Ich legte ich ein Paar antiker Ohrringe an, die ich auf Murano gekauft hatte. Es waren flammende Rauten aus marmoriertem Glas in einer filigranen Goldfassung. Entspannt und bohemehaft, wie es dem Setting angemessen war. Als wir uns zu Drinks zusammenfanden, stellte ich überrascht fest, dass Tage sich etwas angezogen hatte, was man nur als Partykaftan bezeichnen konnte. Aber darüber brauchte ich mir ja nicht den Kopf zu zerbrechen.

Die Dienstmädchen verteilten Schüsseln mit Fladenbrot und köstlich duftenden *albóndigas*. Ich bot der Frau neben mir einen Teller an – ich erkannte in ihr das Eiweißchen vom Vortag –, aber sie zwickte mich spielerisch in den Oberschenkel, mit einer Vertraulichkeit, die mir normalerweise Anlass zu Mordgelüsten gegeben hätte.

»Eating is cheating, Elisabeth! Stipp lieber mal den Finger hier rein.«

Sie holte eine winzige Emailleschüssel mit MDMA-Granulat und schob mir aufmunternd die Spitze ihres kleinen Fingers in den Mund. Ich schluckte meine Verärgerung herunter und murmelte, dass ich Kohlehydrate brauchte, um auf Touren zu kommen. Als ich auf den Teakholztisch schaute, der mit einem schmalen türkischen Webläufer mit Silbermünzen dekoriert war, hätte ich am liebsten losgeheult aus vorweggenommener Langeweile. Wie kommt es nur, dass Leute, die sich allen Spaß der Welt leisten könnten, sich nur solch begrenzter Möglichkeiten bedienten, um ihn zu haben? Ich bin nun wirklich nicht gegen Drogen, aber ich halte die Türen zu meiner eigenen Wahrnehmung lieber fest unter Verschluss.

Die Dienstmädchen legten unerschütterlich ihr barockes Essensstillleben aus, das die Gäste jedoch weitgehend ignorierten, während sie fröhlich die Finger ins weiße Granulat stippten. Die Geschichte würde sehr schnell ziemlich chaotisch werden, und ich überlegte, wie lange es wohl dauern würde, bis sie alle so dicht waren, dass ich mich diskret ins Bett zurückziehen konnte. Ich griff mir ein Glas und eine Zigarette und ging zum Rand der Terrasse, wo einer von Stahls Freunden schwermütig und sehnsuchtsvoll aufs Meer hinausstarrte, als hätte er ein fernes Atlantis im Sinn.

»Jetzt kommt bald schon wieder die Zeit der Abschlusspartys«, flüsterte er kummervoll. Ich ließ ihn mit seiner Sorge allein und flitzte zurück zum Tisch in der Hoffnung, ein Fleischbällchen zu ergattern, doch Eiweißchen fing mich abermals ab und zog mich mit einem mageren Mahagoniarm an sich. Dann dröhnte Tages Anlage los, mit der man jederzeit einen Club hätte beschallen können. Eiweißchen biss mir fast das Ohrläppchen ab mit ihren blendend weißen Veneers, während sie mir mit käsigem Mundgeruch zu erklären begann, warum ich Ibiza *wirklich verstehen* müsse, denn es sei so ein besonderer, kreativer Ort, und ich müsse *begreifen*, dass es für so freie und kreative Leute wie uns keinen vergleichbaren Ort gebe. Ihre aufgerissenen Augen kamen meinen immer näher, bis ich mich fragte, was wohl passieren würde, wenn ich ihr mit beiden Daumen eine Handvoll von ihrem pulverförmigen Glück in die Pupillen reiben würde.

Doch unser kleiner Flirt wurde von Stahl unterbrochen, der in erstaunlich kurzer Zeit von null auf neunzig beschleunigt hatte, auf die Balustrade sprang und von dort auf ein umgedrehtes Boot kletterte, das kunstvoll mit lila Bougainvillea berankt war. Er schwankte leicht, während er wieder zu Atem kam, und griff dann nach einer der brennenden Bambusfackeln, die an den Mauern steckten und das Dämmerlicht vertrieben. Sein Gesicht war ganz rot, seine Poren sahen riesig aus, seine Zähne mahlten – ich erkannte ihn kaum wieder. Der besonnene, ziemlich attraktive Mann hatte sich auf einmal in ein Viech verwandelt. Er achtete darauf, sich nicht den paillettenbesetzten Saum seines Kaftans anzusengen, als er mit der Fackel Richtung Ufer zeigte, wo sich vom Dock aus zwei weiße Jeeps näherten, gelenkt von Männern in weißen Hemden und Ray-Bans.

»Ladys und Gentlemen«, lallte er, »die Fucktrucks sind da!«

Die Menge tat wirklich ihr Bestes, echte Begeisterung an den Tag zu legen, während die Fahrzeuge auf uns zurollten. Fäuste wurden im Takt mit den gellenden Hupen in die Luft gereckt. In jedem Auto standen sechs oder sieben bikinibekleidete Mädchen auf den Sitzen und wackelten mit ihren Ärschen, so gut es ging, ohne sich gegenseitig auf die Straße zu schubsen. Als Stahl sich wieder an sein Publikum wandte, verklang wie auf ein Stichwort die Musik. Pantomimisch stellte er dar, wie er einen Kopf packte, zu seinem Schoß schob und sein Becken einem imaginären Mund entgegenstieß. »Jungs, Mädels – jetzt fängt der Spaß so richtig an! Auf geeeht's!«

Tage Stahl sprang hinunter und ging zum Pool, wo die erste Ladung Stilettos bereits die Treppenstufen hochklapperte. Normalerweise halte ich mich nicht lange mit Reue auf, aber während ich ihm hinterhertrottete, ekelte ich mich vor meinem geschmacklichen Ausrutscher. Was hatte ich mir bloß dabei gedacht? Gott sei Dank hatten wir ein Kondom benutzt.

»Na, auch in Partystimmung?«

Alvin hatte mich an meinem Kleid gepackt. Ich riss grob am Stoff, aber er hielt ihn zu fest, und als ich mich wegbewegte, straffte sich das Kleid zwischen uns, bis ich nicht hätte weiterziehen können, ohne es zu zerreißen.

»Ich weiß nicht, ob ich wirklich bereit bin für Ibiza«, bemerkte ich.

Er löste seine Finger, und das Kleid legte sich wieder an meinen Körper.

»Nach allem, was ich so gehört habe, Elisabeth, kann ich das kaum glauben.«

»Dann hast du dich vielleicht verhört.«

Ich wandte ihm den Rücken zu, ging am verlassenen Esstisch vorbei und zu meinem Zimmer im ersten Stock, nicht ohne mir unterwegs ein Häufchen Quinoa-Granatapfel-Salat in ein Fladenbrot zu schieben. Aus meinem Schlafzimmer schaute man auf die Hügel hinterm Haus, sodass die hämmernde Musik gnädigerweise nicht in voller Lautstärke zu hören war.

Ich zündete mir eine Zigarette an und holte mein Arbeitshandy heraus. Tatsächlich fand ich in meinem Facebook-Account Alvin, der sich als Profilfoto originellerweise ein Bild von Michelangelos David ausgesucht hatte. Wir waren seit ungefähr einem Monat Facebook-Freunde. Ich hatte mir nie die Mühe gemacht, seine Postings anzusehen, aber jetzt scrollte ich sie kurz durch und warf einen Blick auf die Fotos. Alvin im White Cube in London, Alvin, wie er in Dalston einen Mitternachtskebab herunterschlang, der hühnerbrüstige Alvin in Badeshorts neben einer gepflegteren weiblichen Version seiner selbst an einem Strand in den Hamptons, mit der Unterschrift: »Glückwunsch, Schwesterherz ☺ !!!« Schwesterherz hielt ihren Verlobungsring in die Kamera, neben ihrem mutmaßlichen Verlobten, der, nach seiner Blässe und dem knittrigen rosa Hemd zu urteilen, das er offen über den Shorts trug, wohl Engländer war. Neben dem Verlobten stand Angelica Belvoir, die ihre Hüfte in perfekt vorteilhafter Pose ins Bild hielt und der das Blondhaar bis zu den Bikinischnüren reichte. Ich hatte sofort gespürt, dass Alvin so richtig übel war – aber warum hatte ich mein Bauchgefühl so ignoriert, das mir doch von vornherein gesagt hatte, dass diese ganze Reise eindeutig so richtig übel war? Wann würde ich jemals lernen, dass es einfach nicht mein Ding war, mich einer Gesellschaft anzuschließen? Ich warf die Kippe aus dem Fenster und steckte mir sofort die nächste an.

Angelica Belvoir. Fuck. Diese in all ihrer Mittelmäßigkeit überhebliche Upperclass-Göre, die meinen Job bekommen hatte, nachdem ich vom Auktionshaus in London gefeuert worden war. Damals, als ich herausgefunden hatte, dass mein Chef in einen Betrugsversuch mit einer Kunstfälschung verwickelt war, und ich dummerweise meine Nase in die Angelegenheit hineingesteckt hatte. Bevor – alles andere passierte.

Bevor ich erfuhr, dass alles, was ich bis dahin von Verdiensten und Talent und harter Arbeit geglaubt hatte, einfach nur ein Haufen Scheiße war. Bevor ich anfing, bei einem System mitzumachen, das ich verachtete. Bevor ich von London an die Riviera fuhr, bevor Blut und Leichen ins Spiel kamen, bevor ich mir, genährt von Bitterkeit und Wut, eine stählerne Härte zulegte. Bevor James und Cameron kamen, Leanne und Julien und Renaud. Ich war so weit gekommen. Ich hatte geglaubt, dass Elisabeth Teerlinc mit all dem fertig war, aber es verfolgte mich immer noch, so beharrlich wie dieser Liliengeruch in einem stillen Zimmer, ihre Arme tasteten immer noch nach mir, um mich nach unten zu ziehen, bis sich die Wellen der Vergangenheit für immer über meinem keuchenden Kopf schlossen.

Ich schüttelte mich. Das war jetzt wirklich nicht der rechte Moment für Nostalgie. War Angelica der Grund, warum Alvin mir auf Facebook eine Freundschaftsanfrage geschickt hatte? Hatte sie mich wiedererkannt? Ich blätterte durch Alvins Verbindungen, aber ich fand nichts Aussagekräftiges: Zu unseren gemeinsamen Freunden gehörten fünf Leute aus der Kunstbranche, die ich noch nie persönlich kennengelernt hatte, abgesehen von Tage Stahl. Egal, ich musste weg von dieser Scheißinsel und auf der Stelle ein, zwei Länder zwischen Alvin und mich legen. Auf keinen Fall sollte mein Gesicht auf irgend einem seiner tollen Ibiza-Schnappschüsse auftauchen, auf denen Angelica mich am Ende sehen könnte. Mir wurde klar, dass ich langsam, selbstgefällig und stümperhaft geworden war – das hatte ich nun davon. So kann es eben kommen, wenn man allzu glücklich und zufrieden ist.

Ich machte ein paar sinnlose Schritte auf und ab, während sich die Vibrationen der Party über den Boden übertrugen. Auf einmal fühlte ich mich eingesperrt und atemlos. Beruhige dich, Judith, sagte ich mir. Das hat alles nichts zu bedeuten. War Alvin wirklich ein Risiko? Er war mir zuwider, das ja, aber abgesehen davon, dass er lüstern und nicht allzu helle war, hatte ich keinen weiteren Verdacht gegen ihn. Höchstwahrscheinlich war er völlig harmlos, aber dennoch rief er in mir ein Gefühl hervor, das ich schon lang nicht mehr gespürt hatte, das ich eigentlich auch nie wieder hatte spüren wollen – den adrenalingetränkten Klammergriff schierer Angst. Völlig irrational. Ich durfte auf keinen Fall ängstlich wirken. Elisabeth Teerlinc hatte nichts zu verbergen, im Gegensatz zu Judith Rashleigh. Ich beschloss, mein Gesicht noch einmal auf der Party zu zeigen, auf Distanz zum Geschehen zu bleiben und morgen früh sofort abzureisen. Damit würde ich ohne Weiteres zurechtkommen.

Als ich wieder auf die Terrasse trat, war Stahls Abendveranstaltung vom Geschmacklosen ins Groteske gekippt. In den runden weißen Betten, die um den Pool herum aufgestellt waren, befanden sich synkopisch zuckende Körper, jeweils ein Mann mit zwei, drei sich windenden Frauen. Die Nutten dirigierten das Ganze mit der Überzeugung und dem Enthusiasmus von Eintänzerinnen auf einer Bar-Mizwa-Darstellung von Hieronymus Bosch, sie bäumten sich auf, um die Hände zum Beat der Musik zu bewegen, bevor sie wieder abtauchten, um eine Zunge oder einen Finger in einen wartenden Körper zu schieben.

Die weiblichen Gäste des Hauses waren mit einem komplizierteren psychologischen Manöver beschäftigt: Sie versuchten, mit ihren chemisch geglätteten Gesichtern Bereitschaft zu signalisieren, aber gleichzeitig klarzumachen, dass sie eine Stufe über den Huren standen. Stahl löste sich aus dem Durcheinander, kam zu mir und legte mir einen Arm um die Taille.

»Na, amüsierst du dich, mein Schatz?«

»Nicht wirklich.«

»Warte, dann schau dir mal das hier an.«

Die Hausmädchen bewegten sich immer noch zwischen den

Gästen, wechselten Aschenbecher und schenkten Champagner nach. Wie sie uns bemitleiden müssen, dachte ich. Wie sie uns bemitleiden müssen. Stahl klatschte in die Hände, und wieder verebbte die Musik.

»Jungs, Mädels – hört mal kurz auf, euch gegenseitig das Hirn rauszuvögeln!«

Die Frauen stellten ihre Tätigkeit mit verdächtiger Bereitwilligkeit ein. Sie lagen auf den Betten wie gebräunte Sardinen. Stahl wühlte in der Tasche seines Kaftans.

»Zuerst einmal – ähm – einen herzlichen Applaus für diese wunderbaren Ladys, die heute Abend hergekommen sind, um uns zu unterhalten! Und jetzt kommt die Challenge, auf die ihr alle gewartet habt …«

Oh Gott, was hatte der Mann bloß vor? Er zückte ein zusammengerolltes Bündel Geldscheine. »Zehntausend Euro, ja, zehntausend in bar, für das Mädchen, das uns die beste Imitation vormacht. Na, Freiwillige vor!«

Ein paar Leute riefen Vorschläge, Promis, historische Persönlichkeiten. Was sollte das werden – eine Pornoscharade? Ein Mann rief etwas auf Norwegisch oder Schwedisch, und Stahl legte eine Hand hinters Ohr.

»Wie bitte? Okay, Bauernhoftiere! Kling gut! Kommt her, Mädels.«

Die Nutten scharten sich um ihn und zupften ihr Haar und die Reste ihrer Bikinis zurecht. Aus der Nähe betrachtet, musste ich zugeben, dass Stahl keine halben Sachen machte. Jede von ihnen hatte den Körper eines Unterwäschemodels, und unter den Make-up-Schichten steckten außergewöhnlich hübsche Gesichter. Ich fragte mich, wo er sie wohl gebucht haben mochte. Stahl erklärte jetzt, wie das Spiel ablaufen sollte.

»Okay, okay. Sitzen alle bequem? Holt euch einen Drink. Nimm noch eine Line, Jens. Hey, Mund halten da drüben und den Schwanz wieder in die Hose stecken. Als Erste – wie heißt du denn, Schätzchen? … Als Erste wird Stefania … ein Schwein nachmachen!«

Zehntausend. Der Preis für einen Waldbrand. Ich beobachtete ungläubig, wie in der entstandenen Stille das Mädchen auf alle viere ging, ihr Gesicht zu einer Tierschnauze verzog und anfing zu grunzen.

»Na los, Schätzchen, das kannst du doch besser!«

Stefania konzentrierte sich vermutlich ganz aufs Geld, und ich wage zu sagen, dass sie schon schlimmere Dinge gegen Bezahlung gemacht hatte, aber als sie herumkroch, schniefte und ihren Kopf im Schoß eines Gastes vergrub, als würde sie dort nach Trüffeln wühlen, wurde mir richtiggehend schlecht. Beifallrufe und Schreie von den Gästen. Ein Mädchen nach dem anderen ging auf alle viere, machte sich blökend und quakend zu Kuh, Schaf, Ziege, Huhn und stolperte im Fackelschein zwischen den Knien der Gäste herum. Ich konnte es nicht mit ansehen, aber wenn ich eine Entschuldigung brauchte, um sofort zu gehen, hatte ich sie jetzt. Ich stieg über den Rücken eines Mädchens, das gerade laut »Iah« brüllte, während ein Mann sie pantomimisch von hinten nahm, und zog Stahl beiseite.

»Ich gehe. Könntest du für mich ein Boot ans Dock bestellen? Meinen Koffer trag ich selbst.«

»Elisabeth! Was ist denn los? Gefällt es dir nicht? Du darfst dich nicht so verspannen, Baby – schwimm einfach mit im Flow.«

»Ich bin nicht verspannt, ich bin entsetzt. Und deswegen fahr ich jetzt. Viel Spaß noch auf deiner Party.«

Er holte mich an der Tür meines Schlafzimmers ein.

»Aber Schatz, ich dachte, wir hätten es so nett zusammen gehabt gestern. Du kannst doch nicht einfach so fahren.«

»Und wie ich das kann.«

Stahl versuchte, ein böses Gesicht zu ziehen, aber er hatte so viel Stoff intus, dass er nur blöd grinsen konnte, allerdings sah er dadurch erst richtig schlimm aus. Seine Überzeugung, dass er da draußen etwas wirklich Vergnügliches veranstaltete, war ebenso unerschütterlich wie abstoßend.

»Ich mag undankbare Mädchen nicht.«

»Ich scheiß drauf, was du magst. Sag deinem Skipper, er soll das Boot klarmachen, bevor ich die Polizei in Ibiza anrufe und ihnen sage, dass du in deinem jämmerlichen kleinen Paradies hier genügend Stoff hast, um ihnen ein fünffaches Jahresgehalt in Form von Belohnungen zu sichern.«

Er wirkte verdattert. »Jetzt komm, Schatz. Alvin hat mir erzählt…«

Was konnte Alvin ihm erzählt haben? Mit wem hatte dieser Vollidiot sonst noch gelabert? Nur zu gern hätte ich Tage den Daumen so auf die Nase gedroschen, dass er eine Woche lang weder mit Alvin noch mit sonst wem sprechen konnte, aber ich musste hier raus. Jetzt sofort. Ich schluckte die Anspannung, damit meine Stimme nicht anfing zu zittern, und erwiderte knapp:

»Ich kenne Alvin nicht. Ruf mir ein Boot. Und danke für deine Gastfreundschaft.«

Auf dem Bett lag mein Koffer, in den ich rasch meine Sachen geworfen hatte. Ich griff nach dem Reißverschluss, um ihn zuzuziehen, doch Tage packte mich bei den Schultern und schubste mich aufs Bett, sodass mein Gesicht zwischen dem Koffer und meiner kittfarbenen Bottega-Veneta-Handtasche eingeklemmt war. Er kicherte und begann, mir das Ohr zu lecken.

»Entspann dich, Baby. Entspann dich einfach. Lass dich mittreiben.«

Ich schloss die Augen und entspannte meine Muskeln. Sobald er das spürte, brachte er sein Gesicht näher an meines und schob mir eine Hand zwischen die Beine.

»Ja, genau, so ist's richtig, Schätzchen, so ist's richtig.«

Ich konnte ihm nicht mal Vorwürfe machen. Immerhin war ich vorher mehr als willig gewesen. Aber über dem Beat von *Knights of the Jaguar* konnte ich immer noch das wilde, kindische Wiehern und Schnauben von unten hören. Stahl zog seinen Kaftan und meinen Rock hoch, und ich ließ die Oberschenkel locker, während ich in meiner Tasche nach der Haarbürste tastete. Stahl sah sich ermutigt, schob mir die Knie zwischen die Beine und begann zwischen seinen Pailletten zu wühlen. Da atmete ich tief ein, spannte alle Muskeln an und schlug ihm mit voller Wucht mit der Mason-Pearson-Bürste auf die empfindliche Stelle am Damm. Geht doch nichts über Naturborsten. Er stieß ein überraschtes, atemloses Keuchen aus, plumpste vom Bett und rollte sich zusammen, stöhnend und kichernd zugleich. Ich machte mir nicht die Mühe, ihm einen Abschiedskuss zu geben.

Zwei Stunden später saß ich in einer Bar im Hafen von Ibiza-Stadt. Hinter mir ragte der weiße Kegel mit der Stadtmauer auf. Mein Gepäck stand zu meinen Füßen, während ich meinem zweiten Drink schnell einen dritten hinterherschickte. Es war erst zwei Uhr morgens, für Ibiza eigentlich noch früh. Eine Gruppe von Mädchen in PVC-Ameisenkostümen flatterte vorbei und verteilte Flyer für einen Club. Ihnen folgte ein Team von S/M-Sklaven, die mit Leinen und Latexstrapsen zu einem komplizierten menschlichen Knäuel zusammengeschnallt waren. Einer von ihnen, ein gut aussehender großer Mann mit blauschwarzer Sahara-Haut und weißem Haar warf mir einen Kuss zu. Ich hatte mein Kleid noch in Stahls Boot ausgezogen und gegen Jeans, Shirt und Stiefel ausgetauscht. Der Captain war zunächst ein wenig verwirrt gewesen, doch ein größerer Geldschein hatte ihn davon überzeugt, dass ich wirklich dringend in die Stadt musste. Und ich hoffte, dass Stefania ihren Preis gewonnen hatte.

Ich zog gerade einen vierten Drink in Erwägung, um mir anschließend ein Hotel in der Stadt zu suchen, da setzte sich ein Trupp von Jungs an den Tisch neben mir. Wirklich *Jungs*. Haartollen an kleinen Buben, Fitnessstudiomuskeln, künstliche Bräune. Ich setzte mich gerade hin, was länger dauerte, als ich gedacht hätte. Sie musterten mich, und ich merkte plötzlich, dass es mir gefiel, ihre Blicke zu erwidern. Die Kellnerin mit den Dreadlocks tauchte auf, sie bestellten sich höflich ihr Bier, obwohl das junge Mädchen Jeansshorts anhatte, die mit knapper Not ihren Hintern bedeckten. Ihr gutes Benehmen gefiel mir.

»Fragen Sie die Dame da drüben, ob sie gerne einen Drink hätte.«

»Danke. Ich hätte gerne einen Bourbon. Pur.« Das gefiel mir auch.

Sie rückten am Tisch zusammen, um mir Platz zu machen, und wir stießen an.

»Wie heißt du?«

»Liz.«

»Prost, Liz!«

»Seid ihr zum ersten Mal auf der Insel?« Ich war ja selbst erst seit sechsunddreißig Stunden hier, aber ich tat so, als wäre ich Ibiza-Urgestein.

»Ja. Letztes Jahr waren wir in Griechenland, aber da war's scheiße. Zu viele kleine Kinder.«

Sie waren aus Newcastle, woraufhin ich verriet, dass ich auch aus dem Norden war. Wir plauderten ein bisschen, und ich gab die nächste Runde aus, dann rauchten sie einen Joint, und schließlich ging einer von ihnen Händchen haltend mit mir zum Kai, während seine Kumpels uns nachlächelten. Irgendwann saßen wir in einem Taxi, und sein Mund auf meinem fühlte sich weich und süß und sauber an. Ihre Ferienwohnung auf der Straße über der Playa d'en Bossa roch nach Zigaretten und frischem Jungenschweiß. Er holte eine halb leere Flasche mit süßem Weißwein, und wir tranken daraus, während er mir erst meine Sachen auszog, dann seine eigenen, ohne seine Zunge von meiner zu lösen. Eine rote Viper schlängelte sich über sein Handgelenk und zeigte auf einer weichen Schulter ihre Giftzähne.

Wir sanken auf sein ungemachtes Bett, und ich streckte die Arme genießerisch über den Kopf. Er legte sich über mich und zog meine Handgelenke mit einem Griff an sich, während seine Zunge in meine Möse tauchte. Ich bat ihn, flach, gleichmäßig und sanft zu lecken, und er leckte und forschte und brachte mich schon an den Rand, doch dann schüttelte ich ihn ab und setzte mich auf.

»Ich will dich anschauen.«

Er stand auf, trat einen Schritt vom Bett zurück und fuhr sich mit der Hand durchs Haar, aber die Augen hielt er schüchtern gesenkt. Unter dem Schlangenkopf kullerten mehrere schwarzblaue Würfel über seinen Brustkorb. Seine Taille war schön, straff und schmal, und die Muskelflächen über seinen Hüftknochen waren klar definiert wie bei einer Skulptur.

»Du siehst aus wie ein Kouros.«

»Was?«

»Egal. Wie alt bist du?«

»Neunzehn.«

»Dreh dich mal um. Heb die Arme und leg die Hände in den Nacken. Ja, genau so.«

Ich kroch über das schmuddelige Laken und griff nach ihm. Ich schob die Hände unter den Flügeln seiner Schulterblätter entlang, die so zart und zerbrechlich aussahen. Die beiden Grübchen am Ende seines Rückens waren mit blondem Flaum überzogen. Ich senkte den Kopf und leckte ihm über die Hinterbacken, züngelte mich langsam immer tiefer zu seinem erdigen Geruch, bis er leise aufstöhnte. Dann ging ich noch tiefer und zog ihm leicht die Backen auseinander, bis ich sein Arschloch waschen konnte. An der Unterseite seines Hinterns hatte er eine Ansammlung von glühend roten Pickeln, für die ich ihn fast schon hätte lieben können. Ich leckte ihn, bis seine Eier ganz nass von meiner Spucke waren, dann drehte ich mich um, legte mich zurück und spreizte die Lippen mit zwei Fingern, damit er mich anschauen konnte.

»Komm her.«

»Soll ich?«

»Ja. Ja, jetzt sollst du.«

Er glitt in mich, und vielleicht lag es am Gras oder auch an der wunderbaren Schlichtheit des Ganzen, aber wir mussten beide lachen. Ich behielt ihn einfach eine Weile in mir und lauschte dem Pochen seines Blutes, dann schlang ich meine Schenkel fest um seinen Rücken, zog sein Gewicht auf mich und ließ meine Hüften langsam kreisen, eins, zwei, drei, bis er stöhnte und ich schon befürchtete, ich könnte ihn gleich verlieren. Doch dann nahm er meine Beine und hob mich an den Knöcheln so hoch, bis ich fast nur noch auf meinen Schultern stand, und dann rammte er ihn mir in voller Länge in einem einzigen schnellen bebenden Stoß hinein und machte weiter, bis ich wieder so weit war und ihn bat, schneller zu machen. Ich spürte, wie mein Orgasmus ganz tief begann, hinter dem Gebärmutterhals heraufzog, und er hielt mich so fest, dass sich nur noch sein Schwanz bewegte, und dann kam ich, wie ich es unter Stahl nur vorgespielt hatte, legte den Kopf in den Nacken und schrie.

»Wo willst du's hinhaben?«

»Auf die Titten. Jetzt gleich.«

Der erste Spritzer traf mich auf die Rippen, dann fühlte ich, wie seine Hitze über meine Brustwarzen sickerte. Ich verteilte es mit den Fingern und leckte einmal daran, dann nahm ich eine Handvoll und verrieb es auf meiner Klit.

»Lecker.«

»Fühlt sich an, als wär deine Möse für meinen Schwanz geschaffen.«

»Sag mir das, wenn du mich noch mal fickst.«

Und das tat er auch.

6. Kapitel

Venedig ist eine Stadt der raffinierten Vergnügungen, aber Liebhaber im Teenageralter waren für mich nicht unbedingt an der Tagesordnung gewesen. Als ich zum Campo Santa Margherita zurückkehrte, hatte die Erinnerung an meinen anonymen Toyboy die Verachtung, die ich für Stahl und mich empfand, so gut wie ausgelöscht. So gut wie. Die ganze Sache hatte etwas Unkontrolliertes und letztlich Sinnloses gehabt, was sich durch die lange Heimreise nur noch verschärft hatte – ich musste eine Fähre nach Barcelona nehmen, dann noch eine nach Genua und zuletzt mit dem Zug quer über Italiens Oberschenkel fahren. Dummerweise hatte ich noch immer Angst vor den Sicherheitskontrollen am Flughafen. Das letzte Mal hatte ich einen Linienflug bestiegen, als ich nach Rom gereist war, wo ich dann den toten Kunsthändler Cameron Fitzpatrick in den Tiber geworfen und die Stadt mit einer gestohlenen Fälschung verlassen hatte.

Nach der Ibiza-Reise fühlte ich mich unwohl in meiner Haut und war leicht gereizt, und obwohl ich versuchte, mich mit meiner neuen Ausstellung abzulenken, war ich immer noch verstimmt, weil die Angelegenheit mit Yermolov so unbefriedigend verlaufen war. Das dänische Mädchen, Liv Olssen, hatte sich bereit erklärt, mir ihre zehn *Unlikely Bundles* alle auf einmal zu verkaufen, und ich schaute mich gerade nach Stücken um, die damit kontrastieren oder »in Dialog treten« konnten. Man musste immer sehr genau aufpassen, wie man seine Worte wählte, auch wenn mir in meiner derzeitigen Laune von diesem ganzen dämlichen *art-speak* das Kotzen kam. Keine meiner gewohnten Beschäftigungen hatte eine beruhigende Wirkung auf mich. Ich war nervös und ruhelos, obwohl ich gerade erst zurückgekehrt war. Ich schaute öfter auf Facebook und befürchtete immer so halb, eine Message von Angelica Belvoir vorzufinden. Wenn ich dann nur die üblichen sinnfreien Statusmeldungen vorfand, war ich auf eine irrationale Art fast wieder enttäuscht. Ich war in Versuchung, als Elisabeth Kontakt mit ihr aufzunehmen, aber ich musste meinen Wunsch nach Informationen zügeln, weil ich sonst Gefahr gelaufen wäre, Aufmerksamkeit auf mich zu ziehen. So sehr es mich frustrierte, ich musste die Finger davon lassen.

Zeit war etwas, was ich für gewöhnlich in überschaubaren Einheiten erlebte, aber obwohl ich mein Lauftraining verschärfte, obwohl ich immer noch fleißiger arbeitete, war ich … ungeduldig. Ich wusste nur nicht, warum. So ziemlich das Einzige, was mich aufmunterte, war Maschas Gesellschaft. Es war mir egal, dass ihre Erinnerungen erfunden waren. Sie hatte sich selbst neu erfunden, genau wie ich, und wer konnte ihr einen Vorwurf daraus machen, wenn sie sich eine glanzvollere und aufregendere Welt wünschte als ihre verhärmte Realität? Ich liebte ihre Geschichten, liebte ihren winzigen schwarzen Körper auf dem viel zu großen Stuhl, liebte es, wie sich der Rauch ihrer Zigaretten trotzig in ihre dramatische Hochsteckfrisur ringelte. Ich hatte meine Großeltern nie gekannt, aber eine Großmutter wie Mascha hätte mir gefallen.

Nach meinem allwöchentlichen Ringen mit den Unmöglichkeiten der russischen Deklinationen rauchten und plauderten wir wie immer. Mascha mochte Sobranies mit goldenem Filter, und meistens kaufte ich ihr auf dem Weg zum Unterricht eine Packung. Als sie sich mit viel Gestöhne und Geschnaufe mit ihrem starken Tee ohne Milch auf ihren Sessel gepflanzt hatte, fragte ich sie, ob sie schon mal von Pavel Yermolov gehört hätte.

»Ein widerlicher Mann.« Wir hätten auch Italienisch sprechen können, doch Mascha wollte ihr Englisch aufpolieren, das zwar verständlich war, aber exzentrisch klang. Sie behauptete, es in den Fünfzigerjahren von einem berühmten Liebhaber gelernt zu haben – mal war es ein englischer Komponist, mal ein amerikanischer Autor. Einmal war es auch Stanley Kubrick, aber ich glaube, dann fiel ihr wieder ein, dass der ja Russisch sprach.

»Warum ist Yermolov ein widerlicher Mann?«

»Er hat meinem Land Schreckliches angetan. Er und diese Räuberbande.«

»Was hat er denn getan?«

»Ich weiß aus sicherer Quelle, dass er Leute umbringt.«

»*Prawda, schto li?* Wirklich, stimmt das?«

»Vor Jahren, in Moskau. Yermolov wollte einen neuen Wohnblock bauen. Und die ganzen Mieter im alten Block hat er umgebracht. Einen nach dem anderen. Jeden Tag einen. Bis die Leute solche Angst hatten, dass sie ihre Wohnungen freiwillig verlassen haben.«

»Er hat mir einen Job angeboten«, sagte ich nachdenklich. »Aber ich habe abgelehnt.«

»Das freut mich zu hören. Vergewaltiger sind das, alle miteinander.«

Ich maß Maschas Anschuldigungen nicht allzu viel Gewicht bei, insbesondere, weil sie noch nie in Moskau gewesen war. Diese Geschichte hörte sich genauso an wie die düsteren Gerüchte, die jeden wohlhabenden Russen umgaben. Ich versuchte, ihr noch etwas zu entlocken, aber da war sie schon weit weg, steigerte sich hinein in all die Bösartigkeiten, die man ihrem geliebten Volk angetan hatte. Ich hörte mir gern ihre ausgesprochen individuelle Version der europäischen Geschichte an, die sie hie und da mit einem Highlight aus ihrem eigenen Repertoire würzte. Ihre Stimme hatte über die Jahre und durch die Zigaretten gelitten (sie hatte sich nur zu gern das Rauchen angewöhnt, nachdem sie ihre Bühnenkarriere beendet hatte), doch obwohl sie es selbst zu ihren besten Zeiten nicht über eine Position als Chorsängerin in La Fenice hinausgebracht hatte, fand ich, dass sie immer noch wunderbar klang.

Doch an jenem Abend, als ich in der letzten Hitze des Tages in meine Wohnung zurückkehrte, fielen mir Maschas Worte wieder ein. Vergewaltiger, hatte sie gesagt. Räuberbande. Starke Worte. Die fast schon gespenstische Ruhe, in der Yermolov die Angelegenheit mit der unerwartet auftauchenden Frau gehandhabt hatte, die Erinnerung an seine spinnenartigen Hände ... ich konnte mir durchaus vorstellen, dass er jeden auslöschte, der sich ihm in den Weg stellte. Vielleicht hatte ich ihn deswegen so unwiderstehlich gefunden, vielleicht war ich deswegen noch immer verstimmt, weil es mir nicht gelungen war, ihn zu beeindrucken.

Meine Spekulationen wurden jäh unterbrochen, als mein privates Handy in der Handtasche klingelte. Es war Steve, der mich auf eine Art, die ihm selbst sicher nicht klar war, überhaupt erst ins Geschäft gebracht hatte. Nach der unglückseligen Geschichte mit James im Hôtel du Cap hatte ich mich auf Steves Mittelmeerjacht gemogelt. Im Austausch für Informationen, die ich vom Schreibtisch eines gewissen Michail Balensky gestohlen hatte, war Steve mir dabei behilflich, mit dem Geld, das ich dem armen alten James aus der Brieftasche genommen hatte, ein Schweizer Nummernkonto zu eröffnen. Es waren nur zehntausend Euro, aber damals hatte es sich für mich wie ein Vermögen angefühlt. Das wirklich Nützliche war das Konto gewesen – dort hatte ich nämlich auch das Geld eingezahlt, das ich beim Verkauf des gefälschten Stubbs eingenommen hatte, der mich meinen Job beim größten Auktionshaus gekostet, mir aber auch zu meinem Karrierestart als Kunsthändlerin verholfen hatte. Ich kaufte immer noch ab und zu etwas für Steve, deswegen dachte ich, er würde mich bitten, ihm ein zeitgenössisches Werk zu verschaffen, doch seine WhatsApp-Nachricht lautete:

Hab grade Tickets für Burning Man gekauft! Super! Carlotta hat mich gebeten, dich zu ihrer Hochzeit einzuladen.

Wie ich seinen spärlichen Nachrichten hatte entnehmen können, war der Hedgefonds-Milliardär Steve vor Kurzem zu der Erkenntnis gekommen, dass es Zeit wurde, den Menschen etwas »zurückzugeben«. Oder zumindest hatte er spitzgekriegt, dass Philanthropie Steuervorteile brachte. Carlottas Heirat allerdings war wirklich eine Neuigkeit. Als wir uns auf Steves Jacht kennengelernt hatten, war sie mit einem schwermütigen Deutschen namens Hermann verlobt gewesen. Ob er der glückliche Bräutigam war? Ich schrieb zurück:

Super! Wann und wo?

Seine Antwort kam sofort, was ungewöhnlich war, denn eine SMS-Konversation mit Steve konnte sich manchmal auch über Wochen hinziehen.

Monaco. Samstag. Dinner Freitagabend.

Also morgen. Typisch Steve, dass er davon ausging, Menschen könnten genauso zwischen den Ländern hin und her flitzen wie er.

Wie auf Stichwort begann mein Arbeitshandy zu summen. Scheiß-Facebook. Scheiß-Alvin.

Hi, Elisabeth? Wo bist du abgeblieben? Du hast eine echt abgefahrene Party verpasst!!! Ich schau vielleicht irgendwann mal in deiner Galerie vorbei. Ciao x

Warum legten wir uns nicht einfach alle Fußfesseln an wie amerikanische Strafgefangene? Dann müssten wir nicht ständig unsere Mobiltelefone mitschleppen. Damit war mein Abend im Eimer. Ich lag bäuchlings auf dem Kelim, den ich aus Paris mitgebracht hatte, und schlug mit dem Kopf nachdenklich ein paarmal auf das Wollgewebe. Wenn ich es mir recht überlegte, kam mir die Sache eigentlich ganz gut zupass. Es wäre zwar mühsam, wieder mit dem Zug über Mailand nach Nizza zu fahren, aber ein bisschen Zeit zum Lesen war mir durchaus recht, und falls Alvin vorbeischaute, wollte ich ganz bestimmt nicht zu Hause sein. Ich schrieb Steve eine Nachricht, bat ihn, mir mehr von der jungen unschuldigen Braut zu erzählen, ging auf die Seite von Trenitalia und buchte mir ein Ticket zurück an die Riviera.

Carlottas »Probe-Dinner« sollte im Joël Robuchon Restaurant des Hôtel Metropole stattfinden. Nachdem ich Yermolovs Hunderttausend abgelehnt hatte, war ein bisschen Sparsamkeit durchaus angebracht, also buchte ich mir ein Zimmer in einem schlichten Hotel direkt an der französischen Grenze am Cap d'Ail. Der Taxifahrer, der mich vom Bahnhof in Nizza abholte, warnte mich jedoch vor, dass es besser sei, den Bus nach Monaco zu nehmen, denn irgendein bizarres Steuergesetz erlaubte es Taxis nicht, zwischen sechs und acht Uhr abends ins Fürstentum zu fahren.

Carlottas Kleiderordung hieß »Riviera Chic«, was auch immer das ihrer Meinung nach heißen mochte, und ich fühlte mich ein bisschen fehl am Platze, als ich in meinem zarten, blumenbestickten Erdem-Kleid an der schäbigen Bushaltestelle wartete. Die Fahrt selbst war dann eine Offenbarung. Als der weiße Bus schließlich vorfuhr, gönnte kein weiblicher Fahrgast meinen Rüschen auch nur einen einzigen Blick. Meine Mitpassagierinnen hatten sich aufgemacht, als wären sie eine Gesellschaft von feierwütigen Freundinnen beim Junggesellinnenabschied. Handtaschen mit dem Saint-Laurent-Monogramm drängten sich an gesteppte Chanel-Clutches, Miederwaren von Alaïa mit regenbogenfarbenen Bändern funkelten mit goldenen Reißverschlüssen von Balmain um die Wette, und kein Absatz war niedriger als zehn Zentimeter. Erst als ich das Paar hinter mir belauschte, eine ältere Dame, die mit ihrem iPhone beschäftigt war, und ein umwerfend schönes Mädchen, offenbar ihre Tochter, wurde mir klar, dass diese Frauen alle Nutten waren. Zweitklassige natürlich, weil keine von ihnen ein Apartment im ödesten Steuerparadies von Europa hatte. Nun waren sie eben unterwegs zu ihrer Nachtschicht. Die Mutter hinter mir war anscheinend die Zuhälterin ihres Kindes und legte der Tochter in klarem, ungeniertem Englisch ihr Abendprogramm dar, während das Mädchen mit den glatten, platinblonden Haaren gelassen aus dem Fenster schaute.

Der Bus wand sich über die hohen Küstenstraßen, ich schloss die Augen und lauschte dem Schnattern dieses exotischen Vogelkäfigs. Ich hätte genauso gut in London sein können, in meinem alten Job im Gstaad Club, so ähnlich hörten sich diese Verhandlungen von Schönheit und Geld an, die früher einmal auch das Hintergrundgeräusch meiner Nächte gebildet hatten. Der Unterschied lag nur darin, dass diese Mädchen ernsthafte Professionelle waren. Auf der anderen Seite des Ganges unterhielten sich zwei andere Blondinen über die Vorzüge verschiedener Pillen, mit denen man seine Monatsblutung hinauszögern konnte – »Das ist eben das Blöde an den Saudis: Sobald du blutest, bist du draußen« –, während eine kurvige Brünette am Telefon mit ihrem Freier turtelte und dabei zu ihrer kichernden Freundin schaute, die Augen verdrehte und so tat, als müsste sie sich gleich übergeben.

So hätte ich enden können, dachte ich. Jederzeit hätte ich so enden können. Ich hatte eine jahrelange Ausbildung gemacht, um mich beruflich mit Schönheit beschäftigen zu können, hatte geglaubt, dass Talent, Energie und Intelligenz mir zu einer echten Karriere in der Kunstwelt verhelfen könnten. Doch dann hatte ich erfahren müssen, dass das nicht reichte, dass mein Chef Rupert auch nur für meinen Körper Verwendung hatte. Also hatte ich mir das zunutze gemacht und hatte diese Welt nach ihren eigenen Spielregeln tanzen lassen. Aber es hätte auch allzu leicht anders laufen können, das konnte ich nicht leugnen.

Teppichbelegte Flure und unbekannte Gesichter, die in anonymen Suiten warten, die Prostituierten und die gefalteten Geldscheine, das Hüftkreisen im heißen Whirlpool und am Ende in der schneidenden Morgendämmerung nach Hause krauchen. Ich spürte, wie mein Portemonnaie unter dem weichen Leder meiner Tasche brannte, das nette Bündel Fünfziger, die Kreditkarten, die Schlüssel zu meiner schönen Wohnung in Venedig – aber zum ersten Mal fühlte sich der Besitz dieser Talismane nicht beruhigend an. Ich war keineswegs dankbar, nicht zu dieser Welt der Prostitution zu gehören, sondern empfand mich, als wäre ich weit entfernt, ja in gewisser Weise abstrahiert. Der blasse Chiffonstoff meines Kleides hüllte mich ein wie ein Leichentuch. Neben der wenn auch resignierten Fröhlichkeit dieser Mädchen fühlte ich mich einfach nur einsam.

Tja, meine Liebe, *plus ça change* … Reiß dich zusammen, Judith. Ich hatte immerhin Freunde, oder? Mehrere sogar. Ich würde Carlotta und Steve sehen, und in Monaco war ich auch noch nie gewesen. Als der Bus seine stöckelnden Arbeiterinnen aussteigen ließ, schüttelte ich das Gefühl ab und ging den Hügel zum Metropole hinauf. Auf dem Weg musste ich einem Ferrari ausweichen und einem leuchtend orangen Bentley-Cabrio, und ich begegnete jemandem, der vielleicht Johnny Hallyday sein mochte.

An der Tür zum Privatraum des Restaurants stand Carlotta und empfing ihre Gäste in einer weiten Pucci-Tunika, die sie sicherheitshalber auf beiden Seiten geschlitzt hatte. Der riesige

Edelstein, den ich damals an ihrer Linken gesehen hatte, war inzwischen von einem noch riesigeren Arrangement aus gelben Diamanten ersetzt worden. Als ich die kahle, bebrillte Figur näher betrachtete, die neben ihr stand und wie benebelt ihre Hand umklammerte, stellte ich fest, dass Hermann ebenfalls ersetzt worden war, wahrscheinlich durch seinen Großvater. Carlotta blinzelte mich zweifelnd ein paar Sekunden an, bevor sie mir um den Hals fiel, als wäre ich ihre lang vermisste Schwester. Wir kreischten ein bisschen und küssten uns neben den Wangen in die Luft, und dann flüsterte ich ihr ins Ohr: »Wer ist denn der glückliche Kerl?«

»Franz«, zischelte sie zurück. »Schweizer.«

»Und was ist mit H?«

»Ach, der ist jetzt im Gefängnis«, zwitscherte sie leichthin, und dann schaute sie auch schon wieder über meine Schulter und hielt dem nächsten Gast ihr gespitztes Mündchen entgegen.

Ich überreichte ihr mein Geschenk, ein Set aus zarten Servietten mit venezianischer Spitze, das auf dem Geschenketisch in einem Haufen von Einkaufstüten mit Designermarken-Logos landete. Was auch immer der Stand der Ehe für Carlotta bereithalten sollte, die Hermès-Aschenbecher würden ihr bestimmt niemals ausgehen.

Steve spähte durch die wachsartigen Blütenblätter einer braunroten Orchidee und hatte wie immer sein Telefon in der Hand. Seine Verwandlung vom Brutalkapitalisten zum New-Age-Kreuzritter spiegelte sich in den ganz neuen Cargopants und dem dünnen roten Lederbändchen am Handgelenk wider. Ansonsten sah er aus wie immer – glänzend und verlegen. Ich umrundete eine efeuberankte Säule und trat in sein Blickfeld.

»Hallo, meine Hübsche«, begrüßte er mich. Damals auf der Mandarin hatte Steve mich als Lauren gekannt, unter meinem zweiten Vornamen, den ich im Gstaad Club und bei ein paar anderen Gelegenheiten als Decknamen verwendet hatte. Ich hatte ihm sagen müssen, dass ich meinen Namen aus beruflichen Gründen in »Elisabeth« geändert hatte, als Gütesiegel gewissermaßen. Aber obwohl wir einen ganzen Sommer auf seiner Jacht Seite an Seite geschlafen hatten, bezweifelte ich, dass er sich an meinen ursprünglichen Namen überhaupt noch erinnern konnte.

»Wie geht's, wie steht's?«

»Ach, der Wahnsinn. Ich bin gerade von einem Ayahuasca-Retreat in Peru zurück. Super.« Ach, Steve. Immer eine Nasenlänge hinterher. »Soll ich dir ein Video zeigen?«

»Nein danke, das Dinner fängt doch sicher gleich an.«

Da mir weiter kein amüsanter Kommentar zum Thema Erbrechen unter Halluzinogenen einfiel, fragte ich ihn nach seiner Wohltätigkeitsorganisation. Bei unserer letzten Begegnung, im Rahmen der Contemporary Istanbul, hatte Steve mir von einer Stiftung erzählt, mit der er drei Millionen Menschen innerhalb von drei Jahren aus extremer Armut befreien wollte. Ich überlegte, ob er wohl einen Algorithmus geschrieben hatte, mit dem sich die Zahlen kontrollieren ließen.

»Echt toll! Wir haben hunderttausend Kinder in Somalia mit Tablets ausstatten können!«, antwortete er stolz.

Ich dachte mir, dass sie eine Mahlzeit vielleicht vorgezogen hätten, aber das behielt ich für mich, denn damit hätte ich ihn nur verwirrt. Ich nahm mir einen prächtigen Cocktail vom Tablett eines vorübergehenden Kellners, gerade als auch eine andere Frau nach einem Drink griff.

»Oh, entschuldigen Sie – nach Ihnen.«

»Nein, bitte, nach Ihnen.«

Wir tauchten unsere Nasen in Spiralen aus geschnitzter Wassermelone, dann stellte ich mich selbst vor.

»Ich bin Elisabeth, eine … äh … eine alte Freundin von Carlotta.«

»Ich glaube, wir haben uns schon mal kennengelernt.«

»Tut mir leid, ich glaube nicht.«

»Dann entschuldigen Sie, ich muss mich geirrt haben.« Sie musterte mich neugierig. »Ich bin Elena.«

»Sind Sie mit der Braut oder mit dem Bräutigam befreundet, Elena?«

»Ich kenne Franz aus St. Moritz. Mein Mann und ich haben dort ein Haus.«

»Wie schön.«

Elena war ein paar Jahrzehnte von Franz' Jahrgang entfernt, und sie musste einmal schön gewesen sein, doch jetzt war ihr Gesicht eine Collage aus Botox und Fillern, die man »Ängste einer Trophäengattin« hätte betiteln können. Ihre Lippen waren so weit über ihr natürliches Volumen aufgepumpt, dass es aussah, als würden sie ihr gleich aus dem Gesicht fallen wie Kissen von einem Sofa, während ihre ursprünglichen Wangenknochen unter zwei unförmigen Plastikäpfeln verschwanden, die ihre grünen Augen zu winzigen Katzenaugen zusammenquetschten. Aus der Ferne hätte sie für dreißig durchgehen können, aus der Nähe war sie alterslos wie ein Wasserspeiergesicht. An diese Art von Gesichtern hatte ich mich in Venedig gewöhnt, sie schauten dort überall verwirrt aus ihren Zobelkragen oder Fortuny-Tüchern. Das Schockierendste an dieser bewussten Entstellung war jedoch, dass sie mittlerweile an der Tagesordnung war.

Als ich Carlotta das letzte Mal gesehen hatte, war sie eines von Tausenden Riviera-Mädels gewesen, die gerade mal eine Stufe über den Nutten im Bus standen. Doch sie hatte sich mit ihren künstlichen Fingernägeln festgekrallt und langsam, aber sicher in eine gute Position hochgearbeitet. Ihre Aussichten waren mit dem Aufstieg zur respektablen Gattin natürlich noch einmal wesentlich verbessert, aber ich bezweifelte, dass sie die erste oder auch nur die dritte Mrs Franz war. Und obwohl die anderen Frauen verpflichtet waren, sie als eine der Ihren zu begrüßen, konnte man in ihren Augen nur zu deutlich die Frage lesen: »Welche kommt wohl als Nächstes?«

Ich wandte meine Aufmerksamkeit wieder Elena zu und fragte, ob sie morgen Abend bei dem Empfang dabei sein würde.

»Ja. Ich sehe Sie dann bei der Party«, sagte sie und schwebte davon. Sie hatte einen russischen Akzent, aber ich war noch nicht selbstbewusst genug, um eine Unterhaltung in ihrer Sprache zu versuchen. Also gesellte ich mich wieder zur Gastgeberin, die ihren Verlobten vorübergehend aus ihren Klauen gelassen hatte.

»Herzlichen Glückwunsch!« Ich heuchelte Begeisterung. »Ich freu mich wirklich sehr für dich.«

»Na ja, Franz ist schon siebzig. Aber er ist … ich meine, er ist wirklich verliebt in mich.«

»Wie könnte es auch anders sein, meine Liebe?«

»Und er fällt mir nicht lästig, wenn du verstehst, was ich meine. Du solltest dir auch einen netten alten Kerl suchen.« Sie beugte sich vertraulich vor. »Weniger Ärger. Wir haben ein Haus in der Schweiz – da wohnen wir von November bis Februar. Du solltest uns mal besuchen kommen! Und dann haben wir noch eine Wohnung in Zürich und das Strandhaus hier. Er ist gar nicht so schlecht«, fügte sie nachdenklich hinzu. »Und dann hat er natürlich noch seine Jacht.«

»Natürlich.«

Sie nahm meine Hand und drückte sie. »Danke, dass du gekommen bist. Du bist irgendwie fast so was wie meine engste Freundin. Es bedeutet mir sehr viel.«

Ich betrachtete die ungefähr vierzig Leute, die sich vorsichtig ihren Weg durch die Orchideenschwärme bahnten, und fragte mich, wie verzweifelt Carlotta sein musste, wenn sie mich als enge Freundin ansah. Ich stellte mir vor, dass sie mich eingeladen hatte, damit es den Anschein hatte, als hätte sie eine richtige Freundin – Raubtiere ihres Schlags jagen ja meist allein. Dabei mochte ich sie wirklich gern. Ich bewunderte die Aufrichtigkeit in ihrer Skrupellosigkeit, wenn auch nicht unbedingt ihren Geschmack, was Restaurants anging.

Als wir uns jedoch am Abend darauf in Franz' Haus versammelten, stieß ich gedanklich einen Jubelschrei für Carlotta aus. Das Haus ihres Verlobten lag am Ufer unterhalb des berühmten »Felsens«, auf dem der Palast der monegassischen Fürstenfamilie steht. Es war eine umwerfende, sahneweiße Art-déco-Villa, deren schmale Eingangshalle in einen sechseckigen Salon führte. Dieser öffnete sich wiederum zu einem Garten, von dem aus man die Küste überblicken konnte. Ich entdeckte ein paar Louis-XV.-Kommoden mit Intarsien und einen Max Ernst aus seiner surrealistischen Periode, bevor mich die gehetzt aussehende Hochzeitsplanerin nach oben führte. Carlotta stand ganz ungezwungen splitternackt zwischen zehn Frauen, die auch gestern schon dabei gewesen waren und sich jetzt mit unterschiedlicher Anmut in fleischfarbene Eres-Bodystockings zwängten.

»Das ist mein Hochzeitsgeschenk für Franz!«, rief Carlotta, als wäre damit schon alles erklärt. Sie zeigte mir ihre linke Hand, die mittlerweile von einem goldenen Ehering geschmückt wurde.

Ich hatte das Gefühl, dass die Elastanzwickel uns daran hindern sollten, mit Franz zu schlafen, aber ich zog meinen Seidenpyjama aus, legte bedauernd meine eigene Unterwäsche daneben und begann, in das bereitgelegte Stück zu steigen.

»Ich mache ein Tableau. Wie von Botticelli oder so. Franz fährt total auf Kunst ab.«

Es ist mir nichts Neues, mich sozial ungezwungen zu verhalten, wenn ich mit lauter nackten Fremden in einem Zimmer bin, aber das hier brachte mich doch etwas aus dem Tritt.

»Dann war die Trauung also schon?« Ich kam ins Stolpern.

»Ja, ja, natürlich. Das haben wir heute Morgen schnell auf der *mairie* erledigt. Franz und die Jungs sind jetzt schon im Casino. Ich dachte mir, eine Junggesellenabschiedsparty nach der Hochzeit ist irgendwie vernünftiger.«

»In Monaco kann man nicht vorsichtig genug sein!«, stimmte einer der Bodystockings zu.

»Und das hier ist …?«, versuchte ich es noch einmal.

»Also, wenn sie kommen, liegen wir zu einem Tableau arrangiert im Garten. Ihr Ladys seid die Wellen, und ich bin sozusagen die Venus.«

»Die Venus?«

»Na, diese Göttin«, erklärte Carlotta mitleidig. »Die von dem Gemälde, du weißt schon, mit dieser großen Muschel.«

»Ach so, verstehe. Die Venus. Toll, Carlotta. Superidee.«

Carlotta wickelte sich selbst in eine lange weiße Georgette-Stoffbahn und führte uns in den Garten. Die Frauen, die so perplex waren, dass sie gehorchten, folgten ihr brav. Nur eine Frau, ganz spießig im beigen Kostüm, schien sich geweigert zu haben. Carlotta winkte ihr im Vorübergehen zu. Sie saß auf einem Stuhl direkt unter dem Max Ernst und schien uns zu ignorieren.

»Wer ist das?«

»Meine Stieftochter. Ich liebe sie.«

Draußen reichte uns die Hochzeitsplanerin riesige Fächer in allen möglichen Blautönen von Türkis bis Marineblau. Die Braut hüpfte auf den Springbrunnen und gewährte uns einen großzügigen Einblick in ihr Flitterwochen-Hollywood. Man instruierte uns, wie wir uns auf die Seite legen und auf einen ausgestreckten Arm stützen sollten, während die Hochzeitsplanerin uns lustlos demonstrierte, wie wir unsere Fächer bewegen mussten, um Wellen darzustellen. Das Gras war stachelig, und Ameisen gab es definitiv auch, aber ich wusste, dass wir vom Haus aus wie ein Meer aus nacktem weiblichem Fleisch aussehen würden. Carlotta-als-Göttin würde über uns schweben. Ziemlich effektvoll und irgendwie unerwartet rührend von ihr.

Die Planerin und ihre Assistentinnen bauten eine riesige Styropormuschel hinter dem Springbrunnen auf, um Carlottas Vorzüge noch besser zur Geltung zu bringen.

»Das hat sie im *Harper's* gesehen«, murmelte die Frau neben mir. »Lächerlich.« Als ich genauer hinsah, stellte ich fest, dass es Elena war. Ich hatte genug Zeit zum Schauen, weil wir eine ganze Weile dort liegen mussten, wobei sich der Schweiß attraktiv in den Falten unserer Kunstfaserbekleidung sammelte. Währenddessen stieg ein Streichquartett über uns hinweg, um sein Versteck hinter der Muschelschale einzunehmen. Irgendjemand bekam den Stachel des Cellos zu spüren, Carlotta erlitt einen mittleren Schreikrampf, weil sich die weißen Rosen und Nelken an den unsichtbaren Fäden ständig in ihren Kringellöckchen verfingen, zwei Wassernymphen setzten sich ab, weil sie behaupteten, dass sie sich aufgrund eines kürzlich erst vorgenommenen Peelings noch nicht so lange dem Sonnenlicht aussetzen durften, und als es endlich so weit war, dass die Musiker sich unter den leicht entsetzten Blicken von Franz und seinen Gästen durch Vivaldis *Frühling* gefiedelt hatten, sahen wir weniger aus wie die *Venus* von Botticelli als vielmehr die von Cranach. Die mit den wütenden Bienen.

»Die Leute sind einfach so unkreativ«, knurrte Carlotta hinterher, nachdem Franz seine neu eingewickelte Liebste über einen mit Rosenblüten bestreuten Pfad zu dem weißseidenen Beduinenzelt führte, das für den Tanz im Garten aufgestellt worden war.

»Na, Poppy Bismarck hat ihre Hochzeitstorte von Heston Blumenthal machen lassen, und die …« Sie hämmerte mit einem Finger effektvoll auf ihr Smartphone ein. »… hat auch nur zweitausend Likes dafür gekriegt.«

7. Kapitel

Ich war schon wieder ein paar Tage in Venedig, als die Dinge in Bewegung gerieten. Soll heißen: Gegenstände in meiner Wohnung begannen sich plötzlich zu bewegen. Erst war es ein Sweatshirt, das ich immer zum Sport anzog und das jetzt seinen Wäschekorb verließ und plötzlich am Kopfende meines Bettes hing. Als Nächstes fand ich meine Frühstückstasse mit dem Lalique-Muster, ein goldenes Blatt auf cremefarbenem Porzellan, an meinem Lieblingsplatz am Fenster, obwohl ich sicher war, sie abgewaschen und wieder ins Regal gestellt zu haben, bevor ich in die Galerie ging. Und irgendjemand schien von meinem Wein zu trinken, obwohl ich zugeben muss, dass ich in diesem Fall zu den Verdächtigen gehörte. Der rätselhafte Schokoriegel, den ich schon vor meiner Reise nach Ibiza gefunden und als irrtümlichen Kauf abgetan hatte, lag immer noch im Schrank. Ich sah ihn mir genau an, und dabei fiel mir ein, dass mir damals in meiner Wohnung schon irgendetwas seltsam vorgekommen war. Geister sind ebenso sehr ein venezianisches Klischee wie die Masken. Vielleicht mochte ich die Stadt deswegen so gern. Aber meine eigenen Gespenster hielten sich doch eher an ihre Behausungen. Ich warf die Schokolade in den Abfalleimer, knallte den Deckel zu und schalt mich einen Dummkopf.

Doch dann fing es mit den Büchern an. Ich hatte eine Bestellung von der Libreria Toletta abgeholt, ein paar Kataloge von

Künstlern aus Peking und eine neue Tizian-Biografie, und hatte die Tasche auf meinem Schreibtisch liegen lassen, als ich zu meinem Unterricht in Maschas winziger Wohnung ging. Unterwegs blieb ich bei einem der Geschenkeshops stehen, die zweifelhafte byzantinische Ikonen an Touristen verkaufen. Im Hinterzimmer hatten sie eine kleine Auswahl an russischen Waren, Tiegel mit rotem Kaviar und aromatisierten schwarzen Tee. Ich kaufte ein Glas Marmelade mit Rosenblüten, die Mascha nach dem Unterricht behutsam in ein Kristallschälchen füllen und zu ihren trockenen kleinen Sandküchlein servieren würde. Ich glaube, dieser kleine Luxus machte mir noch mehr Freude als ihr.

Zu meiner Überraschung fand ich Mascha auf einem Plastikstuhl vor ihrem Wohnhaus sitzen. Sie verließ nur ganz selten das Haus, abgesehen von ihrem schwerfälligen allwöchentlichen Gang zum Rialto-Markt. Ich hatte sie ein paarmal begleitet, um ihr beim Tragen ihrer Taschen zu helfen. Sie fächelte sich mit einem großen schwarzen Fächer Luft zu und umklammerte den Arm eines Mannes, in dem ich den Kellner vom Café an der Ecke erkannte. Eine andere Frau mit einem blauen Hauskittel aus Nylon, vielleicht eine Nachbarin, reichte ihr ein Glas Wasser.

»Mascha! *S toboi wsjo w porjadke?*« So viel Russisch konnte ich schon, dass ich wusste, was das bedeutete.

»Es ist eingebrochen worden«, sagte die andere Frau auf Italienisch.

Ich beugte mich hinunter und schaute Mascha ins Gesicht. Ihr dickes Augen-Make-up war ein einziges schwarzes Geschmier. Sie hatte offensichtlich geweint.

»Die Signora war in der Kirche«, erklärte der Kellner, »und als sie nach Hause kam, war ein Mann in ihrer Wohnung.«

»Mein Gott! Mascha, was ist passiert? Haben Sie die Polizei gerufen?«

»Die waren da, sind aber schon wieder gegangen. Es ist nichts gestohlen worden«, fügte die Frau hinzu. Sie wirkte fast enttäuscht, weil das Drama gar so kleinformatig ausfiel. »Aber die Signora steht unter Schock.«

Maschas trug adrette weiße Handschuhe, die am Handgelenk geknöpft wurden. Vorsichtig griff ich nach ihren Händen und stellte fest, wie schrecklich zart und klein sie wirkten.

»Mascha, ich weiß, dass Sie sehr aufgewühlt sind, aber – haben Sie den Einbrecher gesehen?«

»Njet, njet.«

»Tut mir leid«, sagte der Kellner jetzt, »aber ich muss zurück in die Arbeit. In der Bar ist sonst keiner.«

»Schon gut, ich bin eine von ihren Schülerinnen. Wir können uns um sie kümmern, nicht wahr?« Ich nickte der Frau zu. »Kommen Sie, wir bringen sie hinein.«

Die Nachbarin erklärte, sie wohne gegenüber am *campo* und habe gehört, wie Mascha um Hilfe rief. Der Dieb sei ganz dicht an ihr vorbeigerannt, als sie an der Haustür war, aber er sei über die Treppe entkommen, und niemand habe etwas gesehen.

»Die *carabinieri* werden einen Rechtsberater vorbeischicken«, schniefte sie.

Wir halfen Mascha die Stufen hoch, und ich rief einen Schlosser, während die Nachbarin Tee kochte. Mascha ging die Szene immer wieder durch – wie sie mit dem Vaporetto nach San Zan Degolá gefahren war, um eine Kerze anzuzünden, wie sie bei der Rückkehr gleich gespürt hatte, dass etwas faul war, wie der Mann sie gegen die Wand gestoßen hatte, als sie ihn auf frischer Tat ertappte.

»Sind Sie sicher, dass er nichts mitgenommen hat? Hat die Polizei genau nachgesehen?« Normalerweise wurden in Venedig nur Touristen überfallen. Der Schlosser kam, und ich ließ die beiden Frauen weiterreden, während ich ihn diskret bar bezahlte, als er sich über das Schlüsselloch beugte. Es waren keinerlei Beschädigungen festzustellen, und er schloss sich dem Urteil der Carabinieri an, dass Mascha beim Verlassen der Wohnung wohl die Tür nicht ganz ins Schloss gezogen und der Dieb seine Chance gesehen hatte.

»Wahrscheinlich einer von diesen Roma«, warf die Nachbarin mit einem neuerlichen Schniefen ein. »Keiner von uns ist sicher. Ich hab die Polizei gefragt: Was unternimmt die *questura* gegen diese ganzen Zigeuner?«

Ich ignorierte sie. »Mascha, wollen Sie sich ausruhen? Der Herr hier wird dafür sorgen, dass alles wieder sicher ist. Soll ich Ihnen ins Bett helfen?«

»*Spasibo*, Elisabeth. So ein liebes Mädchen.«

»Ich werde jemanden anrufen, der vorbeikommt und Ihnen Gesellschaft leistet.« Mascha hatte ein ganzes Netzwerk an alten russischen Freundinnen, deren Verwandte oft in den zahllosen Hotels von Venedig arbeiteten. Ihr Leben lieferte den Babuschkas eine niemals endende Seifenoper – Mascha erzählte ständig irgendwelche Tratschgeschichten von ihnen. Sie packte eine Reihe von Gegenständen aus ihrer geräumigen Handtasche und hielt mir schließlich ein abgeschabtes Büchlein hin.

In bemerkenswert kurzer Zeit füllte sich der stickige Raum mit alten Damen, die die Stadt in Lichtgeschwindigkeit durchquert hatten, ausgerüstet mit Wodka und tütenweise staubigen Keksen. Bald blubberte der Samowar, und Mascha, die auf ihrem Diwan lag, umgeben von Rauchschwaden und russischem Geplapper, war die Gastgeberin einer Party.

»Sind Sie sicher, dass alles in Ordnung ist?« Ich ließ sie ungern allein – sie hatte so verletzlich gewirkt, aber ich wollte mich auch nicht weiter aufdrängen. Doch Mascha tätschelte mir beruhigend die Wange, und ich machte mich zusammen mit dem Schlosser auf den Weg.

Doch als dieser die Tür zuzog, entdeckte ich noch etwas. An der Wand dahinter hing eine von Maschas zahlreichen Ikonen, ein großer, gewachster Druck von einer kummervollen, dunkeläugigen Muttergottes. Das Bild war durch die Tür verborgen gewesen, solange der Mann am Schloss arbeitete, aber jetzt sah ich, dass das dicke Papier in dem billigen roten Rahmen zerrissen war – nein, aufgeschlitzt, das Oval des fahlen Gesichts wurde von einem dünnen Schnitt in zwei Teile geteilt. Ich starrte einen Moment darauf und dachte, dass der Dieb vielleicht nach versteckten Banknoten im Rahmen gesucht hatte. Ich wollte Mascha nicht noch weiter verstören, indem ich sie darauf hinwies – vielleicht würde sie es erst mal gar nicht bemerken, weil das Bild so versteckt hing. Ich machte die Tür zu und ging hinter dem Handwerker die Treppe hinunter.

Als ich schließlich wieder in meiner Wohnung war, lagen die Bücher auf meinem Bett. Hatte ich sie wirklich dort liegen lassen? In meiner Sorge um Mascha konnte ich mich nicht richtig entsinnen. Eines davon, ein großes illustriertes Kompendium von Caravaggio-Gemälden, war bei der Abbildung der *Medusa* aufgeschlagen, von der ich in Yermolovs Pavillon diese wundervolle Kopie gesehen hatte. Aber ich hatte das Buch gar nicht gekauft – hatte es der Verkäufer vielleicht versehentlich in meine Stofftasche geschoben? Ich warf einen prüfenden Blick auf den Kassenbon. Kein Caravaggio. Einen Augenblick überlegte ich, ob ich es in einem geistesabwesenden Anfall von Kleptomanie gestohlen haben könnte, aber Kontrollverlust hatte in letzter Zeit nicht unbedingt zu meinen typischen Fehlern gehört.

Am nächsten Morgen ging ich wieder zum Geschäft und brachte es zurück. Als meine nächste Russischstunde anstand, konnte ich meine Grammatik nicht finden, eine abgegriffene rote Penguin-Ausgabe mit dem kyrillischen Alphabet auf dem Cover. Ich suchte leise fluchend, aber sie blieb auf diese blödsinnig hartnäckige Art verschwunden, wie es einem sonst nur mit Socken passiert. Ich musste ohne sie auskommen, doch als ich nach Hause kam, fiel sie mir ins Auge, sobald ich die Wohnungstür aufgesperrt hatte. Sie balancierte auf der Vorhangstange über der Récamiere im Erker.

Dieser Abend fühlte sich sehr lang an. Ich saß die ganze Zeit mit einer Flasche Barolo auf meinem Platz am Fenster und beobachtete den *campo*. Am nächsten Tag hatte ich keine große Lust, in die Galerie zu gehen, aber ich zwang mich, und als ich nach Hause kam, war alles an seinem Platz, und ich schämte mich dafür, dass ich einen anderen Heimweg als sonst genommen hatte, bevor ich meine Schuhe auszog, auf Strümpfen die Treppe hochschlich, den Schlüssel ganz leise ins Schloss schob und dann mit einem Ruck die Tür öffnete. Es vergingen ein paar Tage, und dann, nachdem ich auf dem Markt gewesen war und meine Arme bis zu den Ellbogen vollhingen mit blauen Plastiktüten voller Tomaten, Pfirsiche und einem Kilo Muscheln, trat ich durch die Tür und entdeckte das Caravaggio-Buch mitten auf dem Fußboden.

Leise stellte ich die Tüten ab, ohne die Tür zu schließen. Ich durchquerte das Zimmer und machte die Fenster weit auf. Ich lauschte lange. Drei Türen gingen vom Hauptraum ab, die in die Küche, ins Schlafzimmer und ins Ankleidezimmer führten. In Letzterem gab es einen Wandschrank, in dem die Waschmaschine und andere Haushaltsgeräte standen. Der Trockner klickte einmal, als ich in den Schrank schaute, und ich fuhr zusammen. Doch bis auf das Buch schien nichts angefasst worden zu sein. Der riesige alte Wäscheschrank aus Walnuss, der gegenüber von der Badewanne an der Wand stand, war verschlossen – ich ließ die Finger über die Fugen gleiten, aber der Schlüssel zu diesem Schrank befand sich an einem Bund in meiner Handtasche, und die Scharniere waren unversehrt. Ich ging in einem Bogen um das Buch herum und versuchte herauszufinden, was in der Wohnung sonst noch verändert worden war, warum die Luft in der Wohnung immer noch zu knistern schien. Meine Bilder hingen alle schief. Nur ganz leicht, als wäre man beim Staubwischen gegen den Rahmen gestoßen, aber sie hingen alle gleich schief, die rechte obere Ecke etwas höher. Vorsichtig näherte ich mich dem Buch und ging in die Hocke, um es aufzuschlagen. Eine der Seiten war gekennzeichnet. Ich musste gar nicht hinschauen, um zu wissen, dass es die Seite mit der *Medusa* war. Markiert hatte man die Stelle mit einer Postkarte, die ein Gemälde von George Stubbs zeigte – *Colonel Pocklington with His Sisters*. Ich konnte mich noch gut daran erinnern, von meiner Arbeit am Stubbs-Katalog für das Auktionshaus.

Ich holte mir einen Stuhl und brachte die Bilder wieder in waagrechte Position. Dann setzte ich mich davor und steckte mir eine Zigarette an. Nach einer Weile musste ich aufstehen, um mir einen Aschenbecher zu holen, und als der voll war, saß ich immer noch da.

Irgendjemand wusste Bescheid.

Wusste von der Stubbs-Fälschung, die mein alter Chef Rupert hatte verhökern wollen. Also wusste derjenige wahrscheinlich auch von dessen Geschäftspartnerschaft mit Cameron Fitzpatrick. Und wusste, was ich mit Cameron gemacht hatte. Es gab sechs Menschen, die irgendwie eine Ahnung von dieser Geschichte hatten. Eine davon war ich. Drei von ihnen waren tot – Cameron, Leanne, Renaud Cleret. Also waren nur noch zwei Personen übrig, die mich verraten konnten: Rupert und Romero da Silva vom Anti-Mafia-Dezernat bei der römischen Polizei. Das war alles total unerklärlich. Rupert hatte nichts gegen mich in der Hand, und selbst wenn er vorhaben sollte, mich zur Strecke zu bringen, konnte er es gar nicht, ohne sein eigenes Leben zu ruinieren. Das war immer meine Sicherheit gewesen, was meinen ehemaligen Chef anging. Da Silva war Polizist – wenn er mich befragen oder gar verhaften wollte, gab es Vorschriften zu beachten, offizielle Regeln. Nicht dieses absurde Gemauschel. Es musste noch jemanden geben, den ich nicht auf der Rechnung hatte. Ich zog die Postkarte heraus und ließ meine Finger über den gefrorenen Schrei der Medusa wandern. Caravaggio. Yermolov?

Vielleicht wäre mit Alvin alles anders gelaufen, wenn er nicht genau in diesem Moment mein Arbeitshandy angerufen hätte.

»Hallo?«, meldete ich mich vorsichtig. Ich erkannte die Nummer nicht.

»Hallo, Elisabeth. Bist du das?«

»Ja, hier ist Elisabeth.«

»Hier ist Alvin – ich bin gerade in Venedig. Ich dachte, ich schau mal vorbei. Ich wollte nur mal sehen, ob du da bist.«

»Tja, hier bin ich.«

»Ich bin nur auf der Durchreise, ich bin mit dem Zug gekommen. Auf dem Weg nach Rovinj.« Kroatien also.

»Wie schön.«

Er machte eine Pause. Ich dachte an den Unterton unserer kurzen Unterhaltung auf Ibiza. *Nach allem, was ich so gehört habe …*

»In welchem Hotel bist du?«

»Ich bin gerade erst angekommen. Ich nehm die Fähre ganz früh am Morgen.«

Wie praktisch.

»Rufst du an, weil du mit mir was trinken gehen willst?«, fragte ich fröhlich.

»Äh, ja. Genau. Klar.«

»Gut. Ich könnte nämlich wirklich einen Drink gebrauchen. Wie wär's, wenn ich dich an der Accademia-Brücke abhole? Die ist ganz leicht zu finden.«

Bevor ich ging, schaute ich im Internet die Abfahrtszeiten der Fähren nach Kroatien nach. Dann warf ich einen Blick auf meine Bankkonten. Einen Augenblick starrte ich die Zahlen an. Nach allem, was ich über die Liebe gehört habe, hat sie Ähnlichkeit mit Geld. Wenn es da ist, ist es einem egal, und wenn es nicht da ist, muss man ständig daran denken. Und vor beiden wird man gewarnt, was aber jeder ignoriert.

Mein Argwohn gegenüber Alvin wegen seiner Bekanntschaft mit Angelica Belvoir hatte sich zunächst etwas gelegt, aber jetzt, nach der Sache mit dem Caravaggio-Buch und der Stubbs-Karte, die neben mir auf dem Boden lagen, wusste ich, dass mein Instinkt nicht überreagiert hatte. Warum hatte Yermolov Dr. Kazbich ausgerechnet zu mir geschickt? Er musste gewollt haben, dass ich und keine andere die Schätzung für ihn durchführte. Und ich hatte abgelehnt. Was sollte das hier also sein? Eine Warnung? Ein Mann wie Yermolov war es wohl nicht gewöhnt, dass man ihm einen Wunsch abschlug. Und gefallen hatte es ihm ganz sicher nicht. Ich war in Versuchung, Kazbich sofort anzurufen und ihn zu fragen, was zum Teufel hier eigentlich los war, aber ich hielt mich zurück.

Elisabeth Teerlinc war real, oder? Ihre Galerie war real, ihre Wohnung war real, diese Zahlen auf dem Bildschirm waren real. Judith Rashleigh war eine mehr oder weniger unbedeutende Erinnerung, und dabei würde es auch bleiben. Aber was auch immer Yermolov wissen mochte, ich musste mich jetzt zuerst um Alvin kümmern. Schnell räumte ich das Zimmer auf, legte etwas Parfüm auf und bürstete meine Haare, knotete meinen Hermès-Schal mit dem türkis-marineblauen Tscherkessen-Design um meine Tasche und brach zu meinem Rendezvous auf.

An der Accademia nahmen wir zuerst einen Aperitif in der kleinen Bar unter der Brücke. Ich war total begeistert, Alvin wiederzusehen – oder zumindest war ich entschlossen, ihm diesen Eindruck zu vermitteln. Es war ein heißer Abend, ein Grund mehr, meinen Prinzipien treu zu bleiben und Harry's Bar zu meiden, denn dort war es am wahrscheinlichsten, dass Alvin irgendwelche Bekannten treffen würde. Nach unserem Drink gingen wir über die Brücke, um ein Wassertaxi zum Paradiso Perduto zu nehmen, einem Lokal im Ghetto, das ich sehr gerne mochte. Mal abgesehen davon, wenn man sich in der Coco-Chanel-Suite im Ritz hundertjährigen Delamain-Cognac von den Brustwarzen lecken lässt, gibt es keine schönere Art, sich reich zu fühlen, als ein venezianisches Wassertaxi zu nehmen. Und genau so lebte Elisabeth Teerlinc jetzt.

Unterwegs machte ich Alvin mit Elisabeths offizieller Biografie bekannt – dazu zählte der Besuch einer internationalen Schule in London, ein pensionierter Vater, der in der Nähe von Genf wohnte, und ein paar vage Jahre auf dem Finanzsektor, bevor ich meiner wahren Berufung folgte und Galeristin wurde. Diese Hintergrundgeschichte, die ich mir in den ersten paar Tagen in Venedig zusammengeschustert hatte, war solide. Die Schule hatte ich mir online angesehen, ein Bau des Architekten John Nash unweit des Regent's Park, in dem die internationalen Reichen ihre vernachlässigten Sprösslinge zwischen zwei Skiferien parkten. Damit landete ich keineswegs im engen Netzwerk des englischen Systems. Mittlerweile hatte ich meinen alten Vater richtig lieb gewonnen, einen Anwalt für Versicherungsrecht im Ruhestand, der sich nach dem tragischen frühen Krebstod meiner Mutter dem Sammeln seltener Bücher verschrieben hatte. Die tote Mutter erstickte weitere Fragen meistens im Keim. Auf meinem Arbeitshandy hatte ich ein Bild unseres »Familiensitzes« in der Schweiz, eine solide Villa aus dem neunzehnten Jahrhundert, die ich aus den Bildern mehrerer Immobilienkataloge zusammengephotoshoppt hatte. Rechts sah man das Arbeitszimmer meines Vaters mit dem Erkerfenster mit Blick aufs Wasser. Zu meiner Karriere im

»Finanzsektor« gehörten mehrere Praktika in Beratungsfirmen. Ich verließ mich darauf, dass Praktikanten generell schwierig zurückzuverfolgen sind, wenn man sich nicht sehr energisch hinter die Nachforschungen klemmt. Wenn irgendjemand weiter nachbohrte, bekam er das Schlagwort »Lehman Brothers« zu hören, woraufhin ich meistens mehr Beileidsbekundungen erntete als zum Ableben meiner armen Mutter. Elisabeth hatte zum Zwecke ihrer Selbstfindung zwei Jahre in Indien verbracht – darunter sechs Monate in einem Aschram in Rajasthan (den es inzwischen nicht mehr gab) –, um sich darüber klar zu werden, dass eine Karriere im Businessbereich nichts für sie war. Wenn der Krebs die Neugier der Leute nicht bremste, dann machte das Stichwort Yoga den Fragen dann garantiert ein Ende.

Alvin hingegen erklärte, dass er sich eine Tätigkeit als Kurator vorstellen könne, vielleicht werde er eine Weile nach Berlin oder auch L. A. gehen, wo die zeitgenössische Kunstszene ein bisschen, ähm, lebendiger sei? Er zeigte mir Fotos von der Ausstellung eines Freundes in Silver Lake, auf denen unter anderem enorm epigonale Giacometti-ähnliche Statuetten aus gebeiztem Stahl zu sehen waren, auf denen man ehrfürchtig große lackierte japanische Rettiche drapiert hatte. Ich machte ein paar anerkennende Geräusche und prägte mir dabei das Passwort seines Handys ein. Dann redeten wir wieder über die Biennale, welche Pavillons »super« gewesen waren (seiner Meinung nach die meisten) und ob wohl Baku oder Tiflis die nächsten interessanten Märkte waren (meiner Meinung nach weder noch). Das Restaurant war voll, wie immer, und die Leute standen davor auf dem Kai. Ein Jazztrio spielte, und man hörte aufgeregte amerikanische Stimmen ihre europäischen Abenteuer vergleichen. Erst als Alvin bei seinem dritten Weißwein war, fragte ich ihn, warum er mir auf Facebook eine Freundschaftsanfrage geschickt hatte.

»Na ja, ich kenn da ein Mädchen ... Angelica?«

Ich holte tief Luft und lauschte.

»Ihr Bruder ist mit meiner Schwester verlobt. Er arbeitet in New York. Sie haben sich bei Brown kennengelernt. Ich hielt gerade Ausschau nach einer Möglichkeit, Erfahrungen in Italien zu sammeln, und sie hat deine Galerie erkannt. Ich hab vor meinem Ibiza-Urlaub auch noch ein paar andere angemailt, Angelica hat mir dabei geholfen. Sie versteht echt was von Kunst. Sie arbeitet bei ...«

Ich wusste sehr genau, wo Angelica arbeitete.

»Sie dachte jedenfalls, sie hätte dich wiedererkannt, auf einem Foto von einer Party auf der Biennale, aber das kannst du nicht gewesen sein. Dann war das wohl eine *Doppelgängerin!*« Er sprach das deutsche Wort mit einigem Stolz aus.

»Und deswegen meintest du, wir wären uns schon mal begegnet?«

»Ja. Tut mir leid.«

Ich schürzte die Lippen. »Du hast mir aber keine Mail mit einer Jobanfrage geschickt, oder?«

»Nein, ich tendiere mehr zu L. A. Aber coole Party, oder? Tage weiß echt, wie man so was macht. Auf jeden Fall, dieses Mädchen, dem du so ähnlich siehst, das hat mal mit Angelica zusammengearbeitet, wurde aber gefeuert. Anscheinend hatte sie eine Affäre mit dem Chef.«

»Wirklich? Kommt mir irgendwie ein bisschen unfair vor. Ich meine – dass dann *sie* gefeuert wird.«

»Ja, weiß auch nicht. Aber anscheinend stand sie auf total krankes Zeug.«

Sehr nett. Ich fragte mich, wo dieses Gerücht wohl herkam. Angelica hat zugegeben, dass sie einen Fehler gemacht hat, versuchte ich, mich zu beruhigen. Sie hat dich mit jemandem verwechselt, fertig. Ich hatte keine Zeit, jetzt eingehend darüber nachzudenken.

»So, ich muss dann langsam wieder gehen. Ich kümmer mich um die Rechnung.«

»Kann ich mitkommen? Ich muss ... noch ziemlich viel Zeit totschlagen.«

»Triffst du dich in Rovinj mit Freunden?«

»Vielleicht. Du weißt ja, wie das so ist. Kann auch sein, dass ich nach Dubrovnik fahre. Oder zu einem Bekannten von meinem Vater in Zagreb – da könnte ich auch hin.«

»Es ist wirklich mühsam, in der Kunstbranche Fuß zu fassen, oder?«

»Absolut!«, erwiderte er. Ohne jede Ironie. Sein Grinsen entblößte seine übereifrigen Zähne, und ich spürte, wie mich ein Schauer überlief, wie bei meinem ersten angewiderten Eindruck.

Er ging neben mir, während wir beim Ghetto den Kanal überquerten und Richtung Casino abbogen, wo ich ein Vaporetto nach Hause nehmen wollte. Ich deutete auf die Tore, hinter denen die Juden allabendlich von ihren freundlichen Gastgebern eingesperrt wurden, und auf die winzige, versteckte Synagoge, die über den Dächern der einst überfüllten Wohngebäude aufragte.

»Super.«

Schweigend gingen wir am Canale Grande entlang, bis wir meine Haltestelle erreichten.

»Bist du sicher, dass du nicht noch was trinken willst?«, fragte ich.

Vielleicht ist es ja okay, dachte ich. Vielleicht kann er sich einfach nach Dubrovnik verpissen. Doch dann zückte er sein Handy. Er hatte schon den ganzen Abend kaum die Finger davon lassen können und hatte es unruhig gestreichelt wie eine Mutter, die ihr quengeliges Baby beruhigt.

»Vielleicht einen Kaffee?«

Er nickte nur, weil er gerade von seinem Handy abgelenkt

war, und folgte mir durch die Gasse, die neben dem Ca'-Rezzonico-Museum zum nächsten Café führt. Er hatte sich den Leinenrucksack mit seinen Sachen über die Schulter gehängt, während er die Liste seiner Nachrichten herunterscrollte.

»Ich versuch bloß grade, ein Bild von diesem Mädchen zu finden, das dir so ähnlich sieht. Angelica meinte, sie sei dir wie aus dem Gesicht geschnitten.«

Es geisterten noch ein paar Schnappschüsse von Judith Rashleigh in ihren vergnügten alten Universitätstagen durchs Internet, aber nach meinem Umzug nach London war Schluss mit Fotos. Nicht sonderlich schwer, denn ich hatte ja keine Freundschaften geschlossen. Abgesehen von meinem Sicherheitsausweis fürs Auktionshaus war das einzige Foto von Judith, von dem ich wusste, von meiner alten Schulfreundin Leanne aufgenommen worden. Aber Leanne war tot, und ich hatte das Bild in der Mülltonne eines Pariser Mietshauses eingeäschert. Wie lange sie im Auktionshaus wohl die Ausweisfotos dieser Magnetkarten speicherten? Ob Angelica wohl darauf zugreifen konnte, wenn sie wollte?

In dem Moment, als der Kellner auftauchte, um unsere Bestellung aufzunehmen, drehte Alvin seinen Kopf zu mir und fotografierte uns beide.

»Das Foto mail ich ihr jetzt, nur zum Spaß.«

»Ich will's aber zuerst sehen!«, kicherte ich. »Oh Gott, da seh ich ja schrecklich aus. Komm, wir machen ein besseres. Na los, lösch das. Das kannst du mir nicht antun, Alvin!« Ich legte ihm bittend die Hand auf den Arm und setzte einen ganz anderen Gesichtsausdruck auf, während sein Daumen auf die kleine Mülltonne ging. Braver Junge.

Er lehnte sich vertraulich zu mir. »Du kannst es mir ruhig sagen. Bist du es doch? Angelica war sich verdammt sicher.«

»Wie sollte das denn gehen?«

»Na ja, du bist schon ganz schön sexy. Und diese andere Frau offenbar auch.« Wenn er doch bloß aufhören würde, dieser arme Volltrottel.

»Na komm – du bist es, oder? Ich merk doch, dass du was zu verbergen hast. Ich … also, ich bin ein echt netter Typ. Ich werd's Angelica ganz bestimmt nicht verraten.«

»Da gibt es nichts zu verraten.«

In seinen Augen lag jetzt wieder dieselbe arrogante Sicherheit, die ich auf der Insel gesehen hatte.

»Was ist damals wirklich passiert? In London? Komm, du kannst es mir sagen.«

Er wird es tun, dachte ich. Wenn ich ihn gehen lasse, wird er ihr erzählen, dass er mich gefunden hat.

Ich legte ein paar Münzen auf den Tisch und erwiderte seine Geste, ließ den Blick bis unter sein schorfiges Kinn sinken und verbarg das Gesicht in den Händen. »Soll ich dir mal ein richtiges Geheimnis erzählen, Alvin?«

»Klar.«

»Ich erzähl's dir in meiner Wohnung. Wenn du magst, können wir da auch ein Foto machen. Vielleicht sogar … eine Menge Fotos. Komm.«

Als wir aufstanden, wurde mir klar, dass ich das eigentlich überhaupt nicht tun wollte. Ich wollte es einfach gar nicht mehr tun.

8. Kapitel

Am nächsten Tag stand ich quasi superfrüh auf. Ich schmierte mir Abdeckstift über die Wunde in meinem Gesicht. Meine Augen sahen hohl und gehetzt aus. Ich wollte gar nicht darüber nachdenken, was für Verletzungen ich innerlich davongetragen hatte. Bring die Fassade wieder in Ordnung, dann steh auf und mach weiter. Das hatte bis jetzt auch immer funktioniert.

Die Passagierfähre nach Kroatien fuhr um sechs Uhr fünf ab und würde vier Stunden später in Rovinj eintreffen, mit einem Zwischenhalt in Poreč. Ich stand um halb sechs mit einem Ticket und einer kleinen Tasche am San-Basilio-Terminal. Man braucht einen Ausweis mit Lichtbild, um Fährtickets abzuholen, aber nicht, wenn man sie vorzeigt – der Steward warf nur einen flüchtigen Blick aufs Papier, als er es mir in der drängelnden Menschenmenge aus der Hand nahm. Die Italiener werden nie kapieren, wie das mit dem Schlangestehen funktioniert. Ich zählte zehn Reisende hinter mir, dann bedeutete ich ihnen pantomimisch und auf Englisch, dass ich etwas vergessen hätte. Ich ließ die Tasche mit Alvins Handy auf der Fähre, rannte die Gangway wieder hinunter, ohne dem beschäftigten Steward in die Augen zu sehen, und nach zehn Minuten war ich wieder in meiner Wohnung. Sehr gut. Alvin hatte seine Fähre also erwischt. Keine Spuren.

Ich schob meine Zigaretten und einen Zwanzig-Euro-Schein in meinen Sport-BH und joggte durch Dorsoduro, über die

Accademia-Brücke und am Dogengefängnis vorbei. An der Rollstuhlrampe neben der Seufzerbrücke blieb ich kurz stehen und ließ Alvins Rucksack fallen, den ich mit den hübschen Oggetti-Kerzenleuchtern beschwert hatte. Manchmal muss man eben Opfer bringen. Ich rannte weiter zu den Giardini am Ende der Insel, wo ich meine würdelosen Gymnastikübungen absolvierte, und dann zurück zu San Marco, gerade als die Glocke im *campanile* schlug. Dort passierte ich den ersten Schwung von Touristen, die schon im Morgendunst vor Schweiß und Sonnencreme glänzten. Das Orchester war noch nicht zu seiner Arbeitsschicht aufgetaucht, die einzigen Geräusche stammten von den Tauben und den Schritten, die durch Europas Wohnzimmer liefen.

Mittlerweile kannte ich die meisten Kellner von meinem morgendlichen Ritual. Ich setzte mich an einen schattigen Tisch und nickte Danilo zu, der mir meinen frisch gepressten Orangensaft, ein Brioche und einen *cappuccino* brachte. Das Milchschaummuster des Tages war ein gebrochenes Herz. Nach kurzem Blick in die *Financial Times* und einer köstlichen Zigarette ging ich zurück zur Accademia und tauchte dann ins Gewühl rund um San Moisè ein. Während ich gemütlich in die Schaufenster der vielen kleinen Läden schaute, stach mir ein Paar Prada-Sandalen ins Auge, schwarzer Satin auf einer dünnen silbernen Sohle, mit einem wunderhübschen Federbüschel am Absatz – sie sahen aus wie Merkurs Flügelschuhe. Alberne Schuhe, ausgeklügelte Schuhe, für die man sein Geld verplempern konnte, denn wenn man so etwas sein Eigen nennen durfte, was interessierten einen dann noch Ersparnisse für schlechte Zeiten? Niemand würde zulassen, dass ein Mädchen in solchen Sandalen schlechte Zeiten erleben musste. Ich schaute auf den Preis. Ich konnte sie mir kaufen, wenn ich wollte. Ich konnte sie sogar in sämtlichen Farben kaufen. Aber ich wollte sie nicht.

Das Licht der Lagune tanzte immer noch in türkisen Pinselstrichen, die Luft roch immer noch nach Algen und Eiscreme, aber in meinem Inneren roch ich nur Kanalisation und feuchtes Laub. Ich duschte schnell, drehte die Temperatur von lauwarm auf eiskalt, zog mich dann seriös an und packte das Caravaggio-Buch und einen Notizblock in meine Aktentasche. Ich hatte eine Verabredung in der Markusbibliothek.

Das Gebäude liegt gegenüber vom Dogenpalast, gleich neben der Statue von San Teodoro und seinem anatomisch ausgefallenen Krokodil. Früher hatte zwischen dem Heiligen und dem Löwen seines Nachbarn San Marco ein Galgen gestanden, und die Venezianer glauben heute noch, dass es Unglück bringt, zwischen den Säulen mit den beiden Standbildern hindurchzugehen. Ich ging zwischen ihnen hindurch. In der Bibliothek zeigte ich einem teilnahmslosen Pförtner meinen Ausweis, die Angaben zu meiner Galerie und eine hastig hingeworfene Schilderung meines »Forschungsprojekts«. Er zeigte mir den Weg in den großen Lesesaal mit seiner dreifachen Loggia und Inseln aus hellen Holztischen auf rotem Teppich. Hoch oben ließ die voll aufgedrehte Klimaanlage das Sonnenlicht auf dem Glasdach gefrieren, und ich war dankbar für meinen vernünftigen Studentenpullover. Ich reichte einer Bibliotheksangestellten meine Bestellung. Dann setzte ich mich hin, während ich auf das Material wartete, und öffnete noch einmal das Caravaggio-Buch auf der Seite mit der Medusa-Abbildung. Sie schrie mir keine besondere Botschaft entgegen, und ich begann, das Buch durchzublättern und jede Illustration zu betrachten. Bei *Amor vincit omnia*, Caravaggios wunderbarem Porträt seines pubertären Liebhabers Cecco als Gott der Liebe, hielt ich inne. Ich fuhr die leichte Kurve der jugendlichen Wange mit der Fingerspitze nach. Selbst in der flachen, glänzenden Reproduktion sprudelte einem die lachende Anarchie der Komposition entgegen, die vor heidnischer Energie nur so bebte. Eine handschriftliche

Notiz unter dem Bild zitierte einen zeitgenössischen Betrachter, der das Bild in der Sammlung von Caravaggios Mäzen gesehen hatte, wo es immer als Letztes gezeigt wurde, verborgen unter einem Vorhang aus dunkelgrüner Seide. Ich hätte diese Angaben nicht unbedingt gebraucht, um meinen Poltergeistbesucher zu identifizieren, aber zumindest besaß Yermolov einen gewissen Sinn für Humor.

Die offizielle Bezeichnung für diese Vorgehensweise lautet »Zersetzung«, eine Methode, die sowohl vom KGB als auch von der Stasi praktiziert wurde. Heimlich ins Heim eines Menschen einzudringen, ist eine kluge und wirkungsvolle Methode, ihn leise zu foltern. Gegenstände werden von unsichtbaren Besuchern bewegt, unauffällig oder auch weniger unauffällig. Die Wirkung ist unheimlich und verstörend – es gab Fälle, in denen diese Methode Menschen zum Wahnsinn getrieben hat – und lässt sich problemlos abstreiten. Wer glaubt einem schon, dass es einen Einbruch gegeben hat, wenn letztlich nur die Seife ein Stückchen verrutscht ist? Besonders beliebt war es offenbar, pornografisches Material im Schlafzimmer zu hinterlassen. Ich wusste nicht, ob ich gerührt oder beleidigt sein sollte, weil man das bei mir nicht versucht hatte.

Was wollte Yermolov mir sagen? Ich wusste, dass er mir Angst einjagen wollte, aber im Grunde war ich eher neugierig. Es war fast schon schmeichelhaft. Wenn er so dringend wollte, dass ich noch einmal über meine Absage nachdachte, warum schüchterte er mich dann ein? Und was sollte der Caravaggio?

»Ecco, signorina.«

Die Bibliotheksangestellte war wieder da und hielt mir ein Paar weiße Handschuhe und einen dicken, schweren Band hin, der mit zwei Kartondeckeln gebunden war. Ich hatte die handschriftliche Kopie eines der ersten Bücher über Caravaggio angefordert, eine Biografie von Mariani, aber ich wollte mich weniger durch das Leben des Malers ackern als vielmehr die Notizen studieren, die am Manuskriptrand standen. Die Schrift war so winzig, dass sie kaum zu entziffern war, und die italienischen Abkürzungen aus dem siebzehnten Jahrhundert waren schwer zu verstehen, aber ich genoss es, denn es war lange her, dass ich ernsthafte Recherchen betrieben hatte. Ich murmelte die Worte halblaut vor mich hin, und der Klang half bei der Entschlüsselung des Sinns, bis ich schließlich fand, was ich gesucht hatte.

»Sie begingen einen Mord«, hatte Mariani flüchtig an den Rand gekritzelt. »Hure, harter Kerl, Edelmann. Harter Kerl verletzt Edelmann, Hure ritzt mit Messer Beleidigung in die Haut. Schutzmänner gerufen. Sie wollten die Komplizen wissen – Im Gefängnis gestand er nichts, er kam nach Rom und sprach nie mehr darüber.« Ich lehnte mich zurück und starrte auf die hingekritzelten schwarzen Buchstaben. Ich hatte schon früher von dieser bruchstückhaften »Mordnotiz« gehört. Sie gab Anlass zu breiter biografischer Spekulation, wenn einem so etwas lag. Aber diese Messerritzung war mir neu. Der *sfregio,* das Mal der Schande, das man dem Opfer mit einer Klinge ins Gesicht ritzte, war oft die Bestrafung für Frauen, die ihren Beschützern untreu gewesen waren. Ich spürte einen seltsamen kleinen Schauder der Erregung.

In zwei seiner berühmtesten Bilder erfand Caravaggio ein neues Genre. *Die Wahrsagerin* und *Die Falschspieler* zeigen beide eine Szene, in der etwas vorgespielt wird, in der gerade ein Betrug stattfindet. Auf beiden Bildern werden gleichzeitig zwei Realitäten dargestellt. Malerei ist Betrug, zeigt uns der Maler – sie verzerrt unsere Wahrnehmung genauso zuverlässig, wie die selbstbewussten Betrugsopfer von den Betrügern hinters Licht geführt werden. Nehmt euch in Acht vor dem, was ihr zu sehen glaubt.

Wenn Yermolov sich die Mühe machte, mir zu drohen,

musste er glauben, dass ich irgendeine Art von Macht besaß. Das ging mir nicht unbedingt gegen den Strich, aber welches waren unsere Positionen in dieser Geschichte? Wer war der Edelmann, wer die Hure, wer der harte Kerl? Wenn es eine Drohung sein sollte, war sie sehr elegant.

Den Rest des Tages verbrachte ich in der Galerie und kehrte gegen sieben in die Wohnung zurück, die noch so aussah, wie ich sie zurückgelassen hatte. Ich ließ mir gerade ein Bad ein, als mein Handy klingelte. Nicht mein Arbeitshandy, sondern das private. Diese Nummer hatten nur drei Personen – Steve, Dave und meine Mutter –, und keiner von ihnen stand auf dem Display. Ich nahm den Anruf an und sagte: *»Fuck you«*, mit der festesten Stimme, die ich zustande brachte. Wie erwartet, sprach ich in eine schweigende Leitung.

Ich musste raus. Ich hatte es nicht nötig, hier zu sitzen und darauf zu warten, dass Yermolov seine Spielchen mit mir spielte. Ich musste mich rein, stark, lebendig fühlen. Höchste Zeit, den Ukrainern einen Besuch abzustatten. Ich beschloss, den schweren Kleiderschrank nicht zu öffnen, und ließ meine Hand stattdessen über die Kleiderstange im Ankleidezimmer gleiten, zog ein kurzes zinnoberrotes Missoni-Kleid heraus – oder vielmehr die Andeutung eines Kleides – und hängte es über den Spiegel, während ich ein Bad nahm. Ich goss eine halbe Flasche Chanel Gardénia in mein Badewasser, dann schlüpfte ich in anthrazitfarbene Rosamosario-Spitzenhöschen und den Hauch von Seide, und dazu streifte ich weiche Wildlederschuhe über, die dieselbe Cremefarbe hatten wie die berühmte Blume der Kameliendame. Absätze sind in Venedig eigentlich Pflicht, aber in diesen Schuhen brauchte ich eben nur acht Minuten, um auf dem Weg nach San Polo über winzige Plätze zu schlängeln und fünf bucklige Brücken zu überqueren.

Wenn irgendjemand, der zu den Ukrainern ging, jemals

nüchtern genug gewesen wäre, hätte die Wohnung ein echter Geheimtipp werden können, die Art Partylocation, bei deren Beschreibung sich die Journalisten nur so überschlagen, aber selbst wenn man nüchtern genug war, um sie zu finden, verließ man sie in einem Zustand, der garantierte, dass man nichts ausplauderte. Nur Venezianer wussten von ihr, denn sie kennen alle langen Geheimnisse ihrer Stadt. Ich hatte über Mascha davon gehört, die meinen Besuch dort sicherlich nicht gutgeheißen hätte.

Wie allgemein üblich kaufte ich im chinesischen Laden nebenan eine Flasche miesen Grappa und schwenkte sie, sobald die niedrige Tür geöffnet wurde. Selbst für venezianische Verhältnisse war die Ukrainergasse schmal, und das erklärte vielleicht das äußere Erscheinungsbild der Besucher – es konnten wirklich nur schmalhüftige Menschen herkommen, aber das passte mir heute Abend hervorragend. Die Ukrainer (wenn sie einen Namen hatten, kannte ihn keiner) waren ein Paar, eine verlebte Blondine und ihr Mann, die sich als Künstler bezeichneten, obwohl glücklicherweise nie irgendwelche ihrer Werke zu sehen waren. Ihre Wohnung war ein riesiges Erdgeschossapartment mit ziemlich spektakulären Porträts aus dem neunzehnten Jahrhundert. Ein Tor führte direkt auf den Kanal hinaus, was bedeutete, dass immer jemand schwimmen ging, und das Zwischengeschoss war eine Art Souk, ein Lager aus Diwanen und zerschlissenen antiken Seidenteppichen, die mit sehr unterschiedlichem Publikum besetzt waren. Hier fand man immer etwas zu essen und immer irgendwelche Leute, obwohl die Gästeliste manchmal schon beängstigend durchmischt sein konnte.

Der ukrainische Ehemann begrüßte mich wie eine alte Bekannte mit funkelnden Augen und auf Pidgin-Italienisch, ehe er mich und mein knalliges Kleid durch den von Kerzen beleuchteten Flur führte. Er trug einen kompletten Fernseher aus den Achtzigern auf dem Kopf. Dabei blickte er durch die Öffnung, wo früher einmal der Bildschirm gewesen war, hinten schauten Kabel und Stecker heraus, aber ich sparte mir jede Bemerkung dazu. Die ukrainische Ehefrau saß am Ausgang zum Kanal, rauchte einen riesigen Joint und erklärte einem verwirrt dreinblickenden deutschen Rucksacktouristen irgendetwas Wichtiges. Sie winkte mir träge zu, als ich in den Resten der Dinnerparty nach dem am wenigsten unhygienisch wirkenden Glas suchte. Eine Brünette mit herrlich schimmernder Haut, die nichts trug außer ihrem roten Lippenstift, kam aus dem Zwischengeschoss heruntergehuscht. »Hat jemand Bruno gesehen?«, keuchte sie auf Englisch. Sie versuchte es noch einmal auf Französisch und Russisch, aber niemand hatte Bruno gesehen, also gab sie es auf, nahm sich einen leicht angesengten Schal von einer der Lampen, wickelte ihn sich als Lendenschurz um den Körper und schlief auf einem Sessel ein. Der ukrainische Ehemann rüttelte sie kräftig an der Schulter, aber sie bewegte sich nur ganz leicht, um ihn abzuschütteln. Dann drehte er kurz am Lautstärkeknopf unter seinem Kinn.

»Ketamine«, sagte er befriedigt. Nachdem wir das geklärt hatten, bot er mir eine Platte mit frittierten Zucchini an. »Wie geht es dir, meine Liebe?«

Wir plauderten ein wenig, mit den paar Bruchstücken der Sprachen, die wir gemeinsam hatten. Ich stocherte in der Frittata herum und zündete mir schließlich eine Zigarette an, um das Ganze zu räuchern. Nachdem er die Lautstärke wieder heruntergedreht hatte, ging ich auf Streifzug ins Obergeschoss. Ich stellte mein Glas auf dem Fensterbrett des Ochsenauges über dem Wasserzugang ab und blieb einen Moment dort stehen, um mich in venezianischen Betrachtungen zu ergehen. Ein leichtes Plätschen von unten verriet, dass dort gerade irgendjemand dem Kanal trotzte. Ich hoffte, dass es keinen Kurzschluss geben würde.

»Darf ich mich zu Ihnen setzen?«

»Ich hab überhaupt nichts gegen alte Anmachsprüche«, sagte ich, ohne mich umzudrehen.

Eine Hand schlang sich um meine Taille, und ich ließ den Kopf nach hinten sinken, an eine Schulter mit einem vertrauten, scharf zitrusartigen Parfüm. Wir hatten uns schon ein-, zweimal hier getroffen. Ich fühlte die Rüstung eines Eherings, als sich die Hand an meiner linken Brust nach oben schob.

»Schön wie eh und je.«

»Danke.« Die rechte Hand strich über meine Hüfte nach oben, die Fingerspitzen liebkosten meine Haut unter dem kurzen Kleid. Ich wartete auf mein nass aufbrandendes Begehren. Nichts. Ich wandte mich zu ihr und küsste sie, suchte das Pulsieren und Gleiten ihrer Zunge. Nichts. Verwirrt schlug ich die Augen auf und sah ihre Augen im Widerschein des matten Lichts vom Kanal funkeln.

»Wo ist dein Mann?«

»In Rimini, mit den Kindern.«

»Da hab ich ja richtig Glück.«

Mein Mund lag an der Kurve ihres Halses, ich fuhr mit der Zungenspitze ihr Schlüsselbein entlang, fasste sie um die Taille und bewegte meine Hände nach unten, um ihren wundervollen weichen Hintern zu packen. Sie schnappte nach Luft und hob die Hand, um mir durch die Haare zu fahren und an meiner Kehle zu lutschen. Langsam kniete ich mich vor sie, zog ihr den Baumwollrock herunter und ließ meine Fingernägel am Rand ihrer Spitzenslips entlanggleiten, der sich hell von ihrer sonnengebräunten Haut abhob. Ihr Bauch war wunderschön, so weich wie frisches Brot, und ich vergrub meine Stirn darin. Dann begann ich an ihrem Slip zu ziehen. Er war pitschnass. Ich zog ihn mit dem Finger zur Seite, während sie sich mir mit kreisenden Hüften entgegenstemmte. Ich drehte den Kopf zur Seite, um mit der Wange über ihre winzige Schamhaarraute zu fahren, die vom harten Wulst ihrer Kaiserschnittnarbe geteilt wurde. Dann ließ ich meine Zunge zu ihrer Klitoris gleiten, begann, sanft zu lecken, und züngelte nach dem weichen Schlitz zwischen ihren Schamlippen.

»Spreiz die Beine, komm.«

Sie machte die Beine leicht auf, ohne ihre Hände aus meinem Haar zu nehmen, und ich ließ die Zunge flach auf ihrer Klit ruhen, während ich einen Finger in sie schob, dann einen zweiten, und durch ihr Fleisch glitt. Ich leckte etwas schneller, ihr Saft und mein Speichel bedeckten mein Kinn, ich saugte und schmatzte. Sie machte Anstalten, mich hochzuziehen, doch ich wollte, dass sie so kam, wollte mein ganzes Gesicht in diesen samtigen Lippen vergraben, wollte fühlen, wie die Kontraktionen ihrer Lust auf meiner Hand zuckten, und darin einen Vorgeschmack auf meine eigene Lust finden. Jetzt stöhnte sie. Einen Moment zog ich mich zurück und sah die Silhouette eines Mannes im flackernden Kerzenlicht des Treppenhauses. Wenn es ihr nichts ausmachte, machte es mir auch nicht aus. Ich ließ meine Finger tief in ihr und griff mit der anderen unter ihr Shirt, streckte mich, um eine Brustwarze aus ihrem BH zu ziehen und sie in kreisförmigen Bewegungen zu reiben, im Rhythmus meiner Zunge auf ihrer Klit. Ich leckte fester, schneller, spürte die erste Kontraktion an meinen Fingern und bearbeitete ihre harte Knospe, bis der Orgasmus sie überkam. Sie stieß einen grellen Schrei aus, grub die Nägel in meinen Nacken und machte mein ganzes Gesicht nass, als sie ihre Möse gegen meinen Mund stemmte. Dann stieß sie einen tiefen Seufzer der Erleichterung aus und stolperte rückwärts zu einem Diwan, wo sie liegen blieb wie eine Gekreuzigte. Ich rieb mir mit dem Daumenballen über die brennenden Lippen und schmeckte irgendetwas Dunkles unter dem mineralischen Salz ihrer Säfte, etwas unangenehm Fleischiges. Ich steckte ihr einen Finger in den Mund, als ich zu dem riesigen goldgerahmten

Spiegel ging, der neben dem niedrigen Bett stand. Ich hatte getrocknetes Blut am Kinn, rostig und vampirisch.

»Tut mir leid«, sagte sie.

»Mir ist das egal.« Ich verschmierte es über mein Kinn und starrte matt in die tiefen Augen meines Spiegelbildes. Man hörte ein ersticktes Keuchen von der Treppe.

Sie kicherte. »Komm schon raus.«

Der ukrainische Ehemann erschien, ganz ohne Fernseher, und fummelte gerade den Reißverschluss seiner Hose zu. Sie lächelte strahlend und streckte uns beiden die Arme entgegen. »Komm zu mir, *cara*. Jetzt bist du dran.«

»Ich komme gleich.« Ich ließ sie allein und ging nach unten, um mir an der Küchenspüle das Gesicht zu waschen. Die Brünette lag immer noch auf ihrem Stuhl, ihre Haare hingen fast bis zum Boden. Ich zog den schmuddeligen Samtbezug von einem Kissen ab und legte ihn ihr sanft über die nackten Schultern. Dann streifte ich meine Schuhe ab, schmierte dabei einen blutigen Fingerabdruck aufs Wildleder und schlüpfte leise auf die Gasse hinaus, denn ich wollte den kühlen glatten Stein unter den Füßen spüren. Ich hoffte, dass ich ihr Lust bereitet hatte, ich freute mich, wenn mir das gelungen war, aber – das war alles. Ich spürte einen kränklichen Schwindel in mir, als hätte ich die ganze Flasche schlechten Grappa geleert. Ich war so fair gewesen, ihr einen Orgasmus zu verschaffen, aber ich hatte im Gegenzug kein Verlangen gespürt. Ich war leer, matt, geistesabwesend. Das also auch noch? Wollte ich nicht mal mehr das?

Ich wanderte nach Hause, um nachzusehen, was die Geister inzwischen angestellt hatten. Das war alles, redete ich mir ein. Es waren nur die Geister.

9. Kapitel

An jedem venezianischen Tag gibt es einen Moment, in dem die Stadt komplett aus Silber zu bestehen scheint. Wenn der letzte Dämmerungsstreifen hinter der Lagune verschwindet, verschmelzen Stein und Wasser zu einer Radierung, in Farbnuancen von altem Zinn, bebend silberglänzendem Schwarz und funkelndem Weißgold. Man muss danach Ausschau halten, muss darauf warten, aber dies ist der Moment, in dem die Stadt am meisten und am geheimnisvollsten sie selbst ist.

Dieser Moment kam jetzt früher, aber die Tage waren immer noch heiß, und nachmittags waren die Strände des Lido immer noch überfüllt. Eines Nachmittags, ungefähr eine Woche nach meinem Besuch in der Markusbibliothek, erwog ich, ob ich ein Vaporetto nehmen und schwimmen gehen sollte. In der Galerie arbeitete ich zwar gerade gewissenhaft an meiner neuen Ausstellung, aber gegen drei – das ist die tote Stunde in Italien – zog sich der Tag nur noch wie Kaugummi, und ich hatte das Gefühl, unbedingt rauszumüssen. Ich wollte gerade meine Sachen packen, als ich hörte, wie sich die Tür öffnete und schloss. Eigentlich hatte ich das »Geschlossen«-Schild an die Tür gehängt, da wir ja nichts verkauften, aber die Besucherin – am Geräusch ihrer Absätze erkannte ich, dass es sich um eine Frau handelte – bewegte sich zielstrebig auf meinen Tisch am hinteren Ende des Raumes zu.

»Elisabeth!«

Es war die Russin von Carlottas Party.

»Elena. Äh … hallo. Wie schön, Sie in Venedig zu sehen!«

Sie trug ein marineblaues Wickelkleid aus Seide und Sandalen mit einer hohen Plateausohle aus Holz, dazu einen beigen Sonnenhut mit steifer Krempe, der die Reste ihres ursprünglichen Teints vor der Sonne schützen sollte. Eine Ton in Ton dazu kombinierte Hermès-Handtasche und eine riesige Tom-Ford-Sonnenbrille baumelten an ihrer Hand.

»Bleiben Sie lange hier?«

»Nur ein paar Tage.« Sie sah aus, als wäre ihr nicht ganz wohl in ihrer Haut. »Ich bin, ehrlich gesagt, hergekommen, um mich mit Ihnen zu treffen.«

»Wirklich? Wie Sie sehen, habe ich leider keine aktuelle Ausstellung, aber …«

»Ich dachte mir, Sie möchten vielleicht einen Kaffee mit mir trinken gehen. Dann könnten wir … reden.«

»Oh. Ja, natürlich. In welchem Hotel sind Sie denn?«

»Ich bin im Cipriani abgestiegen.«

»Ah, natürlich. Also, ich hätte jetzt Zeit. Vielleicht hätten Sie Lust, mit dem Vaporetto überzusetzen? Die Gärten auf der anderen Seite sind wunderbar kühl.«

Elena wirkte so gestresst, dass ich einen beruhigenden Ton anschlug, als wäre sie ein Kind, das sich verlaufen hat. Sie legte eine Hand auf die Kehle und schluckte, dann deutete sie mit einem übertriebenen Nicken nach rechts.

»Ich würde lieber irgendwo hingehen, wo wir … ungestört sind. Mein Mann ist sehr eifersüchtig, wissen Sie.«

Ich folgte ihrer Geste und sah ein Paar breite Schultern im Anzug und einen Stiernacken im Sonnenlicht vor der Galerietür. Ein enger Hemdkragen verdeckte nur zum Teil den tätowierten Dolch unterhalb des Pitbullkiefers. Wenn das Elenas Bodyguard war, konnte ich nur zu gut verstehen, warum sie ihn loswerden wollte.

Ich sammelte rasch meine Sachen zusammen und nahm die Schlüssel aus der Schreibtischschublade.

»Natürlich … Ich kann hier auch kurz zusperren. Lassen Sie uns doch einen Spaziergang an den Zattere entlang machen, hm? Da unten am Wasser sind auch eine Menge Cafés – wir können einfach in eins davon hineingehen.«

»*Spasibo*«, bedankte sie sich auf Russisch. Sie eilte hastig hinaus zu ihrem vierschrötigen Leibwächter, deutete nach links, in die Richtung, in die wir gehen wollten. Er entfernte sich, und sie blieb neben mir stehen, während ich die Galerie abschloss.

»In einer halben Stunde ist er wieder da.«

Wir gingen Seite an Seite Richtung Gesuati. Elena schaute sich ständig um, um sich zu vergewissern, dass der Bodyguard nicht in der Nähe war. Nachdem wir ein paar Bemerkungen zu Carlottas Hochzeit ausgetauscht hatten, machte ich Small Talk, beginnend beim guten alten Wetter, und dann zeigte ich ihr ein paar Sehenswürdigkeiten auf der Insel Giudecca.

»Würden Sie gern die Kirche besichtigen?«, fragte ich, als wir vor der weißen Barockfassade standen. »Die Deckengemälde sind sehr berühmt. Tiepolo.«

Sie willigte ein, und ich kramte etwas Kleingeld aus meinem Portemonnaie, um uns zwei Eintrittskarten zu lösen. Als wir den Eingangsbereich durchschritten hatten und ins Kirchenschiff traten, bemerkte ich, dass Elena sich auf orthodoxe Art von rechts nach links bekreuzigte, mit drei zusammengelegten Fingern. Ich bekreuzigte mich nicht. In der Luft lag der erstickende Geruch von Weihrauch und feuchtem Stein. Keiner von uns beiden warf mehr als einen flüchtigen Blick auf St. Dominik, der über unseren Köpfen gen Himmel fuhr.

»Es tut mir leid, dass ich so geheimnisvoll tun muss, Elisabeth.«

»Schon in Ordnung. Sagen Sie mir einfach, wie ich Ihnen helfen kann.« Mein Ton konnte meine Ungeduld kaum kaschieren. Was wollte diese verrückte Frau von mir?

»Und ich entschuldige mich auch für mein Englisch.«

»Sie sprechen wunderbar Englisch.«

»Es klingt sowjetisch. Wir werden unseren Akzent nie los. Mein Mann sagt, dass wir überall den dreifachen Preis zahlen, einfach wegen unserem Akzent.«

»Ihr Mann?«, hakte ich nach. Ob sie irgendwann mal zum Thema kommen würde?

»Mein Mann ist Pavel Yermolov.«

Damit hatte ich nun wirklich nicht gerechnet.

»Und er will sich von mir scheiden lassen.«

»Oh, das tut mir leid, Elena. Aber ich weiß nicht ...«

»Sie werden es gleich verstehen. Ich werde es Ihnen erklären.«

Sie habe mich schon vor Carlottas Hochzeit gesehen, erzählte sie, nämlich als ich Yermolovs Haus besuchte. Sie habe gesehen, wie ich mit ihm beim Essen saß. »Ich habe versucht, mit ihm zu reden«, sagte sie traurig, »aber dieses ... dieses Schwein hat mich nicht gelassen.«

»Das waren Sie? Auf dieser Klippe da? Aber Ihr Mann hat gesagt, Sie wären ein Eindringling. In Ihrem eigenen Zuhause?«

»Ich weiß. Das ist alles so lächerlich.«

Yermolov hatte schon seit einer ganzen Weile vorgehabt, sich von ihr zu trennen. »Er hat andere Frauen – pah, das ist mir doch egal. Aber wir haben auch zwei Söhne, die in England auf die Schule gehen. Harrow«, fügte sie stolz hinzu. Wir mussten kurz stehen bleiben, während sie ihr Handy aus ihrer Hermès-Tasche holte und ich pflichtschuldigst die Fotos ihrer Kinder bewunderte. »Und dann habe ich Sie auf Carlottas Hochzeit gesehen. Ich habe Sie wiedererkannt. Als ich Carlotta nach Ihnen gefragt habe, meinte sie, dass Sie in der Kunstbranche arbeiten. Da habe ich dann Nachforschungen angestellt.«

»Ich verstehe.« Ich hatte die Hände auf dem Schoß gefaltet und umklammerte meine Finger. Auf einmal war mir ganz kalt, und das lag nicht an der Temperatur in der Kirche. Was wusste sie? Was wollte sie?

»Ich habe erfahren, dass mein Mann Sie gebeten hat, seine Sammlung zu schätzen. Hat er Sie gebeten, sie unter Wert zu schätzen?«

Ich zögerte und tat so, als wäre ich von einem deutsch sprechenden Reiseführer abgelenkt, der laut die Fresken erklärte. Was sollte das? Versuchte Yermolov es noch einmal auf anderem Wege – über die Schiene schwesterlichen Mitleids?

»Er hat keine Zahlen genannt. Außerdem hab ich den Auftrag sowieso abgelehnt. Ich hielt mich, ehrlich gesagt, für zu unerfahren.«

»Das wird er Ihnen nicht erlauben.«

So schlau war ich mittlerweile auch. Yermolov versuchte, mich per Psychoterror dranzukriegen, aber ich war im Moment einfach ein bisschen zu beschäftigt. Seit Alvins Besuch rann mir die Zeit einfach durch die Finger.

»Wie meinen Sie das?«, fragte ich und versuchte, mich wieder zu konzentrieren.

»Ist Ihnen nicht irgendwas … Seltsames aufgefallen, als Sie wieder nach Venedig zurückgekommen sind? Es ist nicht zufällig ein Geist bei Ihnen eingezogen?«

Wie konnte sie davon wissen?

Yermolov wollte unbedingt, dass ich die Schätzung durchführte, fuhr Elena fort, gerade wegen meiner mangelnden Erfahrung. Er wollte, dass der Wert seiner Sammlung niedrig angesetzt wurde, weil er – wie viele wohlhabende Männer – versuchte, seine offiziellen Vermögenswerte zu drücken, bevor er die Scheidung einreichte, damit er am Ende weniger zahlen musste. Er würde die Scheidung in Russland beantragen, glaubte Elena, weil russische Gerichte für gewöhnlich gnädiger mit den Ehemännern umgingen und auch nicht so starken Druck ausübten, damit sie ihre Vermögensverhältnisse offenlegten. Doch in letzter Zeit hatten ein paar Fälle unerwünschte Presseaufmerksamkeit erregt, also wäre es für einen Mann, der so reich war wie Yermolov, wohl besser, so diskret wie möglich vorzugehen. Und falls dann irgendjemand den Wert seiner Sammlung infrage stellen sollte, brauchte er jemanden, dem er die Schuld in die Schuhe schieben konnte.

Das schmerzte. Es schmerzte sogar sehr. Es war eine Sache, selbst zu finden, dass ich nicht für gut genug für Yermolovs Bilder war, aber es war eine ganz andere, jetzt zu erfahren, dass er meine Meinung teilte. Ich dachte, ich hätte seinen Auftrag höflich abgelehnt, und hatte mich damit getröstet, dass ich die Bilder immerhin zu Gesicht bekommen hatte und ihnen damit näher gekommen war, als es den meisten anderen Menschen jemals gestattet war. Aber er hatte nur einen Strohmann gebraucht, einen Handlanger. Vielleicht reagierte er ungnädig, wenn man ihm eine Bitte abschlug, vielleicht waren die Mätzchen in meiner Wohnung ein Versuch, mich einzuschüchtern, aber das erklärte natürlich noch nicht die Stubbs-Postkarte … Ich versuchte, mich auf das Gespräch zu konzentrieren.

»Für Ihren Mann wäre es also besser, wenn er sich in Russland von Ihnen scheiden ließe. Für Sie freilich nicht. Aber warum sollte ihm das Ganze so wichtig sein?«

Elena verdrehte die Augen. Jetzt war es an ihr, die Geduld zu verlieren. »Mein Mann ist … bei den Behörden gut angesehen. Er will gerne, dass das so bleibt.«

»Verstehe.« Ich wusste, dass Yermolov politische Kontakte hatte – vielleicht würde eine Scheidung im Ausland einen Skandal verursachen?

»Wie auch immer – ich hasse ihn. Er behandelt mich wie eine Gefangene, wie ein Tier! Und jetzt wirft er mich weg wie einen alten Schuh! Er sagt, dass unsere Beziehung nicht mehr ›effektiv‹ ist.«

Aus meiner Perspektive sah Elena nicht unbedingt aus wie ein alter Schuh. Allein von ihrem Verlobungsring hätte man ein Jahr lang die Miete für eine Wohnung in Mayfair zahlen können.

»Ich weiß es zu schätzen, dass Sie sich mir anvertrauen, und es tut mir auch leid, in was für einer Situation Sie da sind, wirklich – aber ich verstehe immer noch nicht, warum Sie meinen, dass ich Ihnen behilflich sein könnte.«

Sie schaute sich um. »Dieser Ort ist mir unheimlich. Kommen Sie, gehen wir woanders hin.«

Geduldig folgte ich ihr zum Kai. Das Licht blendete uns so jäh, dass wir zusammenzuckten und blinzelten.

»Wir gehen wohl besser zurück.« Sie setzte sich langsam in Bewegung und hakte mich unter, als wären wir alte Freundinnen. Ihr Gesicht war ganz nah bei meinem. Ich konnte ihren Geruch wahrnehmen und sah die feinen Linien um ihren Mund, wo der Filler langsam nachließ. »Mein Mann meint also, er kann mich einfach so loswerden!« Sie schnippte mit den Fingern. »Und er weiß, wenn er das tut …«

»Elena, drücken Sie sich doch bitte deutlicher aus. Ich kann mir auf das alles keinen Reim machen.«

Sie drehte sich zu mir und fasste mich bei den Ellenbogen. »Ich war lange mit Pavel verheiratet. Dreißig Jahre. Ich habe viel gesehen, viel gehört. Ohne meine Ehe werde ich in Gefahr sein. Das weiß ich. Ich brauche etwas, was mich absichert.«

»Aber Sie haben dann doch das Geld. Vielleicht nicht so viel, wie Sie es für angemessen halten nach so einer langen …«

Sie grub mir die Fingernägel in den Ellbogen. »Es geht mir nicht ums Geld. Lesen Sie denn keine Zeitungen? Russland ist nicht Europa, ganz egal, wie sie nach außen hin tun. Wenn ich nicht mehr mit Pavel verheiratet bin, wird es … zweckmäßig sein, mich zu beseitigen. Leute, die die Behörden blamieren können, sitzen von heute auf morgen im Gefängnis. Ich bin unmittelbar bedroht, verstehen Sie das nicht?«

Bevor ich dazu kam, ihr zu antworten, dass ich nichts verstand, außer dass sie wahnsinnig war, machte Elena einen Schritt zur Seite und vollführte eine Pirouette auf ihren Plateausandalen – zu meiner Überraschung und zur Verblüffung der umstehenden Menge von Touristen.

»Ich war einmal eine gute Ballerina!« Die Frau war offenbar völlig durchgeknallt. »Ich hole Sie heute Abend ab. Wir gehen ein bisschen aus, eine Hommage an Diaghilev! Sagen wir hier vor der Kirche, um sieben?«

»Elena, bitte … Ich glaube nicht, dass das eine gute Idee ist. Es tut mir leid, aber ich kann Ihnen nicht helfen.«

Sie drehte sich um, und das brüchige Lächeln war wieder von ihrem Gesicht verschwunden. »Oh doch. Als ich Sie das erste Mal mit Pavel zusammen gesehen habe, dachte ich, Sie wären eine …«

»Nutte?«

»Eine Prostituierte, ja. Aber als Carlotta mir erzählte, was Sie beruflich machen, habe ich Ihre Galerie recherchiert. Gentileschi – das ist ein schöner Name.«

»Hm … danke.«

»Wie dumm von Ihnen, dass Sie diesen Namen gegenüber der französischen Polizei erwähnt haben.«

Ich starrte sie an wie ein aufgespießter Frosch.

Ein Morgen auf den Stufen von Sacré-Cœur, mein letzter Tag in Paris. Ich konnte es riechen – den Gestank des Mülls, die Abgase der Touristenbusse, Marihuana, Kaffee. Renauds Telefon in meiner Hand, ein ganzer Schwarm von Polizisten, die am Flughafen Charles de Gaulle auf ein Mädchen mit gefälschtem Ausweis warteten, das seinen Flug nie antrat. *Zielperson ist unterwegs. Sagt euch der Name Gentileschi irgendwas?*, hatte ich ihnen gesimst. Halb Vorsicht, halb Tollkühnheit, der dumme, verlockende Drang zum Risiko. Um Renaud hatte ich mich längst gekümmert, wie konnte Elena also darüber Bescheid wissen? War sie am Ende auch für die Stubbs-Postkarte verantwortlich? Was zum Teufel lief hier eigentlich gerade?

Elena genoss es sichtlich, die Bombe platzen zu lassen. Ich starrte an ihr vorbei am Kai entlang und unterdrückte den Impuls, sie einfach ins Wasser zu stoßen, ebenso den jähen Anfall von Klaustrophobie. Mir war, als würden sich die verwickelten Umstände, die mich hierhergeführt hatten, um mich schlängeln, eine zischende, bedrohlich sich aufrichtende Hydra, die niemals still liegen konnte. Ich war der Meinung gewesen, hier in Venedig wäre ich sicher und die Vergangenheit läge hinter mir. Obwohl Alvin immer noch … Halt! Denk jetzt nicht an Alvin. Konzentrier dich auf diese wahnsinnige Frau, die versucht, dir dein Leben wegzunehmen.

»Ich habe keine Ahnung, wovon Sie reden«, sagte ich steif.

»Oh doch, das glaube ich schon. Ich brauche Ihre Hilfe bei einem Bild.«

Sie beugte sich noch weiter vor und hielt ihre Lippen ganz dicht an mein Ohr, als wollte sie mir gleich ein ganz besonders skandalöses Detail verraten. Ich spürte, dass irgendwo vor uns der Muskelmann stand und uns beobachtete. »Ich glaube, Sie verstehen viel von Bildern, stimmt's, Judith?«

10. Kapitel

Ich verbrachte den restlichen Nachmittag auf meinem Bett. Das gefrorene Blei in meinem Herzen nagelte mich fest. Yermolov wusste Bescheid. Elena wusste Bescheid. Ich konnte genauso gut gleich ein Inserat im verdammten *Corriere della Sera* schalten. Ich konnte mich gerade noch beherrschen, um nicht unter meinem Bett nachzuschauen, ob Romero da Silva dort lauerte. Es würde nicht aufhören. Es würde niemals aufhören. Was sollte ich tun? Elena Yermolov mitsamt ihrem Leibwächter in die Lagune schmeißen? Sehr witzig. Zumindest einen konnte ich lachen hören. Ich versetzte mir im Geiste eine Ohrfeige. Ich hatte recht gehabt, dass die »Zersetzung« von Yermolov eingefädelt war – Elenas Nennung meines echten Namens bestätigte das. Aber wer hatte es ihnen erzählt?

Ich ging in Gedanken noch einmal meine Unterhaltung mit Yermolov durch, bei unserem Abendessen in seinem Pavillon. Hatte er nicht irgendwas von Paris gesagt? Ich biss mir frustriert auf die Knöchel. Er hatte es gewusst, bevor er mich zu sich gebeten hatte. Und ich war so stolz gewesen, so glücklich. Aber das war jetzt nicht der rechte Moment, meinen verletzten Stolz zu hätscheln. Elenas wirre Geschichte mit der Scheidung war schon plausibel: Yermolov hatte gewollt, dass ich seine Sammlung unter Preis schätzte, hatte gedacht, er könnte Druck auf mich ausüben – das war mehr als glaubwürdig. Aber was war dran an den »Bedrohungen«, denen sich seine Frau ausgesetzt sah? Ich gab nicht viel auf ihre undurchsichtigen Storys, aber die Art, wie Elena handelte, verriet, dass sie ihre Geschichte selbst glaubte. Sie war bereit, ihrem Mann die Stirn zu bieten, und sie hatte ein Bild erwähnt. Das Ganze hatte also irgendwie mit einem Bild zu tun. Der nächste Schritt würde sein, dass ich mich mit ihr traf. Ohne Wissen konnte ich mich nicht schützen, also musste ich mich jetzt langsam vorantasten und so viel wie möglich in Erfahrung bringen.

Gegen sieben hatte ich mich wieder halbwegs gesammelt. Am Dock wurde ich auf eine honigfarbene Riva-Jacht geführt, wo Mrs Yermolov in der Kabine unter Deck auf mich wartete. Schwarz war mir als Farbe passend vorgekommen für eine Fahrt zur Friedhofsinsel San Michele – ich trug eine Seidenhose und einen schlichten Pullover mit Rundhalsausschnitt. Doch dann hatte ich in letzter Minute gefunden, dass ich ein bisschen zu sehr nach Ninja aussah, also fügte ich noch einen schweren türkisen Kaschmirschal hinzu, um mich gegen die abendliche Brise auf der Lagune zu schützen. Wir fuhren schweigend über das milchig grüne Wasser und bewunderten den unendlich perfekten Anblick des Canale Grande, ganz wie zwei Damen, die aus einer Laune heraus zu einem romantischen Ausflug aufbrechen. Der Bodyguard stand mit dem Skipper am Bug und rauchte mit ernster Miene. Das Boot fuhr direkt Richtung Cannaregio, und nach wenigen Minuten spürte ich das schwerere Wogen der Lagune unter unseren Füßen. Ich hätte auch Lust auf eine Zigarette gehabt, aber Elena sah so aus, als würde ihr bald schlecht werden, deswegen schien es mir höflicher, darauf zu verzichten. Als wir bei San Michele hielten, stand sie eine Weile da und hielt den Kopf bis zu den Knien gesenkt – kein ganz einfaches Unterfangen, wenn man ein Versus-Abendkleid mit eingearbeitetem Korsett und dazu Zehn-Zentimeter-Heels trägt.

»Das Schiff wird auf uns warten«, verkündete sie großspurig. »Sind Sie schon mal hier gewesen?«

Das war ich in der Tat nicht. Henry James hatte wohl mal gesagt, dass Venedig die schönste Grabstätte der Welt war, aber mit solchen Gedanken hatte ich mich in letzter Zeit nicht unbedingt näher beschäftigen wollen.

»Er liegt in der griechischen Abteilung. Kommen Sie.«

Im Gegensatz zum Rest der Stadt ist San Michele äußerst gepflegt, die säuberlich rund geschnittenen Eiben kontrastieren vorteilhaft mit den orangen Ziegelmauern. Elenas Stilettos schwankten auf dem Kies, aber sie glitt weiter und hielt die Schultern tadellos gerade, zu Diaghilevs Ehren.

»Hier ist es.«

Das Denkmal war aus creme- und elfenbeinfarbenem Stein, die eingravierte Beschriftung bestand aus vergoldeten kyrillischen Buchstaben. Elena setzte sich gemütlich auf das Grab nebenan und zog eine Flasche Stolitschnaya und drei Teegläser aus der Handtasche. »Eins für Sie, eins für mich und eins für den Meister«, erklärte sie beim Eingießen. Wir prosteten dem Grab zu und tranken ein Glas, dann leerte Elena das dritte Glas über den Stein. Ich fragte mich, ob es wohl am regelmäßigen Begießen mit Alkohol lag, dass der Stein so glänzend sauber war. Endlich steckte ich mir meine Zigarette an und hielt ihr das Glas hin, um mir nachschenken zu lassen.

»Wollen wir Strawinsky nicht auch eins anbieten?«, schlug ich im Plauderton vor. Es schien mir zu dieser schrägen Cocktailparty zu passen. »Der liegt elf Gräber weiter.«

Elena schnaubte verächtlich. »Pah, dieser alte Plagiator.«

War wohl nicht mein geschicktester Schachzug gewesen.

»Sie waren also Tänzerin?«, nahm ich einen neuen Anlauf.

»Keine besonders gute. Ein paar Jahre versuchte ich, in die Bolschoi-Ballettakademie reinzukommen, aber ich war nicht gut genug. Und dann lernte ich Pavel kennen.« Sie schnaubte erneut und leerte ihren Wodka. »Ich dachte mir, hier könnten wir gut reden.«

»Klar. Sie haben mich in diesem Strandhaus nicht zum ersten Mal gesehen, stimmt's, Elena? Und auch nicht bei Carlottas Hochzeit. Zum ersten Mal haben Sie mich auf Michail Balenskys Jacht gesehen.«

Balensky, auch bekannt als »The Man from the Stan«, war ein berüchtigter Waffenhändler-und-jetzt-Geschäftsmann, der Steve auf eine Party eingeladen hatte, während ich bei ihm auf der Mandarin war. Carlotta hatte sich als Steves Verlobte ausgegeben, während ich unter Deck ein bisschen Industriespionage betrieb. Ich habe ein gutes Gedächtnis für Menschen, und Elenas zutiefst gebräuntes und geschminktes Gesicht war mir sofort entgegengesprungen, als ich meine Erinnerungen an diesen Abend hervorkramte.

»Stimmt. Deswegen habe ich angenommen, Sie wären eine ... Nutte, haben Sie das genannt, oder?«

Die Glocken der dicken Miniaturkathedrale schlugen acht, und die Töne klangen durch die Gräberreihen.

»Macht der Friedhof nicht gleich zu?«

Elena lächelte schief. »Wir genießen hier einen Privatbesuch, Pavel sei Dank. Ich sollte diese Privilegien nutzen, solange ich noch kann. Also ...?«

Ich holte tief Luft. »Also, im Jahre 2007 kam die Sammlung von Rostropovich bei einem der großen Londoner Auktionshäuser unter den Hammer. Der Verkauf wurde in letzter Minute abgeblasen, weil ein russischer Käufer sämtliche Stücke für ungefähr fünfundzwanzig Millionen Dollar kaufte. Er versprach, sie nach Russland zurückzuholen, eine patriotische Geste, die ihn sehr beliebt machte. Soll ich fortfahren?«

Elena schien mir kaum zuzuhören. Sie wühlte wieder in ihrer Tasche.

»Sie wollen mir Angst machen«, fuhr ich fort, »weil Sie selbst

Angst haben. Sie wollen ein Bild, das Sie dem russischen Staat schenken können, um ihn sich gewogen zu machen. Wie es der Geschäftsmann mit den Rostropowitsch-Werken gemacht hat, oder?«

Sie schaute auf und lächelte, als sie mir ein paar kopierte Blätter reichte. »Sie sind sehr schnell.«

»Wer nicht schnell ist, ist schnell tot.«

»Wie bitte?« Sie starrte mich unverhältnismäßig verschreckt an.

»Nichts. Tut mir leid.«

Ich warf einen Blick auf die Papiere, die sie mir gegeben hatte. Ausdrucke aus der Online-Ausgabe einer italienischen Zeitung, ein Bericht über den Mord an einem englischen Kunsthändler, Cameron Fitzpatrick, in Rom. Ein kurzer französischer Artikel über die anhaltende polizeiliche Ermittlung in einem geheimnisvollen Todesfall in einem Hotel in der Nähe der Place de l'Odéon in Paris. Beide Artikel kannte ich nur zu gut.

»Sieht ganz so aus, als wären wir beide ganz gut im Recherchieren. Könnten wir jetzt bitte zum Thema kommen? Mir wird wirklich kalt.«

»Dann trinken Sie noch einen.«

Als Elena weitersprach, verschluckte ich mich an meinem Wodka.

»Mein Mann hat eine Zeichnung von Caravaggio.«

Vielleicht war sie nicht die begabteste Ballerina gewesen, aber sie hatte wirklich ein Händchen für theatralische Inszenierungen.

»Das ist unmöglich. Jeder weiß das. Caravaggio hat nicht gezeichnet – dafür war er berühmt.«

»Trotzdem.«

»Es muss eine Fälschung sein – das geht gar nicht anders. Was auch immer er Ihnen da erzählt hat …«

»Er hat mir gar nichts erzählt. Balensky und er haben ihn zusammen gekauft. Das ist das Bild, das ich haben will.«

»Ich habe in seiner Sammlung einen Caravaggio gesehen, aber das ist nur eine Kopie. Und das weiß Ihr Mann auch.«

»Das ist nicht das Bild, das ich meine. Ich spreche von einer Zeichnung. Hier angefertigt, in Venedig.«

»Elena, Caravaggio hat nicht gezeichnet, und er ist auch nie in Venedig gewesen. Ich weiß nicht, was Sie da zu wissen glauben, aber wenn Sie denken, dass ich mich näher auf so etwas einlassen würde, liegen Sie daneben. Absolut daneben. Es tut mir leid, dass Sie solche Probleme haben, wenn Sie sie denn wirklich haben. Aber ich fahre jetzt.«

Ich stand auf und ging entschlossen zum Anleger.

»Warten Sie. Tut mir leid. Bitte warten Sie.« Im wegdämmernden Licht sah sie selbst aus wie eine Statue an einem Grab, mit ihrem sperrigen Kleid und einer Hand an der Kehle. Irgendetwas am flehenden Ton ihrer Stimme, die durch die stille dämmrige Luft ertönte, ließ mich innehalten.

»Ganz ehrlich, ich versuche nicht, Ihnen zu drohen«, sagte sie. »Es ist mir egal, wer Sie sind oder was Sie getan haben. Ich weiß, wie mein Mann Sie gefunden hat. Es hatte irgendwas mit diesem Mann in Paris zu tun.« Ihre Stimme klang unkontrolliert, und mir dämmerte, dass sie schon eher mit dem Wodka angefangen haben musste, als ich gemerkt hatte. In dieser Hinsicht hatte ich genug Erfahrung mit meiner Mutter gesammelt, um die Zeichen zu erkennen. Sie hatte angefangen zu weinen und wischte sich unablässig über die Augen, während die Tränen Spuren durch ihren Selbstbräuner zogen.

»Kommen Sie, Elena, es wird kalt. Wir gehen in meine Wohnung, und ich mach Ihnen einen Kaffee.« Die Wohnung war nun wirklich der letzte Ort, an dem ich sie haben wollte, aber für einen öffentlichen Ort war sie schon zu aufgelöst. Ich legte ihr den Arm fest um die Schultern und verlieh meiner Stimme einen festen und zugleich sanften Ton, wie so oft, wenn ich meine Mutter ins Bett schleifen musste. »Kommen Sie. Wir bringen Sie jetzt nach Hause.«

Elena wusste Bescheid. Yermolov wusste Bescheid. Wenn ich diese Sache nicht irgendwie in Ordnung brachte, konnte ich mein Leben als Elisabeth Teerlinc nicht weiterführen. Und Yermolov hatte mich gedemütigt. Er hatte mit mir gespielt, und dieser Gedanke entzündete in meinem Inneren eine winzige, fast schon vergessene Flamme. Da es keinen plausiblen Weg gab, wie ich Elena hätte verschwinden lassen können, musste ich sie ausnutzen. Wenn ich das nicht tat, konnte Yermolov mich zerstören, und das wusste sie auch.

Sie übergab sich auf der Überfahrt über die Reling, und danach schien sie wieder etwas klarer im Kopf zu sein. Ich bat den Kapitän, uns so nah wie möglich an die Piazza zu bringen, und ich erklärte dem Gorilla, dass ich Mrs Yermolov helfen wolle, sich frische Kleidung anzuziehen, da ihr nicht ganz wohl sei. Daraufhin postierte er sich vor meiner Haustür. Ich überlegte, ob er wohl zum ersten Mal hier war. Nachdem ich meine Wohnung aufgeschlossen hatte, schnüffelte ich argwöhnisch, aber außer Cire Trudons Spiritus Sancti konnte ich nichts riechen. Ich fragte Elena, ob sie Hunger hatte, aber sie schüttelte nur ungeduldig den Kopf, also machte ich uns Kaffee und tat Zucker in ihre Tasse. Ich holte eine Jogginghose, Socken und einen Pullover und bat sie, die Sachen überzuziehen. Dann setzten wir uns nebeneinander aufs Sofa. Nachdem sie sich das Gesicht gewaschen und die schlichten Sachen angezogen hatte, sah sie viel jünger aus. Wieder konnte ich erkennen, wie bezaubernd sie einmal gewesen sein musste.

»Die Leute von Ihrem Mann waren hier«, begann ich. »Sie haben Sachen verrückt und so.« Ich wollte ihr lieber nicht verraten, was für Sachen es genau gewesen waren oder was für eine Botschaft ihr Mann mir meiner Meinung nach hatte zukommen lassen wollen.

»Das hatte ich mir schon gedacht. So gehen sie immer vor, Balensky und er.«

»Und diese angebliche Caravaggio-Zeichnung haben sie zusammen gekauft – sie sind also befreundet, oder?«

»Freunde, Kollegen. Aber nicht mehr. Sie haben gemeinsam eine Menge Geld mit Immobiliengeschäften gemacht, damals in Moskau.« Ich erinnerte mich an Maschas Erzählung, wie Yermolov mit unbequemen Mietern umgesprungen war. Als ich jetzt erfuhr, dass er mit Balensky zu tun gehabt hatte, der einen ziemlich üblen Ruf hatte, kam ich ins Grübeln.

»Erzählen Sie weiter«, bat ich sie.

»Doch seitdem sind sie keine Freunde mehr.« Mit ihrem nackten Zeh zog sie ihre Handtasche über den Boden zu uns heran und faltete den einen Zeitungsausschnitt auseinander.

»Dieser Mann, der in dem Hotelzimmer gestorben ist, hat für meinen Mann gearbeitet. Und für Balensky auch.«

»Ich kannte ihn unter dem Namen Moncada.« Es kam mir zwecklos vor zu leugnen, dass ich wusste, wovon sie sprach. Vor allem, weil ich ihn ja wirklich nicht getötet hatte.

»Sie waren da, in der Nacht, als er gestorben ist, stimmt's?«

Ich nickte langsam. »Ich hab ihm ein Bild verkauft und es anschließend ins Hotel gebracht, an der Place de l'Odéon, ja. Ich bin aber vor dem ... Mord gegangen.«

»Das wusste mein Mann auch. Seine Leute haben das Hotel beobachtet. Es war noch ein anderes Bild da, das sollte im Auftrag meines Mannes und Balenskys übergeben werden. Dann wurde dieser Moncada umgebracht. Als mein Mann versuchte, das Bild wiederzukriegen, war es verschwunden. Er dachte, dass Balensky ihn mit Ihrer Hilfe hintergangen hat.«

»Moment – Ihr Mann glaubt, dass ich seinen Caravaggio gestohlen habe? Deswegen verfolgt er mich?«

»Ich glaube, ja. Er meint, dass Sie ihn … betrogen haben. Sie und Balensky.«

»Das ist doch verrückt. Außerdem hab ich es nicht. Wirklich nicht.«

»Das ist alles, was ich über Sie weiß. Eine Frau namens Judith Rashleigh wird von der italienischen Polizei im Zusammenhang mit dem Mord an einem Kunsthändler, Cameron Fitzpatrick, vernommen. Die Frau eröffnet eine Kunstgalerie in Paris, eingetragen unter dem Namen Gentileschi. Die Frau wird dann beobachtet, wie sie mit einem Bild unter dem Arm ein Hotel verlässt, in dem ein anderer Mann ermordet wurde. Dann … puff! … taucht eine Gentileschi-Galerie in Venedig auf, jetzt eingetragen auf den Namen Elisabeth Teerlinc. Und das Bild ist verschwunden.«

»Woher wissen Sie das alles, Elena? Das ist absolut bizarr. Ich dachte, Sie hätten gesagt, dass Ihr Mann und Sie getrennt sind?«

»Getrennt, ja. Aber offiziell sind wir immer noch verheiratet, während er die Scheidung vorbereitet. Ich darf …« Sie schnaubte das Wort verächtlich hervor. »… vorläufig immer noch in unseren Häusern wohnen. Aber wir laufen uns nicht mehr über den Weg. An dem Abend in Frankreich war ich unangemeldet gekommen. Ich wollte mit ihm reden.«

»Und dann haben Sie von diesem … diesem Geschäft gehört?«

»Ich bin eine gute Spionin. Immerhin bin ich Russin, nicht wahr? Als ich erfuhr, dass Pavel sich scheiden lassen wollte, brauchte ich Informationen«, fügte sie mit einem bitteren kleinen Lachen hinzu.

So beunruhigend Elenas Wissen war, hatte mich ihre Erzählung doch … fast erleichtert. Wenn Yermolovs Einschüchterungstaktiken darauf abzielten, mich zur Rückgabe eines Bildes zu bewegen, das ich gar nicht hatte, konnte ich diese Fehlinformation leicht korrigieren. Das Bild, das ich zum Hotel an der Place de l'Odéon getragen hatte, war ein kleiner Gerhard Richter gewesen, den Gentileschi ganz rechtmäßig bei einer Auktion erworben hatte. Leider hatte ich die Versteigerung nicht persönlich besucht, denn die werden ja aufgezeichnet, und durch so eine Aufzeichnung hätte ich beweisen können, dass ich anwesend war und auf das Bild geboten hatte. Aber die Provenienz musste ja trotz allem festgehalten worden sein. Ich hatte das Bild Dave gegeben, der nach seiner Zeit beim Militär als Portier im Auktionshaus gearbeitet hatte und damals mein Freund gewesen war. Dank den Verbindungen, die sich als sehr nützlich für uns beide herausgestellt hatten, waren seine Frau und er in ein hübsches Dorf in der Nähe von Bath gezogen, wo er einen Kurs absolvierte, um Lehrer für Kunstgeschichte zu werden. Der Richter war verkauft worden, um ihren Umzug aufs Land zu finanzieren. Ich erklärte ihr das so kurz und bündig, wie ich konnte.

Elenas Hände strichen die Zeitungsartikel wieder glatt. Sie schien an sie zu glauben, als wären es Talismane.

»Ich glaube Ihnen Ihre Geschichte, Judith. Aber ich will den Caravaggio. Sie haben Ihre Geheimnisse – ich hab Ihnen schon gesagt, sie sind mir egal. Und meinem Mann sicher auch, wenn er weiß, dass Sie keine Diebin sind. Ich würde mir wünschen, dass Sie das Bild für ihn finden, und wenn Sie es gefunden haben, dass Sie mir sagen, wo es ist. Das ist alles.«

»Was soll das hier eigentlich werden – *Ocean's Eleven*? Warum sollte ich das tun, Elena?«

»Wenn Sie nicht einwilligen, werde ich ihm sagen, dass ich hier war.« Sie deutete mit einem Nicken zum Fenster, um mich an die Anwesenheit ihres Gorillas zu erinnern. »So ein Zufall! Und ich werde ihm sagen, dass ich das Bild gesehen habe, und er wird Sie erst töten und anschließend danach suchen. Oder ich könnte der italienischen Polizei vorschlagen, die Ermittlungen in einem gewissen Fall wieder aufzunehmen und sich bei

Ihnen zu erkundigen, warum Sie mit falschen Papieren hier in Venedig leben. Und außerdem – und das gefällt mir fast am besten –, weil ich glaube, dass Sie es tun werden.«

Sie drohte mir, aber sie bot mir gewissermaßen auch ein Spiel an. Irgendwie missfiel mir der Gedanke gar nicht, ihr dabei zu helfen, Yermolov eins auszuwischen. Nicht ihretwegen, sondern meinetwegen. Vorläufig ließ ich mich erst mal auf die Sache ein, und sei es nur, weil ich nichts dringender brauchte als Zeit zum Überlegen.

»Gut, Elena. Schachmatt. Obwohl mir nicht klar ist, warum Ihr Mann sich von Ihnen scheiden lassen will. Sie sind großartig.«

»Ja«, sagte sie traurig. »Ja, früher war ich das mal.«

11. Kapitel

Ich verabredete mich mit Elena für den nächsten Tag zum Lunch im Café über der Peggy Guggenheim Collection. Die Nacht hatte ich zum Großteil vor meinem Laptop verbracht. Ab und zu zuckte ich zusammen, wenn eine Diele knarrte oder irgendwo im Gemäuer eine der obligatorischen venezianischen Ratten herumkratzte, aber nachdem ich jetzt ihren Ursprung kannte, beschwerten mich Yermolovs »Geister« nicht mehr allzu sehr. Ich hatte andere Sorgen, nämlich die Quelle, die mich in Paris identifiziert hatte.

An dem Abend, an dem ich Moncada im Hotel an der Place de l'Odéon getroffen hatte, war er also auch für Yermolov und Balensky tätig gewesen, er hatte den angeblichen Caravaggio zu ihnen transportiert. Ich wusste bereits, dass Balensky eine fragwürdige Person war, und es überraschte mich auch nicht gerade, dass Yermolovs Vergangenheit nicht ganz so blitzsauber war, wie sie auf den ersten Blick erscheinen mochte. Moncada gehörte der italienischen Mafia an, er verschob Bilder zweifelhafter Herkunft, und eine »Zeichnung« von Caravaggio war weiß Gott zweifelhaft. Es konnte also sein, dass Moncada die Oligarchen über seine Verabredung mit mir im Hotel in Kenntnis gesetzt hatte. Aber Elena hatte auch gesagt, dass jemand mich gesehen hatte, wie ich mit dem Bild gegangen war. Das konnte unmöglich Moncada gewesen sein, denn der befand sich in diesem Moment in seinem Zimmer im vierten Stock, wo er gerade von Renaud erwürgt wurde. Dieser andere Jemand war die Person, die ich finden musste.

Yermolov einfach anzurufen und ihm zu sagen, dass ich den Caravaggio nicht hatte, war sinnlos. Erstens, weil er keinen Grund hatte, mir zu glauben, und zweitens, weil ich die Spur niemals abschütteln konnte, die ich mit dieser dummen SMS gelegt hatte, solange ich die Quelle nicht ausfindig gemacht hatte.

Das Problem an Elenas Plan war jedoch, dass die Idee dieses Bildes an sich grotesk war. Alle Experten, die ich zu Caravaggio konsultiert hatte, waren sich einig, dass er nie gezeichnet hatte – er hatte höchstens einmal Löcher in seine Leinwand gemacht, um die Positionen seiner Modelle zu markieren. Allerdings war man sich nicht einig, was seinen eventuellen Aufenthalt in Venedig anging. Im Online-Archiv der London Library fand ich den Zeitungsartikel eines venezianischen Professors, der diese Idee für unmöglich erklärte. Ich fotografierte ihn, um ihn Elena zu zeigen.

Dann musste ich sie mir vom Leibe schaffen, Yermolov kontaktieren und das Missverständnis aufklären und dann weiter versuchen, seine Quelle ausfindig zu machen. Jeder Gedanke an Rache an den Oligarchen war vermessen, obwohl ich mir auf dem Weg zur Peggy Guggenheim Collection durchaus ein paar Fantasien gestattete, was ich mit ihnen anstellen würde.

Elena hatte wieder ihr unseliges Pokerface aufgesetzt und schon die erste Hälfte einer Flasche Pinot Grigio ausgetrunken, als ich das Dachterrassencafé des Museums betrat. Ich goss mir etwas Wasser ein in der Hoffnung, dass sie meinem tugendhaften Beispiel folgen würde.

»Wo steckt Ihr Freund? Bricht er grade wieder in meine Wohnung ein?«

»Jurij? Der hat sich kurz freigenommen, weil er selbst was

zu erledigen hat. Deswegen feiere ich jetzt ein bisschen«, erwiderte sie trotzig und goss sich noch ein Glas ein. Ich nahm die Flasche und steckte sie kopfüber in den Eiskübel, dann kippte ich den Inhalt des Glases hinterher.

»Trinken Sie einen Schluck Wasser, Elena. Egal, wie leid Sie sich selbst tun, aber betrunken können Sie überhaupt nichts ausrichten.«

Ihr Protest wurde von der Kellnerin unterbrochen. Ich bestellte eine Minze-Fenchel-Bruschetta und einen Teller Ravioli. In Sachen Kohlenhydrate gehe ich gerne mal an die Grenzen. Elena bestellte sich einen grünen Salat ohne Dressing.

»Ich habe über die Sache nachgedacht, Elena«, erklärte ich, während sie ihren deprimierenden Lunch verzehrte. »Ich glaube wirklich nicht, dass ich Ihnen helfen kann. Erstens wissen wir beide, dass ich trotz dieser … Geschichte in Paris das Bild einfach nicht habe. Ich weiß, dass Sie mir glauben. Es muss also Balensky selbst gewesen sein. Aber es ist unmöglich, dass das Bild, das Balensky Ihrem Mann gestohlen oder auch nicht gestohlen hat, auch nur einen Pfifferling wert ist. Selbst wenn ich Ihnen helfen könnte, es zu finden, es ist und bleibt eine Fälschung. Ich war die halbe Nacht wach, um die Angelegenheit zu prüfen, und nirgendwo im Internet wird auch nur erwähnt, dass so eine Zeichnung existieren könnte. Ich habe Experten befragt. Selbst wenn Sie dieses Bild kriegen könnten, weil Sie glauben, dass es Sie irgendwie in eine Machtposition bringt, wird es Ihnen nicht weiterhelfen, für den Fall, dass Sie sich scheiden lassen.«

Elena kämpfte gerade mit einem Rucolablatt. Es hing ihr seitlich aus dem Mund, als sie mich anfauchte: »Warum bringen Sie mich nicht gleich um?«

Ich war bereits sechs verschiedene Methoden durchgegangen, ebendies zu tun, aber keine davon war durchführbar, ohne dass ich Gefahr lief aufzufliegen. Yermolov würde mir vielleicht eine Belohnung geben. Aber vielleicht lag es auch an dem Bild von Elenas Söhnen mit ihren offenen Gesichtern unter den Strohhüten, dass ich auf meine alten Tage weich geworden war. Ich sah ihr zu, wie sie ihren Salat kaute.

»Ich habe keine Ahnung, was Sie damit sagen wollen.«

Mit übertriebenem Akzent erwiderte sie: »Wie drücken Sie das so schön aus? *Sie wusste zu viel!*« Sie brach in heilloses Gekicher aus und schnaubte in ihren Teller.

Das Gespräch begann mich zu langweilen, aber die Kürbisamaretti in den glitschigen Nudeln schmeckten wirklich großartig.

»Bitte seien Sie jetzt nicht so dumm. Ihr Mann hat ein paar außergewöhnliche Bilder – die Botticellis zum Beispiel. Die wären doch sicher genauso gut? Wenn Sie nun einen von denen kriegen könnten und sie dem Staat schenken würden?«

Sie schluckte ihre Erheiterung herunter und nahm endlich einen Schluck Wasser. »Gar nichts wird er mir geben. Ich bin sicher, dass diese Zeichnung existiert und sie echt ist. Und ich bin sicher, dass Sie mir helfen werden. Hier.«

Kein neuer Zeitungsausschnitt, Gott sei Dank. Elena hielt mir ihr Smartphone hin, auf dem sie eine Bilddatei geöffnet hatte. Das Foto eines Fotos.

»Das hab ich im Arbeitszimmer meines Mannes gemacht. An dem Tag, an dem er mir gesagt hatte, dass ich mich nicht mehr gleichzeitig mit ihm im Haus aufhalten darf. Er hat meine Sachen packen und wegbringen lassen, als würde er eine Dienstbotin entlassen.«

Das Gefühl kannte ich. Vielleicht streckte ich deswegen die Hand nach dem Telefon aus und fuhr mit den Fingerspitzen übers Display, um das Bild zu vergrößern. Das Originalfoto zeigte einen in Sepiabraun gehaltenen Salon mit einem großen Bogenfenster, das eindeutig auf den Canale Grande ging, daneben eine schwere Anrichte und ein Sofa mit starrer Rückenlehne und einem Bezug aus gemusterter Seide. Über dem Sofa hing ein gerahmtes Bild. Ich zoomte heran und erkannte ein Frauenporträt. Ein Bruststück, leicht ins Dreiviertelprofil gedreht, beide Ellbogen abgespreizt, als würde sich das weibliche Modell an etwas abstützen. Die Haare hatte sie nachlässig zusammengesteckt, den Blick hielt sie gesenkt. Als ich die Aufnahme weiter vergrößerte, fielen mir die sparsame Ausführung der Linie und die intensive tenebristische Modellierung des Kopfes auf, die mit einer anderen Farbe als dem üblichen Schwarz-Weiß ausgeführt war, wenngleich diese Farbe auf dem alten Foto nicht gut zu identifizieren war. Das ganze Bild wirkte gewellt, aber ob das von der Reflexion des Glases kam oder der Qualität der Leinwand zuzuschreiben war, ließ sich schwer sagen.

»Dieses Foto ist in den Neunzigerjahren des neunzehnten Jahrhunderts aufgenommen worden, in einer *pensione* hier in Venedig. Es zeigt die Zeichnung.«

»Den berühmten Caravaggio?« Ich starrte auf die Aufnahme und hielt mir das Smartphone noch einmal ganz nahe vor die Augen. »Ist das auf Leinwand?« Die Unregelmäßigkeit der Oberfläche schien auf Gewebestruktur zurückzuführen zu sein.

»Leinen. So heißt es jedenfalls in den Notizen, aber ich hatte nicht viel Zeit.«

»In den Notizen?«

»Es gab einen Brief, aber ich hatte keine Zeit, den auch noch zu fotografieren. Das Foto zeigt, dass die Zeichnung vor über einem Jahrhundert da war und dass sie echt ist.« Es schmerzte zu hören, wie viel Sicherheit in ihrer Stimme lag.

»Können Sie sich sonst noch an irgendetwas erinnern?«

»Es wurde als Skizze beschrieben, in Kreide mit einem Öl, hieß es. Daran kann ich mich so gut erinnern, weil das Englisch so komisch klang. Mit *einem* Öl.«

»Es tut mir leid, Elena, aber das hat nichts zu bedeuten. Solche Fotos, die die Herkunft belegen sollen, können auch gefälscht sein – das ist ein absoluter Klassiker. Es gab ein Paar in Deutschland, das jahrelang damit durchgekommen ist. Man pfuscht einfach an irgendeinem Bild aus dem viktorianischen Zeitalter herum, um zu zeigen, dass es das fragliche Bild schon seit einer ganzen Weile gibt. Und selbst wenn das Foto echt sein sollte, dann muss das Porträt deshalb noch lange nicht echt sein. Vielleicht ist das alles in gutem Glauben gemacht worden, ein Fehler in aller Aufrichtigkeit, aber Sie müssen sich das bitte aus dem Kopf schlagen. Wirklich. Schauen Sie her.« Ich hielt ihr mein Smartphone hin, um ihr den abfotografierten Passus aus dem Zeitungsartikel zu zeigen:

> Trotz aller Behauptungen, dass Caravaggio 1592 auf seiner Reise von Mailand nach Rom auch Venedig besucht haben soll (Provorsi u.a. 2001, Filicino 1990), ist die Hypothese eines solchen Besuchs endgültig ad acta gelegt worden (Raniero 2003), als Zeichen einer bloßen »einflussreichen Fantasie« (Raniero, ebd.) seines Mailänder Lehrers Peterzano. Es gibt einfach keinerlei Beleg für einen Aufenthalt in Venedig.

Elena schaute mir lange ins Gesicht, dann schlug sie die Augen nieder. Ich wünschte, ich wäre nicht so gemein gewesen mit dem Pinot.

»Ich werde Venedig heute verlassen. Ich möchte Ihnen bitte noch das Foto schicken. Und Sie können sich meine Nummern aufschreiben.«

»Es tut mir leid, Elena. Wirklich.«

Der Alkohol verließ ihre Miene, zusammen mit ihrer Freundlichkeit. Sie beugte sich vor und sagte mit harter, kalter Stimme: »Nein, Sie tun mir leid. Denn ich glaube, Sie wissen sehr gut, was mit Ihnen passieren wird, wenn Sie das Bild nicht finden. Sie sind jung, Sie haben noch viele, viele Jahre vor sich. Wo würden Sie die gern verbringen? Hier?« Sie deutete mit der Hand auf den Ausblick, der mir zwar vertraut war, mich aber immer wieder überwältigte. »Oder im Gefängnis?«

»Sie haben nichts gegen mich in der Hand, Elena.«

»Vielleicht schon, vielleicht auch nicht. Aber was immer ich mit Ihnen anstelle, glauben Sie mir, Sie werden noch dankbar sein, wenn mein Mann Sie zuerst in die Finger kriegt.«

Ich spürte richtig, wie sich meine Pupillen weiteten. Das Klirren des Bestecks und die Unterhaltungen in allen Sprachen der Welt dröhnten mir auf einmal in den Ohren. Da war er wieder, dieser Impuls, wie ich ihn auch bei Alvin gespürt hatte, diese fast ekstatische Lösung von der Realität, die so lange anhalten würde, wie die Durchführung dauerte und ich auf das blickte, was ich getan hatte. Ich grub meine Fingernägel in die Handflächen. Behalt die Konsequenzen unter Kontrolle. Ich schloss ganz bewusst die Augen und reichte ihr missmutig mein Arbeitshandy, damit sie mir das Foto schicken und ihre Kontaktdaten in mein Adressbuch eintragen konnte.

Elena packte ihre Handtasche und den Sonnenhut. »Ich denke, Sie melden sich dann demnächst bei mir. Sie machen das schon. Passen Sie gut auf sich auf.«

Ich sah ihr nach, wie sie mit der konzentrierten Festigkeit der geübten Trinkerin davonschritt. Ich steckte mir eine Zigarette an und ignorierte die demonstrative Missbilligung des amerikanischen Paars am Nebentisch. Meine Finger schwebten über meinem Handy, als wäre ich ein blöder Teenager. Und dann, während ich auf die Rechnung wartete, schaute ich Elenas Foto an und googelte eine Karte des Canale Grande. Der Ausblick aus dem Fenster – ich bemerkte, dass nur Gondeln zu sehen waren – zeigte eine Ecke des Palazzo Grassi. Damit musste diese *pensione* in einem der gegenüberliegenden Gebäude liegen. Nicht schwer zu finden. Ich recherchierte die Namen der *palazzi* und ging sie der Reihe nach durch. Allesamt Hotels. Vielleicht würde es sich gar nicht so schwierig gestalten, das Apartment zu ermitteln – nur um sich zu vergewissern, dass wirklich kein derartiges Bild existierte? Es konnte jedenfalls nicht schaden. Wenn ich Yermolov kontaktierte, wäre es vielleicht gar keine so schlechte Karte: Mit der Behauptung, dass sein Scheiß-Caravaggio eine Fälschung war, konnte ich ihn vielleicht abschütteln. Außerdem musste ich zugeben, es würde mir schon ein gewisses Vergnügen bereiten, ihm diese Information zukommen zu lassen.

Ich musste an Mascha und ihr Netzwerk an alten Hühnern denken. Ihre zahllosen Verwandten waren allesamt in der Touristikbranche tätig. Vielleicht kannte sie ja jemanden, der mir helfen konnte, das abgebildete Hotel ausfindig zu machen?

Mascha reagierte nicht, als ich klingelte, also wühlte ich in meiner Handtasche nach einem Zettel und schrieb in gebückter Haltung eine Nachricht auf meinen Knien. Doch dann wollte es mir doch nicht gefallen, sie an der Haustür zu lassen, die seit dem Einbruch immer verschlossen war. Ich klingelte also die Nachbarn durch, bis mich einer einließ, und begann die Treppe hochzugehen.

Stille ist nicht immer dasselbe. Sie hat verschiedene Qualitäten – die Stille eines leeren Hauses, in dem ein Telefon klingelt, die Stille eines Zimmers, in dem jemand schläft. Die Stille auf dem Treppenabsatz vor Maschas Tür hatte etwas Angespanntes, als hätte man die Luft hinter der angelehnten Tür ausgewrungen, bis kein Laut mehr herausdrang. Die Stille eines unmerklichen Fehlens.

Sie lag bäuchlings auf ihrem abgewetzten Perserteppich, den einen Arm im schwarzen Ärmel hatte sie zum Fenster ausgestreckt. Hatte sie versucht, durchs Zimmer zu kriechen, um über die Dächer nach Hilfe zu schreien? Die lila verfärbte Verletzung an ihrer rechten Schläfe wirkte wie eine aufgemalte Rose über der dick gepuderten blassen Wange. Sie sah schrecklich klein aus in ihrem engen bunten Schal, eine zerbrochene Matrjoschkapuppe, die ein Kind achtlos auf den Boden hatte fallen lassen. Ihre Röcke waren hochgerutscht und entblößten ihre schrumpeligen Beine in den dicken beigen Strümpfen. Über dem üblichen Mief aus Tee und Bratenfett lag ein scharfer Uringeruch. Ohne große Hoffnung betrachtete ich sie ein paar endlose Herzschläge lang, aber ich wusste, es würde keinen Atemzug und keine Bewegung mehr geben. Wer diesen Job erledigt hatte, hatte ihn gründlich erledigt. Und ich hatte die zerknitterte Leere des Todes bereits gesehen, seine ganze unterschwellige Unmenschlichkeit.

Ich schob meinen Ellbogen unter die Klinke, trat ein und schob die Tür vorsichtig hinter mir zu. Ich kniete mich hin und zog den Saum ihres Petticoats behutsam mit den Fingerspitzen herunter. Zumindest konnte ich dafür sorgen, dass sie anständig aussah. Sie lag auf etwas Hartem, das zum Teil von dem schwarzen Nylon zugedeckt wurde. Ich zog es heraus, dann zuckte meine Hand hastig zurück, als hätte ich sie mir verbrannt. Es war die Ikone, die Madonna, die beim Einbruch beschädigt worden war. Ihr Gesicht war halb weggerissen worden.

Vorsichtig ging ich um Mascha herum und betrat die winzig kleine Küche, wo ich mir ein Geschirrtuch holte, das ich mir um die rechte Hand wickelte. Unter meinen Rippen flatterte es kurz, aber ich unterdrückte es wie ein Husten. Vorsichtig öffnete ich Maschas dicke Handtasche aus gesprungenem Leder, die auf einem bemalten Stuhl neben der Tür stand, und zog ein abgegriffenes blaues Adressbuch heraus. Ich hatte gesehen, wie sie es benutzte, wenn sie Schüler anrief oder sich die Bezahlung notierte – ich bezahlte sie immer in bar, was bedeutete, dass mich außer meiner Telefonnummer nichts mit ihr in Verbindung brachte.

Natürlich konnte ich das Adressbuch nicht einfach hier liegen lassen. Ich begann, zu zittern und nach Luft zu schnappen, doch es gelang mir irgendwie, das Adressbuch in meine eigene Tasche zu schieben und das Geschirrtuch zurück in die Küche zu bringen. Es ging mir etwas gegen den Strich, dass ich auch in dieser Situation daran gedacht hatte, aber Mascha konnte jetzt sowieso niemand mehr helfen. Irgendwann würde jemand kommen. Und sei es auch nur wegen der Hitze.

12. Kapitel

Und dann rannte ich. Ich wich den aufblasbaren Krokodilen aus, Stapeln von gefälschten Designertaschen, Plastiktrödel, Ständen mit venezianischen Karnevalsmasken und Sonnenbrillen. Dabei verfluchte ich die Tatsache, dass man hier unmöglich ein Taxi kriegen konnte und dass die Straßen der Stadt so zugemüllt waren. Während ich den vertrauten Weg zur Galerie lief und mein Geist mit dem fieberhaften Tempo meiner Füße Schritt hielt, begann ich auf Höhe der Vaporetto-Haltestelle San Basilio, nach meinen Schlüsseln zu tasten.

In der Galerie angekommen, riss ich energisch die Metalljalousien hoch, doch der Anblick des Fußbodens raubte mir erneut den Atem, und ich machte einen Sprung zurück auf die Straße, um mich erst mal von dem Schrecken zu erholen. Dann ging ich vorsichtig wieder hinein, zog die Jalousien herunter und spähte blinzelnd ins Unterwasserzwielicht. Der Boden war ein einziges Meer aus Zetteln, auf denen Scherben glitzerten, die von der zerbrochenen Glasplatte meines schönen Schreibtischs stammten. Wobei alles viel weniger schön war, nachdem es mit der neuen Wandfarbe beschmiert worden war und mit der blauen Tinte, mit der ich meine Quittungen von Hand schrieb. Sie hatten nicht viel vorgefunden – wie gesagt, ich bin extrem ordentlich –, aber unter die Reste der Tischplatte mischten sich die Scherben der zarten kleinen Espressotassen, die ich für meine Kunden gekauft hatte, meiner orangen Venini-Wassergläser und der Karaffe sowie mein ganzes Werkzeug, Klebeband, Hammer, Tacker – alles zerschmettert und zertrampelt. Der leere Raum, der mir vor Kurzem noch als mein eigenes funkelndes, kleines Königreich vorgekommen war, grinste mich jetzt höhnisch an in seiner ganzen Kleinheit.

Automatisch bückte ich mich und begann das aussichtslose Unterfangen, wieder Ordnung zu schaffen, doch ich hörte schon bald wieder auf. Meine ganzen sorgfältig ausgesuchten Sachen waren zerstört und in Müll verwandelt worden. Ich machte einen Bogen um die Haufen und zog die unterste Schreibtischschublade auf. Erleichtert schloss ich die Augen – die Waffe war immer noch da.

Wer das hier getan hatte, schien es eilig gehabt zu haben. Keine Durchsuchung, nur Einschüchterung. Moncadas Pistole war, wo sie immer lag, unter dem doppelten Boden der untersten Schublade. Ich nahm sie heraus, passte dabei gut auf, dass ich nichts von der klebrigen Farbe an die Ärmel bekam, und ließ die Waffe in meine Tasche gleiten. Eine Weile blieb ich so stehen und betrachtete die Trümmer dessen, was einmal alles gewesen war, was ich zu wollen glaubte. Ich hatte schon schlimmere Installationen gesehen. Vielleicht hätte ein besserer Galerist mit Lippenstift einen Titel auf einen der zerstörten Kataloge geschrieben, ihn an die Tür gehängt und den ganzen Schotter verkauft. Doch ich hatte keinen Nerv mehr für doppelbödige Kunstscherze.

Die dämmrige, künstlich erleuchtete Atmosphäre erinnerte mich an das Lager damals in London, in dem Dave und ich so viel Zeit mit den Bildern verbracht hatten. Aber das Licht war das einzig Ehrliche, was jetzt noch übrig war. Ich brauchte einen Moment, um diesen scharfen, erstaunlichen Gedanken wirklich zu begreifen. Wenn ich dieses Bild der Zerstörung noch einmal anschaute, empfand ich keine Wut, sondern Erleichterung. Mein Unterbewusstsein, das sich nie eine billige Gelegenheit entgehen ließ, gab mir eine neue Idee ein. Wenn ich ehrlich sein sollte, langweilte mich Elisabeth Teerlinc bereits zu Tode. Yermolovs Leute hatten ihre äußere Schale zerschmettert, und auf einmal, mit einem überraschenden Gefühl der Befreiung, erkannte ich, was für ein hohler Fake sie gewesen war. Elisabeth Teerlinc mochte vielleicht ein paar dümmliche Kunstkäufer genarrt haben, aber mich hatte sie nie so ganz überzeugt. Sosehr ich mich auch bemühte, zu ihr zu werden, ich hatte nie so recht in ihre Haut gepasst. Elisabeth wusste, was man von ihr erwartete, doch Judith hatte nicht immer Interesse, entsprechend zu handeln. Die Persona, die ich für Elisabeth erfunden hatte – gepflegter, diskreter Euromillionärshintergrund, vage gebildet, wahnwitzig selbstbewusst –, war das Destillat von allem, was Judith Rashleigh in ihrem Leben verachtet hatte. Es störte mich irgendwie, dass das Modell für mein zukünftiges Ich dann doch die ganze Zeit jemand wie Angelica Belvoir gewesen war.

Und ich hatte meine Sache ganz schön gut gemacht. So gut, dass ich den Anblick des Ergebnisses nicht ertragen konnte.

Nach diesen Vorfällen war es unwahrscheinlich, dass Gentileschi jemals wieder seinen Betrieb aufnehmen würde. Trotzdem war ich noch nicht bereit, Aufmerksamkeit auf diesen Umstand zu lenken. Ich verbrachte eine Weile damit, die Abfälle von Elisabeths Karriere in drei Müllsäcke zu fegen, und stellte sie dann raus fürs Müllboot, wie ein guter Bürger. Die Metalljalousien ließ ich unten und befestigte das »Geschlossen«-Schild innen an der Tür. Yermolovs Kumpane hatten die Schlösser aufgebrochen – wahrscheinlich einfach nur mit einem Hammer –, aber ich griff durch den Briefschlitz und schloss den Bolzen unten an der Tür. Von außen wäre niemand auf die Idee gekommen, dass es hier einen Einbruch gegeben hatte.

Als Nächstes ging ich natürlich auf die Bank. Ich löste einen Privatscheck über zehntausend Euro ein und einen zweiten über dieselbe Summe, aber über die Galerie Gentileschi. Als ich meine Wohnung betrat, schob ich zuerst den Pistolenlauf durch die Tür. Die Caracal F im Kaliber 9 × 21 war die Waffe, die Moncada am Abend des Mordes an der Place de l'Odéon auf Renaud gerichtet hatte. Ich hatte vorgehabt, sie zusammen mit den anderen Beweismitteln (na ja, um ehrlich zu sein, zusammen mit Renauds Kopf) in einer Decathlon-Sporttasche zu entsorgen, die ich in der Seine versenkt hatte, aber in der letzten Sekunde hatte ich sie doch wieder herausgeholt. Renaud hatte ich mit einer Glock 26 erledigt, die mir der nützliche Dave besorgt hatte, und mit derselben Waffe hatte ich auch Julien beseitigt, einen Clubbesitzer. Die Glock hatte ich jedoch nachts aus dem Zug nach Amsterdam geworfen.

Die Caracal ist nicht besonders schwer, nur etwas über siebenhundert Gramm, und was noch besser ist: Sie hat einen Hebel, der es einem erlaubt, sie rasch zu zerlegen. Ich hatte sie seitdem in der Galerie aufbewahrt, mit dem achtzehn Kugeln umfassenden Magazin. Moncada hatte keine Gelegenheit gehabt, einen einzigen Schuss daraus abzugeben, bevor Renaud ihn erwürgte. Auf dem Treppenabsatz ließ ich das Magazin wieder einrasten, zielte auf die Tür und stellte mir vor, wie mir gleich ein tätowierter russischer Kopf entgegenkommen würde. Zielen und abdrücken.

Zuerst sah es so aus, als hätten die Geister mal einen Tag Pause gemacht. Es war fast beruhigend, den alten Pass aus meinem Wäscheschrank zu holen. Zumindest waren mir die Gespenster hier vertraut. Ich steckte beide Dokumente ein – Elisabeth konnte gerne mitkommen, aber ich wollte jetzt eine Weile wieder Judith sein.

Packen musste ich nicht, denn in meinem Ankleidezimmer wartete schon das Gepäck, zwei schwarze Rimowa-Koffer auf vier Rollen. Rimowas sind unhandlich, aber sie haben ein herausnehmbares Reißverschlussfutter, was sehr praktisch ist, wenn man Dinge verstecken will. In beiden Koffern steckte eine wandelbare Basisgarderobe, die es mir gestattete, eine Reihe von verschiedenen Looks anzulegen, und dazu jeweils ein identisches Paket mit Sportkleidung und Kosmetikartikeln. Das eine Set tendierte stilistisch eher Richtung Mittelmeer-Bunny, die Sorte Kleidung, die ich brauchen würde, wenn ich mit Tage Stahl türmen wollte. Der zweite Koffer enthielt eine nüchternere, praktischere Garderobe, soweit mein Kleiderschrank so etwas eben hergab. Ich wählte den zweiten Koffer, hob den gefalteten Inhalt an, um die Waffe und die Bündel Bargeld ins Futter zu schieben, und verstellte dann mein Zahlenschloss. Anschließend ging ich wie mechanisch die Wohnung ab, befestigte die Fensterläden, leerte den Kühlschrank, brachte den Müll runter, baute mir einen mentalen Damm aus Alltagsverrichtungen. Irgendwann hielt ich kurz inne, um Dave eine SMS zu schicken:

Ich brauche einen Grey Hat, einen Superhacker, jemand Seriöses, so schnell, wie es geht. Danke wie immer, Jx

Dave hatte sich zwar in eine Landidylle zurückgezogen, aber er war immer noch gut vernetzt.

Mach ich. Gibt mir einen Tag, o.k.? Hoffe, alles ist gut bei dir. D

Ich hab aber keinen Tag Zeit, schrieb ich zurück.

Dann mach ich so schnell wie möglich. Warte.

Ich war nicht sicher, ob ich meine Bilder jemals wiedersehen würde, aber ich konnte versuchen, sie in Sicherheit zu bringen. Ich brachte den Luftentfeuchter, den ich wegen der hohen venezianischen Luftfeuchtigkeit besorgt hatte, ins Ankleidezimmer, holte ein paar Kleidersäcke aus Baumwolle, um sie abzuschirmen, dann nahm ich die Stücke eins nach dem anderen von der Wand, liebkoste sie mit den Augen, ließ meine Handflächen über die Leinwand flüstern. Erst als ich bei meiner Susanna war, entdeckte ich, dass die Geister doch aktiv gewesen waren.

Auf dem Bild wendet die fast nackte junge Frau den Kopf, blickt über ihre rechte Schulter und schaut verächtlich die zwei alten Männern an, die hinter der Wand stehen und Ränke schmieden, während sie sich an die Mauer kauert. Susannas Geschichte handelt vom Triumph der Tugend über das Laster – die zwei Voyeure gieren nach ihr, während sie badet, und versuchen sie zum Sex zu erpressen, doch sie setzt ihnen Widerstand entgegen. Die versuchten Falschaussagen der beiden Lustgreise gehen nach hinten los, und sie werden hingerichtet. Doch wie so oft bei religiösen Themen ist die Darstellung der Susanna in Wirklichkeit ein Vorwand für Pornografie. Warum sollte man sie malen, wie sie ihre Kläger bloßstellt, wenn man sie auch nackt im Bade zeigen konnte? Das echte Thema ist nicht die gerächte Unschuld, sondern die Anarchie der Lust. Die Geschicklichkeit, mit der der Maler Susannas üppiges Fleisch abbildet, lässt den Betrachter wider Willen die falsche Seite einnehmen. Wir erkennen uns selbst in der Verschwörung der Alten, in ihrer Verzücktheit, und dieses Wissen hat etwas Entwaffnendes.

Der leuchtende Spiegel von Susannas Gesicht war so wild zerschlitzt worden, dass sich nichts mehr reparieren ließ. Der *sfregio*. In den Schlitz hatte jemand die untere Hälfte der Madonnenikone aus Maschas Wohnung gesteckt. Als ob Yermolov sich nicht schon klar genug ausgedrückt hätte. Ich zog den Fetzen buntes Papier heraus und untersuchte den Riss im Gemälde, der Susanna nicht nur entstellte, sondern ihr auch jedes Leben raubte – sie war nur noch ein flacher Klumpen aus Öl und Farbe, nicht einmal mehr ein Objekt.

Die Bewegung meiner Hände hypnotisierte mich, während ich auf das dunkle Holz des Untergrunds starrte, der durch das Loch zu sehen war, und mit den Fingern immer wieder am

Rand entlangfuhr. Es war ja doch nichts da. Ich sah zu, wie meine Finger unter die zerfetzte Leinwand schlüpften, sah zu, wie sie sich spannte und aufriss, sah zu, wie der Lack Risse bekam und abblätterte, bis die ganze Leinwand brodelte und schließlich nachgab. Meine Finger schlossen sich zur Faust um Susannas Körper, der aus dem Rahmen gerissen wurde, und dann kratzten meine Hände hektisch über ihre Haut, lebten das Begehren der Ältesten aus, sie auszuziehen und zu schinden, sie zum Beben und Schreien zu bringen, ihre ganze Lieblichkeit zu packen und zu zerquetschen, bis nur noch wertlose Fetzen davon übrig waren.

Nach einer Weile merkte ich, dass meine Nägel ganz eingerissen waren. Meine Arme zeigten lange Kratzer, wo die Fingernägel über die Haut geschrammt waren. Ich hatte abgeplatzte Farbe im Haar, in den Wimpern, Fetzen und Stücke von Leinwand lagen um mich herum auf dem Boden, als wäre ich eine durchgeknallte Pennerin. Das Bild von Mascha lauerte immer noch irgendwo am Rande meines Gehirns, und einen Augenblick dachte ich daran, wie wohltuend es jetzt wäre, dort auf dem Boden zu liegen und sie kommen zu lassen, alle, die ganzen Geister, ganz still dazuliegen, während sie alles aus mir herauskitzelten, was noch von mir übrig war, bis ich so hohl war wie Susannas Rahmen.

Nein. Noch nicht. Ich hatte die Türen des Wäscheschranks im Blick, sprang auf die Füße und begann aufzuräumen.

Nachdem ich die Vorbereitungen abgeschlossen hatte, fühlte sich die Wohnung nicht mehr wie ein Zufluchtsort an. Ich überlegte, ob ich eine Siesta halten und mir zur Erfrischung einen runterholen sollte, aber mir war nicht mehr danach. Man kann sich auch nach dem Masturbieren benutzt fühlen. Und ich hatte so eine seltsame Angst, dass ich bei einem Versuch nur auf stumpfe Leere stoßen würde. Nachdem ich einen letzten

Blick auf die Wohnung geworfen hatte, um festzustellen, ob ich noch etwas vergessen hatte, stellte ich die Koffer im Hausinneren ab und schlenderte zum *campo*, um Zeit totzuschlagen. Ich trank einen Kaffee, fühlte mich aber so rastlos, dass ich stattdessen an den Kanälen von Dorsoduro entlangging, blind für die Touristen, mein Handy umklammerte und alle paar Minuten aufs Display schaute. Schließlich schickte Dave mir einen Snapcode und eine Zeit, neunzehn Uhr. Gut. Ich setzte mich in ein anderes Café, bestellte mir noch einen Kaffee, auf den ich keine Lust hatte, und eine Flasche Wasser, holte meinen Montblanc-Füller heraus und begann, eine Liste zu schreiben.

Ich musste wissen, was Yermolov unternehmen konnte, wenn er mir wirklich Ärger machen wollte, und wie er das anfangen würde. Die meisten Leute würden wohl meinen, dass eine tote Russischlehrerin schon genug Ärger war, aber das war nur ein Anfang, eine Absichtserklärung. Der »Caravaggio« konnte bloß eine Fälschung sein, aber Yermolov glaubte offensichtlich, dass er echt war – und dass ich ihn hatte. Selbst wenn es machbar wäre, es würde nicht reichen, wenn ich ihm einfach sagte, dass ich nichts davon wusste. Und nach dem, was Elena erklärt hatte, wusste Yermolov, dass ich im Hotel an der Place de l'Odéon gewesen war, wusste, dass ich irgendetwas mit Cameron Fitzpatricks Tod zu tun hatte. Wenn mich seine Fußsoldaten nicht drankriegten, würde es nicht lange dauern, bis die Polizei an meine Tür klopfte.

Und Balensky? Wenn Yermolov glaubte, dass ich mit ihm unter einer Decke steckte, würde er es sicher darauf anlegen, sich so bald wie möglich von ihm zu distanzieren. Ich hatte keine Ahnung, wie ich überhaupt mit Balensky Kontakt aufnehmen könnte, ohne dass man mir vorher die Kehle durchschnitt. Es sei denn, er war auf Tinder. Ich merkte, wie mein Stift einen kleinen Dolch in die Ecke des Zettels malte. In den Hieroglyphen der russischen Kriminellen bedeutete ein tätowierter Dolch auf dem Hals, dass der Träger jemanden im Gefängnis ermordet hatte. Jurij würde ich nicht allzu schnell wiedersehen, aber ich musste wissen, wie viel Zeit und Abstand ich mir kaufen konnte.

Um halb vier hatte ich schon einen ganz sauren Geschmack im Mund von dem vielen Kaffee. Ich streifte weiter. Irgendwo in der Nähe des Campo San Polo hörte ich die Sirene des Notarztbootes vom Kanal. Ich hatte es schon immer zutiefst komisch gefunden, dass man in Venedig Notfällen mit rasanten Schnellbooten begegnete, aber als ich mir überlegte, wohin sie wohl unterwegs war, fand ich es doch nicht mehr so witzig. Aber in diesem Moment konnte ich es mir nicht leisten, an irgendjemand anders zu denken als an mich selbst.

Wieder ein Tisch, wieder ein Espresso. Als die Uhr auf dem Platz genau sieben Uhr anzeigte, gab ich den Code ein.

»White Hats« sind Codierungsexperten, die im Rahmen des Gesetzes arbeiten und Probleme oder Viren in Systemen suchen. »Black Hats« missbrauchen ihr Wissen, manche für Geld, andere einfach, weil sie es schrecklich witzig finden. »Grey Hats« stehen irgendwo in der Mitte. Viele von ihnen heuern beim Militär an, deswegen hatte ich mich ja auch an Dave gewandt. Sowie meine Kontaktperson und ich via Snapcode Kontakt aufgenommen hatten, begann ich mit meinen Fragen. Ich stellte mich nicht vor, er oder sie sich auch nicht.

Danke, dass du mir hilfst. Ich muss wissen, ob ein Konto in Übersee gehackt werden kann.

Es plingte zurück. *Nein. Wenn du nicht gerade die CIA bist, lol!*

Wirklich? Auch nicht, wenn jemand dafür richtig viel Kohle hinlegen könnte?

So was gibt's nur im Film.

Auch keine Russen?, hakte ich nach.

Russen? Old School.

Das heißt …?

Regierungen können an Konten rumpfuschen. Solche Systeme gibt es in anderen Bereichen nicht. Das meinen die Leute zwar, aber im privaten Sektor ist man noch nicht so weit. Die werden bloß mit dir Schlitten fahren.

Wie?

Das Übliche. Physisch.

Geht doch nichts über Understatement. Wahrscheinlich galt eine tote alte Frau auch als »old school«.

Und was ist mit Überwachung?

IMHO (was sollte das denn jetzt heißen? Warum konnten diese Leute nicht einfach normale Wörter benutzen?) *musst du dir da keine Sorgen machen. Es sei denn, du kandidierst als Präsidentin. :)*

Du liebe Güte.

Karten mit Chip sind ein Problem, auch wenn du sie nicht benutzt. Da musst du aufpassen.

Danke. Und Handy?

Besorg dir ein neues Wegwerfhandy.

Danke. Und wenn ich dich wieder brauche?

Dann schick ich dir einen Code.

Danke.

Kein Problem.

Ich schickte Dave eine SMS: *Der Hacker war sehr nützlich. Tausend Dank. Wo hast du den gefunden?*

Nairobi. Pass gut auf dich auf! LG

Kenia. Cool.

Wie ich mir schon gedacht hatte, musste ich die Karten zurücklassen. Ohne sie fühlte ich mich unsicher, aber im Grunde hatte ich bis jetzt einen überraschend großen Teil meines Lebens ohne Plastik überstanden. Als ich zurückkam, um meine Tasche zu holen, schnipste ich meine Karten eine nach der anderen ins Wasser, ein Manöver, das eine Gruppe von deutschen Touristen sehr fesselte. Bei der letzten Karte zögerte ich. Eine diskrete schwarze Nummer mit nur einem Schnörkel von einem handgeschriebenen Namen. Die Klein-Fenyves-Karte, von meiner entzückenden Bank in Panama. Nach allem, was ich gerade erfahren hatte, wäre es bodenlos dämlich, sie zu benutzen, aber ebenso dämlich war es, mich so verletzlich für einen echten Notfall zu machen. Ich steckte sie also wieder in mein Portemonnaie, dann zog ich meinen Rollkoffer zum *tabaccaio,* um mir Zigaretten und einen Einzelfahrschein für das Boot zum Bahnhof zu kaufen, und ging dann zügig zur Haltestelle, wobei ich meine periphere Sicht auf Alarmstufe Rot einstellte, obwohl schon der Koffer eine Art Verkleidung war. Venedig ist nämlich voll von verwirrten Frauen mit Rollkoffern.

Das Caravaggio-Buch schaute aus meiner Handtasche. Ich begann zu lesen, während das Vaporetto zwischen hässlichen Bootsanlegern und riesigen Kreuzfahrtschiffen hindurchtuckerte. Auf der Treppe vorm Bahnhof lehnte ich die Hilfe eines Trägers ab und zog meine Tasche zum Schalter, wo ich nach kurzem Überlegen eine Fahrkarte zweiter Klasse löste. Willkommen zurück, Judith. Ich machte es mir möglichst bequem auf meinem Platz. In München musste ich umsteigen, danach noch einmal in Utrecht.

Das Altarbild in der Kirche Sant'Irene in Lecce stammt von Guido Reni und stellt den Erzengel Michael dar, nicht zufällig ein Namensvetter von Caravaggio, seinem Rivalen. Im Jahre 1602 hatte Reni Rom verlassen, um in seine Heimatstadt Bologna zurückzukehren. Diese Reise trat er an, nachdem er von Caravaggio »besiegt« worden war, wie er es einem Freund gegenüber beschrieb. Reni war der Meinung, dass Gemälde nur eine schöne Version der Welt zeigen sollten, ein für immer unerschütterliches Ideal. Wie viele andere Zeitgenossen verwirrte auch ihn die vermeintliche Respektlosigkeit im Werk

Caravaggios und dessen Ablehnung, sich beschönigender Höflichkeiten zu bedienen. Sie machte ihn nervös. Anfang desselben Jahres hatte Caravaggio ein Gemälde abgeliefert, das vordergründig drei Männer beim Abendessen in einer römischen Taverne zeigte, wie sie die Künstler gerne zum Trinken und Plaudern aufsuchten. Das Leinentischtuch ist noch halbwegs sauber, aber die Speisen muten wirklich schlicht an – die klobigen Brotlaibe wirken nicht mehr ganz frisch, das Obst in der Schale hat auch schon bessere Tage gesehen, und das Brathähnchen scheint ein eher sportliches Leben hinter sich zu haben. Die Männer werden von einem ernsten Kellner bedient, der sich vielleicht im Stillen fragt, ob sie überhaupt ihre Rechnung zahlen können. Doch wenn man dann noch einmal hinschaut, sieht man, dass es die Darstellung eines Wunders ist. Der junge Mann in der Mitte ist Christus, abgebildet ist das Abendmahl in Emmaus, bei dem sich Jesus seinen Jüngern offenbarte, nachdem er aus seinem Grab auferstanden war. Weit und breit kein Blattgold oder jubilierende Engel. Der Moment wird im Schatten verkündet, der vorgebeugte Kellner zeichnet einen Heiligenschein an die Wand hinter Jesu Kopf, während die Zitrone und die Trauben die Form eines Fisches, des ersten Symbols der Christenheit, auf die gestärkte Tischdecke zeichnen. Das Göttliche verbirgt sich im Weltlichen, und es ist nur den Menschen zugänglich, die genau hinsehen.

Ich betrachtete die Illustration, während der Zug über die heiße venezianische Ebene rollte, und grub die Fingernägel in die Handfläche. Der tiefe Schatten, den das Kerzenlicht am Tisch verbreitete, erinnerte an Maschas düsteres Kleid auf dem Boden. Immer wieder studierte ich die Figuren auf dem Bild, den weiten Blick, die ausgestreckten Arme. Ich wollte um sie weinen, aber es wollten keine Tränen kommen, nicht einmal, als ich meine Erinnerung zwang, langsam wie eine Fliege über ihre Leiche zu kriechen. Es ist nicht deine Schuld, Judith, sagte ich mir. Nichts von alldem war meine Schuld, oder vielleicht war es doch alles meine Schuld.

Während die Stunden unter dem Pulsieren der Sonne auf der Jalousie vorbeizogen, fühlte sich die Leere des Abteils an, als wäre sie die einzige Gnade, die ich in dieser Welt überhaupt noch erleben durfte.

Und dann war es zu dunkel, um irgendetwas zu sehen, und meine Beine waren schon längst eingeschlafen. Es pikste in ihnen wie von tausend Nadeln, als ich mich durch die fast leeren Waggons bis zum Speisewagen vorarbeitete. Ich konnte nichts essen, aber es war immerhin eine Beschäftigung, sich eine Banane und eine Flasche Tropicana-Saft zu kaufen. Auf meiner Armbanduhr stand dreiundzwanzig Uhr zwanzig, ich musste immer noch eine ganze Nacht absitzen. Als ich gerade meinen Saft bezahlte, öffnete ein junger Mann die Tür, die in die erste Klasse führte. Jeans, weißes Hemd, schwerer marineblauer Kaschmirpullover. Nicht schlecht. Er nickte der Bedienung höflich zu und schloss mich in seinen Blick mit ein.

»Buona sera.«

»Buona sera.«

Unsere Blicke trafen sich erneut, als er seinen Macchiato bezahlte. Reisen Sie allein, Fräulein? Seine Haut war bestimmt warm und weich wie Satin und hatte von dem langen italienischen Sommer dieselbe Farbe wie der Schaum auf seinem Kaffee.

»Sei da sola?«

Bist du allein? Der Plastiktisch bebte leicht im Rhythmus der Zugbewegungen, während ich über seine Frage nachdachte.

Bossun war ein kleiner Dealer, der sich vor den Toren meiner Schule herumdrückte und gegen geklaute Fünf-Pfund-Noten winzige Päckchen Gras und Speed herausgab. Er fuhr einen alten weißen BMW, was in unserer Gegend schon als glamourös galt, und er sah gut aus, wenn man denn auf nigerianische Riesen stand. Ich wollte nie etwas von seinem schlechten Zeug, aber manchmal schenkte er mir eine Zigarette, und dann unterhielten wir uns ein bisschen. Einmal, als Mum gerade eine schlechte Phase hatte, als man uns den Strom abgestellt hatte und in der Küche nur noch eine leer gekratzte Packung Margarine stand, fragte er mich, ob ich eine Lieferung für ihn übernehmen wollte. Fünfzehn Pfund. Er fuhr mich in seinem wunderbar warmen Auto in die Stadt, hielt vor einem großen Reihenhaus in der Hope Street in der Nähe der Kathedrale und gab mir ein zerfleddertes Buch, das ich in die Plastiktüte steckte, die mir als Schultasche diente. Das Zeug war darin festgeklebt, über einer Einführung in die Essays von Walter Benjamin.

»Studenten«, erklärte Bossun verächtlich, als er wieder losfuhr. »Bring es mir auf jeden Fall zurück.«

Der Wind drückte mir den Rock meiner Schuluniform an den Körper, während ich an der Tür wartete, aber ich spürte die Kälte gar nicht. Ich war auf Adrenalin, ich konnte die Spannung spüren, die es in meinen Muskeln erzeugte, das Feuerwerk in meinem ganzen Körper. Ich hatte noch nie gegen das Gesetz verstoßen. Ich war ganz sicher, dass ich nach dem kleinsten Fehler auf die Polizeiwache geschleift werden würde, und das fand ich unheimlich aufregend. Ich drückte das Buch gegen meinen Mantel und versuchte, eine ruhige, strebsame Miene aufzusetzen, für den Fall, dass mich jemand beobachtete. Der Typ, der mir irgendwann die Tür aufmachte, kaufte offenbar etwas wesentlich Stärkeres als Gras. Er war jung, gar nicht so viel älter als ich, aber seine Augen hinter dem verfilzten, mausbraunen Haar waren gelblich, und als er nach dem Buch griff, sah ich die Einstichstellen auf seinen grauen Unterarmen. Ich stand auf dem Flur zwischen zwei überquellenden Abfalleimern, während er das mit Gaffaband befestigte Päckchen herauslöste, es durch ein paar zerknitterte Scheine ersetzte und das Buch behutsam wieder zuklappte. »Danke. Äh ... bis dann.« Zu meiner Überraschung klang seine Stimme tief und kultiviert.

Bossun schien ziemlich zufrieden mit mir zu sein, denn er gab mir fünf Pfund extra. So kam es, dass ich anfing, relativ regelmäßig für ihn zu arbeiten. Die Schuluniform war dabei sehr nützlich. »Die ist unverdächtig«, meinte er feierlich. Er wurde ständig von der Polizei schikaniert. Sie gingen davon aus, dass er ein Dealer war, nur weil er schwarz war. »Vielleicht ist es ja auch deswegen, weil du wirklich ein Dealer bist?«, schlug ich vor. Im ersten Moment dachte ich schon, er würde mir eine knallen, aber dann lachte er nur und meinte, ich sei schlauer, als es für mich selbst gut sei.

Bossun besaß eine Wohnung in Toxteth, zwei dreckige Zimmer, die nach Käsefüßen und Räucherstäbchen rochen, aber es gab einen Gasofen und bunt gemusterte afrikanische Überwürfe auf den schäbigen Möbeln, und wenn er die Vorhänge zuzog und Musik anmachte, war es eigentlich ganz okay. Nach einer Weile meinte Bossun, ich könnte bei ihm pennen, falls nötig, wenn ich ihm vorm Einschlafen einen netten kleinen Blowjob verpasste. Und das machte ich auch, denn wenn man fünfzehn ist und man noch nie irgendwas erlebt hat, wenn man noch nirgendwo gewesen ist und nichts von der Welt gesehen hat, kann das geringste bisschen Aufmerksamkeit oder Interesse die Welt zum Strahlen bringen, wenn man sich nur anstrengt, es sich einzureden. Ich bezeichnete ihn als meinen Freund, zumindest in Gedanken, und eine Weile war ich sogar richtig stolz, wenn er in seinem BMW vorm Schultor auftauchte. Außer den Blowjobs verlangte er weiter nichts von mir, was ein Glück war, denn er hatte einen Schwanz wie einen zusammenklappbaren Regenschirm, aber einmal, als ich zu ihm kam, saß er mit einem dünnen blonden Typen in einem schmuddeligen Jogginganzug auf dem Sofa, mit indischem Take-away und einem halb geleerten Sixpack.

»Alles klar, Mädel? Das ist Kyle. Alter Kumpel von mir. Kyle, das ist Judy.«

»Hi.« Kyle blickte gar nicht auf. Er schaufelte das Chicken Tikka mit einem Plastiklöffel in sich hinein, als hätte er seit Ewigkeiten kein Essen mehr gesehen.

»Setz dich doch zu uns, hm? Ich muss bloß noch mal kurz weg.«

Bossun ließ uns allein, man hörte nur Kyles Kauen. Nach einer Weile fragte ich ihn, ob ich den Fernseher anmachen sollte, aber er aß einfach weiter. Ich überlegte, wo Bossun ihn wohl aufgegabelt hatte und ob er vielleicht ein bisschen schlicht gestrickt war. Nachdem er das letzte bisschen Fett aus der Aluschale gekratzt hatte, trug ich die leeren Behälter in die Küche wie eine gute kleine Gastgeberin. Ich überlegte schon, ob es wohl unhöflich wäre, wenn ich anfing, ein Buch zu lesen.

»Bossun hat gesagt…«, begann er plötzlich.

»Was?«

»Er hat gesagt, dass du…«

»Dass ich was?«

»Also, ich…ich komm grade frisch aus dem Bau. Also… heute quasi.« Er nahm einen langen Schluck Bier, als hätte er jetzt alles erklärt.

»Aus dem Bau?«

»Ja. Aus dem Gefängnis.«

»Oh. Na dann, herzlichen Glückwunsch.« Natürlich hätte ich gern gewusst, was er angestellt hatte, aber es schien mir unhöflich, danach zu fragen. Ich überlegte. »Dann wohnst du jetzt also erst mal hier?«

»Ja. Eine Weile. Bis ich wieder so ein bisschen Fuß gefasst hab quasi.«

»Na gut, dann geh ich jetzt wohl am besten.«

»Aber er hat gesagt ...«

Und dann wurde mir klar, was er meinte und warum Bossun gegangen war. Irgendwo in Kyles verkniffenem Gesicht erkannte ich diese vage Hoffnung. Ich schaute ihn an und sah, wie verzweifelt er sich wünschte, mich anfassen zu dürfen, und dass seine Hand mit den abgekauten Nägeln, die die Bierdose hielt, ganz leicht zitterte. Und dann begriff ich, dass das, was ich unter meinem Faltenrock und meinem hässlichen Schulpullover hatte, Macht bedeutete.

So zähmen sie uns. Denn wenn man fünfzehn Jahre alt ist und man noch nichts von der Welt gesehen hat und noch nirgendwo gewesen ist, haut einen schon die leiseste Andeutung dieser Art von Macht aus den Schuhen, dann glaubt man, dass diese ganzen Popsongs wahr sind, dass das Liebe ist, egal, ob man dazu gezwungen wurde oder noch Schlimmeres. Also macht man mit, und zehn Jahre später wacht man auf, mit drei Kindern und irgend so einem übergewichtigen Loser neben sich im Bett, und man fragt sich, was eigentlich passiert ist und warum man so wenig daraus gemacht hat. Warum man diese ganze Kraft auf Gefühlsduselei und Bedürftigkeit und zweifelhafte Aufmerksamkeiten verschwendet hat.

Aber so war ich nicht. Schon damals war ich nicht so. Liebe war nichts für mich. Ich würde herausfinden, wozu ich die Männer treiben konnte, und eines Tages würde ich dieses Wissen benutzen. Das war ... notwendig.

Ich streckte die Hand aus und berührte seinen Mund mit den Fingerspitzen. Dann stand ich auf und ging ins kalte Schlafzimmer, ließ die kaputte Jalousie so weit herunter, wie es eben ging, und zog mich aus bis auf die Unterhose. Ich schlüpfte unter die vertraute Everton-Decke und blieb ganz still auf dem Rücken liegen. Als er mich küsste, schmeckte er nach Curry und Bier. Er erzählte mir, wie wunderschön ich war. Als er sich im feuchten Mief unserer dünnen Körper auf mich legte, wünschte ich, ich hätte einen Joint gehabt, aber schon, Sekunden nachdem sein Schwanz sich in mich gebohrt hatte, keuchte er: »Ah, fuck! Fuck!« Und dann blieb er still liegen, hielt mich so fest, dass ich kaum atmen konnte, und vergrub sein Gesicht zwischen meinen Brüsten. So schlief er ein, und ich wollte ihn nicht bewegen, also blieben wir so liegen, bis Bossun nach Hause kam und neben uns ins Bett schlüpfte. »Na, alles klar, ihr Turteltäubchen?«

Ich streckte die Arme aus, und die beiden Körper, der dunkle und der blasse, wandten sich mir zu, zwei Arme verschränkten sich über meinem Körper. So blieben wir die ganze Nacht im orangen Schein der Straßenlaterne liegen, wie die Hundewelpen. Ich lauschte ihren Atemzügen, ihrem Schniefen und Seufzen, und es tat mir weh, wie jung sie waren, wie rein wir eine Weile sein konnten. Das schmuddelige Laken unter meinem nackten Hintern war feucht, von Kyles Sperma und, wie ich wusste, von meinem Blut. Ich hatte das Gefühl gehabt, es wäre nicht der rechte Moment, um auf meine Jungfräulichkeit hinzuweisen. Eine Weile, bevor auch ich einschlief, konnte ich uns dort liegen sehen. Wie unschuldig – und wie hässlich.

Der Typ hatte eine Braue hochgezogen – verwirrt, erwartungsvoll, selbstsicher. Das Angebot stand in seinem Gesicht zu lesen, ich musste nur Ja sagen. Er konnte mir das Hirn rausvögeln, während die verschneiten Alpen ihre Nebelranken wie einen Verband um mein Herz schlangen. Immer schön langsam.

»Nein«, erwiderte ich und deutete auf den Gang, der nach hinten in die zweite Klasse führte. *»C'è … C'è qualcuno.«* Da ist noch jemand.

Er trank seinen Kaffee mit einem Lächeln aus.

»Allora, buona sera, signorina.«

»Buona sera.« Und so ging ich alleine zurück an meinen Platz und saß die ganze Nacht dort, während der Zug in Richtung Nordsee rollte.

13. Kapitel

Viertausend Euro sind eine Menge Geld für so einen kleinen Wisch, aber ich konnte es mir nicht leisten, am falschen Ende zu sparen. Ich hatte überlegt, ob ich mir einen amerikanischen Pass zulegen sollte, der auf der Rangliste der nützlichsten Dokumente gleich neben dem englischen rangiert, aber da ich mir nicht zutraute, den Akzent glaubhaft nachmachen zu können, musste ich mich damit abfinden, Britin zu bleiben. Ich kam am Vormittag in Amsterdam an, mit steifen Gliedern und schmuddeliger Erscheinung nach der langen Zugfahrt. Dort stieg ich in die U-Bahn nach Nieuwmarkt, wo die Coffeeshops an der Grenze zum Rotlichtbezirk schon geöffnet hatten. Ich schlängelte mich durch Gruppen von grimassierenden alten Böcken mit geröteten Augen und fragte mich in mehreren billigen Hotels durch, bis ich ein düsteres, praktisches Zimmer gefunden hatte, das ich bar bezahlen konnte. Nach einer heißen Dusche, die sich herrlich luxuriös anfühlte, gestattete ich mir drei Stunden Schlaf, bevor ich mich auf den Weg zum Vondelpark machte, wo Alex wohnte.

Als ich in Paris lebte und noch so dumm war zu glauben, ich könnte wirklich mit allem irgendwie davonkommen, hatte ich mit dem Gewinn, den ich mit einem gestohlenen Gemälde gemacht hatte, die Gentileschi Gallery gegründet. Dass das Gemälde – ein Stubbs – eine Fälschung war, hatte mir das Gefühl gegeben, letztlich irgendwie im Recht zu sein, aber das Auftauchen eines italienischen Polizisten namens Renaud Cleret, der sich als Kopfgeldjäger ausgab, machte mir bald klar, dass ich mich in falscher Sicherheit gewiegt hatte. Wir waren ein Liebespaar geworden, in gewissem Sinne sogar Freunde, zumindest bis ich herausfand, dass er vorhatte, mich seinem Kollegen vom Anti-Mafia-Dezernat zu verkaufen, Romero da Silva. Mein Gerechtigkeitssinn verlangte, dass ich dann wiederum Renaud beseitigte, doch hatte er mir eine Reihe von Abschiedsgeschenken hinterlassen, und dazu gehörte auch Alex, sein »Pfuscher« in Amsterdam.

Renaud hatte damit angegeben, was für einen großartigen Passfälscher er kannte, doch unser persönliches Kennenlernen verlief ein wenig enttäuschend. Nachdem meine Freundin Leanne in Paris verschwunden war, hatte Renaud, mein Undercover-Liebhaber, ihren Pass an Alex geschickt und das Originalfoto durch meines ersetzen lassen. Mit diesem Dokument sollte ich einfach nur pfeilgerade ins Gefängnis geschickt werden, doch Alex hatte keine Zeichen von Überraschung gezeigt, als ich wenig später auftauchte und um einen neuen Pass bat. Seine Professionalität war tadellos und unerschütterlich, doch sein Geschäftslokal entsprach so gar nicht meinen Erwartungen. Bei meiner ersten nächtlichen Reise aus Frankreich hatte ich mir eine spärlich beleuchtete Werkstatt ausgemalt, wie auf einem Gemälde von Georges de La Tour, vielleicht in einem Keller, oder ein Fagin-artiges Labyrinth aus Dachböden, in dem bucklige Angestellte mit Pinzetten und Diamantenlupen hantierten.

Alex war eher jung, trug einen Bart und leicht tragische Skinny Jeans zu High-Top-Sneakers. Er lebte mit seiner Familie in einem hübschen Häuschen aus dem neunzehnten Jahrhundert in einem der hipsten Vororte von Amsterdam und betrieb sein Geschäft in einem ansonsten ungenutzten Zimmer des Hauses.

Small Talk ist in solchen Situationen eine absurde soziale Verwerfungslinie, da kracht es im Gebälk der guten Manieren, doch Alex und ich taten der Form Genüge, indem wir eine Tasse Tee ohne Milch in seiner mit Farrow-&-Ball-Tapeten ausgestatteten Küche tranken und ein paar Bemerkungen darüber austauschten, wo wir unsere Sommerferien verbracht hatten. Die Unterhaltung war so unauffällig, die hätte ich so auch mit meinem Kokaindealer führen können. Dann gingen wir nach oben, und ich stellte mich vor die Kamera auf dem Stativ. Doch bevor er die Fotos machte, fragte er: »Wie viele haben wir eigentlich schon gemacht für dich?«

»Zwei. Und demnächst sind es drei.«

Er hörte kurz auf, sein Objektiv einzustellen, und fragte: »Bist du dir sicher?«

»Ja.«

»Gut. Also, bitte nicht ›Cheese‹ sagen!« Denselben Witz hatte er schon letztes Mal gemacht.

Alex' Ausrüstung war in drei grauen Stahlschränken untergebracht. Ich hatte keine Ahnung, was da drinnen vor sich ging, aber sie summten beruhigend, während er die Angaben aufschrieb, die ich ihm diktierte.

Normalerweise erstellen solche Fälscher den neuen Ausweis mithilfe eines gestohlenen. Der Markt ist riesig für Leute, die das nötige Geschick besitzen. Der Text am unteren Rand des Passes, der elektronisch gelesen wird, muss mit den gedruckten Daten übereinstimmen, die Abstände müssen bis auf den Bruchteil eines Millimeters genau bemessen sein, die Dicke der Seiten muss übereinstimmen, da darf es keine hochstehenden Kanten und nicht den winzigsten Klecks überschüssigen Klebstoff geben. Alex war letztes Mal schon gut gewesen. Wenn ich daran dachte, dass Yermolov mir auf den Fersen war, konnte ich nur beten, dass dieser Ausweis völlig makellos ausfiel.

»Gut, dann hätten wir das. Du kannst ihn abholen … äh, sagen wir, gegen acht? Am gleichen Ort wie letztes Mal?«

»Klar. Hast du den Türcode?«

»212B.«

»Und ist der Pass dann auch richtig gut?«

Er schenkte mir ein schmerzliches professionelles Lächeln.

»Na ja, wenn er nicht gut ist, bist du geliefert, stimmt's?«

Ich reichte ihm das Geld zusammengefaltet in Papiertaschentüchern, und er brachte mich zur Tür, wo er mir beim Abschied einen kleinen Schlüssel in die Hand drückte. Bei meinem ersten Besuch hatte ich noch überlegt, was er wohl für eine Scheinfirma hatte – ich hatte Ausschau nach einem Schild für eine falsche Arztpraxis oder die Zentrale einer Minderheitenreligion gehalten –, aber die einzigen Einrichtungen, die heutzutage noch so tun müssen, als wären sie in Wirklichkeit etwas anderes, sind müde Hipster-Cafés. Sobald man einen Laptop hat, ist man eben Freiberufler, Ende. Der Schlüssel passte zu einem Schließfach am anderen Ende der Stadt. Um acht Uhr würde ich den Umschlag mit dem neuen Pass rausnehmen und den Schlüssel hineinlegen. Bis dahin musste ich mich erst mal mit Caravaggio befassen.

Ich hatte das Fenster meines trostlosen Hotels geöffnet, so weit es ging. Als es Nacht wurde, roch die Luft nach Gras und heißem Asphalt und Hormonen. Ein früher Herbstabend in Amsterdam musste im Grunde voller Versprechen stecken – wenn auch die lüsternen Vergnügungen des Rotlichtbezirks keinen besonderen Reiz für mich bargen –, doch ich stellte fest, dass ich ohnehin nicht die Energie aufbringen konnte, rauszugehen und danach zu suchen, obwohl ich mir um Gesellschaft bestimmt keine Sorgen hätte machen müssen. Das Rijksmuseum hatte schon zu. Vielleicht einen Joint, um ein bisschen runterzukommen? Klar, Judith, du musst die Dinge eben so sehen, wie sie sind, sagte meine innere Stimme. Du bist eine ausgebrannte alte Nutte, die für immer allein bleiben wird.

Da war ich aber froh, dass wir das geklärt hatten. Ich richtete mich auf ein frühes, schwer verdauliches malaiisches Abendessen mit meinem Buch ein, aber es ekelte mich dann sogar an, meine Arterien mit Erdnusssoße und Palmöl zu fetten. Also ließ ich meinen Teller stehen und ging zu Fuß los, um den Kanälen zur Lauriergracht zu folgen.

Die Leute behaupten ja immer, dass ein flotter Spaziergang ein effektives Antidepressivum sei, aber die Leute behaupten natürlich auch eine Menge Mist. Auf meinem Spaziergang spürte ich jedoch, wie sich in mir etwas veränderte, wie alles leichter wurde, als hätte ich all das, was ich hinter mir gelassen hatte, in Venedig und auch anderswo, einfach achtlos in eine dieser ruhigen alten Wasserstraßen geworfen. Natürlich gab es rein theoretisch eine ganze Menge, wovor ich Angst haben musste, aber irgendwie konnte ich in diesem Moment einfach nicht das entsprechende Maß an Nervosität und Angst aufbringen.

Ich musste zugeben, dass es nicht so amüsant gewesen war, wie ich gedacht hatte, meine Tätigkeit an den Nagel zu hängen. Was macht man eigentlich, wenn es keinen verpflichtenden nächsten Schritt gibt? Ich war nicht der Typ für Extremsurfen oder Bergsteigen für wohltätige Zwecke. Kann schon sein, dass *ennui* ein romantischer Zustand ist, aber er ist und bleibt eben langweilig.

Ich saß am Wasser, ließ die Füße über die Kaikante baumeln und steckte mir eine nachdenkliche Zigarette an, deren köstlichen Rauch ich bis zum Anschlag einatmete. Vielleicht wurde ich langsam alt, aber so viele von den Dingen, von denen ich geglaubt hatte, dass ich sie mir wünschte – Sicherheit, Anonymität –, schienen mir gar nicht mehr besonders erstrebenswert. Die Kanäle liefen hübsch ordentlich zwischen den hohen, schmalen alten Häusern hindurch, eine geschmolzene Geldautobahn. Das behäbige, verschwiegene Amsterdam, das den Reichtum der bekannten Welt durch seine Adern fließen lässt. Ich musste an die Bilder im Museum am anderen Ende der Stadt denken, an diese Anhäufungen von Dingen – Platten und Fächer und Hummer, Globen, Muskatnüsse, Seidenvorhänge, Cembali, Früchte, Truhen, Schirme, Börsen. Sie alle purzelten kunstvoll übereinander, damit die Bürger unter ihren sorgfältig gemalten Halskrausen sie sinnierend betrachten konnten. Stillleben, gerahmt für eine Zurschaustellung in alle Ewigkeit.

Es verblüffte mich, dass ich stehen geblieben war, dass ich mich in Elisabeth eingeschlossen hatte wie ein Insekt in den Bernstein, ein reiches dilettierendes Mädchen, das Geschäftsfrau spielt. Warum hatte ich so lange gebraucht, um herauszufinden, dass mein Platz am Rande der Karte war? Wahrscheinlich konnte ich Caravaggio die Schuld geben. Immerhin hatten wir eine Menge gemeinsam. Zum Beispiel das Morden. Der Maler verbrachte große Teile seines Lebens auf der Flucht, wobei er eine Vorliebe für die italienische Küste hatte. Er war ein Opportunist mit einer Schwäche für schicke Kleidung, ein Pragmatiker, dem es nicht vor dem Extremen grauste, der begriffen hatte, dass die meisten Dinge, sogar Mord, verzeihlich sind, wenn sie im Namen der Schönheit begangen werden. Aber vielleicht kam man der Wahrheit näher, wenn man sagte, die meisten von Caravaggios Problemen rührten daher, dass er ein übersteigertes Statusempfinden hatte und das Risiko verachtete – oder es vielleicht ganz besonders schätzte. Möglicherweise war Risiko das Einzige, wovon ich wirklich etwas verstand. Ich hatte meine wahren Fähigkeiten so lange brachliegen lassen. Zu lange. Und trotz meiner Trauer um Mascha – oder vielleicht sogar deswegen – war ich neugierig zu erfahren, ob ich immer noch wusste, wie das Spiel funktionierte.

Das Hafkenscheid-Archiv ist im Teylers Museum in Haarlem untergebracht. Ich fand es auf die altmodische Art: mit einem winzigen Stadtplan von der Touristeninformation. Das Archiv war einmal die Sammlung eines Amsterdamer Farbenhändlers aus dem neunzehnten Jahrhundert gewesen, und sie gehört zu den umfangreichsten Quellen, wenn man etwas über die Harze und Mineralien herausfinden möchte, die früher bei der Farbherstellung verwendet wurden. Ich dachte mir, wenn ich wegen meines Passes schon in Amsterdam sein musste, konnte ich genauso gut mehr darüber herausfinden, wie man eine Caravaggio-»Zeichnung« herstellen konnte, die so gut war, dass man damit einen Yermolov aufs Glatteis führen konnte. Bestimmt hatte er Dr. Kazbich losgeschickt, um Informationen zu sammeln, bevor er das Stück kaufte, und das hätte interessante Auswirkungen gehabt. Wenn möglich, wollte ich herausfinden, wie man so eine außergewöhnlich gute Fälschung herstellen konnte.

Obwohl die Brise vom mittlerweile weiter entfernten Meer frisch über den ehemaligen Hafen zog, war es immer noch heiß, und ich kleidete mich mit der entsprechenden Sorgfalt: schwere, praktische Stiefel, die meinen Schenkeln eine gazellenhafte Zerbrechlichkeit verliehen, und eine ausgestellte Jeanstunika von Margiela, bei der ich die obersten Knöpfe offen ließ, weil ich bewusst einen Push-up-Bra darunter angezogen hatte. Ich hatte keinen Termin, aber ich dachte mir, dass der Verwalter einer Sammlung von antiken Terpentinen wohl nicht allzu viele Besucher zu Gesicht bekam. Nachdem ich mich und mein »Projekt« vorgestellt hatte und den älteren Dozenten dabei anschaute, als wäre er der erste Mann, den ich jemals gesehen hatte, winkte er mich durch. Ich hatte behauptet, ich schriebe gerade an einer Masterarbeit über Tintoretto, und hatte das *Technical Bulletin* der National Gallery in London als Quelle für meine Fragestellung zitiert, ob der Künstler sich einer bestimmten Farbe bedient hatte, Neapolitanisch Gelb, die in Italien im sechzehnten Jahrhundert in Gebrauch kam.

Damals wie heute war Venedig eine Stadt der flirrenden Luftspiegelungen, das Licht wurde durch so viel Glas gezaubert, dass es wie ein riesenhafter Spiegel schimmerte, ein Abbild des Himmels am Rande der Welt. Ich hatte darüber nachgedacht, ob es möglich war, dass Caravaggio sich dort aufgehalten hatte, zwischen seiner Abreise aus Mailand und seiner Ankunft in Rom. Welcher Maler hätte sich wohl Venedig entgehen lassen wollen? Ganz egal, wie er nach Ehrgeiz und Erfolg hungern mochte? Dem selbstbewussten Aufsatz des venezianischen Professors widersprach Bellori, ein älterer Schriftsteller, der sich mit Caravaggio beschäftigt hatte und behauptete, der Maler habe die Stadt besucht, »in die er gekommen war, um die Farben zu genießen … die er dann nachahmte«. Ich hatte lang genug in Venedig gelebt, um mit diesen Farben vertraut zu sein, diesem bebenden Licht, dessen Flackern seine Schatten nur noch tiefer zeichnet. Niemand konnte die Dunkelheit so malen wie Caravaggio, niemand konnte die Extreme der Düsternis so herausarbeiten, die seinen Bildern dieses Moment blitzartiger Erhellung verleihen.

In der Chronik klaffte also eine faszinierende Lücke – er hätte wirklich in Venedig gewesen sein können. Wenn ich eines über Beweise wusste, dann, dass ein Mangel an Beweisen nicht bedeutet, dass etwas nicht passiert ist.

Die Pigmente waren in einem länglichen Raum voller Schaukästen ausgestellt, die Schachteln mit Farbmustern und gedruckte Karten mit Seriennummern und Beschreibungen enthielten. Ich warf dem Dozenten, der sich im Hintergrund herumdrückte, ein Lächeln zu – ich hoffte, dass hier vielleicht noch ein Mittagessen drin war – und machte mich an die Arbeit. Wie ich bereits wusste, war Neapolitanisch Gelb eine der drei Originalfarben, die um 1600 eingeführt wurden, um die limitierte Auswahl der mittelalterlichen Malerei zu erweitern. Das Rezept wurde erstmalig 1566 in einem Buch von Cipriano Piccolpasso erwähnt, einem Werk über Keramikherstellung. Es erforderte Salz, Blei, Antimon und »Weintrub«, also den Bodensatz, der sich in Weinflaschen absetzte. Das gefiel mir. Piccolpasso stammte aus Umbrien, aber er war auch nach Venedig gereist, ins damalige Zentrum der Innovationen bei der Farbherstellung, und er hatte in seinen Text ein Kapitel namens *Colori alla Veneziana* eingefügt. Neapolitanisch Gelb gehörte zu den hier erwähnten Farben, und durch Laser-Mikrospektralanalyse (was auch immer das sein mochte) hatte man seine Verwendung in mehreren Tintoretto-Gemälden nachweisen können. Trotz der Meinung des mürrischen Professors hatten mehrere Schüler, die in dem Buch zitiert wurden, geäußert, dass Tintoretto Caravaggio beeinflusst hatte, also hielt ich es für plausibel, dass dieser bei einem Aufenthalt in Venedig nicht nur Tintorettos großartige Bilder studiert hatte, sondern auch ihren technischen Hintergrund.

Ich ging an den Schaukästen entlang, bis ich zu einer Reihe von Kreiden kam. Ich hatte mir überlegt, dass Caravaggio Kreide benutzt hätte, wenn er eine Zeichnung gemacht hätte – vielleicht eine Kombination aus Rot, Weiß und Schwarz, die *Trois-crayons*-Technik, die die Franzosen in Mailand schon Leonardo nähergebracht hatten. Und dort hatte auch Caravaggio Ende des fünfzehnten Jahrhunderts die Malerei erlernt. Doch Kreide hätte dem Bild, das Elena mir gezeigt hatte, nicht diese seltsam hart konturierte Qualität verleihen können, geschweige denn diese Tiefe der Farbe. Außerdem – warum sollte überhaupt jemand Kreide auf Leinen benutzen? Leinen war im Grunde dasselbe wie Leinwand, was ein Bindemittel erforderlich machte, eine Art Grundierung, auch Gesso genannt, die man auf die Oberfläche auftrug. Kreide benutzte man bei der Vorzeichnung, denn wenn sie erst einmal zwischen Gesso und Ölfarbe steckte, konnte man sie nicht mehr sehen. Um auf Leinen ein so lang haltbares Bild zu erzielen, musste der Zeichner des Porträts direkt in Öl gearbeitet haben, was sich wiederum mit Caravaggios weithin bekannter Technik deckte.

Zudem war Caravaggio arm. Trotz der vielen lukrativen Aufträge, die ihm sein Talent bescherte, bevor er in Ungnade fiel, schien er Geld geradezu zu verachten. Seine Kleidung war berühmt dafür, auffällig und modern zu sein, aber er trug sie, bis sie zerlumpt war, und abgesehen von ein wenig jämmerlichem Hausrat und seinen Malerutensilien besaß er fast nichts außer dem verbitterten Respekt seiner Rivalen. Er reiste mit leichtem Gepäck. Neapolitanisch Gelb wäre sicher nicht billig gewesen, Leinen hingegen schon, im Gegensatz zu Velinpapier. Vielleicht war es doch möglich, dass hinter dieser »Zeichnung« mehr steckte als Elenas wodkageschwängerte Geschichte.

Ich stellte dem Dozenten ein paar ernsthafte Fragen und musste mir eine enthusiastische zwanzigminütige Erklärung zum Vermahlen von Farben anhören, bevor ich fragte, ob das Museum ein Besucherbuch führte. »Es wäre mir eine Ehre, mich darin einzutragen. Und dann könnte ich meine Unterschrift vielleicht auch noch für meine Masterarbeit fotografieren. Meine Prüfer nehmen es nämlich sehr genau mit der Primärrecherche.«

Er holte ein dickes, in rotes Leder gebundenes Buch und einen Kugelschreiber. Ich blätterte es neugierig durch in der Hoffnung, dass das Archiv so spärlich besucht wurde, dass ich die Namen rasch überfliegen konnte. Und da war er auch schon. Dr. Ivan Kazbich, in lateinischen Druckbuchstaben, die Signatur daneben in Kyrillisch, und daneben ein Datum von 2011. Bingo. Ich konnte gleich meine eigene neue Unterschrift üben und bedankte mich anschließend überschwänglich bei dem alten Kerl.

Beim Verlassen des Archivs konnte ich einen aufgeregten Schauder nicht unterdrücken, aber ich schüttelte ihn schnell wieder ab. Schließlich hatte ich nicht vor, eine neue Karriere als Caravaggio-Forscherin zu starten. Ob die Zeichnung nun echt war oder nicht – ich musste sie so schnell als möglich in die Finger bekommen. Und wenn meine Theorie stimmte, glaubte ich ziemlich sicher zu wissen, wo sich diese Zeichnung befand. Und wie sich herausstellte, hatte ich sie vielleicht doch gestohlen.

2. Brechung

14. Kapitel

Dave war ein Mann, der in seinen Militärzeiten Scharfschützen der al-Qaida entgegengetreten war, aber ich hatte ihn noch nie so aufgewühlt gesehen wie in dem Moment, als er mich an der Bar im Golden Lion in Combe Farleigh sah, wo ich vor einem Whiskey Mac saß. Ich war mit dem Eurostar via Lille gekommen, hatte dann einen Zug von Paddington nach Bath bestiegen und war zum Schluss mit dem Taxi in Daves neues Heimatdorf gefahren. Ich war überrascht, was für eine sentimentale Wirkung England nach so langer Zeit auf mich hatte. Die nachlässig gekleideten Menschen an den Bahnhöfen, die Filialen von Pret a Manger, die anzüglichen Boulevardzeitungen, die Tauben. Ich hätte fast geweint, als der Vermieter mir meine erste anständige Tasse Tee seit Jahren servierte, aber ich musste zugeben, dass ich nicht unbedingt gut darin war, mich unter die Einheimischen zu mischen. Es war natürlich eiskalt, deswegen hatte ich mir in der Ladenpassage am Bahnhof St. Pancras einen Fleecepulli gekauft und ansonsten mehr oder weniger alle anderen Sachen angezogen, die ich besaß. Der Barkeeper schaute mich skeptisch an, als er meinen römischen Chic registrierte, aber ich hatte mir mit Bargeld ein Zimmer gesichert und anschließend Dave vom Festnetztelefon des Pubs angerufen.

»Was ist los? Warum bist du hier, Judith?«

Ich zuckte zusammen. Komplizenschaft ist etwas so Seltenes, zumindest für mich. Das Gefühl, dass jemand einen ohne Worte versteht, dass man eine Geschichte teilt, die jegliche Erklärungen überflüssig macht. Vielleicht ist es das, was Familien normalerweise verbindet. Aber wenn Dave so entsetzt war, wie er aussah, war meine völlig unangemessene Freude, ihn noch einmal zu sehen, eher einseitig. Für ihn hatte ich im Grunde immer nur Ärger bedeutet.

»Ich hab dir schon mal ein Glas bestellt«, erklärte ich, als wäre damit alles gesagt.

»Ich hab versucht, dich zu erreichen. Was ist mit deinem Handy passiert?« In seiner Stimme schwang Besorgnis mit, aber auch Feindseligkeit und eine Art von Misstrauen, die mich bekümmerte.

»Wollen wir kurz eine rauchen gehen?«

Er wurde etwas weicher. »Okay, gehen wir. Die haben hinten Heizpilze stehen.«

Das Golden Lion war kein schicker Gastropub, sondern ein hässlicher Ziegelbau aus den Fünfzigern. Im Fernsehen lief Fußball, dazu gab es Thaiessen aus der Mikrowelle, und vom Fertigtoilettenhäuschen auf dem Parkplatz zog ein starker Geruch nach Putzmittel und Urin herüber. Hinten gab es auch noch einen Kinderspielplatz, ein paar Bänke und einen Heizpilz. Ich nahm unsere Getränke mit hinaus, Dave humpelte mir mit seinem Gehstock hinterher. Die einzigen anderen Raucher waren ein paar Teenager, die sich oben auf der Rutsche einen Joint teilten. Sie nickten Dave zu – »alles klar« – und verdrückten sich.

»Das ist also kein Höflichkeitsbesuch?«

»Scharfsinnig wie eh und je, Dave.« Es fühlte sich so gut an, ihn zu sehen, selbst unter diesen Umständen. Ich hätte ihm gern gesagt, wie sehr ich ihn vermisst hatte, aber damit hätte ich ihn nur verlegen gemacht. Grüngraue Hügel, sanfter Regen, der nahe englische Himmel. Es ist nicht deine Schuld, Judith.

»Judith?«

Ich schüttelte mich. »Entschuldige, Dave, es ist mir echt unangenehm, dich so zu überfallen. Du weißt, dass ich das nicht machen würde, wenn ich nicht …«

»Schon gut. Ich weiß.«

Ich holte tief Luft. Letztlich war es wohl das Beste, wenn ich die Dinge so einfach wie möglich hielt. Nur zu gern hätte ich mit Dave über diesen Caravaggio gesprochen, nicht zuletzt, weil ich wusste, was für ein Vergnügen ihm diese Geschichte bereitet hätte. Aber je weniger er wusste, desto besser.

»Ich hab eine Mail bekommen«, riss er mich aus meinen Gedanken.

»Was?«

»Zwei sogar. Sieh mal.«

Er hielt mir sein Smartphone hin. Die erste Mail war ein paar Tage alt und musste abgeschickt worden sein, als ich gerade nach Amsterdam aufgebrochen war. Sie hatte weder eine Betreffzeile noch eine Unterschrift, und der Name des Accounts war eine unverständliche Buchstaben-Zahlen-Kombination. Der Text der Nachricht lautete:

Wir versuchen gerade dringend, Kontakt zu Miss Judith Rashleigh aufzunehmen. Bitte antworten Sie uns, wenn Sie uns helfen können.

»Ich dachte, es wäre Spam – so wie die Dinger, die einen bitten, Geld nach Nigeria zu schicken. Aber dann kam das hier.«

Ich hielt mir das Display näher ans Gesicht, damit ich den Text im mandarinenfarbenen Licht des Heizpilzes besser erkennen konnte. Diese Mail stammte von heute.

Wo ist sie, Dave?

Mehr nicht.

15. Kapitel

Ich hatte mir meinen Cocktail nur der Form halber bestellt, aber jetzt war ich froh, dass ich ihn hatte. Dave schaute mich erwartungsvoll an, während ich einen langen Schluck Whiskey mit Ingwergeschmack nahm.

»Was zum Teufel ist da los?«

Wenn Yermolov es geschafft hatte, Daves Mailadresse rauszukriegen, hatte er wahrscheinlich auch schon seine Postadresse herausgefunden. Und ich bezweifelte, dass Jurij oder seine hiesige Entsprechung viel Zeit damit verplempern würde, sich mit einem Plunderteilchen und einem Jane-Austen-Roman in der Kurhalle zu vergnügen.

»Dave – wo steckt deine Frau?«

»Jetzt gerade? Sie ist zu ihrem Zumba gegangen – ich hab ihr gesagt, dass ich kurz in den Pub gehe, um mir die Fußballergebnisse anzuschauen. Sie kommt ungefähr in einer Stunde zurück. Warum?«

»Du musst nach Hause. Jetzt sofort. Du musst etwas für mich holen und es sofort hierherbringen. Die Mappe. Die Mappe, in der ich dir den Richter mit der Post geschickt hatte – hast du die noch?«

»Was hat das denn mit meiner Frau zu tun? Ich will nicht, dass du …«

Er musste den Satz nicht zu Ende sprechen. *Ich will nicht, dass du in ihre Nähe kommst.*

»Bitte. Wenn sie nicht zu Hause ist, dürfte das doch kein Problem sein.« Innerlich betete ich, dass das die Wahrheit war. Er stand mühsam auf. »Ich weiß nicht, ob ich die noch habe. Als ich das Bild verkauft habe, habe ich eine andere Mappe gekauft, weil …«

»Bitte geh einfach. Jetzt. Und versuch, dich zu beeilen.« Ich hatte ein schlechtes Gewissen, als ich das sagte. Dave hatte mit seinem schlechten Bein zu kämpfen, und eine Leiter zum Dachboden hochzuklettern musste schrecklich mühsam für ihn sein, aber ich wollte ihm nicht vorschlagen, ihn zu begleiten. Seine Frau konnte vorzeitig nach Hause kommen, und wenn sein Haus bereits überwacht wurde, würde meine Anwesenheit uns alle reinreiten.

»Ich bin nicht glücklich über diese Sache.«

»Ich weiß.«

»Sieht nicht so aus, als hätte ich eine andere Wahl. Ich bin zurück, so schnell ich kann.« Sein Bier hatte er nicht angerührt. Ich versuchte, mein beruhigendes Lächeln zu wahren, während er den Parkplatz überquerte.

Wie lange würde er wohl brauchen? Wie lange würde es dauern, bis Yermolov jemanden hier runterschickte? Ich schlang die Arme um die Knie und wünschte, ich könnte mich zusammenfalten und einfach verschwinden.

Ich ging sämtliche Möglichkeiten im Kopf durch. Es *musste* der Richter gewesen sein. Ich hatte das Bild von Moncada »gekauft« – oder, genau genommen, zurückgestohlen –, und dieser Verkauf war der Köder gewesen, der Renaud Cleret nach Paris gelockt hatte. Als Renaud den Italiener ermordet hatte, nahm ich das kleine Gemälde an mich, und nachdem ich Renaud erledigt hatte – mithilfe einer Glock 26, die Dave mir beschaffen konnte –, hatte ich meinem alten Kollegen das Bild wieder »verkauft« und ihm damit ermöglicht, sich ein neues Leben zu finanzieren. Das war meine Entschädigung dafür, dass ich Dave seinen Job im Auktionshaus gekostet hatte, aber, ich musste es zugeben, es war auch Blutgeld. Er hatte mich nie gefragt, was ich mit der Waffe vorhatte, und ich hatte es ihm nie gesagt, aber wir wussten beide, dass er sich kompromittiert hatte, indem er das Bild annahm.

Yermolov wusste – woher auch immer – über Gentileschi Bescheid, über mein Leben und meine Identität in Paris, aber auch über Moncadas Tod, also konnte er genauso gut über den Richter Bescheid wissen. Anscheinend war er zu demselben Schluss gekommen wie ich. An jenem Abend an der Place de l'Odéon hatte noch jemand anders auf Moncada gewartet. Die Person, die das zweite Bild bekommen sollte, das noch in der Mappe steckte. Den Caravaggio. Doch diese Person hatte ihn nie bekommen, weil ich ihn hatte.

Ich hatte gedacht, ich hätte alle Vorsichtsmaßnahmen eingehalten, die mir der Hacker genannt hatte, aber ich hätte meinen Aufenthaltsort genauso gut auf Instagram veröffentlichen können. Wirklich clever, Judith.

Hinter mir ging die Kneipentür auf, und ich zuckte zusammen. Aber es war nur ein Typ mit einer Schachtel Benson und der *Daily Mail*. Er nickte mir zu und setzte sich dann an den Tisch, der am weitesten von mir entfernt war. Sollte Jurij gerade über die Gemeindewiese robben, würde es zumindest einen Zeugen geben. Wenn Dave die Mappe hatte, wenn er hierher zurückkam, wenn Yermolov ihm nichts tat, wenn er nur – bitte, bitte – Daves Frau in Ruhe ließ, dann war es mir nicht weiter wichtig, was mit mir geschehen würde.

Kein Dave. Der Mann mit der Zeitung ging, der Barkeeper kam raus und schaltete die Heizpilze aus. Ich zitterte, rechnete herum, schob die Hände tief in die Jackentaschen, um sie ein bisschen zu wärmen, aber ich brachte es einfach nicht fertig, mich hier wegzubewegen. Es fühlte sich an wie eine Art Buße, diese endlose Wartezeit in der englischen Kälte. Wenn ich nur hierblieb, würde Dave nichts zustoßen. Schließlich hörte ich das wunderbare Geräusch seines Gehstocks hinter mir.

»Judith? Ich hab dich drinnen gesucht«, sagte er sanft. »Was machst du denn hier draußen? Du erfrierst doch. Komm, gehen wir rein.«

»Wo ist deine Frau?«

»Sie hat mir eine SMS geschickt, sie gehen noch zum Essen ins Wagamama. Glück gehabt, hm?«

»Du hast es also gefunden?«

»Komm rein.«

Die Bar war jetzt ganz leer, aber der Inhaber hatte noch nicht zur letzten Bestellung aufgerufen, obwohl er eine angewiderte Miene zog, als wir ihn bei der Übertragung von Tottenham gegen Man City störten, um zwei Tassen Tee zu bestellen. Meine Hände waren so kalt, dass ich kaum den Becher halten konnte.

»Wo ist sie?«

»Hier. Als wir hergezogen sind, haben wir eine Menge weggeschmissen. Es ist schon Wahnsinn, wie viel Müll man so findet, wenn man umzieht.«

Die Mappe lag neben seiner Jacke auf der Sitzbank, er hatte sie dort liegen lassen, als er hinausging, um mich zu suchen. Er sah so glücklich aus. Mein Gott.

»Als du das Bild verkauft hast, du weißt schon, wie wurde es da im Katalog bezeichnet?«

»›Aus dem Besitz eines Gentleman‹, natürlich.«

Wir mussten beide über diesen Witz lächeln.

»Aber als sie dann direkt mit dir zu tun hatten, als sie das Bild bezahlt haben und so weiter … Da hatten sie deine Kontaktdaten, deine Kontonummer und alles, oder?«

»Natürlich. Das war doch völlig legal, oder?« Er schaute mich wieder panisch an.

»Der Verkauf war in Ordnung, da musst du dir keine Gedanken machen. Ich versuche bloß, mir zusammenzureimen, woher sie deine Adresse hatten.«

»Du weißt also, von wem diese Mails sind?«

»Ja.«

»Hat das mit dem zu tun, was du neulich gebraucht hast – dem Kontakt in Kenia?«

»Genau.«

»Und?«

Was sollte ich Dave erzählen, der immer nur gut zu mir gewesen war? Dass ich ihn in Gefahr gebracht hatte?

»Bist du sicher, dass niemand … da war, als du zurückgegangen bist?«

»Judith. Ich werde dich nicht fragen, was das hier alles soll. Aber wenn meine Frau …«

»Okay. Hast du immer noch … du weißt schon?«

Die Besorgnis, die sich hinter seiner Stirn zusammengebraut hatte, verschwand, und auf einmal war er ganz kalt und professionell.

»Ich habe eine Lizenz für meine Waffe, ja. Ich geh hier ab und zu mal Fasane schießen. Ist das schlimm?«

»Ja. Aber geh jetzt lieber. Wenn deine Frau nach Hause kommt, schließ das Haus gut ab. Wenn jemand zu dir kommt, also irgendjemand, und nach mir fragt, dann sag ihnen, dass du mich getroffen hast. Sag ihnen, dass du mir das hier gegeben hast …« Ich deutete mit einer kurzen Kopfbewegung auf die schwarze Kunststoffmappe mit dem Reißverschluss, die neben mir lag. »… und dass ich direkt danach gefahren bin. In ein Taxi gestiegen, das die ganze Zeit gewartet hat. Du hast die Mappe nicht aufgemacht, du weißt nicht, was da drin ist. Und – könntest du wohl ein paar Tage wegfahren?«

Er sah mich an und überlegte, dann nickte er. »Wahrscheinlich schon, doch.«

Ich war noch nie dankbarer dafür gewesen, dass die Substanz meiner Freundschaft zu Dave aus Schweigen bestand.

»Gut. Ich reise auch umgehend wieder ab. Es tut mir schrecklich leid.«

»Dann mach ich mich auch mal auf den Weg. Aber … geht es dir gut? Ich meine – hast du Geld?«

»Ich liebe dich«, sagte ich, woraufhin er eine Augenbraue hochzog. »Das hab ich auch so gemeint«, fügte ich hinzu. »Aber es geht mir wirklich gut, danke.«

»Ich hab noch was.« Er reichte mir einen dicken braunen DIN-A4-Umschlag, in dem sich offenbar ein Stapel Papier befand.

»Ich dachte, das könntest du dir vielleicht mal anschauen«, schlug er schüchtern vor. »Ich hab ein Buch geschrieben.«

»Im Ernst? Worum geht es?«

»Mehr oder weniger um mich. Ich hab doch in diesem Zentrum ausgeholfen, du weißt schon – für Jungs, die gedient haben?«

Dave hatte sein Bein im Golfkrieg verloren. Es sah ihm ähnlich, dass er sich danach freiwillig meldete, um anderen zu helfen, die noch mehr verloren hatten.

»Und eine von denen … na ja, eine Therapeutin sollte ich sie wohl nennen … hat vorgeschlagen, dass ich etwas schreibe. Im Grunde über Bilder. Darüber, wie sie helfen können.«

Ach komm, nicht im Ernst?

»Das freut mich für dich, Dave! Das ist ja super. Ich würde es zu gerne lesen – darf ich? Danke. Obwohl … es ist wahrscheinlich besser, wenn ich mich erst mal eine Weile nicht bei dir melde. Aber ich verspreche dir, dass ich es lesen werde. Und ich hab auch etwas für dich.«

Ich hielt ihm das Buch hin, das ich am Bahnhof Paddington gekauft hatte. Dave hatte eine fatale Leidenschaft für True Crime.

»*The Shade by My Side*. Das neue Leben des Ted Bundy. Um der alten Zeiten willen.«

Gerade als Dave ging, begann der Bildschirm auf einmal loszuplärren. Ich hatte ihn zur Tür begleitet, und er drehte sich im Schein der Straßenlaterne noch einmal um, als ich ihm hinterherrief:

»Man City hat gerade zwei zu null gewonnen!«

Er deutete einen Gruß an, und ich sah ihm eine Weile nach, bevor ich vorsichtig die Mappe nach oben trug.

Ich fühlte mich absurd schlecht ausgerüstet, als ich meine Besitztümer in dem chintzbezogenen Zimmer in Augenschein nahm. Ich hatte ungefähr vierzehntausend Euro in bar, die Mappe und sonst gar nichts, was einem irgendwie hätte nützlich sein können. Meine Armbanduhr vielleicht, meine schöne Vacheron. Als ich jetzt einen Blick darauf warf, stellte ich fest, dass es schon fast elf war – und völlig sinnlos, um diese Uhrzeit noch zu versuchen, nach Bath zu gelangen und von dort nach London. In meinem Portemonnaie steckte der Schein für das Schließfach im Bahnhof von Lille, wo ich die Caracal gelassen hatte, nachdem ich sie in einer Kabine der Damentoilette zerlegt und die Einzelteile in ein Kunststoffschminktäschchen mit Hello-Kitty-Aufdruck gesteckt hatte. Was bedeutete, dass ich auch über Lille zurückreisen musste. Ein Riesenaufwand, aber es wäre völlig absurd gewesen auszuprobieren, mit drei Pässen und einer Waffe durch den internationalen Securitycheck zu kommen.

In der Gaststube unter meinem Zimmer war es jetzt ganz still. Sky lief nicht mehr, das schwache Rütteln des Geschirrspülers hinter der Theke war das einzige Geräusch. Ich zuckte zusammen, als draußen ein Auto verlangsamte, was in der kompakten ländlichen Dunkelheit überdeutlich zu hören war. Instinktiv stellte ich mich hinter die Tür, hielt die Luft an, wartete darauf, dass die Tür knallte, dass sich schwere Schritte über die Treppe näherten – doch dann schaltete der Fahrer einen Gang hoch und fuhr weiter in die Nacht. Ich hatte das große Licht nicht eingeschaltet. Vorsichtig schob ich mich auf Knien quer durchs Zimmer und hob die vergilbte Netzgardine leicht an. Doch da war nur die Dorfstraße, die in den kreisförmigen Lichtern der Straßenlaternen lag, hie und da ein Fenster, hinter dem der bläuliche Dunst des Fernsehers hing.

Ich streckte mich und versuchte, mich zu entspannen, aber ich musste immer wieder die Formulierungen dieser Mails vor mich hin sagen. Irgendetwas entging mir wohl gerade. Warum hätte Yermolov das tun sollen? Das war einfach zu ... ineffizient. Wenn er Dave bedrohen wollte, würde er es einfach tun. Wie er es mit meiner Wohnung gemacht hatte, mit der Galerie, mit Mascha. Die Mails schienen mir eher von jemandem zu stammen, der nicht über so viele Ressourcen verfügte und versuchte, sich Informationen zu beschaffen, aber sicher von niemandem, der eine kleine Privatarmee befehligte. Ich war froh, dass ich Dave eingeschärft hatte, Sicherheitsmaßnahmen zu ergreifen, aber irgendetwas passte nicht. Warum hatte er niemanden geschickt, der in Daves Haus einbrach? Vielleicht dachte er, dass Dave, wenn er das Bild hatte, eingeschüchtert wäre und versuchen würde, mit mir Kontakt aufzunehmen – nach dem zu urteilen, was der Hacker mir gesagt hatte, könnte ihn das in die Lage versetzen, meinen tatsächlichen Aufenthaltsort ausfindig zu machen. Was, wenn die Mails nur ein Köder waren? Der mich von der richtigen Spur ablenken sollte? Vielleicht fuhr ja in diesem Moment gerade ein Wagen auf der Autobahn gen Norden Richtung Liverpool, zu meiner Mutter ...

Zersetzung. Er brachte mich aus dem Konzept, versuchte, mich in Fallen zu locken, mich in seine Richtung zu lenken. Das durfte ich nicht zulassen. Ich hatte jetzt das Bild, was bedeutete, dass ich die Prämissen ganz gehörig verändert hatte. Ich musste jetzt einfach ruhig bleiben, auch wenn das der nervigste Rat war, den ich mir momentan geben konnte. Was für einen verdammten Grund hätte ich wohl in meiner Lage, ruhig zu sein? Ich zwang mich, die Dusche zu nehmen, auf die ich seit dem Morgen gewartet hatte. Danach wickelte ich die Haare in ein Handtuch und zog ein T-Shirt und einen Slip an. Ich trocknete sorgfältig meine Hände ab, verzichtete auf Creme, und dann näherte ich mich wieder der Mappe.

Es hatte eine Weile gedauert, bis ich herausgefunden hatte, was geschehen sein musste, aber ich wusste, dass die Mappe vor mir nicht die war, die ich zur Place de l'Odéon mitgenommen hatte. Ich hatte das Original auf das Bett in Moncadas Hotelzimmer gelegt, und er hatte sich darübergebeugt, um das Bild herauszuholen, gerade als Renaud in den Raum stürmte. Dabei hatte ich gar nicht mitbekommen, wie Moncada das Bild in eine ganz ähnliche Mappe steckte, die er selbst mitgebracht hatte – die Mappe, die den Caravaggio enthielt. Ich erinnerte mich an Renauds keuchende Anweisungen: »Schnell, alles … Nimm das Bild. Los.« Ich hatte nach der Mappe gegriffen, ohne den Tausch zu bemerken. Fairerweise sollte man hinzufügen, dass es vielleicht kein Wunder war, wenn ich angesichts einer Leiche und der nahenden Polizei ein wenig abgelenkt gewesen war.

Wie erwartet war das große Fach in der Mitte, das Moncada für den Richter vorgesehen hatte, leer. Mit meiner Kosmetikpinzette bohrte ich vorsichtig ein kleines Loch ins Nylonfutter, dann riss ich die Mappe Millimeter für Millimeter der Länge nach auf, bis ich das dünne Wachspapierpäckchen aus dem Futter ziehen konnte. Das Papier war an den Kanten mit Gaffatape verschlossen. Ich machte also Wasser im Wasserkocher heiß und hielt die Stellen mit dem Klebeband über den Dampfstrahl, um es zu lösen, bis ich das Plastik Stück für Stück wegziehen konnte. Und als ich sah, was sich darin befand, musste ich trotz der schrecklichen Absurdität meiner Situation auflachen.

Sobald ich aufgewacht war, ging ich laufen. Sechs, sieben Kilometer im eisigen Nieselregen. Ich rannte mit hämmernden Schritten auf der Hauptstraße nach Bath, umgeben von den Abgasen der Lieferwagen und unter den verächtlichen Blicken der Schulbusfahrer, bis mir die Lungen schmerzten und mein Kopf klar war. Als ich wieder in die Kneipe kam, rang der Wirt gerade mit seinem Staubsauger und hörte dabei Radio 2. Ich bestellte ein großes englisches Frühstück – Würstchen, Speck, gegrillte Tomaten, matschige Baked Beans, Pilze, Spiegeleier und Toastbrot – und benutzte noch einmal das Festnetztelefon des Pubs, um mir ein Taxi nach Bath zu bestellen.

Eine Stunde später waren der Caravaggio und ich unterwegs. Ich setzte mich an einen Ecktisch im Costa Coffee in Bahnhofsnähe, mit einem Wegwerfhandy und einem grässlichen Caramel-Frappuccino. Nachdem ich den zuckerverkrümelten Tisch mit dem Ärmel abgewischt hatte, stellte ich das Notebook darauf ab, auf dem ich sämtliche Nummern gespeichert hatte, bevor ich Venedig verließ, und wählte Kazbich an. Ich hatte gar nicht erwartet, dass er abnahm, und tatsächlich schaltete das Handy nach ein paar gedehnten, kontinentalen Klingeltönen auf die Voicemail um. Ich hatte meinen Spruch im Taxi eingeübt:

»Dr. Kazbich, Sie wissen, wer hier spricht. Ich habe das Stück, das Ihr Arbeitgeber braucht. Ich werde mich wieder bei Ihnen melden. Suchen Sie nicht in England. Wenn Sie das tun, werde ich es zerstören. Ich habe es gesehen, also wissen Sie, dass ich weiß, wie das geht.«

Auf der anderen Straßenseite sah ich gelangweilte Teenager, die ihr Bestes taten, die Londoner Trends nachzuahmen, und eine Gruppe von netten amerikanischen Damen, die alle eine Ausgabe von Jane Austens *Northanger Abbey* in der Hand hatten. Ich schickte Dave, dessen Nummer ich auswendig wusste, eine SMS:

Gib mir Bescheid, ob alles in Ordnung ist. Ich ruf dich in ein paar Tagen an. Wie immer danke für alles. LG

Ich wartete und spielte mit dem kleinen Gerät herum wie mit einer Spielkarte, bis Daves Antwort kam:

So weit alles in Ordnung. Pass auf dich auf. LG

Dann ging ich auf die Behindertentoilette mit der extratief angesetzten Klinke, wickelte das Telefon in Toilettenpapier und stopfte es in den Eimer für benutzte Binden. Viel Glück beim Suchen, Jurij.

Wer hatte in der Nacht, in der Moncada gestorben war, gewusst, dass er sich im Hotel an der Place de l'Odéon aufhielt? Ich. Weder Moncada noch Renaud Cleret konnten mehr den Mund aufmachen. Außerdem Romero da Silva, Renauds Kollege bei der italienischen Polizei. Und die Person, die das Bild abholen sollte. Wer war diese Person, und wer hatte sie geschickt? Das musste entweder Balensky oder Yermolov gewesen sein. Aber Yermolov wusste auch von mir, von Gentileschi. Also musste diese Person logischerweise die Verbindung sein. Der Zeuge, der es – irgendwie – geschafft hatte, die Zusammenhänge herzustellen, und Yermolov von mir erzählt hatte. War es Kazbich? Oder jemand anders? Ehe ich das wusste, würde ich niemals in Sicherheit sein. Es würde nicht ausreichen, wenn ich das Bild zurückgab. Ich musste also nach Paris fahren. Via Scheiß-Lille.

16. Kapitel

Als ich zwei Tage später durch die Tuilerien zur Place de la Concorde ging, fiel mir wieder ein, wie ich das erste Mal mit Renaud Cleret gesprochen hatte, auf einer eiskalten Bank am Rande der Gärten. Das Gedächtnis ist schon eine komische Sache – was einem entfällt und was bleibt. Renaud hatte mich für blöd gehalten, und ich hatte es ihm gehörig heimgezahlt. Doch als jetzt der ordentlich geharkte Kies unter meinen Stiefeln knirschte, fielen mir nur noch die guten Zeiten ein, die wir miteinander verbracht hatten – einkaufen auf dem Markt bei meiner alten Wohnung in der Nähe des Panthéon, wie er mir auf dem nassen Gras des Jardin du Luxembourg nachstapfte, wie wir schweigend Zeitung lasen, während die Sonne Muster auf den Parkettboden meiner Wohnung malte. Aber da das Einzige in meinem Leben, was jemals einer Beziehung geähnelt hatte, mit einer Enthauptung geendet hatte, wäre ein Therapeut wahrscheinlich der Meinung gewesen, dass ich ein Bindungsproblem hatte. Ich kam an dem Platz vorbei, wo er mich in seine Jacke gewickelt und mich erpresst hatte, ihm zu helfen. Einen Augenblick blieb ich in den Autoabgasen stehen und ließ meine Hand langsam über die grüne Holzlehne wandern.

Sowie ich in Paris angekommen war, hatte ich mir ein neues Telefon und ein Notebook gekauft, die ich beide von meinen schwindenden Bargeldvorräten zahlte. Mit den Zeitungsberichten über Moncadas Tod war ich schon vertraut gewesen, bevor Elena Yermolov ihre Souvenirs auf den Tisch legte, aber jetzt ging ich sie alle noch einmal durch. Wenn man die Geschichte verfolgte, war nicht zu übersehen, dass die Polizei ein erstaunlich geringes Interesse an dem Fall zeigte. Die französische Presse berichtete nur von einer Ermittlung im Todesfall eines namenlosen Mannes in einem Pariser Hotel, gefolgt von Berichten, dass er italienischer Staatsbürger sei. Und dann – nichts mehr. Die italienische Presse erwähnte die Angelegenheit überhaupt nicht. Ich hatte nach gerichtsmedizinischen Untersuchungen um dieses Datum herum gesucht, jedoch ohne Erfolg.

Die Lektüre der grenzüberschreitenden Bürokratie zwischen zwei Nationen mit einer großen Leidenschaft für Dokumente war so langweilig, dass es einem die Tränen in die Augen trieb. Wenn ich die Richtlinien zur Verschiffung der Leichen nicht-französischer Bürger korrekt verstanden hatte, konnte in Italien durchaus eine Leichenschau stattgefunden haben, aber nicht unbedingt unter Zugriff auf die französische Kriminalakte. Der Papierkram, der erforderlich war, um einer Leiche nachzuspüren, war unbarmherzig und verlief offensichtlich im Kreis. Und wenn eine Omi auf einer Busreise durch die Dordogne starb, war es sicher bestürzend einfach, ihre Leiche verschwinden zu lassen. Ich hatte damals angenommen, dass Renauds Kollege da Silva die Sache erfolgreich vertuschen würde, um seinen Freund zu schützen, und wie es aussah, hatte ich recht behalten.

Mit Ivan Kazbich war ich nicht wesentlich vorangekommen. Abgesehen von einer winzigen Website seiner Galerie in Belgrad, die mit einer Mischung aus orthodoxen Ikonen und wenig aufregender zeitgenössischer Kunst handelte, war Kazbichs Erscheinung im Netz ein schwarzes Loch. Keine Bilder, keine Informationen. Ich fand es erstaunlich, dass ein Mann, der so lang ein aktiver und wichtiger Kunsthändler gewesen war –

groß genug, um mit jemandem wie Yermolov zu arbeiten –, so wenig Spuren hinterlassen haben sollte. Doch nachdem ich Stunden darauf verschwendet hatte, immer unwahrscheinlichere Suchkombinationen auszuprobieren, hatte ich immer noch nichts zutage gefördert. Ich war mehrmals zur Place de l'Odéon zurückgekehrt in der Hoffnung, dass der Anblick des Hotels irgendwelche Erinnerungen in mir lostreten würde, irgendeine logische Sequenz, aber wenn es tatsächlich solche peripheren Hinweise geben sollte, waren sie irgendwo in meinem Kopf vergraben.

Also wanderte ich in den nächsten Tagen ziellos zwischen den Pariser Sehenswürdigkeiten umher, ohne eine Vorstellung, wo ich als Nächstes suchen sollte. Da half es auch nicht, dass Paris und ich sozusagen nicht mehr miteinander redeten. Die Stadt, die ich einmal so sehr geliebt hatte, hatte mich mit Geistern betrogen. Vielleicht ist das immer so: Wenn man eine Weile an einem Ort lebt, wird er zum Palimpsest, auf dem ständig die Schatten des alten Selbst überschrieben werden. Das staubige, überfüllte, verstopfte Paris verhöhnte mich mit älteren Inkarnationen, die mir allesamt lieber waren als meine jetzige. Ich hatte als Studentin kurz dort gewohnt, war zurückgekehrt, um dort meine Galerie zu eröffnen, und hatte ein paar intensive, intime Wochen mit Renaud verbracht, meinem Liebhaber und späteren Erzfeind. Sosehr ich meine alten Gespenster auch zu meiden versuchte, sie ließen sich nicht abschütteln.

Eines Nachmittags, auf der Rue de Turenne im Marais-Viertel, schaute ich in einer Boutique halbherzig einen Stapel völlig überteuerter melierter Sweatshirts durch, als ich in einem Spiegel hinter mir Yvettes Spiegelbild entdeckte. Yvette war Stylistin und eine Weile eine Quasi-Freundin von mir – zumindest war sie nützlich gewesen, und sie war noch am Leben. Sie war mit mir auch an jenem Abend in unsere angestammten Jagdgründe gegangen, einen Swingerclub namens La Lumière, als ich den Inhaber erschießen musste. Der Laden war klein, und sie stand zwischen mir und der Tür. Gerade versuchte sie, die Verkäuferin davon zu überzeugen, dass sie ein paar Stücke für ein »Shooting« brauchte. Yvette trug ihr Haar mittlerweile zu einer Zikkurat aus kobaltblauen Dreadlocks aufgetürmt, passend zu ihren Overknee-Vetements-Cowboystiefeln, die sie garantiert von einem Set hatte mitgehen lassen. Ich musste lächeln bei dem Gedanken, dass sie immer noch in dieser Branche war, aber ich vergrub meinen Kopf in den Sweatshirts und betete, dass sie gehen würde, ohne mich zu sehen. Woraufhin sie mich natürlich sofort entdeckte.

»Lauren?«

Wie Steve hatte auch sie mich unter meinem zweiten Vornamen kennengelernt. Ich setzte ein ausdrucksloses Gesicht auf und zog mir den Mantelärmel über die Armbanduhr, das einzige Stück an mir, das sie vielleicht aus alten Zeiten hätte wiedererkennen können.

»*I'm sorry?*«, sagte ich.

»*Mais, c'est toi, non?*«

»*Sorry, I don't spreak French.*« Ich lächelte freundlich, ganz die hilflose Engländerin, die nie eine andere Sprache gelernt hat.

»*Ah. Excuse me*«, antwortete sie mit heftigem Akzent und wandte sich wieder den Verhandlungen mit der Verkäuferin zu. Ich ging zur Tür und nickte der Verkäuferin zum Abschied zu. »*Thank you!*«, zwitscherte ich fröhlich. Doch Yvette warf mir einen langen, forschenden Blick zu, als ich an ihr vorüberschritt, und ich spürte ihre Augen noch die ganze Zeit in meinem Rücken, als ich die Straße hinunterging. Zumindest war es mal eine Abwechslung zu all den anderen Augen, die mich meiner Meinung nach beobachteten. Auf den Spaziergängen durch meine verlorene Stadt fühlte ich mich nämlich durch die – bislang zum Glück nur vorgestellte – Anwesenheit von Yermolovs Gorillas gestört.

Ich hatte meinen Aufenthalt im Herse d'Or zwei Wochen im Voraus in bar bezahlt. Das Hotel lag nicht weit von der Métro-Haltestelle Bastille und dem schönen kleinen Park an der Place des Vosges entfernt, und es war mit hundert Euro pro Nacht relativ billig. Mein Geldscheinbündel schrumpfte zusehends und mit alarmierender Geschwindigkeit, und ich wusste nicht mal, wie lange ich noch davon leben musste. Meine Zimmertür hatte ein Schloss und eine Kette zum Vorlegen, aber ich machte mir keine Hoffnungen, dass mir das viel nützen würde, wenn Jurij mir einen Besuch abstattete. Die dünnen Wände brachten es mit sich, dass ich jede Nacht paranoid schweißgebadet aufwachte, wenn ich Schritte auf dem Treppenabsatz hörte. Jedes Mal, wenn ich kam oder ging, erkundigte ich mich bei der chinesischen Pförtnerin, ob ich Besuche oder Nachrichten bekommen hatte – vielleicht hielt sie mich für eine unverbesserlich naive und romantische Liebhaberin, die auf ihr Rendezvous wartete –, obwohl ich im Grunde wusste, dass ich für ihn nicht mehr bedeutete als eine nervige Unterbrechung seiner endlosen Online-Poker-Spiele. Meine Unterhaltung mit Daves Mann aus Kenia hatte mich darin bestätigt, dass ich rein logisch gesehen kaum befürchten musste, von Yermolov lokalisiert zu werden, aber Logik hilft nicht besonders gut gegen Schlaflosigkeit. Da waren noch so viele ungeklärte Fragen, so viel, was ich immer noch nicht wusste. Um vier Uhr morgens wollte mir sogar Yvette wie eine Bedrohung vorkommen.

Ich versuchte, mir eine Art festen Tagesablauf zu schaffen – Joggen am Fluss, ein Spaziergang zur Rue Vivienne hinter dem Palais Royal, wo ich in der Bibliothek die Computer benutzte, ein deprimierendes Picknick aus dem nächsten Franprix-Minisupermarkt zum Abendessen –, aber nach ein paar Tagen quälte mich die Angst wie Arthritis.

Daher rührte auch mein flotter Spaziergang durch den Louvre, der damit endete, dass ich staunend auf einer Bank saß wie ein kleiner Dorftrottel. Ich war aus der Bibliothek in der Rue Vivienne gekommen, wo ich die Mikrofiches mit Artikeln zum Stichwort *»oligarches«* in der französischen Presse durchgegangen war. Es wäre viel einfacher gewesen, online darauf zuzugreifen, aber das war nicht möglich, weil ich im Moment ja ausschließlich Barzahlerin war. Ich versuchte, mir einen Begriff davon zu machen, was jemand mit einer Verbindung zu Yermolov oder Balensky in Paris getan haben könnte, während ich dort war. Ich hatte nicht viel Hoffnung, fündig zu werden, aber ein Artikel im *Le Figaro* – der Zeitung, die Renaud so gemocht hatte – erwähnte Balenskys Namen. »The Man from the Stan« war letztes Jahr bei den Beerdigungsfeierlichkeiten für Oskar Ralewski fotografiert worden, einen Pariser Anwalt polnischer Provenienz, der beim Absturz seines kleinen Privatflugzeugs auf einer Reise in die Schweiz gestorben war, zusammen mit dem Piloten. Beim Gedenkgottesdienst, der in der russisch-orthodoxen Alexander-Newski-Kathedrale in der Rue Daru stattfand, war auch ein gewisser Pavel Yermolov anwesend. Die beiden Männer waren wohl ganz bewusst nicht zusammen fotografiert worden, aber in der Story wurde genüsslich betont, dass Ralewskis Firma einige reiche Neue Russen repräsentiert habe. Der Artikel zitierte das Buch eines britischen Journalisten, eine sensationelle Analyse des Umstandes, dass russisches Geld sich in die höchsten Riegen europäischer Politik drängte. Der Verfasser legte nahe, Ralewskis Tod sei »möglicherweise kein Unfall gewesen«. Da ich sonst nicht viel zu tun hatte, beschloss ich, bei der englischen Buchhandlung in der Rue de Rivoli vorbeizugehen und nachzuschauen, ob sie eine Ausgabe dieses Buchs vorrätig hatten. Ich stand auf, streckte mich und bürstete mir den erinnerten Geruch von Renauds Jacke vom Hals wie Spinnweben.

Die Kurzvita beschrieb Bruce Eakin ganz bescheiden als »Freelance-Webkreuzritter«. Das neonpinke Cover seines Buchs versprach Insiderenthüllungen über den »Kult« der Oligarchen. Eine rauchende Waffe und ein schwankender Stapel Euromünzen waren darauf abgebildet, für den Fall, dass irgendjemand noch nicht begriffen haben sollte, worum es ging. Beim Durchblättern hatte ich nicht den Eindruck, als wäre Bruce für seine Recherchen wesentlich über den Dachboden seiner Eltern hinausgekommen, denn die meisten seiner »Enthüllungen« waren vorhersehbare Informationen, wie sie jeder problemlos selbst im Web finden konnte. Immerhin gab es ein Stichwortregister, und ich schlug den Eintrag Ralewski nach, um die entsprechende Passage zu lesen. Der Anwalt hatte aus beruflichen Gründen mit Balensky und Yermolov zu tun gehabt, ebenso mit einer Reihe von anderen Russen, und Bruce hechelte die Einzelheiten durch, die über den Unfall bekannt waren. Er tat sein Bestes, um die Umstände zwielichtig wirken zu lassen, aber da das Flugzeug in den Alpen von einem Gewitter überrascht, bei null Sichtweite gegen einen Berg geprallt und abgestürzt war, dachte ich mir, dass der arme alte Ralewski vielleicht einfach Pech gehabt hatte.

Auf einer Seite war das Foto von Balensky reproduziert, und ich studierte sein hölzernes Gesicht noch einmal ganz genau. Neben Balensky stand ein größerer, grauhaariger Mann, die beiden schüttelten sich gerade die Hand. Die Bildunterschrift lautete: »Balensky mit Saccard, Rougon und Buschs Partner Edouard Guiche bei Ralewskis Beerdigung«. Ich blätterte zurück zum Register, doch Guiche war nirgends aufgeführt. Ich legte das Buch unter dem vielsagenden Blick des Mädchens an der Kasse wieder an seinen Platz zurück und begab mich in die Kunstabteilung. Während meines Studiums in Paris war ich manchmal hergekommen, bevor die französischen Klänge sich für mich zu wirklich sinnvollen Sätzen zusammenfügten, und dann saugte ich so viel wie möglich von diesen unbezahlbaren Büchern in mich auf, bis mich die Blicke eines ähnlichen Mädchens irgendwann verscheucht hatten.

Was für verwertbare Informationen hatte ich nun letztlich zusammengetragen? Guiche war Partner in der Anwaltskanzlei, die Balensky in Frankreich vertreten hatte. Womöglich hatte diese Kanzlei auch Yermolov vertreten? Schließlich war er zur Beerdigung von Guiches glücklosem Kollegen gekommen. Es war nicht viel, aber es war die erste Spur, die ich hatte. Ich ging zur Kasse, und diesmal konnte Bruce ein verkauftes Exemplar verzeichnen.

Eine heiße Schokolade bei Angelina's, so dickflüssig, dass der Löffel darin stand, und dann ein kurzer Blick ins Internet, bevor ich mich auf den Weg zur Place des Victoires am Rande des ersten Arrondissements machte. Das Büro von Saccard, Rougon und Busch belegte ein Louis-XIV.-Bürgerhaus, von dem man direkt auf das Denkmal des Königs schauen konnte. Die Kanzlei zählte zu einer Gruppe von französischen Anwälten, die sich offenbar auf »Vermögen und Erwerb/High End« spezialisiert hatten. Es schien mir nicht besonders schlau, einfach zu klingeln und zu fragen, ob Monsieur Guiche zu sprechen sei, wenn ich nicht eine glaubhafte Geschichte vorbringen konnte. Also beschränkte ich mich darauf, mich vor dem Haus herumzudrücken und einen Schaufensterbummel vor den schicken Boutiquen am Platz zu machen. Dabei warf ich verstohlene Blicke zur Eingangstür des Kanzleigebäudes, die ab und zu aufging, um eine Reihe von mehr oder weniger identisch aussehenden Männern in gut geschnittenen dunklen Anzügen herein- oder hinauszulassen.

Nach einer Stunde wurde meine Geduld mit einem Blick auf Guiche persönlich belohnt, der sich mit einer Kollegin unterhielt und anschließend mit ihr in ein wartendes Taxi stieg und davonfuhr. Die Verführung, ein vorüberfahrendes Taxi anzuhalten und den Fahrer zu bitten, dem Wagen zu folgen, war übergroß, aber in Paris ein Taxi anzuhalten, ist ein Ding der Unmöglichkeit, also schlenderte ich zurück zum Hotel und vertiefte mich weiter in meine Recherche.

Nach ein paar Versuchen entdeckte ich eine ganze Reihe von Websites, die von der Französischen Anwaltskammer gehostet wurden. Ihnen war zu entnehmen, dass Edouard Guiche erst nach Ralewskis Tod zum Partner gemacht worden war und dass sich seine Kanzlei in den letzten zehn Jahren mit den Immobilientransaktionen einer Schweizer Firma befasst hatte. Dazu gehörten auch Wohngebäude in Paris, Clermont-Ferrand und an der Côte d'Azur. Nachdem ich noch ein bisschen weitergefischt hatte, fand ich heraus, dass Balensky als Direktor dieser Schweizer Firma gelistet war und dass für die Angestellten Arbeitserlaubnisse von diversen französischen Gemeinden ausgestellt worden waren.

Ich versuchte es mit ein paar russischen Seiten, aber dazu reichte mein Vokabular einfach nicht. Für einen *»oligarche«* schien es relativ trivial zu sein, obwohl jemand von Balenskys Vermögen und Interessen – oder Yermolovs – sicher Heerscharen von Anwälten rund um die Welt beschäftigte. Ich bildete mir nicht ein, dass Guiche mich direkt zur Lösung der Szene im Hotel an der Place de l'Odéon führen könnte, aber bei meiner Suche nach dem geheimnisvollen Zeugen der damaligen Geschehnisse hatte ich kaum andere Anhaltspunkte.

Und deswegen war ich am nächsten und übernächsten Tag wieder auf der Place des Victoires. Am dritten Tag verließ Guiche gegen siebzehn Uhr das Büro und machte sich auf den Weg zum Fluss. Er ging sehr flott und hatte eine Aktentasche von beträchtlichem Umfang dabei. Ich wusste nicht viel über Überwachungstechnik, abgesehen von dem, was ich aus Agentenromanen kannte, aber es war gar nicht so schwierig, ihn zu verfolgen, vor allem, weil seine maßgefertigten spitzen

Aubercy-Schuhe Messing unter dem Absatz hatten, sodass sie sich auf dem Pflaster anhörten wie Stöckelschuhe. Es war ziemlich lustig. Guiche steuerte aufs Hôtel de Ville zu, dann überquerte er den Pont Marie zur Île Saint-Louis und ging auf der linken Seite des Quai d'Anjou entlang. Diese Insel hatte ich an dem Abend überquert, an dem ich zum ersten Mal mit Renaud sprach. Und auch das letzte Mal, als ich nämlich seinen Kopf der Strömung der Seine übergab. So ein langer Abschied.

Guiche blieb kurz stehen und zückte sein Handy, tippte darauf herum, sprach mit jemandem und ließ dabei die ganze Zeit den Blick über die Straße und den Fluss schweifen, als würde er nach jemandem Ausschau halten. Hatte er mich entdeckt? Er ging weiter, jetzt langsamer, und dann steckte er das Handy weg und holte einen Schlüsselbund aus der Tasche, der sich glitzernd vom dunklen Stoff seines Jacketts abhob. Ging er jetzt etwa nach Hause? Er blieb vor einem Gebäude am Ende des Quais stehen, an der östlichen Ecke der Insel, und dann geschah plötzlich etwas völlig Unvorhergesehenes. Guiche stellte die Aktentasche ab und ging zu einer schlichten Haustür aus schwarzem Holz, als ihn plötzlich ein junger Mann rief, der sich von der Sully-Brücke näherte. Guiche wirbelte herum, erkannte den Mann ganz offensichtlich und bedeutete ihm mit Handzeichen wegzubleiben. Ich kam noch näher heran, schaute immer schön auf den Fluss und zog dabei mein eigenes Handy aus der Tasche, als wäre ich eine Touristin, die die vorüberfahrenden Boote filmt. Während ich auf die Mirror-Contrast-App ging, beobachtete ich das Paar über meine Schulter.

Der Mann, der Guiche angequatscht hatte, war eher ein Junge, einundzwanzig Jahre vielleicht. Dunkelhaarig, mit einem gefährlich hübschen Gesicht über dem Körper eines *ballerino*. Seine straffen Konturen zeigten sich deutlich, als seine Jacke (eine marineblaues Teil aus der letztjährigen Valentino-Kollektion mit aggressiven Stachelnieten auf den Schultern) etwas von ihm wegschwang, bei seinem Versuch, den widerstrebenden Anwalt zu sich umzudrehen. In der Verderbtheit, die um seine vollen Lippen spielte, lag etwas, was mich an Caravaggios schönen, spöttischen Cupido erinnerte. Am Handgelenk des Jungen blitzte eine goldene Armbanduhr auf, aber seine Hose und die Schuhe waren billig. Sehr interessant.

Guiche wandte sich in seine Richtung, um mit ihm zu sprechen. Es sah nicht so aus, als würden die beiden streiten, eher so, als würde der Junge ihn um etwas bitten, wobei sein Gesichtsausdruck irgendwo zwischen Schmeicheln und Flehen lag. Guiche schüttelte den Kopf und öffnete die Tür, aber dann überlegte er es sich noch einmal und machte kehrt, um noch etwas zu sagen. Der Junge nickte und ging dann den Weg zurück, den ich gekommen war, auf der anderen Straßenseite. Die Tür fiel ins Schloss.

Ich drehte mich um, steckte mein Handy ein und überquerte die Straße. Gerade hielt ich auf das Haus zu, da erstarrte ich, denn die Tür öffnete sich mit einem Klicken. Doch Guiche hatte nur Augen für den Jungen. Er blieb im Eingangsbereich stehen und sah zu, wie der junge Mann sich entfernte, bis er links in die Rue Saint-Louis en l'Île eingebogen und verschwunden war. Sowie ich hörte, dass sich die Tür wieder schloss, trabte ich dem Jungen hinterher. Ich bog auf die Hauptstraße der Insel, die ziemlich belebt war – von Leuten, die von ihren Shoppingtouren heimkamen, und Touristen, die schon früh die Restaurants ansteuerten, und hielt Ausschau nach dem Glitzern auf den Ärmeln des Jungen. Er hatte die Brücke fast schon zur Hälfte überquert und ging jetzt auf Notre-Dame zu. Ich beschleunigte meine Schritte und war erleichtert, als ich sah, dass er stehen geblieben war, um sich eine Zigarette anzuzünden, wobei er höchst dekorativ zur Seine hinunterblickte. Der wusste schon, dass er schön war.

Während er rauchte, holte ich einen billigen hellorangen

Paschminaschal aus der Tasche, den ich mir vorher an einem der Stände am Fluss gekauft hatte. Ich hatte vorgehabt, mich damit zu verkleiden, während ich Guiche verfolgte. Wenn der Junge mich jetzt sah, würden seine Augen mich wegen des auffälligen Kleidungsstücks deutlich registrieren, und wenn ich den Schal dann wieder abnahm, würde ich unsichtbar für ihn werden. So behauptet zumindest John le Carré. Er rauchte die Zigarette zu Ende und schnipste die Kippe in den Fluss, warf einen nachdenklichen Blick auf sein Handy und ging dann davon. Dieses Stalken konnte echt Spaß machen, ich musste es zugeben. »Im Zentrum der Welt stehen und doch vor der Welt verborgen bleiben … Der Beobachter ist ein Prinz, der überall sein Inkognito genießt.« Vielleicht war das das Gefühl, das mir am besten gefiel – die totale Isolation durch die maximale Anonymität, wenn wirklich niemand weiß, wer oder wo man ist.

Ich folgte dem Jungen ohne Probleme bis zum Saint-Michel-Brunnen, dann in die engen Gassen des Quartier Latin mit seinen grellbunt leuchtenden Kebab-Schildern. Mittlerweile war es kalt, und ich war ganz dankbar, als er in einen Laden ging und ich ihm in die fettige Wärme folgen konnte. Ich tat so, als würde ich die Speisekarte studieren, während er einem jungen Mann an der Pommes-Fritteuse über den Tresen die Hand gab. Er sagte etwas auf Arabisch zu ihm. Ich wartete in der Schlange, während die beiden plauderten, ohne die zunehmend ungeduldigen Kunden zu bemerken. Irgendwann zuckte der Mann hinter dem Tresen die Schultern und machte ein Hähnchen-Kebab mit einer riesigen Portion Salat und Pommes, die er mit ins Pitabrot stopfte. Er reichte dem Jungen das Essen mit einem Nicken und einem Zwinkern. Als der Junge gierig danach griff, sah ich, dass seine Uhr eine Rolex war. Sie wirkte ganz schön echt – warum musste sich ein Mann mit so einer Uhr seinen Imbiss schnorren? Er ging zum Essen hinaus und stellte sich an einen der kleinen hohen Tische, und ich sah ihm dabei zu, wie er den Kebab zerpflückte und die Stückchen mit spitzen Fingern vorsichtig in den Mund steckte, ganz offensichtlich darauf bedacht, sich Kleidung und Hände nicht schmutzig zu machen. Ich trank unterdessen den Espresso, den ich mir bestellt hatte. Dann zogen wir wieder weiter, erst zu einem McDonald's in derselben Straße, wo er hineinhuschte, um die Toilette zu benutzen, dann wieder zurück über den Fluss, Richtung Osten zum Centre Pompidou und weiter in östlicher Richtung. Er war leicht zu verfolgen, denn er blieb alle paar Straßen stehen, um auf sein Handy zu schauen, aber es war ein langer Spaziergang, und obwohl mein Mund unangenehm trocken war vom Kaffee, wollte ich ihn nicht verlieren, um mir irgendwo etwas Wasser zu besorgen. Er wanderte noch ungefähr eine Stunde umher – und es war nach acht, als er sich schließlich an einen Tisch vor einem Café in Belleville setzte. Das war so ein Stadtteil, den ich früher nicht im Traum hätte kennenlernen wollen: Sogar die Cafétischchen sahen so aus, als würden sie angewidert die Röcke hochraffen angesichts dessen, was aus dem Viertel geworden war. Zögernd wickelte ich meinen Paschminaschal ab und setzte mich an einen Tisch am anderen Ende des Servierbereichs. Der Kellner hatte es nicht eilig, unsere Bestellungen aufzunehmen – irgendwann bekam ich einen schrecklichen Beaujolais und der Junge einen Ricard. Pastis – gut für den Atem. Ich nuckelte so lang an meinem Getränk wie er, ein gefühltes Jahr. Er spielte lustlos an seinem Handy herum, ich las zwischen verstohlenen Blicken und kleinen Schlückchen Wein mit zusammengekniffenen Augen den neuesten Houellebecq.

Ich war sicher, dass er mich bis jetzt nicht bemerkt hatte, aber außer unseren waren nur noch zwei andere Tische besetzt, und ich spürte seine Blicke auf mir, als ich umblätterte. Einmal schaute ich auf und begegnete ganz kurz seinem Blick –

ein absichtliches Ignorieren hätte wohl zu unnatürlich gewirkt. Er schlug selbst seine Augen nieder, und seine dicken schwarzen Wimpern flatterten einladend. Ich schaute wieder in mein Buch. Etwas später stand er auf. Ich hatte die Münzen für mein Getränk schon auf die Untertasse gelegt und war bereit aufzubrechen, sobald er losging. Aber jetzt hielt ich inne und nahm mein Haar zu einem Pferdeschwanz zusammen, während ich zusah, wie er zielstrebig auf die Straßenecke zuging. Bis jetzt hatte er nur die Zeit totgeschlagen, jetzt hatte er ein konkretes Ziel. Ich blieb ungefähr dreißig Meter hinter ihm und behielt ihn immer im Blick. Dabei musste ich einer Frau in bunten afrikanischen Gewändern mit einem klapprigen Kinderwagen ausweichen und einem Tiefkühl-Lkw, der vor einem Halal-Metzger seine Ware auslud. Der Junge bog in eine Sackgasse. Die brutal-modernen grauen Häuserblocks, die eine rechtwinklige Stichstraße bildeten, sahen sogar nach den Maßstäben des zwanzigsten Arrondissements heruntergekommen aus. Ein uralter Araber in hellbrauner Dschellaba saß an einem Tisch im Eingangsbereich unter einer flackernden Neonröhre und war ganz in eine Patience vertieft. Seine Goldzähne blitzten alarmierend auf, als er den Jungen grüßte, der das Gebäude betrat und eine Treppe unter dem Schild mit dem »Exit«-Zeichen hinunterging. Vielleicht wohnte er ja hier.

Der Alte blickte gar nicht von seinem Spiel auf.

»Bist du eine Freundin von Olivier?« Er benutzte das familiäre *»tu«*.

»Äh … ja.« Wer auch immer Olivier sein mochte.

»Zwanzig.«

Ich drückte ihm einen Schein in die Hand und folgte dem Jungen nach drinnen.

In der Zeit, als Caravaggio malte, als noch alle möglichen neuen Welten zu haben waren, gab es eine, deren Ströme überall in Europa unter der Oberfläche des Alltagslebens zu spüren waren – von den slawischen Steppen bis zu den winzigen Feldern von England mit ihren niedrigen Steinmauern. Diejenigen, die es kannten, nannten es das Schattenland der Spionage. Hier operierte man mit wenig raffinierten Methoden wie Zitronensafttinte und lateinischen Codes, und das Tempo konnte nicht schneller sein als die Geschwindigkeit eines galoppierenden Pferdes – doch die Macht der Spionage konnte die Grenzen von Königreichen neu ziehen, ganze Städte massakrieren, einen Papst wählen oder eine Königin besudeln.

In dieser Welt hätten auch wir ganze Arbeit leisten können, dachte ich mir später, diejenigen unter uns, die sich *la nuit* ausgesucht hatten. Wir erkannten unseresgleichen wieder, und wir behielten unsere Geheimnisse für uns, zumindest bis zum nächsten Morgen. Ich hatte mir diese Welt ausgesucht, als ich zum ersten Mal in Paris lebte, dann hatte Renaud mich dort gefunden, und jetzt, am Fuß einer bepissten Zementtreppe hinter einem ehemaligen Waschsalon, war ich mal wieder zu Hause angekommen.

Natürlich war das Lokal etwas völlig anderes als die schillernden Clubs, in die ich früher mit Yvette gegangen war, wobei man in London oder Manhattan aus diesem Keller die reinste Goldmine gemacht hätte. Sobald ich an den Waschmaschinen und den unsäglichen Toiletten vorbeigegangen war, fühlte sich der schäbige Raum im Grunde an wie so ziemlich jeder andere Ort, nur dass hier die rote, beflockte Tapete nicht ironisch gemeint war. Das Publikum gefiel mir auf Anhieb. Es war eine Mischung aus großäugigen swingenden Emporkömmlingen aus der Vorstadt, korrekt und vornehm gekleideten Bobos aus Paris, die sich unters gemeine Volk mischten, und einer Schar verwirrter Transvestiten, die angezogen waren wie spießige Bibliothekarinnen und die ihre Bartstoppeln wacker unter altmodischem Abdeckstift versteckten, Pumps in Größe sechsundvierzig, schön herausgeputzt, alle recht verloren in einer Kultur, die auf einmal erwartete, dass man sich den Schwanz abschnitt, um zu beweisen, dass man es ernst meinte.

Das Lokal war offenbar eher ein Puff als ein Club für Sexpartys. Ein paar nervös wirkende Angestellte der mittleren Führungsebene in billigen Anzügen, die sich selbst etwas vormachten, wenn sie sich eines aussuchten aus einer Schar von sich räkelnden Schnuckelchen, die an der Bar saßen, Schmollmündchen zogen und sich gegenseitig ankeiften. Ich war nicht sonderlich überrascht, als mein Verfolgungsopfer sich der Truppe an der Bar anschloss. Sein Aussehen passte perfekt dazu. Nach einer Weile entschuldigte er sich, um mit einem jungen Kerl in den Nebenraum zu schlüpfen, der hier wohl als Darkroom fungierte. Sein Begleiter drehte nervös an seinem Ehering herum, als er dem Jungen durch die Samtvorhänge folgte.

Es waren keine zehn Minuten vergangen, da kamen sie wieder heraus. Bis dahin hatte ich herausgefunden, dass der gute alte Olivier Maker's-Mark-Whisky führte. Der Freier huschte schleunigst hinaus, wo er seinen Renault anlassen würde, um sich mitsamt seinen Schuldgefühlen wieder in die Vorstadt zu verziehen. Mein Jungchen ging wenig später. Ich machte mir nicht die Mühe, ihn weiter zu verfolgen, ich hatte genug Stoff zum Nachdenken. Außerdem hatte ich Lust auf noch einen Drink. Vielleicht zu viele Drinks. Eigentlich könnte ich sehr leicht da reinrutschen: Ich hätte zwar nie gedacht, dass ich die nötige Disziplin für eine Alkoholikerin hätte, aber es gab wahrhaftig eine Menge Scheiße, die ich vergessen musste.

Als ich an meinem Glas nippte, dachte ich über Guiche und den Jungen nach, wie ihre Beziehung wohl aussehen mochte. Guiche arbeitete für Balensky und wahrscheinlich auch für Yermolov. Wenn er auf der Île Saint-Louis wohnte, verdiente er zweifellos gutes Geld dabei, und ich konnte mir nicht vorstellen, dass Strichjungs zu seinem üblichen Umgang gehörten. Als ich Balensky zum ersten Mal begegnete, in dem Sommer, den ich auf Steves Jacht verbracht hatte, hatte ich bereits Gerüchte über sein Privatleben gehört – Klatsch über Partys mit Jungs in seinem Haus in Marokko. Vielleicht war Guiche ja auch schwul, aber was soll's? Russland war zwar bekannt für seine Intoleranz gegenüber Homosexuellen, aber hier war man in Frankreich. Ich bestellte noch einen Drink, wieder pur.

Ich musste herausfinden, wer meine Vergangenheit an Yermolov verraten hatte. Kazbich hatte ihm mittlerweile sicher erzählt, dass das Bild in meinem Besitz war, aber ich wollte meinen einzigen wertvollen Jeton nicht aus der Hand geben, bevor ich Gewissheit hatte. Bei meiner eventuellen Rückkehr könnte ich umgebracht werden, und wenn nicht, würde ich verhaftet werden. Die Beziehung zwischen dem Jungen und Guiche schien die einzige Verbindung zu sein, die ich mir zunutze machen konnte. Es war lange her, dass ich mich so machtlos gefühlt hatte, und das war Yermolovs Werk. Yermolov, der mich für zu inkompetent für seine Bilder gehalten hatte. Aber jetzt hatte ich es ja, das eine Bild, das er wirklich begehrte, oder? Das dritte Stück, das er zu den Botticellis in seiner Galerie stellen konnte. Sein Frust darüber, dass ich ihn bis jetzt an der Nase herumgeführt hatte, schenkte mir eine gewisse klägliche Schadenfreude. Wer war Yermolov, dass er mich so unterschätzte? Er war nicht der Einzige, der skrupellos sein konnte.

Mit zitternder Hand hob ich mein Glas zu einem Toast auf Alvin und kippte den Rest des Drinks. Aber irgendwie hatte ich das Glas wohl zu fest umklammert, denn es glitt mir aus der Hand und zersprang auf dem Tresen. Ein Tropfen bernsteingelber Flüssigkeit landete auf meinem Schoß.

»Darf ich Ihnen noch einen bestellen?«

Ich drehte mich um. Ein junger Mann, ungefähr in meinem Alter, Bart. Sein Atem roch nach Kohl. Wenn es etwas gab, worauf ich jetzt wirklich keine Lust verspürte, war es eine Runde im Darkroom.

»Nein danke.« Ich versuchte, meine Lippen zu einem Lächeln zu verziehen, aber mein Lächeln hatte das Gebäude längst panisch verlassen. Also ließ ich meinen Arsch langsam vom Barhocker rutschen, auch wenn das nicht der vorteilhafteste Anblick war. Der Mann hielt mir freundlicherweise die Handtasche, während ich mich in Ordnung brachte, aber er ödete mich genauso an wie ich mich selbst.

»Ich glaub … ich gehma eine rauchn«, brachte ich mühsam hervor. Dann schwankte ich zur Tür und erstickte fast an Whiskykotze. Ich konnte sie bei mir behalten, bis ich auf der Straße war, wo sie endlich unter den ungerührten Blicken des alten arabischen Türstehers in die Gosse strömte.

17. Kapitel

Ich wurde zu einer richtiggehenden Detektivin. Einen Kater hatte ich schon mal. Ich hatte die Idee verworfen, einfach bei Guiches Kanzlei anzurufen und nach ihm zu verlangen – selbst wenn man mich zu ihm durchstellte, er würde wohl kaum bereit sein, seine Mandanten mit irgendeiner dahergelaufenen Fremden zu diskutieren, und wenn ich ihm erzählte, dass ich den Caravaggio hatte, würde er sofort zu Yermolov gehen. Ich musste den Jungen finden, ich musste ihn benutzen, ich musste ausprobieren, ob es irgendeinen Weg gab, Guiche auf unverdächtige Art näher zu kommen, damit ich endlich erfuhr, was er von der Nacht von Moncadas Tod wusste. Wenn sich herausstellen sollte, dass da nichts war, musste ich mir einen Plan B einfallen lassen. Als ich am nächsten Abend gegen elf Uhr ins Olivier zurückkehrte, blieb ich bei Wasser.

Die jungen Stricher drängten sich wieder an der Bar. Mein Junge war nicht darunter, aber ich erkannte einen der Typen wieder, mit dem er am Abend zuvor gesprochen hatte: spindeldürr, enge, weiße Jeans, schickes T-Shirt mit Lederkragen, kunstvoll hochgegelter Haarbausch über einem schmollenden Gesicht mit verschmiertem Make-up. Ich hatte das am tiefsten ausgeschnittene Top aus meiner schmalen Reisegarderobe herausgesucht und einen Push-up daruntergezogen, damit ich so aussah, als wäre ich wirklich gekommen, um im Treiben mitzumischen. Ich warf ihm einladende Blicke zu, bis er zu mir an die Bar kam, wobei er seinen Kumpels nur einen ganz entfernten Hauch von Missfallen signalisierte. Er mochte um die neunzehn sein, und es war nicht zu übersehen, dass ich in seinen Augen im Grunde ein Cougar war.

»*Bonsoir, mademoiselle.*« Zumindest hatte er nicht *madame* gesagt.

»*Bonsoir*. Ich hab dich gestern Abend schon hier gesehen.«

Er lächelte bescheiden. Offenbar war er überzeugt, dass ich zurückgekommen war, weil ich unbedingt einmal im Hinterzimmer kosten wollte, was er zu bieten hatte.

»Ich hatte gehofft, du könntest mich deinem Freund vorstellen«, fuhr ich fort. »Du hast dich gestern mit ihm unterhalten.« Ich beschrieb den Jungen rasch, so gut ich konnte, und erwähnte dabei auch die Rolex, wofür ich einen anerkennenden Blick erntete.

»Was wollen Sie von ihm?«, fragte er misstrauisch.

»Natürlich dasselbe, was ich deiner Meinung nach von dir gewollt hätte.«

Er wandte sich zum Gehen. »Tut mir leid – ich glaube, da haben Sie sich geirrt«, erwiderte er abweisend.

Ich legte einen Schein auf den Tresen zwischen uns. Es war mehr, als ich mir leisten konnte, aber ich hatte jetzt wirklich keine Zeit zu feilschen.

»Ich würde mich freuen, wenn ich mit ihm sprechen könnte – wenn du vielleicht versuchen könntest …?«

Er wandte mir seine dicke Nase zu, während der Fünfziger in seine Tasche flatterte. »Ich kann ja mal … ein bisschen rumfragen.«

»Danke. Sehr nett von dir.«

Er verließ den Club, wahrscheinlich um jemanden anrufen, und im Erdgeschoss hatte man keinen Empfang. Ungefähr zehn Minuten später war er wieder da. Die frische Luft hatte seinem Gesicht ein bisschen Farbe verliehen, und für einen kurzen Moment sah er geradezu jung und enthusiastisch aus. »Mein Freund hat gesagt, er ist bald hier, *mademoiselle*. Vielleicht … in einer halben Stunde?« Seine Augen ruhten auf meiner Tasche. Widerwillig zog ich noch einen Zwanziger aus meinem Portemonnaie und reichte ihm den Schein. Er nickte und wünschte mir noch einen schönen Abend. Ich fragte mich, was für eine Message er meinem geheimnisvollen Date wohl übermittelt haben mochte.

Während ich mein Wasser trank, beobachtete ich die Gäste und lauschte auf *J'aime les filles* von Jacques Dutronc. Nach einer Weile spürte ich eine Hand auf der Schulter. Da war er.

»Mein Freund hat mir gesagt, ich würde dich hier finden. Du hast mich gesucht?«

In der selbstverliebten Neigung seines Kopfes und dem Lächeln auf den verzogenen Pflaumenlippen las ich, wie er in Gedanken mein Alter überschlug, meine Einsamkeit, den Grad meiner Verzweiflung, und ich merkte, dass ich ihn mochte, weil er so offenkundig professionell war. Also spendierte ich ihm einen Drink. Er hießt Timothy, sprach es aber »Timotej« aus, wie das Shampoo, was ich unglaublich lustig fand. Er trug dieselben Sachen wie am Abend zuvor, mit dem unpassend dünnen T-Shirt unter seiner dramatischen Jacke und der betont hergezeigten Armbanduhr. Sein Liebhaber – oder seine Liebhaber – waren also reich, aber er war es nicht. Hervorragend. Er schlug galanterweise vor, eine zweite Runde auszugeben, aber ich prostete ihm stattdessen mit meiner halb vollen Flasche Perrier zu.

»Na komm, trau dich«, sagte er. »Ich bin nicht gefährlich.«

»Außer du willst es so. Ja ja, ich weiß schon.«

Wir stießen an.

»Auf deine Mutter«, sagte ich.

Er hob lächelnd sein Glas.

Ich zog eine Augenbraue hoch. »Wo ist denn überhaupt deine Mutter?«

»Ich bin aus Marokko.« Er sagte es halb trotzig, halb stolz.

»Ich war noch nie in Marokko.«

Also erzählte er mir eine Weile von seiner Heimat und lieferte eine malerische Beschreibung des Sandes von Essaouira und der Wonnen des Jemaa el-Fnaa, und dann fragte er mich, ob ich mit ihm ins Hinterzimmer gehen wollte.

»Das war eigentlich nicht das, was mir vorschwebte.«

»Ach so?«

Ich wollte ihn kennenlernen, ihn beobachten, bevor ich Guiches Namen aufbrachte. »Ich hatte eigentlich eher auf ... ein bisschen Gesellschaft gehofft. Für die Nacht.«

Seine Miene hellte sich auf. »Das kann ich schon einrichten. Es wird mir ein Vergnügen sein.«

»Wie viel?«

Er schaute mich mit überzeugend geschauspielerter Kränkung an. »Wirklich – es wäre mir ein Vergnügen, einen Abend mit so einer schönen Frau zu verbringen. Einer Dame.«

Mir fiel wieder ein, dass wir dasselbe Spielchen nachts im Gstaad Club gespielt hatten – lass dir nie anmerken, dass es dir ums Geld geht. Obwohl es dir selbstverständlich ums Geld geht.

»Wie du willst«, erwiderte ich. »Wollen wir irgendwo hingehen, wo es ruhiger ist?«

»Natürlich.«

Er half mir in den Mantel, ohne seinen Freunden am anderen Ende der Bar auch nur einen Blick zuzuwerfen, und als wir draußen waren, brachte er den Türsteher sogar dazu, uns ein Taxi anzuhalten, in das er mir feierlich hineinhalf. Er war ziemlich gut, vor allem, weil ich bezweifelte, dass Mädchen wirklich sein Ding waren. Ich bat den Fahrer, uns zur Place des Vosges zu fahren, und wenig später saßen wir in einer der Bars in der

Nähe der Rue de Turenne – ganz gemütlich, auf einer plastikverkleideten Terrasse mit Elektroheizern. Drinnen war es wie immer leer. Ich bestellte eine Flasche Rotwein und schenkte ihm großzügig ein.

Während wir so plauderten, erfuhr ich, dass Timothy davon träumte, in der Modewelt zu arbeiten, dass er eine Weile einen Job als Kellner im Hôtel Costes gehabt hatte, aber dass er jetzt im Moment auf »die richtige Gelegenheit« wartete. Er behauptete, er wohne momentan bei einem Onkel in Aubervilliers. Das waren alles Standardsprüche für *la nuit*, aber es hatte so etwas entwaffnend Angenehmes, einmal mit jemand anderem zu sprechen als der chinesischen Pförtnerin, dass ich zwischendurch fast vergaß, weswegen ich hier war. Als er den Großteil der Flasche getrunken hatte, fragte er, ob ich auf eine Party gehen wollte.

»Klar.«

Wir führten noch einmal unsere Taxikomödie auf, überquerten den Fluss und fuhren in westlicher Richtung an den Quais entlang.

Paris zeigte sein übliches Funkeln nächtlich beleuchteter Schönheit, aber die Helligkeit der Stadt betonte nur die Pechgrube in meinem Brustkorb. Die Party, auf einer *peniche*, die in der Nähe des Musée d'Orsay ankerte, machte nicht viel mehr her als ich. Anwesend waren hauptsächlich Twinks wie Timothy und eine Gruppe von quietschenden Schwulenmuttis, aber ich musste ja so tun, als würde ich mit meinem Stricher um die Häuser ziehen, also gab ich mir den Anschein, als würde ich mich amüsieren, tanzte ein bisschen und unterhielt mich mit seinen Freunden. Nach einer Weile kam das Koks auf den Tisch, und es wurden ausgedehnte Ausflüge zur stinkenden Grube von einer Toilette gemacht, aber wie üblich schloss ich mich da nicht an. Ich saß auf einem feuchten Kissen am Boden, nickte im Takt der Musik und hörte mit halbem Ohr zu, wie sie immer dicker auftrugen mit ihren Angebereien und den Geständnissen, die sie mit belegter Stimme vorbrachten. Die anderen redeten immer mehr und hörten immer weniger zu. Timothy hatte auch ein paar Ausflüge zur Toilette gemacht und zeigte allen seine Uhr. Die habe er nach einem supercrazy Wochenende in Tanger geschenkt bekommen, sagte er.

»Das Haus von dem Typen solltet ihr mal sehen!«, erzählte er jedem, der ihm zuhörte, und das war niemand außer mir. »Das war echt ein Schloss – ich meine, mit Mauern und Wachen und lauter so Zeug! Und sie haben jedem von uns so eine geschenkt!« Er ließ die Rolex im pulsierenden Rhythmus der Musik schnalzen. »Wahnsinn, echt!«

»Und wer war dieser Typ?«

»Keine Ahnung, irgend so ein Russe. Ich meine, diese Russen sind ja alle so stinkreich. Mein Freund Edouard hat mich mitgenommen.«

Bingo.

»Edouard?«

»Das ist der Typ, mit dem ich … na ja, zusammen bin quasi. Er ist Anwalt. Aus einer voll vornehmen Familie. Er ist natürlich verheiratet.«

»Ach, sind sie das nicht immer, Schätzchen?«, erwiderte ich trocken. Er interpretierte meinen Ton falsch, und auf einmal war sein Gesicht neben meinem, und er markierte zähneknirschende, überzogene Besorgnis.

»Was ist los? Hattest du mal was mit einem verheirateten Mann?«

»So ähnlich. Die sind doch alle gleich, oder nicht?«

Sein Serotoninschub ließ kurz nach. »Ja. Aber so ist es halt. Die meinen, sie könnten uns kaufen. Ich meine, Edouard, der ist sogar richtig cool, aber manchmal behandelt er mich einfach wie einen Callboy, verstehst du?«

»Aber du bist doch ein Callboy.«

Der Satz hing einen Augenblick zwischen uns, und ich dachte schon, ich hätte es mir verdorben, aber dann fing er an zu lachen und ich auch. Ich griff nach der nächsten Bierflasche und hob sie zum Toast:

»Fick sie doch alle!«, schrie ich. »Fick doch die ganzen verheirateten Typen!«

Er gab mir einen trockenen, hopfigen Kuss und erklärte, er liebe mich. Dann tänzelte er davon, um sich die nächste Line reinzuziehen, und verschwand in einer lebhaften Gruppe von sehnigen jungen Männern in engen Tanktops, die aussahen wie auf den Hund gekommene Abercrombie-Models. Ich stellte meine Bierflasche wieder ab, ohne daraus getrunken zu haben, und ging hinauf aufs Deck, wo die Leute rauchten und sich ruhiger unterhielten. Der Eiffelturm zwinkerte mir zu.

Wie ich schon vermutet hatte, war Guiche also Timothys Liebhaber. Und, was noch viel besser war, Guiche hatte ihn zu einer Party in Balenskys Haus in Tanger mitgenommen, die Art von Party, die heißblütige russische Männer wie Herr Putin nicht gutheißen würden. Ebenso wenig wie Guiches Partner bei Saccard, Rougon und Busch diese Art von Umgang goutieren würden. Es war nicht viel, aber wenn ich Timothy dazu überreden konnte, mich Guiche vorzustellen, würde mein pikantes Wissen vielleicht ausreichen, damit der Anwalt mir erzählte, was er über die Person wusste – wenn er denn etwas wusste –, die in der Mordnacht im Hotel an der Place de l'Odéon auf den Caravaggio gewartet hatte. Die Quelle von Yermolovs Wissen über meine Vergangenheit. Dann konnte ich mir überlegen, was ich mit dem Bild machen sollte, das jetzt ganz unten in meinem Reisegepäck im Herse d'Or ruhte.

Timothys zerzauster Mahagonikopf tauchte aus einer Luke auf.

»Hey! Wo bist du denn hin?«

»Na, hierher«, antwortete ich. »Willst du nicht langsam auch mal los?«

Ich schätzte, dass ich Timothy schon überreden konnte, eine Weile bei mir zu wohnen. Dieser Onkel in Aubervilliers war wohl kaum eine Konkurrenz für den Zauber des Herse d'Or. Außerdem zahlte ich ja die Rechnung.

»Gehen wir zu dir?« Nur ein ganz leichter Hauch von Müdigkeit in seiner Stimme.

»Klar.« Ich hielt ihm vier Fünfziger hin, die ich diskret zusammengerollt hatte. »Aber wie ich schon sagte, ich möchte nur deine Gesellschaft.« Ich wusste bereits, dass er Frauen nur rein geschäftlich liebte, aber eine weniger praktisch veranlagte Frau wäre vielleicht enttäuscht gewesen über seine nur zu deutliche Erleichterung. Doch alles, was zählte, war, dass ich Timothy auf meine Seite ziehen konnte, und dafür brauchte ich eine Story.

Der sturmerprobte Timothy hatte neben den Kondomen auch eine Zahnbürste in seiner schicken Jacke, und dazu eine Diazepam, um das High abzufedern. In dieser Nacht schlief ich so gut wie schon seit Jahren nicht mehr. Ich fühlte mich wieder zielstrebig und hellwach, und sogar seine physische Präsenz, die mir normalerweise auf den Nerv gegangen wäre, fühlte sich beruhigend an. Ich war zwar ganz wild darauf, endlich loslegen zu können, aber ich wusste, dass ich die Dinge nicht überstürzen durfte, wenn ich an Guiche rankommen wollte.

Die nächsten Tage konzentrierte ich mich also darauf, Timothys neue beste Freundin zu werden. Meine Vermutung, dass er pleite war, traf offenbar zu – denn er schien froh zu sein, für eine Weile gratis Kost und Logis zu kriegen. Also vertieften wir unsere Bekanntschaft bei billigen Abendessen im elften Arrondissement und dem einen oder anderen Joint, den wir heimlich aus dem Fenster des Herse rauchten. Natürlich inhalierte ich nicht. Ich wusste, was er war, aber wir spielten nie wieder darauf an, und unsere Vermeidung des Themas gestattete ihm einen Grad von Würde, der ihn in anderen Bereichen auf eine vielversprechende Art manipulierbar machte.

Wenn ich es recht verstanden hatte, war er in Frankreich geboren, jedoch in Rabat aufgewachsen, wo er eine Weile die Uni besucht hatte. Seine Mutter hoffte, er würde mal Ingenieur werden, doch Timothys Aussehen, gepaart mit seiner Vorliebe für Männer, führte ihn nach Marrakesch, wo er von den zahlreichen altmodischen französischen Touristen lebte und den englischen Expatriates, die ihre Romanzen mit dem Vorwand würzten, dass Homosexualität in Europa immer noch illegal sei. Einer seiner Freier hatte ihn zu einem Parisbesuch mitgenommen, wo ihm sein Onkel – den gab es offenbar wirklich – eine *carte de séjour* und den Kellnerjob im Hôtel Costes besorgte. Er redete davon, dass er für die Modeschule sparen wollte, aber er war nicht mit ganzem Herzen dabei, jedenfalls nicht mehr als beim Servieren von Tajines an Touristen.

Als Kellner hatte er nicht lang durchgehalten, doch dafür hatte er im Costes Edouard kennengelernt. Die beiden hatten eine Weile gemeinsam in der Wohnung des Anwalts auf der Île Saint-Louis gelebt, wo ich ihn zum ersten Mal beobachtet hatte. Edouard nahm ihn auf Partys mit, in Restaurants, auf Reisen, aber mehr als ein Taschengeld hatte er ihm nie gegeben. Dann, vor ungefähr fünf Monaten, hatte er Timothy eröffnet, dass er nicht mehr bei ihm wohnen könne, dass seine Frau vom Land zurückkommen werde, dass er viel Arbeit habe, dass Timothy jetzt leider wieder auf *la nuit* zurückgreifen müsse, um seinen Lebensunterhalt zu verdienen. Timothy war verblüfft von der plötzlichen Forderung nach Diskretion. Er traf sich immer noch mit Edouard, und der »half ihm immer noch aus«, aber er durfte nicht mehr in seiner Wohnung schlafen. Seine Tage sahen so aus, dass er den Rausch des Vorabends ausschlief, bevor er sich aufdonnerte, um sich anschließend in den Geschäften in Saint-Germain oder der Avenue George V. herumzudrücken, bis die Clubs aufmachten. Timothy war nicht unbedingt unmotiviert – für Sport und Körperpflege verwendete er mehr Zeit als ich –, und er konnte ziemlich beeindruckend über Mode daherreden und dabei »Nicolas« und »Demna« erwähnen, als würde er sie nicht bloß über Instagram kennen. Aber er war eben einundzwanzig, und wie der Großteil der Generation nach mir wartete er zuversichtlich auf den Augenblick, in dem man ihn endlich entdecken würde.

Im Gegenzug erzählte ich ihm, dass ich in Paris sei, um meine Doktorarbeit abzuschließen, deswegen auch meine täglichen Fahrten in die Bibliothek. Seine Miene hellte sich etwas auf, als ich erzählte, ich studiere Kunstgeschichte – anscheinend fuhr Edouard auf Kunst ab –, doch ich wollte nicht, dass er in diesem Stadium schon neugierig wurde, also behauptete ich, es gehe um technische Details, also Farben und Materialien auf alten Gemälden. Er interessierte sich genauso wenig für die Lücken in meiner Geschichte wie ich mich für seine – ich hatte ihn so ins Herz geschlossen, dass ich fand, er habe ein Recht, kostenlos innerhalb des Altstadtrings zu wohnen, und ich wusste, dass er mir auch keine Fragen stellen würde.

Zumindest dachte ich das, bis ich eines Tages früher als sonst von meiner morgendlichen Joggingtour zurückkam und ihn auf dem Boden sitzen sah, umringt von meinen ganzen Sachen. Er wühlte gerade im Kleingeld auf dem Boden meiner Tasche. Dabei war er so konzentriert, dass er meine Nikes gar nicht hörte. Oh nein, nicht schon wieder. Wenn er das Futter geöffnet hatte …

Ich machte mich innerlich darauf gefasst, ihn blitzschnell ins Gesicht zu treten und entsprechend weiterzumachen, doch ich erspähte noch rechtzeitig das intakte Futter der ausgeleerten Tasche. Der Caravaggio und die Caracal waren vorläufig sicher.

Als er mich sah, riss er die Augen auf, zuckte verlegen mit den Achseln und legte das Geld zurück auf den schrecklichen Teppich, und in dem Moment musste ich einfach loslachen. Ich hatte nicht vorgehabt, meine Guiche-Story so bald zu bringen, aber jetzt war der Moment offensichtlich gekommen.

»Du mieser kleiner Gauner«, sagte ich auf Englisch.

»Was?«

Ich wechselte wieder ins Französische. »Was zum Teufel machst du denn da?«

»Ich hab nach was zum Klauen gesucht. Tut mir leid. Ich hätte es nicht wirklich genommen. Ich geh wohl jetzt besser.«

»Schon okay. Du bist also pleite, hm?«

»Ja.«

»Dann hättest du es also schon genommen?«

»Na ja, stimmt, hätte ich wohl. Ich dachte, du bist reich. Du hast wirklich schöne Sachen.« Seine Augen wanderten traurig über den zerknüllten Stapel aus Leder, Kaschmir und Seide.

»Ja, nicht wahr? Warum hast du mich denn nicht einfach gebeten?«

»Aber du wolltest doch nicht mal, dass ich dich f…«

»Hättest du das nicht kostenlos gemacht?«

Sein Zusammenzucken war nicht gespielt.

»Deshalb habe ich dich auch nicht gefragt. Schau, du bist ein netter Kerl, und du hast auch ziemlich gute Menschenkenntnis…«, schmeichelte ich ihm.

»Stimmt.«

»Als wir uns im Club kennengelernt haben, hast du gesehen, dass ich traurig war. Ich war wirklich betrunken, oder?«

»Du bist Engländerin.«

»Du kannst dich doch erinnern, wie ich dir erzählt habe, dass ich mal was mit einem verheirateten Typen hatte, oder?« Ich wühlte in meinen herumliegenden Besitztümern, bis ich Eakins

Buch gefunden hatte, und ich zeigte ihm die Passagen, die ich darin markiert hatte.

»Das war mein Freund. Wir waren drei Jahre zusammen. Er wollte seine Frau verlassen, aber …« Ich blinzelte ein paar tapfere Tränen hervor.

»Und jetzt ist er gestorben«, erwiderte er respektvoll.

»Ja. Das ist jetzt schon ein paar Jahre her. Aber als du gesagt hast, dass dein Typ … Edouard …? Edouard kannte nämlich …« Scheiße, wie hieß noch mal dieser Pole? »Er kannte Oskar. Ich konnte es einfach nicht glauben. Es kam mir vor wie – ein Zeichen. Ich würde so gern mit ihm sprechen, nur einmal. Ich konnte ja nicht zur Beerdigung gehen, aus Respekt vor der Familie.«

»Du musst die Sache innerlich abschließen.« Er hatte genug Realityshows gesehen, um die einschlägigen Zeilen zu kennen.

»Genau.«

»So was wie Zufall gibt es im Grunde gar nicht«, fügte er feierlich hinzu. Wir genossen die Szene beide enorm.

»Deswegen dachte ich mir … wenn du mir hilfst … dann könnte ich … also, dann könnte ich dir auch ein bisschen helfen, weißt du?« Ich ließ den Blick über den Stapel von Notizen wandern.

»Ich werde dir helfen. Natürlich helf ich dir.«

»Und dann sehen wir weiter. Danke.«

Timothys Empathie mochte gespielt sein, aber er schien doch ziemlich überzeugt von meiner Story. Nachdem diese zufriedenstellende kleine Improvisation auf beiden Seiten so gut verlaufen war, ermutigte ich ihn noch ein bisschen mehr, indem ich ihn zum Mittagessen bei Thoumieux ausführte und ihm ein Paar spitz zulaufender Chelsea-Boots von Saint Laurent kaufte, was ihm ungeheuer gefiel. Ich unterband jegliche Trauer um den armen Oskar, indem ich erklärte, ich könne »noch nicht darüber sprechen«, was Timothy »absolut verstehen« konnte, und dann stießen wir mit einem Kir Royal auf die neuen Stiefel an, während er eine SMS an Edouard schickte. Wir saßen draußen, damit wir rauchen konnten, aber die Oktoberluft war kühl, und Edouard gab keine Antwort.

»Wie lange ist es her, dass du mit ihm gesprochen hast?«

Natürlich wusste ich, dass Timothy Edouard erst vor ein paar Tagen angesprochen hatte, aber dieses Treffen war ja nicht besonders gut gelaufen.

»Hab ich dir doch schon gesagt, eine Weile. Er war total komisch in letzter Zeit. Ich schick ihm eine WhatsApp.«

»Es ist wahrscheinlich das Beste, wenn du mich nicht erwähnst. Ich möchte nicht indiskret sein. Mach einfach ein Treffen aus, und ich werde dann ... na ja ... eben ganz diskret dazustoßen.«

»Es kann gut sein, dass er gar nicht in Paris ist. Er reist viel.« Wir hatten einen burgunderroten Samtblazer im Saint-Laurent-Store gesehen, und ich sah ihm an, dass er genervt war – denn wenn er Edouard nicht herbeizaubern konnte für unsere rührende Erinnerungsszene, dann hatte er keine Chance auf den Blazer.

»Kein Problem. Ich erfrier sowieso schon, ich geh zurück ins Hotel. Wir sehen uns später.«

Das Housekeeping im Herse war nicht gerade oberste Kategorie. Die Caracal hatte seit meiner Ankunft unter der Matratze gelegen. Timothys Abwesenheit nutzte ich, um die Waffe zu checken. Ich vergewisserte mich, dass der Lauf sauber war, und schmierte ihn mit dem Fläschchen Waffenöl, das ich in meiner Make-up-Tasche hatte, bevor ich die Sicherung kontrollierte. Gerade als ich sie zurück ins Bett geschoben hatte, platzte Timothy strahlend ins Zimmer.

»Er hat gesagt, wir können uns morgen treffen!« Er lümmelte sich direkt auf die Caracal. »Er hat mich zurückgerufen und mich zu einem Künstlerempfang eingeladen – wirklich schick, bei der Fondation Vuitton.«

»Eine Party? Aber du hast doch gesagt, dass er in letzter Zeit immer so geheimnistuerisch war mit euch beiden?«

»Stimmt. Aber anscheinend hat er seine Meinung geändert. Das könnte doch ein Neuanfang sein, meinst du nicht?«

»Ich werde ihn dann also kennenlernen?«

»Na ja, das natürlich auch. Ich hab gefragt, ob ich jemanden mitbringen könnte, und jetzt stehen wir auf der Liste. Ich plus eins«, fügte er stolz hinzu.

»Großartig. Ich werde mich selbst vorstellen, dann können wir schauen, wie es läuft.«

»Ich werde dabei sein und dir den Rücken stärken«, murmelte er die nächste sinnfreie Phrase. Ich hatte geglaubt, dass in seinen Gedanken nur Raum für den Blazer war, aber auf seinem Gesicht zeichnete sich nun eine jämmerliche Hoffnung ab.

»Bist du in Edouard verliebt?«

Er drehte sich auf den Bauch. Das letzte Licht der Pariser Dämmerung betonte seine ausgeprägten Wangenknochen.

»Ich hab mir früher immer ausgemalt, was für ein Leben wir zusammen haben könnten. Du solltest echt mal seine Wohnung sehen!«

Ich hatte so viel über die Wohnung am Quai d'Anjou gehört, dass ich dort mit verbundenen Augen eine Dinnerparty hätte veranstalten können. Die moderne Kunst, die Regendusche, die Dienstmädchenkammer im obersten Stockwerk, die als Rauchzimmer in marokkanischem Stil hergerichtet worden war. Timothy hatte mich in seiner ganzen naiven Käuflichkeit auch über die Fadenstärke von Edouards Frette-Bettwäsche und die ganze Produktpalette der Tom-Ford-Kosmetikserie informiert. Edouards Kanzlei ging es offensichtlich ziemlich gut mit ihrer russischen Connection.

»Der kennt so viele Leute«, fuhr Timothy fort, »und er ist wirklich nett. So rücksichtsvoll, weißt du? Er hat in letzter Zeit viele Sorgen gehabt in der Kanzlei. Aber er hat gesagt, er hätte mir was zu erzählen, etwas Wichtiges. Und die Party ... ich meine ... die ist eben öffentlich. Vielleicht lässt er sich ja scheiden?«

Ich wollte ihm gerne sagen, dass die beiden sich niemals scheiden lassen würden, jedenfalls nicht wegen zweitklassigen kleinen Strichern, aber die letzten Überreste meines Herzens waren doch noch nicht kalt genug.

»Oh Scheiße, was soll ich da bloß anziehen?« Timothy trug immer noch sein Sweatshirt und das T-Shirt, das er vor drei Tagen bei der Party auf der *peniche* angehabt hatte, und sein Calvin-Klein-Slip sah langsam ein bisschen müde aus von den vielen feuchten Nächten, die er auf dem Griff neben der Badewanne verbracht hatte.

»Keine Sorge, wir kaufen dir morgen noch ein bisschen was zum Anziehen. Ich bin dir wirklich dankbar, dass du mir so hilfst. Es ... es bedeutet mir einfach so viel, weißt du ...« Ich wischte mir hastig über die Augen.

Er streckte die Arme nach mir aus und zog mich in eine Umarmung. »Schon gut, Judith. Ich mag dich, wirklich.«

Für einen Mann, der mich vor vier Stunden noch ausrauben wollte, klang er erstaunlich aufrichtig.

18. Kapitel

Ich schickte Timothy mit der Métro zum Bois de Boulogne. Er murrte ein bisschen, aber nachdem ich mit ihm beim Shoppen gewesen war, hatte ich nur noch ein paar Tausend in bar und war der Person, die mich hingehängt hatte, noch keinen Schritt näher gekommen. Meine eigene Garderobe bereitete mir kein Kopfzerbrechen. Ich hatte mittlerweile gelernt, dass man sich unfehlbar als Novize zu erkennen gab, wenn man sich zu sehr aufstylte. Wichtig war vielmehr das absolut wasserdichte Selbstbewusstsein – das ist der Grund, warum ein Herzog auch in einem alten Poloshirt zum Dinner erscheinen kann. Zumindest hatte ich das im *Tatler* so gelesen. Meine schwarze Miu-Miu-Hose mit dem hoch geschnittenen Bund und den witzigen, kindischen Knöpfen, dazu das weiße Comme-des-Garçons-Hemd mit dem Herrenschnitt und flache Schuhe – und schon war ich passend gekleidet. Nur Kellnerinnen tragen heutzutage noch Cocktailkleider. Timothy sah prächtig aus in Blazer und Stiefeln, einem frischen T-Shirt und einem Paul-Smith-Schal, der ihm einen leichten Touch von *style anglais* verlieh. Er hatte sich rührend lange fertig gemacht – zweimal rasiert und einen Hauch von Touche Éclat von Saint Laurent aufgetragen, und ich musste zugeben, das Ergebnis sah wirklich hübsch aus. Er hätte ein Model sein können, ich hoffte, dass sich die Sache mit Edouard vielleicht doch einrenkte und er seine Chance bekam.

Frank Gehrys Reihe von sich überschneidenden Muscheln, eine Art umgekippte Oper von Sydney, schwebte über den Bäumen im Park, als wir uns dem Vuitton-Gebäude näherten. Mit dieser Show sollten zwanzig Jahre Künstler des Distrikts 798 in Beijing gefeiert werden. Die Galerie war mit chinesischen Schriftzeichen in Gold und Schwarz beleuchtet, die in das Vuitton-Logo übergingen und sich dann wieder zurückverwandelten. Dort hineinzugehen, war ein Schritt zurück in mein altes Leben oder zumindest in das Leben von Elisabeth Teerlinc. Als wir uns dem Einlass näherten, knirschte unter unseren Füßen ein Pfad aus Porzellanscherben – eine Referenz an Ai Weiweis fotografisches Triptychon von 1995, als er eine angebliche Han-Vase zerschmetterte. Kellner in goldenen Mao-Pyjamas präsentierten Tabletts mit Cocktails in Teetassen, die mit kommunistischen Slogans bemalt waren. Ich bat um ein Wasser, während ich aufmerksam die Menge musterte, und war bereit, jederzeit die Rolle der Elisabeth zu spielen, wenn mich irgendjemand aus Kunstkreisen wiedererkennen würde. Sowie wir unsere Drinks hatten, zog Timothy mich durch die Menge, ohne die Ausstellungsstücke eines Blickes zu würdigen. Wir drehten eine Runde gegen den Uhrzeigersinn und noch einmal eine, bis er Edouard entdeckte, im dunklen Anzug und weißem Hemd mit offenem Kragen. Ich blieb etwas zurück, während Timothy auf ihn zuging und sich die beiden diskret die Hand gaben. Ich sah eine Weile zu, wie sie sich unterhielten, Guiche sich vorbeugte, als würde er ihm eine Geschichte erzählen. Edouard sah aus wie die Personifizierung eines nicht-schwulen Mannes – auf eine langweilige Art gut aussehend, kombiniert mit einem professionellen Selbstbewusstsein. Hätte ich nicht gehört, was sie in Tanger aufgeführt hatten, ich hätte nie geglaubt, dass die beiden irgendetwas anderes verband als eine flüchtige Bekanntschaft.

Timothy dirigierte Edouard diskret fort von den sich gedämpft unterhaltenden Gästen und in den Schatten einer riesigen schwarzen Gummiskulptur eines adipösen herumtollenden Buddha. Dann gab er mir mit einem leichten Nicken ein Zeichen, und ich steuerte auf die beiden zu. Timothy wandte sich ab, um das seltsame Kunstobjekt zu mustern, und ich sprach Guiche an.

»Monsieur Guiche? Guten Abend. Ich wollte Sie fragen, ob ich wohl …«

Ich hatte einfach vorgehabt, ihn zu fragen, ob wir uns unter vier Augen unterhalten könnten, aber Guiche empfing mich nicht unbedingt so, wie ich gehofft hatte. Sein zerstreutes Partylächeln gefror ihm auf den Lippen, als er mein Gesicht sah, dann taumelte er zurück, als hätte ich ihm einen Faustschlag versetzt.

»Monsieur Guiche?«

Er schaute über meine Schulter, und sein Gesichtsausdruck wechselte von Schock zu Panik.

»Ihr beiden? Hier? Verdammte Scheiße, was …«

Ich war erschrocken über seinen Ton und seine Vehemenz.

»Ich …«

Doch Guiche hatte gar nicht mit mir gesprochen. Er stieß mich grob beiseite, und als ich mich umdrehte, um seinem Blick zu folgen, erhaschte ich hinter den Speckröllchen des Pirouetten drehenden Buddha-Beins einen Blick auf einen Kahlkopf mit einem allzu bekannten Tattoo unter dem Ohr. Jurij. Ich stand mit dem Rücken zu ihm, und während er auf Guiche zuging, huschte ich rasch beiseite. Mein Körper bewegte sich bereits, bevor ich gedanklich verarbeitet hatte, was die Anwesenheit des Russen bedeutete. Ich bahnte mir einen Weg durch die Menge, die sich um die Getränketabletts am Ausgang drängelte, machte dann aber kehrt, duckte mich unter dem Skelettarm einer Maschendrahtkonkubine mit Madame-Mao-Maske hindurch und ging möglichst unauffällig, aber flotten Schrittes auf die geschwungene Treppe zu, von der ich die Kellner hatte kommen sehen. Ein Korridor führte zu einer Gastroküche, wo eine Brigade aus Köchen in weißen Jacken gerade Mini-Sommerrollen mit Hummer auf Platten arrangierten.

»Madame? Les toilettes sont par là!«, rief mir einer von ihnen hilfsbereit zu, aber ich stellte nur mein Wasserglas ab und rannte an ihnen vorbei, denn ich wusste, dass hier ein Notausgang sein musste. Ich hatte das rote Schild auch schon erspäht …

»Madame! Vous ne pouvez pas …«

»Désolée, excusez-moi«, rief ich fröhlich, drückte den breiten Griff an der Tür nach unten und schlüpfte hinaus ins Zwielicht, bevor mich irgendjemand aufhalten konnte. Ich rannte einfach los, ohne zu wissen, wohin ich unterwegs war. Unter die Dringlichkeit mischte sich ein komisches Hochgefühl. Ich fühlte mich seltsam stark, zum ersten Mal seit langer Zeit war ich wirklich wieder zu Hause in meinem Körper. Ich rannte über eine Wiese, um so viel Abstand wie möglich zwischen mich und das Gebäude zu bringen. Nach ungefähr zwanzig Sekunden schaute ich zurück zum offenen Notausgang, aus dem mir ein verdatterter Kopf mit Kochmütze hinterherschaute. Ich konnte eine Reihe von wartenden Autos sehen, deren Fahrer rauchten und sich unterhielten, während sie auf ihre Kunden warteten. Die Laser glitten über das Dach, und ich stand auf einmal in ihrem Licht, das Logo wanderte über mein helles Hemd. Ich duckte mich und machte mich klein, bis das Licht wieder weitergewandert war, dann ging ich wie eine Krabbe auf ein Grüppchen von gestutzten Bäumen zu, duckte mich unter dem Draht hindurch – ob es hier Wachen gab? Ach, für so was war jetzt keine Zeit – und wich den Stämmen aus, bis ich auf eine andere Straße traf. Diesmal war ich wieder am Bois de Boulogne. Ich ging einen der Wege entlang, die durch den

Park verliefen, bis ich eine Kreuzung erreichte. Nach einem Blick auf die Beschilderung schlug ich die Richtung ein, die mit »Étoile« beschriftet war. Die Straßen waren leer, obwohl ab und zu langsam ein Auto vorbeirollte. Jedes Mal, wenn mich ihr Scheinwerferlicht traf, zuckte ich zusammen. Sie halten Ausschau nach Nutten, dachte ich. Der Bois war früher einmal der Paradegrund für die *demi-monde* von Paris gewesen, hier fuhren die wunderschönen Kurtisanen, die »Diamantenjongleure« herum, hingelümmelt in ihren aufgerüschten Kutschen. Ich kam an einem sanft schwankenden Minivan vorbei, der die Vermutung nahelegte, dass die Einwohner die Tradition durchaus fortsetzten. Etwas weiter hinten teilte sich die Straße, hier stand allerdings kein Schild. Vergeblich hielt ich Ausschau nach einem Taxi, dann entschied ich mich willkürlich für eine Abzweigung. Bei jeder Sekunde, die verstrich, sah ich vor meinem geistigen Auge, wie Jurij durch die Stadt schritt, der chinesischen Pförtnerin zunickte, eine Stufe nach der anderen zu meinem Zimmer hochging …

Hör auf damit, ermahnte ich mich. Es konnte auch ein Zufall sein. Es war sogar möglich, dass Yermolov wegen der Vuitton-Show in der Stadt war, weil man hier auch Kunstwerke erwerben konnte. Es hatte nicht unbedingt etwas zu bedeuten. Ja, ja. *Sicher, Judith.*

Es war mittlerweile ganz dunkel, und jetzt, wo der Schweiß auf meiner Haut trocknete, zitterte ich in meinem schmutzigen Baumwollhemd. In der Luft lag seltsamerweise Würstchengeruch, und von dem deftigen Duft knurrte mir der Magen. Ich ging um eine Kurve und fiel quasi über eine Frau, die auf dem schmalen Streifen zwischen Straße und Bäumen auf einem Campingstuhl saß.

»Oh, tut mir leid, entschuldigen Sie!«

»Bist du auf der Suche nach Gesellschaft, Schätzchen?«

»Nein, ich hab mich nur irgendwie verlaufen. Wenn Sie mir vielleicht sagen könnten …«

Sie stand auf, und obwohl sie einen knappen Meter neunzig groß war, dauerte es einen Moment, bis ich im schwachen Licht der Sturmlaterne auf dem Tischchen vor ihr erkannte, dass sie in Wirklichkeit ein Er war. Ein Er in voller Kriegsbemalung, grässlicher roter Nylonperücke und einem Minikleid mit Zebraprint, das sich über riesigen falschen Titten spannte.

»Verlaufen?«

»Ich versuche gerade, irgendwie zur Étoile zurückzufinden – und ich hab es ein bisschen eilig.« Der schnellste Weg zurück ins Marais-Viertel wäre natürlich, mit der Métro bis zur Haltestelle Bastille zu fahren. Als sich meine Augen ans Licht gewöhnten, sah ich, dass sie es sich sehr hübsch hergerichtet hatte. Auf dem Tisch standen eine halb leere Flasche Rotwein, zwei Gläser, Teller, Baguette, Besteck und ein Glas Senf. Neben dem Tisch war ein Campingkocher aufgebaut, mit einer Pfanne voll fröhlich brutzelnden *merguez*, den marokkanischen Würstchen.

Unter den Bäumen parkte noch ein Minivan mit offenen Hecktüren, die den Blick auf eine einladende Doppelmatratze freigaben, eine Kühltasche und eine kleine Vase mit künstlichen Rosen, die am Innengriff festgetapt war.

In meine Handtasche passte gerade mal ein Portemonnaie und Schlüssel, kein Handy. Ich kramte nach Bargeld. »Wenn Sie mir vielleicht ein Taxi rufen könnten – dann würde ich Ihnen auch gerne das Telefongeld ersetzen.«

»Jetzt mal im Ernst, Schätzchen – bist du wirklich so naiv, oder tust du nur so?«

Ich hatte jetzt wirklich keine Zeit für so was. Jurij nahm sich wahrscheinlich gerade meine Crème de la Mer vor, während er im Herse darauf wartete, mich endlich umbringen zu können. Ich wandte mich zum Gehen, aber da spürte ich eine riesige

Hand auf meiner Schulter. Ein Fauchen stieg mir in der Kehle hoch.

»Wo gehst du denn hin?«

Ich straffte den Rücken. »Wie gesagt, ich hab es eilig. Es ist mir egal, ob Sie neben allen anderen Gimmicks auch noch eine Machete in Ihrem Stringtanga haben. Ich geb Ihnen das Geld freiwillig, okay? Lassen Sie mich nur einfach in Ruhe.«

Sie wich zurück und warf die behaarten Unterarme hoch.

»Okay, okay, *ça va, quoi*. Ich wollte nur sagen, ich kann dich fahren, wenn du willst.«

»Sie nehmen mich mit dem Auto mit?«

»Für fünfzig Euro. Ich hab dahinten noch ein Moped.«

»Äh … danke. Tut mir leid für die Umstände.«

»Schon gut. Heute Abend geht hier sowieso nichts mehr. Ist irgend so eine Scheißparty da drüben, da bleiben die Freier weg. Hättest du gern ein bisschen Merguez?«

»Danke, aber ich kann nicht. Ich muss wirklich weiter.«

»Wie du willst. Ich hab einen zweiten Helm.«

Während sie die Würstchen mit einem Teller abdeckte und das Ganze mit geübten Griffen im Laderaum ihres Vans verstaute, erzählte sie mir, sie heiße Destiny-mit-Ypsilon. Und ja, in der Tat hatte ich Appetit auf ein Sandwich. Vielleicht konnte ich ja einfach hierbleiben, im Wald wohnen, im Van schlafen, und niemand würde mich weiter belästigen. Ich konnte nach Kräutern suchen, irgendetwas mit dieser fürchterlichen Perücke machen, ihr Geschäft optimieren. Vielleicht wäre es gar nicht das schlechteste Leben.

»Na, dann los. Setz den Helm auf, Schätzchen.« Destiny holte eine alte Mobylette hinter einem Baum hervor. »Ich lasse den Van immer hier, das ist bequemer. Da kann die Polizei ein Auge drauf haben.«

»Ich muss eigentlich ins elfte Arrondissement. Ist das okay?«

»Kein Problem. In einem klitzekleinen Minütchen haben

wir dich im elften.« Sie überprüfte ihren Lippenstift im Rückspiegel und ordnete die starren Löckchen ihrer Nylonperücke, die unter ihrem Helm hervorschauten. »Ich war früher mal Taxifahrer. Spring drauf.«

Man fährt auch nicht jede Nacht mit einer Transe auf dem Moped die Champs-Elysées runter. Wenn ich nicht an jeder roten Ampel das Gefühl gehabt hätte, eine Pause auf dem Weg zu meinem eigenen Tod einzulegen, hätte ich die Fahrt sogar genießen können. Als wir an Bastille herumfuhren, hielt ich Destinys bequeme Hüften so fest umklammert, dass ich fast fürchtete, blaue Flecken zu hinterlassen. Mir kam der schräge Gedanke, ich könnte sie fragen, ob sie mit mir hochkommen wollte, aber das hatte sie nicht verdient, also ließ ich sie an der Ecke halten, gab ihr die fünfzig Euro und winkte ihr fröhlich nach, während sie davonbrauste.

Ich erkundigte mich bei der Pförtnerin, ob jemand nach mir gefragt hatte, aber ich bekam nur ein Grunzen zur Antwort. Ich fühlte, wie mein Puls beschleunigte, als ich in mein Zimmer trat, aber die Panik, die mich befallen hatte, als ich Jurij auf der Party entdeckte, war einem anderen, vertrauteren Gefühl gewichen, einer Weitung meiner Pupillen, dem Adrenalinrush am Rand der Klippe. Es kann gut sein, dass ich sogar ein hässliches kleines Lächeln auf den Lippen hatte: Hallo, mein Lieber. Wann hatte ich vergessen, dass Wut sich so gut anfühlen konnte?

Doch das Zimmer war leer, alles war genau so, wie Timothy und ich es hinterlassen hatten, und das einzige Geräusch, das ich hörte, war mein eigenes gedämpftes Keuchen. Als ich auf dem Bett saß, den Kopf zwischen die Knie hängen ließ und tief einatmete, empfand ich seltsamerweise fast so etwas wie Enttäuschung. Das High ließ nach, die Furcht kam langsam zurück, um jeden Winkel dieser Stille zu besetzen. Mit schweißnassen Händen fummelte ich die Caracal unter der Matratze hervor und schob sie mir in den Hosenbund. Nachdem ich Pass und Geld verstaut hatte, halbierte ich gnadenlos meine Sachen, um meine Tasche leichter zu machen. Mein Mund fühlte sich an wie Gummi, und ich schluckte eine Handvoll Leitungswasser herunter, während ich den Inhalt des Badezimmers wild durcheinander in meinen Kulturbeutel schmiss. Komisch, eine Zahnbürste kann man nun wirklich überall kaufen, und trotzdem scheint es einem immer so wichtig, eine einzupacken. Und dann hörte ich die Schritte. Endlich.

Die Tür ließ sich von innen nicht verschließen, ich hatte nur die Magnetkarte, die oft genug nicht funktionierte, aber ich stellte mir vor, dass Jurij keine großen Probleme gehabt haben dürfte, die Pförtnerin davon zu überzeugen, ihm eine Karte zu geben. Klick. Pause. Ich stellte mir den roten Lichtblitz vor. Ich machte mich auf den Angriff gefasst, ich stand mit dem Rücken zur Wand, gegenüber von der Tür, und hielt die Waffe mit beiden Händen. Zielen und abdrücken. Klick. Und wieder loslassen. Ich bin keine tolle Schützin, aber Pariser Hotelzimmer sind winzig. Es war Timothys Glück, dass er meinen Namen rief, bevor er die Tür aufmachte, sonst hätte ich ihm den Schädel weggepustet.

»Judith? Wo bist du denn hinverschwunden?« Er brauchte einen Augenblick, um zu kapieren, dass das Ding in meiner Hand tatsächlich eine Waffe war, und ich brauchte noch einen Augenblick, um zu kapieren, dass er so was nicht zum ersten Mal sah. In Rabat war es offenbar ein bisschen rauer zugegangen, als er mir erzählt hatte. Sein Gesicht sah schlagartig zehn Jahre älter aus, als er mich langsam, mit ganz dünner Stimme ansprach:

»Bitte, leg das weg, okay? Leg es einfach weg.«

Ich überlegte. »Ich glaube, noch möchte ich die nicht weglegen. Mach die Tür zu. Und bleib ganz ruhig.«

Er tat, was ich ihm sagte.

Du könntest es immer noch tun. Zusehen, wie seine Lunge platzt, zusehen, wie die fetten Blutbläschen rausblubbern, zusehen, wie er zuckt, zusehen, wie er darin ertrinkt. Na los. Halt deinen Unterarm fest und drück ab. Ist ja nicht so, als hättest du's noch nie getan.

Mühsam senkte ich die Mündung durch ein sirupartiges Kraftfeld. Nicht jetzt.

»Dein Freund hat mich erkannt«, sagte ich.

»Was redest du denn da?«

»Edouard Guiche. Er kannte mich. Das kann zweierlei bedeuten: Entweder du überzeugst mich jetzt, dass du nichts von der Geschichte weißt, oder ich befördere dein Gesicht auf die andere Seite des Korridors. Lass dir ruhig Zeit.«

»Es hat mit diesem Russen zu tun, oder?«

»Sag du's mir.«

»Edouard war heute Abend super drauf, zu Anfang jedenfalls. Er war wie früher. Er hat mir erzählt, dass er morgen für eine Weile verreisen wird, aber ich könnte bei ihm übernachten. Er hat gesagt, dass er was für mich hat. Dass jetzt alles anders werden wird. Und dann …«

»Was dann?«

»Woher soll ich das wissen? Dann bist du gekommen, und auf einmal warst du verschwunden – ich hatte echt keine Ahnung, was los war. Edouard hat dann auf Russisch mit diesem Riesenkerl geredet. Er kann nämlich Russisch, musst du wissen.« Der Stolz in seiner Stimme klang echt.

»Egal. Erzähl weiter.«

»Ich bin dich suchen gegangen, und als ich zurückkam, waren sie weg. Ich hab versucht, ihn anzurufen, aber sein Telefon war aus. Also bin ich hierher zurückgekommen. Echt peinlich, dass du einfach so wegrennst. Und er hat gesagt, er hätte was für mich«, wiederholte er verdrießlich.

Seufzend strich ich mir die Haare aus dem Gesicht. Timothy zuckte zurück – ich hatte ganz vergessen, dass ich noch die

Caracal in der Hand hatte. Ich hielt die Waffe so, dass er sie sehen konnte, und sicherte sie.

»Tut mir leid. Setz dich einfach kurz hier hin, okay?«

Guiches Reaktion bei meinem Anblick konnte nur eines bedeuten: Er war es gewesen, der an dem Abend vorm Hotel an der Place de l'Odéon gewartet hatte. Guiche sollte das zweite Bild aus der Mappe in Empfang nehmen. Hatte er aber nie, weil ich es nämlich mitgenommen hatte. Aber damals konnte Guiche unmöglich mehr über mich gewusst haben und über die Dinge, die ich getan hatte. Er hatte Yermolov das Bild nicht bringen können, und Jurij hatte uns gerade zusammen gesehen. Jurij war jetzt bei Guiche. Ich legte die Waffe beiseite.

»Du solltest jetzt gehen«, sagte ich. »Nimm ... nimm einfach deine Sache und geh. Es ist unnötig, dass du irgendwie in diese Sache mit reingezogen wirst.«

»Aber was ist denn los? Bitte sag mir, warum du das machst? Was ist los mit Edouard?«

Ich überlegte.

»Du hast doch gesagt, dass Edouard heute so ... lieb war, oder?«

»Ja. Kann sein, dass es gar nicht so bemerkenswert klingt, aber ... die Art, wie er mich angeschaut hat ... da wusste ich einfach ...«

Ich konnte ihn immer noch benutzen. Wenn Jurij und Guiche mich suchten, konnte Timothy einen ganz nützlichen Schutzwall zwischen uns abgeben. Eine Art Geisel.

»Ich glaube, Edouard könnte in Gefahr sein«, meinte ich schließlich.

»Sollen wir die Polizei rufen?«

»Können wir nicht. Ich ... kann es nicht. Aber ich muss ihn sehen.«

»Dann bleib ich bei dir. Wenn Edouard in Gefahr ist, will ich ihm helfen.«

»Okay. Dann müssen wir weg hier. Und zwar sofort.«

Timothy stopfte seine Sachen wieder in die Saint-Laurent-Tasche, in der er seine schönen Sachen gehabt hatte, und folgte mir verwirrt und brav zur Rue de la Roquette, wo es mir nach ein paar ängstlichen Minuten gelang, ein Taxi anzuhalten. Ich bat den Fahrer, uns zum Pont de Sully zu bringen, wo ich Timothy zum ersten Mal in der Nähe von Guiches Wohnung auf der Île Saint-Louis gesehen hatte.

Auf der Insel war eine Menge los, die Restaurants und Cafés waren voller Gäste, die in ihren Mänteln unter den Heizpilzen saßen und plauderten. Ein Blick auf meine Armbanduhr verriet mir, dass es noch früh war, erst zehn Uhr. Ich suchte uns einen Tisch und bestellte uns zwei Gläser Weißwein.

»Geh los und klingel bei ihm. Wenn er dich reinlässt, schick mir eine SMS.«

Er verschwand. Ich überlegte, ob er wohl gleich mit Jurij im Schlepptau zurückkommen würde – wenn er denn überhaupt zurückkam –, aber wenige Minuten später war er alleine wieder da und schlüpfte neben mich.

»Die Lichter oben sind aus, und als ich geklingelt hab, ist niemand an die Tür gekommen. Ich hab auch noch mal versucht, ihn anzurufen.«

»Dann warten wir jetzt.«

»Okay. Und du kannst mir wirklich erzählen, was hier los ist.«

Ich dachte an Elena, wie sie hysterisch in ihren Salat gekichert hatte. Weil sie zu viel wusste.

»Timothy, das kann ich wirklich nicht. Ich glaube einfach nur, dass jemand hinter Edouard her sein könnte.«

»Hat es was mit diesem russischen Typen zu tun, für den er arbeitet? Wie dieser Freund, von dem du mir erzählt hast, in dem Buch?«

»So ungefähr. Ich weiß, das klingt jetzt verrückt, aber ich

meine es ernst. Wir müssen auf Edouard warten, das ist alles.«

Ich bestellte zwei Portionen *moules frites*, einfach um die Zeit zu vertreiben. Timothy aß beide Teller leer, und zwischendrin schaute er noch einmal um die Ecke, um nach irgendeinem Lebenszeichen Ausschau zu halten. Wir blieben sitzen, während die anderen Gäste nach und nach das Lokal verließen, bis der Kellner nach mehreren vielsagenden Blicken und geräuschvollem Zusammenkehren drinnen die Stühle stapelte und uns schließlich mit Nachdruck die Rechnung auf den Tisch legte. Wir gingen zur Brücke und blieben noch eine Stunde mit unseren Taschen auf dem Geländer sitzen, während Timothy in Abständen auf sein Handy schaute. Aber niemand zeigte sich.

»Es ist fast schon zwei«, sagte ich. »Das können wir vergessen.«

»Er hat gesagt, er muss verreisen, aber er wollte mich vorher noch einmal sehen, kannst du dich erinnern? Vielleicht ist er ja morgen früh hier?«, schlug Timothy vor.

»Wahrscheinlich.«

Wir trotteten zum Hôtel Ibis in der Nähe der Place d'Italie, wo ich Timothy mit seinem Personalausweis einchecken ließ. Ich gab ihm genug Bargeld mit, damit er unser Zimmer bezahlen konnte. Ich wollte gar nicht drüber nachdenken, wie viel ich noch übrig hatte. Wie zuvor hielten wir schön den Abstand zwischen uns ein, nachdem wir auf unser mageres Doppelbett geplumpst waren, aber wir schliefen beide nicht viel. Vielleicht weil ich immer noch die Caracal umklammerte. Ich sah zu, wie sich die ersten Lichter des morgendlichen Verkehrs hinter den Jalousien zeigten, analysierte meine Lage und wartete auf den Morgen.

Ich hatte Kazbich gesagt, dass ich den Caravaggio hatte. Guiche war die Person, die ihn ursprünglich hätte abholen sollen. Ich konnte Guiche sagen, dass ich das Bild hatte, und ihm anbieten, es zurückzugeben, wenn er mir im Gegenzug verriet – wenn er es denn wusste –, wer die Quelle war, die mich an Yermolov verraten hatte. Aber wer mochte das sein? Ich wälzte mich unter der dünnen Decke hin und her und kämpfte mit meiner eigenen Nutzlosigkeit. Namen zuckten mir durch den Kopf. Wie ging noch mal dieser Ausspruch von Brodsky – irgendetwas in der Art, dass die Lichtgeschwindigkeit einem flüchtigen Blick entspricht? Scheißrussen. Mascha war tot. Jurij war in Paris. Er hatte Guiche gesucht. Dann wollte er vielleicht … Fuck!

»Timothy! Steh auf. Jetzt sofort. Wir müssen zurück.«

19. Kapitel

Es war immer noch dunkel, obwohl es schon acht Uhr war, aber der Boulevard war schon voller Autos. Gähnende Leere an den Taxiständen, also joggten wir zum Fluss durch die Postkartengerüche des frühmorgendlichen Paris – Wolken von buttrigem Gebäck aus den Boulangerien, ein Hauch von Ammoniakkäse, als eine Frau mit Schürze ihren Feinkostladen öffnete. Zwanzig Minuten später, als wir am Quai d'Anjou ankamen und am oberen Ende der Insel raschelnd durch herabgefallene Kastanienblätter liefen, wurde der Himmel hinter uns langsam hell. Der Fluss war dunkel und unruhig und hatte an einigen Stellen Schaum auf den Wellen, und das Wasser übertönte den Lärm des Verkehrs, der Richtung Hôtel de Ville unterwegs war. Trotzdem hörte man noch das übliche Maß an übellaunigem Gehupe und Gefluche, wenn die Autos sich auf den Platz drängelten. Deswegen kam uns das Geräusch, das wir dann hörten, auch gar nicht weiter ungewöhnlich vor, ein knirschendes Rumsen, ein sehr lauter Schlag, als würde ein Taxi die Tür eines Lieferwagens abfahren oder als hätte ein Motorradfahrer das dumme Pech, dass ihm ein Auto von hinten auffuhr und ihn über die Kreuzung schob. Wir blieben nicht stehen und schauten nur zur Fahrbahn hinüber. Dann hörten wir auf einmal das Schreien einer Frau, ein unkontrolliertes Heulen, und dann begannen die paar Fußgänger in der Nähe zu rennen, wie in einem Film, der plötzlich vorgespult wird, und wir liefen mit ihnen mit. Das Schreien wollte überhaupt nicht mehr enden, es setzte nur immer kurz aus, wenn die Frau für den nächsten wild-hysterischen Schrei Luft holen musste. Ich dachte mir, dass jemand verletzt worden war, dass sie Hilfe brauchte, aber dann merkte ich auf einmal, wie Timothy neben mir seine Schritte verlangsamte, und ich sah, wie sein schweißglänzendes Gesicht sich zu einer schockierten, ungläubigen Grimasse verzog.

»Was ist? Geht's dir nicht gut?«

Er blieb jäh stehen und deutete nach vorn. Da sah ich, warum ich das Geräusch vorhin nicht erkannt hatte. Ich hatte nämlich noch nie gehört, wie es klingt, wenn ein menschlicher Körper, der aus dem fünften Stock gefallen ist, unten auf dem Bürgersteig aufschlägt.

»Ist das Edouards Haus?«, zischte ich.

Er zeigte noch einmal hin, sein Mund bewegte sich verkrampft.

»Jetzt komm. Komm.«

Ich zog ihn am Ärmel an dem Menschenauflauf vorbei. Die Passanten redeten alle auf einmal. Irgendjemand richtete sein Smartphone auf die Leiche, ein anderer Mann kniete neben ihr und versuchte, sie mit seinem Mantel abzudecken, während wieder ein anderer linkisch die kreischende Frau im Arm hielt. Ich sah einen dunklen Jackettärmel, eine goldene Uhr an einem Handgelenk. Vielleicht hatte Timothy die Uhr erkannt. Er deutete immer noch auf die Stelle, wo der Tote lag. Der Körper des Jungen war ganz starr, seine Lippen bewegten sich immer noch lautlos. Ich weiß nicht, wie er seinen Liebhaber sonst hätte erkennen sollen, denn Guiches Kopf war auf dem Pflaster zerplatzt wie ein Kürbis.

Ein dicker Blutstrom lief zum Rinnstein. Mir wurde klar, dass die Frau genau in dem Moment vorbeigegangen sein musste, als der Mann auf dem Boden aufschlug, sie war über und über mit Blut bespritzt, als hätte sie sich über einen Springbrunnen gebeugt. Sogar ihre adrette Morgenfrisur war ganz zart magentarot gesprenkelt. Einen Augenblick waren wir alle dort gefangen, als unselige Zeugen eines Martyriums.

Die Szene um uns herum spielte sich ab wie in Zeitlupe, umgekehrt proportional zur Geschwindigkeit meiner Gedanken. Ich dachte dreierlei. Erstens: Ich hatte recht gehabt. Zweitens: Wir waren zu spät gekommen. Und drittens: Wenn Guiche gesprungen war, dann war die Wahrscheinlichkeit sehr groß, dass seine Wohnung jetzt leer war. Wenn er gestoßen worden war, dann war es unwahrscheinlich, dass der Täter noch oben war. Zudem würde uns das Chaos perfekte Deckung geben, und die Tür des Hauses stand auch offen. Ich rannte also zur Treppe und zog Timothy am Handgelenk hinter mir her, eine Treppe, eine zweite Treppe.

»Wohin? Fünfter Stock?« Dabei kannte ich schon die Antwort. Timothy hatte mir von der wunderbaren Aussicht erzählt. Die Stufen waren mit dickem rotem Teppich belegt, der mit altmodischen Messingstäben befestigt war. Wir gingen schweigend hoch, nur Timothys ersticktes Atmen war zu hören. Die Flügeltür zu Wohnung 5A stand leicht offen. Guiche war also nicht gesprungen. Ich stieß sie langsam auf und sah einen langen Parkettflur, von dem rechts und links die Türen abgingen.

»Hier ist niemand, keine Angst«, flüsterte ich, obwohl ich mir nicht so sicher war, wie ich ihm gerne suggerieren wollte. Timothy schaute immer noch so starr, als hätte ihn der Schlag getroffen. Ich schüttelte ihn, bis sein stumpfer Blick meine Augen fand.

»Weißt du, wo die Küche ist? Natürlich weißt du das. Hol dir ein Glas Wasser, tu ein bisschen Zucker rein und trink das. Dann stell dich an die Tür. Wenn irgendjemand kommt, sag einfach, dass du ein Freund bist – nur ein Freund. Okay? Meinst du, das schaffst du?«

Er nickte.

»Gut. Edouard hat doch bestimmt ein Arbeitszimmer, oder? Oder ein Zimmer, wo er seinen Schreibtisch hat?«

Wieder nur ein Nicken. Hoffnungsloser Fall. Allein würde ich es schneller schaffen.

»Na, dann los.«

Er schlurfte zur ersten Tür auf der rechten Seite. Ich hörte Wasser laufen.

Timothy hatte mir Edouards wunderbares doppeltes Wohnzimmer mit dem Blick auf den Fluss beschrieben. Es musste also auf der linken Seite sein. Leise ging ich den Flur entlang und öffnete die dritte Tür auf der linken Seite, die in ein kleines Esszimmer führte, aus dem man zur einen Seite ins Wohnzimmer gehen konnte und zur anderen Seite in eine Bibliothek oder etwas Ähnliches. Eines der drei langen Fenster stand weit offen, der weiße Leinenvorhang blähte sich nach draußen. Die Wohnung war sauber und modern, mit ein paar echten Antiquitäten neben den zeitgenössischen Möbeln. Der Schreibtisch in der Bibliothek war ein kompaktes abschließbares Walnussmöbel aus dem achtzehnten Jahrhundert. Darüber an der weiß lackierten Wand hing eine chromatische Arbeit von Prampolini. Timothy war zu Recht von Edouards Geschmack beeindruckt gewesen. Auf dem Tisch lag ein Umschlag mit dem Buchstaben »T« darauf. Ich steckte ihn ein. Das Zimmer war übernatürlich sauber, abgesehen von dem Gemälde gab es keinerlei Dekorationsgegenstände, und die ganze hintere Wand bedeckte ein massiver Stapel von weißen USM-Aktenschränken, die bis an die Decke reichten.

Ich horchte. Die Frau hatte inzwischen aufgehört zu schreien, aber es hörte sich so an, als wäre die Menge von Schaulustigen noch größer geworden. Notarzt und Polizei würden in wenigen Minuten hier sein. Vorsichtig versuchte ich, die Schubladen zu öffnen. Allesamt verschlossen. Das Gebirge aus Schränken konnte ich vergessen – so viel Zeit hatte ich nicht. Geheimnisse. Wo würde ich in diesem asketischen Zimmer ein Geheimnis verwahren? So verführerisch es war, unter dem Tisch mit einer Haarnadel herumzufummeln, ich hatte keinen Platz für eine geniale Auguste-Dupin-Nummer. Direkt vor der Nase. Die besten Verstecke sind oft die, die ganz offensichtlich sind. Was wollte Edouard überhaupt verstecken? Sein geheimes Leben mit den Strichjungs? Wohl kaum – für so was hatte er sein Smartphone.

Ich trat einen Schritt zurück und starrte auf die glatten, sauberen Oberflächen. Da sah ich auf einmal in der hintersten Ecke einen offenen Spalt. Ich stürzte hin, und schon glitt der Aktenschrank geschmeidig auf, bis obenhin gefüllt mit Ordnern, die mit Namen und Daten beschriftet und alphabetisch geordnet waren, von A bis D. Wahrscheinlich war Guiche gestört worden, als er gerade eine Akte suchte. Meine Augen glitten schneller über die Beschriftung und fanden das B – BALENSKY.

Ich manövrierte eine schwere Archivbox mit den Akten auf den Boden und schob die anderen ein bisschen zusammen, damit die Lücke nicht so auffiel. Dann schob ich sie mir unter den Arm und stand auf, als ich auch schon die Sirenen hörte. Während ich rasch die Reihen durchging, stellte ich fest, dass das »Y« zu hoch stand.

»Timothy?« Ich ging schon wieder den Flur hinunter und schleppte dabei den sperrigen Kasten mit. Mist. Panische Stimmen näherten sich über die Treppe. Timothy stand mit einem vollen Glas Wasser in der Hand stocksteif in der Küche.

»Du hast doch gesagt, dass es eine Dienstmädchenkammer gibt, oder? Das *chambre de bonne*? Wo ist das?«

Neben dem Kühlschrank war noch eine Tür, und ich fummelte mit meiner freien Hand am Riegel herum. Dahinter befanden sich ein Wäscheraum und eine schmale Treppe.

»Rauf. Jetzt sofort. Nimm das Glas mit.« Ich schloss die Tür so behutsam wie möglich und schob Timothy die dunkle, schmale Stiege hoch.

»Geh weiter, geh!« Die Stufen zum Dachboden waren aus Holz, unsere Füße machten also Geräusche, aber ich hoffte, dass die Nachbarn genug Lärm verursachten, um uns zu übertönen, als wir in das sagenumwobene Rauchzimmer traten und ich über einen zimbelgroßen marokkanischen Zinntisch stolperte, der prompt volltönend in einen Haufen Kelimkissen rollte. Timothy rannte gegen mich und schüttete mir das ganze Wasser auf die Füße.

»Mann. Bleib einfach mal einen Augenblick ruhig. Atmen. Langsam atmen.«

Ich konnte die Stimmen unter uns hören, wie sie durch die Zimmer gingen und sich gegenseitig Dinge zuriefen. Es waren willkürliche Rufe, nicht das konzentrierte Agieren von Polizisten. Wir erstarrten, als die Küchentür aufging.

»Allô? Il y a quelqu'un?« Und dann, als keine Antwort kam: *»Il n'y a personne. Alors, on attend les flics?«* Niemand hier. Sollen wir auf die Bullen warten?

»Vielleicht sollten wir lieber nichts anfassen«, sagte die erste Stimme.

»Du hast recht. Wir sollten unten warten und hier oben nichts durcheinanderbringen.«

Beweise – heutzutage weiß wirklich jeder, wie man sich an einem Tatort benehmen muss. Danke, Netflix. Ich wartete, bis wir hörten, wie sich die Tür schloss und die Schritte sich entfernten. Dann sauste ich die Treppe wieder hinunter und fand einen großen Plastikputzeimer. Ich stopfte die Archivbox hinein und drückte Timothy das Ganze in die Hand.

»Zieh deine Jacke aus. Gib her. Und jetzt gehst du die Lieferantentreppe hinunter – da gibt es eine Tür zum Hof.« Ich deutete durch das winzige Fenster, das mit kleinen bunten Glaslichtern geschmückt war wie die Orangenbäume in Nizza.

»Geh. Und schau nach unten. Geh einfach den Weg zurück, den wir gekommen sind, zurück zum Hotel. Ich komm in ein paar Minuten nach. Schaffst du das?«

Wieder ein wortloses Nicken.

Es ging mir schrecklich gegen den Strich, ihm vertrauen zu müssen, aber wenn Jurij irgendwo da draußen lauerte, würde er mich niemals mit diesen Akten entkommen lassen.

»Also dann, los.«

In seinem zerknitterten T-Shirt und mit diesem Eimer in der Hand würde er hoffentlich aussehen wie jemand vom Putzgeschwader. Ich zog mir den Samtblazer über die eigene Jacke und flitzte die Treppe hinunter, während ich in meiner Tasche nach der Sonnenbrille wühlte. Die Haupttreppe war leer, die Menge vor der Tür war angewachsen, und es waren auch noch weitere Ghule dazugekommen, die Fotos schießen mussten. Eine Frau in Shorts und einer lila Weste, die das Handy schon gezückt hatte, reckte den Hals, um einen Blick auf die Leiche zu erhaschen. Eine Touristin. »Was ist passiert?«, fragte ich sie auf Englisch.

»Ich glaube, hier hat's einen Selbstmord gegeben«, erwiderte sie eifrig. Sie hatte einen schweren australischen Akzent.

»Oh Gott, wie schrecklich«, murmelte ich und entfernte mich.

An der Straßenecke drehte ich mich um, um noch einmal zur Menge zurückzuschauen.

Der Notarzt war angekommen, aber die Gaffer blockierten seinen Weg, und die zwei Sanitäter in den Leuchtwesten hatten einige Mühe, sich mit der Bahre auf Rollen einen Weg zu bahnen.

»Bitte treten Sie beiseite!«, riefen sie gereizt. Als sich die

Leute bewegten, entdeckte ich einen schick gekleideten älteren Mann, der am Rand stand und zum offenen Fenster von Edouards Wohnzimmer hochblickte. Kazbich. Also kein Selbstmord. Ich blieb nicht länger stehen, sondern ging langsam weiter die Straße hinunter, überquerte die Rue Saint-Louis en l'Île und fiel dann in einen holprigen Trab. Wie lange würde es wohl dauern, bis Jurij und Kazbich mich fanden? Yermolov konnte gut und gerne Dutzende von Schlägern in der Stadt haben, die nach seinem kostbaren Bild Ausschau hielten. Aber unser Hotelzimmer war auf Timothys Namen gebucht, ich konnte also bestimmt noch ein paar Stunden dort bleiben – genug Zeit, um die Papiere durchzusehen. Dieser Gedanke beruhigte mich etwas. Ich verlangsamte mein Tempo zu flottem Gehen und machte einige Umwege, ging ein paarmal dieselbe Strecke zurück und achtete dabei auf eventuelle bekannte Gesichter unter den anderen Passanten, irgendein Zeichen, dass ich verfolgt wurde. Mein Katz-und-Maus-Spiel mit Guiche umzudrehen, fand ich gar nicht mehr so komisch, nachdem ich in die Rolle der Maus geschlüpft war.

»Das hat alles gar nicht gestimmt, oder?«

»Was?« Es war das erste Mal, dass Timothy etwas sagte, seit ich ins Hotel zurückgekehrt war.

»Diese ganze Geschichte mit deinem Freund. Dem Anwalt. Das hat alles gar nicht gestimmt.«

»Na ja, wie du selbst gesagt hast: So etwas wie Zufall gibt es gar nicht«, gab ich schnippisch zurück. Die Akten standen zwischen uns in ihrem Plastikeimer, und mir juckte es in den Fingern, sie mir durchzusehen. Während wir hier saßen, ging die Polizei sicher gerade die Wohnung durch, befragte Zeugen, sah sich die Aufnahmen der Handys von Hobbydetektiven an. Ich hatte wirklich keine Zeit, hier den Trauerberater zu spielen. Aber dann bremste ich mich. Nichts von alldem war seine

Schuld, er hatte überhaupt nichts getan. Wenn ich schneller reagiert hätte, dann hätten wir Guiche noch erreichen und warnen können. Und jetzt war er tot. Es ist nicht deine Schuld, Judith, ermahnte ich mich und sprach, so sanft ich konnte:

»Schau – du hast einen ganz, ganz schrecklichen Schock erlitten. Ich weiß, dass ich dir eine Erklärung schulde, und ich verspreche dir, die bekommst du auch. Aber jetzt stellen wir dich erst mal unter die heiße Dusche. Und dann solltest du dich ein bisschen ausruhen.« Wenn ich ihm ein paar von seinen zuverlässigen Diazepam verabreichen konnte, bevor die Tränen zu fließen begannen, konnte ich zumindest noch ein bisschen mit meiner Recherche vorankommen. Vorläufig hatte das Grauen vor dem, was er gesehen hatte, ihn betäubt und folgsam gemacht. Ich musste mir noch überlegen, was ich mit ihm machen sollte, sobald ich mehr wusste. Als er in die winzige Dusche schlurfte, riss ich das Fenster die vorschriftsmäßigen achtzehn Zentimeter auf und rauchte eine unbequeme Zigarette in seitlich verdrehter Haltung, dann holte ich ihm einen Kognak aus der Minibar.

Check-out war eigentlich um elf Uhr. Ich ging in meinen angeschmuddelten Sachen von letzter Nacht hinunter und schob dem unerschütterlichen Rezeptionisten noch ein bisschen mehr Bargeld über den Tresen. Als ich ins Zimmer zurückkam, fand ich Timothy gekrümmt und zitternd unter der Decke vor. Er streckte die Arme nach mir aus, und als ich ihn umarmte, begann er zu weinen, wimmernd und keuchend. Ungeschickt strich ich ihm über das Haar, während ich nach dem Kognakglas und der Tablette tastete.

»Na, komm schon. Wird alles wieder gut. Komm jetzt, trink das hier. Wir geben dir etwas, was dir beim Einschlafen hilft, hm, was meinst du? Ja, genau, das ist gegen den Schock, hier, komm …« Ich wiederholte die sinnfreien, ungewohnten Trostphrasen, während er schluckte, schluchzend und würgend.

Dann drückte ich ihn an mich und fühlte durch mein T-Shirt, wie sein flatterndes Herz sich langsam beruhigte. Es dauerte so lang, dass ich fast weggedöst wäre, aber sobald seine Atemzüge regelmäßig und ruhig waren, zog ich meinen Arm unter seinem Körper hervor und sprang selbst unter die Dusche. Erst kochend heiß, dann eiskalt. Ich war kurz vorm Verhungern. Achtlos stopfte ich mir eine kleine Packung Brittany-Butterkekse aus der Minibar in den Mund, während ich einen sauberen Pullover und Slip anzog. Ich deckte Timothy mit der Decke zu, breitete die Akten auf dem Boden aus und begann die Papierbündel durchzugehen.

Sie schienen thematisch geordnet zu sein, manche in bizarrem Juristenfranzösisch, manche auf Russisch. Ich arbeitete mich systematisch durch das Ganze durch und hielt dabei Ausschau nach irgendetwas, was mit Gemälden zu tun haben könnte. Ich fand nichts und verstand kaum ein Wort von dem, was ich las. Für die ersten Bündel brauchte ich über zwei Stunden. Viele enthielten Dokumente von Transaktionen, von denen ich schon gelesen hatte, daneben Anträge für Visa oder Genehmigungen.

Dann, in einem separaten Ordner, fand ich die Herkunftsnachweise. Eine getippte Zusammenfassung auf Englisch, zusammen mit den Originaldokumenten auf Französisch, Russisch und einer anderen Sprache, die ich für Serbisch hielt. Der erste Name, der mir ins Auge fiel, war der von Kazbich. Mit dem Anfangsbuchstaben seines Vornamens hatte ich immer Schwierigkeiten, wenn er kyrillisch geschrieben war. Der kopierte Herkunftsnachweis eines Gemäldes – von einem Künstler, von dem ich noch nie gehört hatte, ein Name voller Js und Vs –, beschrieben als Landschaft in Öl, 1929 signiert vom Künstler und 1997 verkauft aus einer privaten Sammlung in Belgrad, wo sich auch Kazbichs Galerie befand. Balensky hatte die Landschaft für fünfzigtausend US-Dollar erworben, zusammen mit ungefähr zehn anderen Gemälden aus dem zwanzigsten Jahrhundert, allesamt aus »privaten Sammlungen«, und das innerhalb von sechs Monaten. Jede Gruppe von Papieren war zusammengeklammert, mit einem Foto des Gemäldes obenauf und der Dokumentation darunter. In den Neunzigern herrschte in Serbien Krieg. Solche Unruhen geben dem Kunstmarkt oft enorme Impulse. Währungen brechen zusammen, die Menschen brauchen Geld für die Flucht, sie holen ihre Erbstücke raus. Manche von den Gemälden waren ausgestellt worden, da waren Kopien von Galeriekatalogen und Museumsprospekten, Quittungen, viele davon handgeschrieben, die bis zur Fertigstellung des Gemäldes zurückgingen. Die übliche Papierspur, die für den Käufer den Weg des Gemäldes durch den Markt nachzeichnet und seinen Wert authentifiziert.

Kazbich hatte also schon jahrelang Geschäfte mit Balensky gemacht. Ein Name tauchte mehrfach auf, ein Besitzer, der seine Geschäfte über Kazbich abgewickelt hatte: Dejan Raznatovic. Raznatovic hatte nicht nur verkauft, er hatte auch gekauft, keine Kunst des zwanzigsten Jahrhunderts, sondern mehrere wertvolle russische Ikonen. Dabei gab es ein Gesetz, das so etwas eindeutig untersagte. Ich notierte mir den Namen.

Und dann, in den frühen Nullerjahren, hatte Dr. Kazbich so richtig abgesahnt. Ein kleiner Cézanne, noch eine Landschaft, die Balensky für zwanzig Millionen gekauft hatte, um sie dann ungefähr ein Jahr später für fünfunddreißig Millionen weiterzuverkaufen, an einen gewissen Pavel Yermolov. Auch hier hatte Kazbich als Mittelsmann fungiert. Das gleiche Spielchen wiederholte sich mit einem Giacometti und einem Klimt, vielleicht einer von denen, die ich in Yermolovs französischem Haus gesehen hatte. Balensky hatte also Kunstwerke an Yermolov vertickt. Hatten sich die beiden Oligarchen über die Kunst angefreundet, mit Kazbich als Vermittler?

Ich breitete die Nachweise auf dem schäbigen Ibis-Teppich aus und schaute sie im Uhrzeigersinn langsam durch. Den Stift hatte ich in der Hand, ich wartete nur darauf, dass mir irgendetwas ins Auge sprang. Rothko. Kazbich hatte Balensky 2005 einen Rothko verkauft. Das Bild hatte erst der Sammlung einer italienischen Bank angehört, dann dem Sammler in Belgrad, Raznatovic.

Timothy schlief immer noch. Ich streckte mich und ging durch das bisschen Zimmer, das wir hatten. So viele Variablen, so viele Möglichkeiten gab es hier zu berücksichtigen. Immer schön langsam, ermahnte ich mich.

Es war überhaupt nichts Ungewöhnliches, dass Firmen oder Banken Gemälde besaßen. Kunst war ein Handelsobjekt wie jedes andere, das von Investmentfonds angeboten wurde – Pensionäre in Dorking konnten einen halben Quadratzentimeter eines Francis Bacon besitzen, ohne es jemals zu wissen. Von meiner Zeit im Auktionshaus wusste ich, dass es riesige Lager von Bildern gab, glänzende Meisterstücke, die jahrelang in der Dunkelheit bei kontrollierter Temperatur warteten, um dann für ein paar Wochen in ein Verkaufszimmer zu kommen. Und anschließend wieder zu verschwinden – Yermolovs Botticellis waren ein Paradebeispiel dafür. Händler konnten die Stücke unendlich horten, bis der Markt bereit war.

Aber mit dem Rothko stimmte trotzdem irgendwas nicht. Das wusste ich, weil Renaud Cleret mir damals in Paris erzählt hatte, dass er für einen Klienten einem gefälschten Rothko nachspürte. Das war seine Covergeschichte gewesen, mit der er mich erpresste, um Moncada zu finden. Infolgedessen kannte ich den Inhalt des *catalogue raisonné,* dem autorisierten Kompendium sämtlicher Werke eines Künstlers, von vorne bis hinten. Ich musste herausfinden, ob Renaud gelogen hatte. Und dieser Rothko – ein zwei Meter hohes Panel in Schwarz- und

Silbertönen, das in sich gegenseitig überschneidende Parallelogramme aufgeteilt war – war niemals auch nur in der Nähe eines Katalogs gewesen.

Ich schaute mir noch einmal die Herkunftsnachweise durch. Eine italienische Bank – die Società Mutuale di Palermo – hatte das Bild angeblich kurz nach seiner erstmaligen Ausstellung in New York in den Sechzigerjahren erworben. Der Name des Galeristen aus Chelsea fand sich im Anhang, zusammen mit einem Foto der Ausstellungsnotizen. Diese Bank hatte dann fünfundzwanzig Jahre auf seinem Vermögen gesessen, bevor Raznatovic es kaufte, unter Vermittlung von Kazbich. Dann war es an Balensky weiterverkauft worden.

Wie ich schon Elena in Venedig erklärt hatte, konnte man Herkunftsnachweise durchaus auch fälschen. Fotos, Quittungen, die man auf alten Schreibmaschinen getippt hatte, und Papier, das man im Ofen hatte altern lassen, falsche, vorgeblich »fehlende« Seiten, die wieder eingeklebt wurden, ein falsches Gemälde, das zusammen mit mehreren authentischen Stücken in ein Auktionslos gesteckt und dann durch einen Auktionator verkauft wird, damit es im Journal auftaucht – es gab Hunderte von Möglichkeiten, wie man den Markt betrügen konnte, denn im Gegensatz zu anderen Vermögenswerten ruht der Wert eines Gemäldes letzten Endes nur in der Wahrnehmung ihrer Käufer. Wenn die Provenienz gut genug ist, übersehen die Händler oft ganz augenfällige Fehler, in gutem Glauben oder auch nicht. Ich wusste, dass Kazbich einen zweifelhaften Rothko verschoben hatte, über Italien und Serbien in Balenskys private Sammlung.

Der nächste Verkauf war ebenfalls ein italienischer Kauf, mit demselben Herkunftsnachweis. Diesmal war es das Jahr 2008, als es zum weltweiten Finanzcrash kam. Die Bank in Palermo versuchte offenbar, ihre Rücklagen aufzustocken, denn diesmal hatten sie das Werk eines venezianischen Barockmalers namens

Antonio Bacci verhökert, für die außergewöhnliche, aber schon noch plausible Summe von vier Millionen. Raznatovic war offensichtlich ein Mann mit beeindruckenden Mitteln. Meine Hände begannen, schneller durch die Papiere zu blättern, als wüssten meine Fingerspitzen plötzlich ganz genau, was sie finden würden.

Eine Sirene unten auf der Straße. Ich hielt den Atem an, bis ihr Heulen verklungen war. Ich hatte das Zimmer im Herse d'Or im Voraus bezahlt, und meine aussortierten Sachen lagen dort immer noch auf dem Boden verstreut – ich bezweifelte, dass dem Zimmermädchen meine Abreise überhaupt auffallen würde. Würde die Polizei wohl nach dem geheimnisvollen jungen Pärchen fahnden, das am Schauplatz des tragischen Sturzes des vornehmen Anwalts gesehen wurde? Auch das bezweifelte ich. Also zurück zu den Dokumenten.

Und da war es auch schon, mein alter Freund: Michelangelo Merisi da Caravaggio, *Porträt einer Frau,* auf Leinen. Kazbich war der Mittelsmann, Balensky und Yermolov kauften es gemeinsam für schlappe 200 Millionen Euro. Die Hälfte des Geldes vorab durch einen Fonds bei Turks and Caicos, die andere Hälfte zahlbar gegen Quittung vom Überbringer. Die Quittung war in drei Sprachen ausgestellt, richtig offiziell, und sie hätte nur noch vom Empfänger und dem Kurier unterschrieben werden müssen. Guiche hatte seinen Namen bereits eingetragen, in schwungvollen Tintenbuchstaben. Das Unterschriftenfeld für den Lieferanten war leer. Kein Wunder, steckte doch das Bild sicher in seiner Reißverschlussmappe, die dreißig Zentimeter neben mir lag.

Guiche wusste sehr genau, dass sie hinter ihm her waren. Timothy hatte behauptet, sein Liebhaber sei monatelang abgelenkt und ängstlich gewesen, habe ihn gemieden und von seiner

Wohnung ferngehalten. Ich überlegte mir die jeweiligen Zeitfenster. Letzten November verlasse ich Paris mit dem Bild im Gepäck. Guiche ist natürlich nicht in der Lage, es vorzuweisen. Yermolov glaubt, dass ich es habe, wartet, bis ich wieder irgendwo aufgetaucht bin. Ich eröffne die Galerie Gentileschi in Venedig – diese verdammte SMS –, aber es gibt noch keine richtige Publicity für die Galerie, weder on- noch offline, bis zum Frühsommer, als ich mit der Xaoc-Show beginne. Und, bingo, da taucht auch prompt wieder Kazbich auf. Es gelingt ihm und Yermolov nicht, mir eine Falle zu stellen. Ich schlüpfe ihnen für ein paar Tage durch die Finger. Yermolov lässt Guiche überwachen, weil er ihn im Verdacht hat. Ich sah es förmlich vor mir, wie sein Geist auf Hochtouren gearbeitet haben musste. Ich komme nach Paris, natürlich mit dem Bild, wo ich Guiche treffe. Guiche protestiert weiterhin und behauptet, von nichts zu wissen, aber alle gehen davon aus, dass er und ich unter einer Decke stecken. Nun, bei einem Zweihundert-Millionen-Caravaggio hätte jeder schwach werden können.

Guiche war also die Zeit ausgegangen. Ich fragte mich, wie es abgelaufen war. Hatte Jurij ihn einfach aus dem Fenster gestoßen, oder hatte man Guiche so viel Würde gelassen, dass er selbst in seinen Tod springen durfte? Vielleicht war Selbstmord ja steuerlich günstiger als Mord. Kazbich in der Menge, der seine Arbeit als erledigt melden konnte. Wo mochte Jurij jetzt stecken? Zweifellos auf der Suche nach mir. Doch vorläufig war ich hier sicher.

Ich schüttelte meine Paranoia ab und las weiter, und während ich so die Herkunftsnachweise durchblätterte, konnte ich ein Lächeln nicht ganz unterdrücken. Ich war nicht die Einzige gewesen, die sich fleißig durch die Archive gegraben hatte. Die Nachweise, die Kazbich für den Caravaggio zusammengesucht hatte, waren quasi ein ganzer Roman.

Vielleicht hatten die venezianischen Holdings der Bank von

Palermo Kazbich auf diese Idee gebracht. Während sich die meisten Gelehrten nicht sicher sind, ob Caravaggio die Stadt jemals besucht hat, waren manche vollkommen davon überzeugt. Sein erster Lehrer, Peterzano, war ein Tizianschüler gewesen, und Tizian wiederum war von Giorgione unterrichtet worden, über dessen starken Einfluss auf Caravaggio sich alle einig waren. Ebenso wie Caravaggio hatte auch Giorgione überhaupt nichts für Vorzeichnungen übriggehabt, denn er gab der Farbe den Vorrang vor der Zeichnung. Das Extreme in Caravaggios Farbgebung, dieses Knistern übernatürlichen Lichts, das er auf seine Leinwand zu brennen verstand, wurde dem venezianischen Einfluss zugeschrieben. Nach Kazbichs Version hatte der Maler 1592 auf dem Weg nach Rom Zeit in Venedig verbracht. Es gab ein Gerücht, das mehrere akademische Dokumente zitierten, dass nämlich eines von den vielen verlorenen Porträts Caravaggios »eine Frau, die ihm ein Quartier gegeben hatte« zeige – woraus der kreative Dr. Kazbich eine Variante der klassischen Geschichte zusammengesponnen hatte, wie ein armer Künstler seine Rechnungen mit seiner Arbeit begleicht. Das Bild, das Elena mir in Venedig gezeigt hatte, war eine Reproduktion, zusammen mit einer überzeugend wirkenden Schilderung eines Verkaufs im achtzehnten Jahrhundert, in der das Bild zwar beschrieben, aber nicht dem Künstler zugeschrieben wurde. Danach war das Bild offenbar immer am gleichen Platz geblieben, und wenn das Gebäude im Laufe der Jahre immer mal wieder den Besitzer wechselte, wurde das Bild mitverkauft. Für die Zuschreibung hatte sich Kazbich richtig ins Zeug gelegt. Es existierte ein Brief von einem »Reisenden aus dem neunzehnten Jahrhundert«, einem amerikanischen Kunstliebhaber, der in seinem Schreiben Spekulationen darüber anstellte, ob das Bild an der Wand seines Hotelzimmers ein Caravaggio sein könnte. Dann kamen zwei Berichte der International Foundation for Art Research, die einen Authentifizierungsdienst anbietet. Untersuchungsberichte der IFAR bedeuten technisch gesehen zwar kein Echtheitszertifikat, aber von übereifrigen Käufern werden sie gerne als eindeutige Urteile respektiert. Unbestechlich ist diese Organisation jedoch nicht. Experten, die von ihr engagiert werden, dürfen anonym bleiben, was bedeutet, dass sie einen zweifelhaften Bericht abfassen können, ohne ihrem öffentlichen Ansehen zu schaden – wenn nur der Preis stimmt. Kazbich behauptete, er habe das Bild jahrelang gesucht, hatte es schließlich durch einen praktischerweise bereits verstorbenen Verwandten des Besitzers der *pensione* bekommen und dann der IFAR präsentiert.

Seit ich den Caravaggio zum ersten Mal gesehen hatte, wusste ich, dass er im Grunde nicht echt sein konnte. Aber diese Dreistigkeit war schon großartig. Solche Dinge passieren wirklich. Manchmal tauchen alte Meister wirklich auf Dachböden auf. Eine bekannte Geschichte ist etwa die von einem »Vermeer«, mit dem ein Fälscher namens Han van Meegeren einst Hermann Göring hinters Licht geführt hatte.

Ich holte mir eine Cola, nahm einen Schluck von dem grässlichen Zuckersirup und wünschte, ich hätte es mir gespart. Worauf sich Kazbich – wie alle Kunstbetrüger – ganz offensichtlich verließ, war der Wunsch seiner Opfer, diese Geschichten zu glauben. Das Bedürfnis des Besitzens, das Betrüger und Betrogene unausweichlich aneinanderbindet. Das Opfer besiegelt seinen Glauben mit Geld. Und je mehr Geld es ist, desto stärker ist der Wunsch, die Geschichten zu glauben – das Bedürfnis ist so kostbar wie das Werk selbst.

Hätte Kazbich seinen Preis niedriger angesetzt, hätte ein so wählerischer Käufer wie Yermolov wohl eher nicht angebissen. Aber nun hatte er eben doch angebissen, und nachdem seine Pläne hintertrieben worden waren, hatte er schon zwei Menschen umgebracht bei dem Versuch, sich wiederzubeschaffen, was sein Herz begehrte.

Es wurde also Zeit für die Entscheidung. Ich hatte die Identität der Person, die die Gentileschi Gallery zu Judith Rashleigh zurückverfolgt hatte, immer noch nicht geklärt, und ich hatte Yermolov so viel Macht über mich gegeben. Die Einzelteile des einzigen Menschen, der das hätte bestätigen können, wurden gerade im Pariser Leichenschauhaus wieder zusammengesetzt. Sollte ich Timothy gleich eine Kugel in den Kopf schießen? Und dann … ja, was dann? Kazbich hielt sich wahrscheinlich immer noch in Paris auf – ich hatte ihn erst heute Morgen gesehen. Ich konnte das Bild also irgendwo lassen, wo es sicher war, anschließend riskieren, meine Konten zu benutzen, um dann den Rest meines Lebens darauf zu warten, dass der geheimnisvolle Zeuge an meine Tür klopfte. Oder ich konnte Elenas Deal annehmen, ihr den Caravaggio übergeben und ihr vertrauen. Andererseits hatte ich genug von Yermolovs Methoden gesehen, um zu glauben, dass sie dem Widerstand ihres Mannes hilflos gegenüberstehen würde, selbst wenn ich mich darauf verlassen konnte, dass sie mich schützte. Oder vielleicht sollte ich einfach die Caracal nehmen und mir einen friedlichen Ort suchen, wo ich mir den Pistolenlauf in den Mund stecken konnte.

20. Kapitel

Es wurde schon dunkel. Timothy würde bald wieder aufwachen. Das einzige andere Essen, was die Minibar zu bieten hatte, war eine Tüte mit Nussmix, und vielleicht sortierte ich deswegen die Selbstmordoption aus – denn das wäre nun wirklich eine tragische Henkersmahlzeit gewesen. Es musste noch etwas anderes geben, etwas in der Verbindung zwischen Yermolov, Balensky und Kazbich. Timothy bewegte sich ganz leicht, drehte sich im Schlaf um. Es prickelte und pikste in meinen Beinen, als ich leise zu meiner Tasche hinüberkroch, um ihn ja nicht zu stören. Wenn ich ihn erschießen wollte, wäre es mir lieber, es zu tun, während er schlief. Ich klappte das Notebook auf, das ich bei meiner Ankunft in Paris gekauft hatte, und gab Raznatovic und Kazbich als Suchbegriffe ein. Kazbich war und blieb ein schwarzes Loch im Web. Keine Bilder, keine Information.

Raznatovic hingegen war nicht so schüchtern. Wenn man auf serbische Exparamilitärs stand, die auf die Gangsterseite gewechselt waren, dann war er so was wie Mick Jagger. Er war 1967 geboren und hatte 1991, als die Kriege begannen, in den berüchtigten Roten Baretten unter dem Kommando von Milošević gedient. Doch im Gegensatz zu seinem Boss hatte er sich dem postjugoslawischen Staat erfolgreich angepasst und sich als Bandenführer etabliert. Die Tschetniks, wie man Raznatovics Militärkollegen nannte, waren auf den Plan getreten, um den zusammengebrochenen Staat mit ihrer ganz eigenen Variante von brutaler, anarchistischer Gerechtigkeit zu dominieren. Der Aufnahmeritus in diese Miliz und später in die Reihen der Gangs bestand darin, einem (vorzugsweise muslimischen) Opfer langsam die Kehle durchzuschneiden. »Das ist beim ersten Mal noch ein bisschen seltsam«, wurde Raznatovic von einem Journalisten zitiert, »aber hinterher geht man aus und feiert mit den anderen.«

Von schlichten Auftragsmorden – der übliche Preis lag bei fünfzehn Dollar pro Schuss – waren Raznatovic und seine Crew wohl zum Waffenhandel übergegangen, verhökerten Kalaschnikows aus Staatsbesitz zu günstigen zweihundert Dollar bis hin zu raketenbetriebenen Granatwerfern für zweitausend Dollar. Serbien war ideal gelegen, um militärische Schmuggelware in den Schengen-Raum zu schleusen. Sobald man da erst mal drin war, musste man sich keine Sorgen mehr machen wegen irgendwelcher lästigen Grenzkontrollen.

Hier posierte Raznatovic mit einem berühmten russischen Schriftsteller, dort mit einem Kameraden vor einem Biwak in den Bergen, hier mit Zigarre und Standard-Bikinischönheit in Saint-Tropez – als es für ihn noch sicher war, das Land zu verlassen. Raznatovic war das Thema ernster Artikel in ausländischen Zeitungen, sein Name wurde in den Thesenpapieren von Thinktanks genannt, er wurde als Nationalheld zitiert und war zugleich ein international gesuchter Verbrecher. Er hatte sogar seinen eigenen Wikipediaeintrag auf Englisch, in dem sein Reichtum, seine legalen Geschäftsholdings und praktischerweise auch sein Interesse an serbischer Kunst, insbesondere an Ikonen, erwähnt wurden. Er war ein großzügiger Förderer eines kürzlich errichteten Museums in Belgrad und lebte offenbar immer noch in der Stadt. Es hätte genug Material für eine ganze Dissertation gegeben, aber viel mehr interessierte mich die Art, mit der Balensky sein Vermögen gemacht hatte.

Bevor er anständig wurde und sein Vermögen im Westen in Sicherheit brachte, war Balensky Waffenhändler gewesen. In der postsowjetischen Kleptokratie, in der man keinen Unterschied zwischen den Gangstern und dem Staat machte, war der militärische Schwarzmarkt ein Riesengeschäft. Wie Bruce Eakin und andere Mafia-Theoretiker ernsthaft verkündeten, war der Krieg in Tschetschenien im Grunde nur ein Deckmäntelchen für einen riesigen heimlichen Waffenverkauf gewesen: Der Staat konnte auf diese Weise überflüssige Waffen abschreiben, nachdem sie »zerstört« worden waren – in Wirklichkeit natürlich verkauft. Balensky handelte über Kazbich mit Raznatovic. Es wurde ja behauptet, dass auch Letzterer durch Waffenhandel in seine heutige Position gelangt war. Und wenn Kazbich nun also noch andere Dinge verkaufte als bezaubernde Landschaften aus der Mitte des Jahrhunderts? Wenn sich der gute Bruce bloß ein bisschen mehr Mühe gegeben hätte, überlegte ich, hätte er vielleicht den Pulitzerpreis gewinnen können. Fragte sich nur, wohin Kazbich diese Dinge verkaufte. Die einzige Verbindung, die ich hatte, war Moncada, aber dann fiel mir die Bank in Sizilien wieder ein. Ich wandte mich an meinen alten Freund Renaud, das machte ich manchmal. Nur weil man jemanden googelt, heißt das noch lange nicht, dass man ihn vermisst. Ich hatte genug über ihn erfahren, um ihn der Geldwäscherei zu verdächtigen. Gemälde stellen eine ziemlich unangreifbare Art der Geldanlage dar – ein Bankkonto können die Behörden beschlagnahmen, aber um ein Gemälde zu beschlagnahmen, müssen sie es erst mal haben. Das könnte der Grund sein, warum Kunst – nach Waffen und Drogen – der drittwichtigste Schwarzmarkt für das organisierte Verbrechen in Italien ist. Man schätzt den Markt auf acht Billionen Euro jährlich, während es der Tutela del Patrimonio Culturale – der italienischen Einrichtung, die mit der Wiederbeschaffung gestohlener Kunst befasst ist – gelang, in einem einzigen Jahr über sechshunderttausend Kunstwerke zu beschlagnahmen. Es war gut möglich, dass Kazbich der Dreh- und Angelpunkt eines Handels von Waffen im Austausch gegen Bilder war.

Elena war davon überzeugt, dass Yermolov einiges zu verbergen hatte. Ich wusste es von Balensky, aber der ging schon auf die achtzig zu und war noch ein Relikt der alten Schule. Yermolov war ein ganz neuer Menschenschlag, das respektable Gesicht postsowjetischen Reichtums. Wenn er mit seinen Kunstliebhaberkollegen auch noch Waffen schmuggelte, könnte mir das einen Ansatzpunkt bieten. Elena würde nicht in der Lage sein, mich zu schützen, auch wenn sie ihr verdammtes Bild hatte, aber dieses Wissen über Yermolov könnte mich retten. Doch wie sollte ich das Ganze einfädeln? Wie konnte ich an Yermolov herankommen und dabei lang genug am Leben bleiben, um ihn zu erpressen?

Diesen spannenden Moment suchte sich Timothy zum Aufwachen aus. Nach ein paar verdutzten Augenblicken wurde ihm klar, dass das alles kein Albtraum gewesen war, oh nein, und er fing wieder an zu weinen. Ich hatte ja ganz ähnliche Gefühle, was das Ibis-Hotel anging. Ich holte ihm etwas Wasser und machte noch ein paar beruhigende Laute, als mir plötzlich der Umschlag wieder einfiel, den ich von Guiches Schreibtisch mitgenommen hatte. Er steckte immer noch in meiner achtlos weggeworfenen Jacke. Ich reichte ihn Timothy und beobachtete sein Gesicht, während er einen Zettel aus dem Umschlag zog und ihn auseinanderfaltete. Ein Stapel Geldscheine, gefolgt von einem kleinen Münzregen, fiel aufs Bett.

Es tut mir leid, hatte Guiche geschrieben. *Danke für die Freude, die du mir bereitet hast. Bitte nimm das Geld und versuch, glücklich zu sein. Du solltest studieren. Du weißt, dass ich an dich glaube. Aber bitte, bitte geh weg aus Paris. E.*

Im Moment des Schreibens hatte er Timothy wirklich gerngehabt, bis hin zum rührseligen Ton seines Abschieds. Ich klaubte das Geld zusammen und zählte es: etwas unter dreitausend Euro – zweitausend in Hundertern, den Rest in verschiedenen Scheinen und Münzen. Als hätte er es geplant, hätte die Summe dann aber in aller Eile zusammensuchen müssen.

Timothy sagte kein Wort. Ich beobachtete ihn eine Weile, dann legte ich ihm die Hand auf den Arm, aber er schüttelte mich ab. Er schob seine Hände unter die Achseln und starrte unverwandt ins abendliche Dämmerlicht.

Wenn ich das Bild zurückgegeben hätte, sobald ich es in England gefunden hatte, wäre das alles nicht passiert, dachte ich. Guiche wäre noch am Leben. Timothy könnte eine Zukunft mit einem Mann haben, der ihn liebte.

»Judith?«, sagte er ganz unvermittelt.

»Ich bin hier.«

»Kannst du dich noch an die Party erinnern, von der ich dir erzählt habe, die in Tanger?«

»Ja.«

Er setzte sich mit ernster Miene auf, und das Weiße in seinen Augen leuchtete im Dämmerlicht.

»Also, da war so ein Paar – Heteros –, ein Junge und ein Mädchen. Einfach nur Touristen. Franzosen. Jemand hatte sie in der Stadt aufgegabelt und mitgebracht – damit sie dort auftreten.«

»Auftreten?«

»Sie hatten Sex. Vor allen Leuten. Ganz normalen Sex. Das Mädchen schien es ziemlich zu genießen, aber dem Jungen sah man an, dass es ihn traurig machte, obwohl sie Geld dafür bekamen. Wir haben ihnen alle zugeschaut.«

»Und?«

»Sie waren zusammen, sie waren ein Paar. Beide blond. Und ich dachte mir …« Seine Stimme klang auf einmal ganz belegt, weil er ein Schluchzen unterdrücken musste.

»Was dachtest du dir, Timothy?«

»Dass das Ganze total krank war … Dass wir nicht Sex beobachtet hatten, sondern Liebe. Die beiden liebten sich. Und ich hab mich gefragt …« Er sprach jetzt sehr schnell, weil er die Worte aussprechen wollte, bevor die Tränen zurückkehrten. Seine Stimme klang high. »… ob er es ihnen wohl verderben wollte, indem er sie dafür bezahlte. Also, dieser Balensky. Denn die beiden liebten sich, verstehst du? Er wollte es ihnen einfach nur verderben.«

Ich begriff, worauf er hinauswollte. Aber das Letzte, was ich jetzt gebrauchen konnte, waren rührselige Geschichten von verdorbener Unschuld. Ich schloss ihn in die Arme.

»Hör zu. Was geschehen ist, war schrecklich, ganz grauenvoll. Es tut mir so unglaublich leid, dass du da mit reingezogen wurdest. Aber Edouard hat dich geliebt, er hat dich wirklich geliebt. Er wollte, dass du dein Leben weiterführst. Das hat er doch gesagt, oder? Denn er hat dich geliebt. Und wir werden jetzt tun, was er sich gewünscht hat. Ich werde dir dabei helfen. Versprochen.«

Er schluchzte noch heftiger, und ich wiegte ihn in den Armen. Er weinte nicht um Edouard, das war nie so und das hatten wir auch beide gewusst, als wir uns zum ersten Mal gesehen hatten. Seine Selbstgefälligkeit, als er aus dem Hinterzimmer dieses grässlichen Clubs kam, sein Gesicht, als ich ihn beim Klauen erwischt hatte und er zu mir aufblickte … ich hatte immer gewusst, was er war, und irgendwie hatte diese Verbindung zwischen uns die ganze Zeit unausgesprochen bestanden. Denn er wusste auch, was ich war. Was tut man, wenn man in den seelischen Abgrund eines anderen Menschen schaut und der Abgrund zurückwinkt?

»Es wird alles gut«, flüsterte ich irgendwann. »Mach dir keine Sorgen, es wird alles gut.« Ich hielt ihn fest im Arm, bis sich sein Atem beruhigte.

Es war undenkbar, dass ich Timothy umbrachte. Lebendig war er mir so viel nützlicher als tot. Wie es aussah, hatte ich tatsächlich eine Entscheidung gefällt. Yermolov sollte niemand anderem mehr wehtun. Das war zwar nicht mein eigentliches Motiv. Es war vielmehr das Vergnügen, das es mir bereiten würde, wenn er wusste, dass ich ihn aufhalten konnte. Timothy mochte ein Risiko sein, aber ich brauchte ihn für den Plan, der in meinem Kopf Gestalt annahm. Ich war es gewöhnt, alleine zu handeln, aber jetzt sah ich ein, dass ich ihn brauchte. Und vielleicht wollte ich ihm auch irgendwie zu Gerechtigkeit verhelfen. Schon rührend, oder? Ich würde, ohne mit der Wimper zu zucken, mein Blut verkaufen, um ihn weiter mit Schokoriegeln versorgen zu können.

»Da steckt eine Menge Geld drin«, fuhr ich fort. »Das könntest du gut brauchen. Vielleicht willst du ja nach Marokko zurückgehen? Willst du das?« Ich musste ihm die Wahl lassen. Er musste wählen können, um sich loyal fühlen zu können.

Er schüttelte kläglich den Kopf.

»Willst du in Frankreich bleiben?«

»Machst du Witze?«

»Ich hab eine Idee. Mir ist was eingefallen, was wir machen können. Wenn alles hinhaut, können wir es den Leuten heimzahlen, die Edouard wehgetan haben. Wir könnten ihn rächen«, fügte ich hinzu und wand mich dabei innerlich.

»Okay.« Timothys dramatisches Temperament sprang sofort darauf an.

»Aber es wird … ziemlich gefährlich werden.«

»Okay.«

»Aber wenn alles klappt, steckt da eine Menge Geld drin. Jede Menge Geld.«

»Geld ist mir nicht wichtig.«

Wir sahen uns in die Augen. An seinem Mundwinkel zuckte ein sarkastischer, korrupter Muskel.

Fragend zog ich die Brauen hoch. »Genug Geld für die Modeschule. Und noch mehr.«

»Edouard wollte das Beste für mich«, erwiderte er mit todernstem Gesicht.

»Und in der Zwischenzeit…« Ich griff nach seinem Geld. »…leihe ich mir das hier aus. Für die Busfahrkarte. Pack deine Sachen.«

Mir sank ein wenig das Herz, als ich mich wieder dem Computer zuwandte und die Seite mit den internationalen Fernbussen aufrief. Um acht Uhr fuhr ein Bus nach Belgrad – den würden wir freilich verpassen, aber der spätere ging um elf Uhr, und ich hoffte, dass wir in dem noch Plätze kriegen konnten. Sobald wir in Serbien waren, konnte ich mit meiner Kreditkarte Gas geben, aber Vorsicht war angesagt, wenn Kazbich noch in der Nähe war. Ich drehte die Laptopkamera zur Wand unseres schäbigen Schlafzimmers – bloß nichts zeigen, was unseren Aufenthaltsort verraten könnte –, und dann skypte ich Jovana an, die Sprecherin des Xaoc-Kollektivs in Belgrad.

Jovana, die einen Doktorgrad in Renaissancewissenschaften hatte, gab fröhlich zu, selbst keine Künstlerin zu sein – sie behauptete, sie könne mit Müh und Not ein Strichmännchen malen –, aber sie war technisch gesehen extrem versiert und wusste um die Gesetze des Marktes. Sie führte das Kollektiv wie in einer der alten italienischen Werkstätten – sie dachte sich das Konzept aus, und die Künstler der Gruppe führten es aus, und am Ende teilten sich alle den Gewinn. Wie ein serbischer Damian Hirst, nur schlau und mit interessanten Gesichtspiercings. Wir hatten uns im mazedonischen Pavillon auf der Biennale kennengelernt, wo die Künstler von Xaoc eine riesige Version einer der Collagen zeigten, die sie später für mich machten – dreißig Meter handgenähte Quilts mit Ikonenkarten und winzigen Teekannen aus Zinn. Ich hatte sie sofort bewundert.

Jovana redete mit dem gleichen Selbstbewusstsein von Spielräumen bei der Fremdkapitalaufnahme und Schwellenängsten wie vom Einfluss der flämischen Kunst auf das osteuropäische religiöse Fresko, und bei unseren Gesprächen hatte ich immer eine Menge gelernt. Als ich noch für das Auktionshaus arbeitete, hatte ich mit naivem Schrecken festgestellt, dass unschätzbar wertvolle Meisterstücke als Investitionsmöglichkeiten betrachtet wurden, doch Jovanas Sichtweise war zugleich subtil und unprätentiös. Sie erkannte den Markt als das, was er wirklich ist, glaubte aber, dass es trotzdem noch Raum für Schönheit und Ideen in neuen Kunstwerken gab, auch wenn man sie den Käufern unsichtbar unterjubeln musste, nach Guerilla-Manier.

Es meldete sich niemand, also packte ich weiter, während ich wartete. Außerdem zerlegte ich meine Waffe, die ich auf unserer Reise Stück für Stück entsorgen wollte. Ich hatte nicht vor, sie noch einmal zu benutzen. Beim dritten Versuch nahm Jovana endlich ab. Als ihr Bild auf dem Display erschien, sah ich, dass an ihrem Augenbrauenpiercing ein Schlüsselring hing, von dem eine winzige Plastikfigur von Michael Jackson baumelte. Ich erklärte, dass ich demnächst in Belgrad sein würde, und fragte sie, woran Xaoc gerade arbeitete.

»Oooh, Elisabeth.« Ich sah, wie sie sich vergnügt die Hände rieb. »Etwas … ganz Schmackofatziges. Ich hab über diese – wie heißt das noch – Abjektion nachgedacht.«

»Abject Art?«

Kotze, Scheiße, Blut, Schlachten, Verstümmeln. Kunstwerke, die Ekel erzeugen wollen und dadurch unsere Beziehung zum Schönen hinterfragen. So lautet zumindest das offizielle Verkaufsargument. Man könnte auch sagen: Konzepte, deren vulgäre Sensationsgier nur bemerkenswert ist, weil sie so banal ist. So lautet das offizielle Verkaufsargument natürlich nicht.

»Seeeehr edgy. Ich hab ein paar Aufnahmen von echt ekligem Zeug, Tracheotomie-Patienten und so … Wir schneiden die mit ein paar Rapeporn-Bildern aus dem Dark Web zusammen und zeigen das Video durch kleine Teleskope.«

Okay, Jovana. Dark Web, Rapeporn. Alles klar.

»Nein, ich mein gar nicht Teleskope«, fuhr sie fort, »sondern diese Dinger, die Muster mit Sand machen, wie heißen die noch schnell?«

»Kaleidoskope?«

»Genau. Und wenn wir die mit einer Menge kleinen Spielsachen in solche großen Glückskekse stecken …« Sie beugte sich vor, um es zu demonstrieren, sodass Michael über ihrem Augapfel einen ruckelnden Moonwalk hinlegte. »… dann macht man sie auf und findet irgendetwas … ganz Unschuldiges – oder eben was richtig, richtig Ekliges.«

»Es geht also um die Ausbeutung und die Reperspektivierung des Korrupten?«

»Gut formuliert!« Sie hielt kurz inne, um einen Schluck Coke Zero zu nehmen. »Würde dich das vielleicht interessieren?«

»Absolut. Und ich hab noch ein paar mehr Ideen für dich. Eine ist zum Beispiel das Nacharbeiten eines alten Stücks. Das andere ist eine Filminstallation. Eine Art Theaterstück, mit Doubles. Ein bisschen so wie Cindy Sherman.«

»Klingt gut. Hast du schon einen Kunden?«

»Zwei. Na ja, könnte zumindest sein.«

»Toll. Hey, es wird super, dich wiederzusehen. Möchtest du bei mir pennen?«

»Danke, vielleicht. Es wäre ganz gut, um ein Gespür dafür zu kriegen, was du so machst.«

»Ja, klar. Wann bist du denn in Belgrad?«

»Morgen.«

21. Kapitel

Während der Fernbus quer durch Europa brummte, schlief Timothy, oder er starrte vor sich hin. Ich starrte nur vor mich hin. Irgendwann hinter der slowenischen Grenze fragte er mich matt, warum wir eigentlich nach Belgrad fuhren.

»Erstens, weil das der letzte Ort ist, an dem sie uns suchen werden«, sagte ich langsam. Ich erklärte, dass ich einem Mann namens Raznatovic eine Message überbringen müsse, und wenn ich ihn ausfindig machen und dazu bringen konnte, sich unserer Seite anzuschließen, wären Guiches Mörder davon überzeugt, dass wir es ernst meinten. »Und wir werden Kunst machen!«, fügte ich fröhlich hinzu. Ich wusste, dass ich mich anhörte wie die letzte Bekloppte, doch der Horror von Guiches Tod hatte Timothy in eine Art von Wachkoma versetzt, in dem er mit leerem Blick akzeptierte, dass ich schon wusste, was ich tat.

Ich erklärte ihm, dass wir nicht viel tun mussten, dass sein Part aber später noch kommen würde, sobald ich Raznatovic gefunden hatte.

»Egal, was ich sage – mach einfach mit«, warnte ich ihn, aber ich war mir nicht sicher, dass er es wirklich verstanden hatte.

Über die achtzehnstündige Fahrt nach Belgrad gab es nicht sehr viel mehr zu sagen, außer dass es eng, unbequem, schmutzig und so erschöpfend war, dass es an Hypnose grenzte – genau so, wie man sich eine solche Reise vorstellt. Als wir die Weiße Stadt erreichten, parkte ich Timothy im Square Nine Hotel und sagte ihm, dass er seinen Arsch mal ins Fitnessstudio schwingen sollte. Vielleicht würden die Endorphine ihn wieder aufmuntern. Wir waren erst am Abend mit Jovana verabredet, deswegen ging ich los, um mir die Stadt anzuschauen. Der dünne Mantel, den ich damals in Venedig eingepackt hatte, hielt kein bisschen vom eisigen Wind ab, der von der Donau heranwehte, aber um nichts in der Welt hätte ich diesen grässlichen englischen Fleecepulli angezogen. In Belgrad Mitte schien eher bodenlanger Nerz der angesagte Look zu sein.

Ich war noch nie so weit im Osten gewesen, und es fühlte sich irgendwie anders an, obwohl ich im ersten Moment nicht so genau zu sagen vermochte, woran das lag. Viele von den Gebäuden waren ganz normale Stadthäuser aus dem achtzehnten und neunzehnten Jahrhundert – großzügige Bauten, dazwischen Wohnhäuser aus den Dreißigern mit soliden Balkonen. An einem von Bäumen gesäumten Platz fand ich einen Hipster-Coffeeshop namens Koffein und trank erst mal einen Latte macchiato, während ich die Adresse von Kazbichs Galerie aus meinem Reiseführer heraussuchte. Die Speisekarte war auf braunem Papier gedruckt und bot handgemachtes Brot vom Balkan und winzige, spitzenbesetzte Einweckgläser mit Beerenmarmelade. Die üblichen Bärte, Flanellhemden und MacBooks – ich hätte ebenso gut in Shoreditch sitzen können. Als ich zum Burgenviertel hochging, von dem man einen Blick auf den Fluss hatte, musste ich Frauen mit nussbraunen Gesichtern in mittelmäßigen Balkantrachtimitationen ausweichen, die bestickte Tischdecken und Spitzendeckchen verkauften, sowie unglaublich großen Männern, die Kriegsandenken feilboten. Doch für eine Hauptstadt am frühen Abend herrschte in den Straßen eine befremdliche Stille. Abgesehen von den Verkäufern, standen zwar in jedem Eingang und an jeder Ecke viele Menschen, aber … die standen da einfach nur, mit einer seltsamen, sklavenhaften Geduld, während der Wind durch dicke graue Haare oder Kopftücher blies. Es sah aus, als würden sie schon lange auf etwas warten, hätten aber mittlerweile vergessen, was das war.

Gegenüber von Kazbichs Gebäude befand sich eine schicke moderne Galerie, die retuschierte Fotos von zwergenhaften Kindern aus dem frühen zwanzigsten Jahrhundert zeigte, deren zinnoberrote Haarschleifen längst tote schwarze Locken zierten. Mitten auf der Straße hinter Bretterwänden aus Sperrholz befand sich eine tiefe Grube. Als ich aufblickte, stellte ich fest, dass das öde graue Bürogebäude mit den Narben von Kugeleinschlägen übersät war. An der Bushaltestellte darunter hing ein Poster, das die neueste Serie der Kardashians bewarb. Als hätten die Leute hier noch nicht genug gelitten.

Im Gegensatz zu den Inhabern des Koffein hatte Kazbich offenbar begriffen, dass sich seine Heimatstadt noch keine Ironie leisten konnte. Sein Laden war anheimelnd plüschig und altmodisch, es gab ein Erkerfenster mit dunklem Holzfensterrahmen, und ein schlichter schwarzer Samtvorhang bildete den Hintergrund für zwei zarte Ikonen, byzantinische Kreuzigungsszenen mit ziselierten Silberrahmen, rechts und links von einer großen monochromen Leinwand, die einen nackten Bodybuilder zeigte, dessen massive Schenkel eine Marmorsäule umschlossen. Als ich durch die Tür spähte, sah ich vier ähnliche Gemälde in schweren vergoldeten Rahmen, im Wechsel mit weiteren Ikonen. Immerhin sahen Letztere wirklich echt aus. Es war fast acht, die Galerie war geschlossen, aber ich trat einen Schritt zurück, in Richtung Grube, bevor ich vom Display meines Smartphones ein paar Schüsse darauf abgab. Jovana brauchte Inspiration für ihren Auftrag.

Das besetzte Haus, in dem Jovana und ihre Truppe arbeiteten, galt als das größte von Künstlern besetzte Gebäude in ganz Europa. Es erinnerte an eine zwanzigstöckige Tempelpyramide aus schokoladenbraunem Zement und wirkte durch sein amateurhaftes Flair noch einschüchternder. Früher war es einmal der architektonische Stolz des serbischen Beamtentums gewesen, und selbst das riesige Wandgemälde mit Tropenthematik in der ehemaligen Lobby – gigantische Tukane und Orang-Utans – konnte die Geister von Bürokraten in sowjetischen Anzügen mit grauen Zähnen, beigem Plastik und Kaffeeersatz nicht ganz exorzieren. Das Haus strahlte eine freudlose, stickige Künstlichkeit aus – das falsche Hauptquartier eines falschen Staates, dessen einzige Währung die Grausamkeit war. Wie Elena es ausgedrückt hätte: Dieser Ort war mir unheimlich. Die Wohnung des Kollektivs befand sich im zehnten Stock. Jovana hatte mich schon vorgewarnt wegen des kaputten Fahrstuhls, und wir machten uns an den Aufstieg.

Timothy sah zumindest wieder etwas wacher aus, doch der Zustand des Gebäudes versetzte ihn in missmutige Stimmung, obwohl uns die Slogans an den Wänden glaubhaft versicherten, dass der Punk nicht tot sei. Nach jedem Treppenabsatz überquerten wir wieder einen langen, niedrigen, mit Graffiti bedeckten Flur. Warum sieht Anarchie eigentlich immer gleich aus? Die Stille wirkte umso bedrückender durch die schwachen, erstickten Elektroklänge, die von einem fernen Stockwerk über uns heruntertönten. Auf einmal hörten wir ein Schlurfen hinter uns. Wir drehten uns um und entdeckten mehrere Gestalten, die sich zwischen den vernarbten Betonwänden bewegten, Gestalten mit Kapuze, die geduckt hinter uns herrannten. Wortlos beschleunigten wir unsere Schritte, und die Jungen hinter uns nahmen das Tempo auf. Ich schob die Armbanduhr unter meinem Jackenärmel ein Stück höher, während wir den nächsten Treppenabsatz nahmen. Wir keuchten mittlerweile und spürten, dass unsere Verfolger aufgeholt hatten.

»Wie viele sind es?«, keuchte Timothy.

»Viele. Renn.«

Wir rannten weiter, erreichten den nächsten Treppenabsatz und schossen über den nächsten mit Pissflecken übersäten Flur. Ob sie wohl Messer dabeihatten? Der Korridor endete vor einer riesigen Flügeltür aus Stahl mit Vorhängeschlössern und wütenden roten Graffitibuchstaben, von denen einzelne Farbtropfen heruntergelaufen waren.

»Mist!« Wir fuhren keuchend herum.

»Vielleicht können wir an ihnen vorbeirennen? Rechts und links an ihnen vorbei? So schnell du kannst, und dann den Gang wieder zurück?«

Sie waren jetzt fünfzig Meter entfernt. Zwanzig. Von Kapuzen überschattete, wilde Gesichter.

»Warte, bis sie ganz nah sind. Bereit?«

Und dann ging auf der einen Seite eine Tür auf, Hip-Hop-Klänge wummerten von der Decke. Die Jugendlichen verlangsamten, schoben ihre Kapuzen zurück und schlurften grinsend in ein Studio. Eine Frau in neonfarbener Bomberjacke schob den Kopf heraus und winkte sie herein. Eine Tanzgruppe. Sie waren zu spät zu ihrem Unterricht gekommen. Einer von ihnen zeigte uns den hochgereckten Daumen und ging hinter seinen Freunden im Moonwalk in die Wohnung. Die Tür schloss sich wieder, und die Musik verstummte. Wahnsinn.

Timothy hatte sich weit vorgebeugt, ließ den Kopf zwischen die Knie hängen und keuchte.

»Ich halt das nicht aus.«

»Ich weiß. Aber es war unsere Schuld, das waren ja bloß Kinder.«

»Ich meine, ich halte das nicht aus. Es geht nicht mehr.«

Ich ging neben ihm in die Hocke und zog sein Gesicht zu mir

hoch. »Ist doch alles in Ordnung. Sie wollten uns gar nicht umlegen. Wir sind nur paranoid.«

»Wirklich? Warum denn?«

Ich hatte nicht die Energie, ihm schon wieder einen anfeuernden Vortrag zu halten.

»Sei kein Trottel. Es hat einen Grund, dass wir hier sind. Reiß dich zusammen, du schaffst das.«

Er nickte kläglich.

»Los, dann komm jetzt.«

Ich führte uns den Weg zurück, den wir gekommen waren, und hielt Ausschau nach dem Treppenhaus. Auch ich war ziemlich mitgenommen. Nicht wegen der Jugendlichen, das war ja eigentlich albern gewesen, aber von dieser Welle von Beschützerinstinkt, den ich auf einmal für Timothy empfand, vom Drang, ihn in die Arme zu nehmen und ihm zu sagen, dass alles gut werden würde.

Wir brauchten einen Augenblick, um uns zu erholen, bevor wir an die Tür des Kollektivs klopften. Eine Luke in einer weiteren Stahltür, ein fröhliches Gesicht, das unter einem Gewirr aus Piercings beinahe verschwand.

»Hallo, wir sind mit Jovana verabredet. Ich bin Elisabeth.« Ich warf Timothy einen Blick zu, um ihn daran zu erinnern, dass er den Mund halten sollte.

»Na klar, kommt doch rein. Wollt ihr einen Tee? Wir haben Pfefferminz oder Veilchen.«

»Veilchen wäre wunderbar, danke … äh …?«

»Vlado.«

Im Studio schien es noch kälter zu sein als auf dem windigen Boulevard. Ich erkannte die Wohnung, die mit kreuz und quer laufenden Kabeln übersät war, von der Website des Kollektivs. Ungefähr zwanzig Leute rannten hier herum, die meisten trugen Armeeklamotten und Metallteile wie Vlado. Einige von ihnen konzentrierten sich auf die Leinwände, die an den Wänden lehnten, andere standen nur rauchend herum und plauderten, die Mehrheit drängte sich um eine Reihe von Laptops auf einem großen zentralen Tisch. Und mittendrin glühten Jovanas bonbonrosa Dreadlocks.

»Elisabeth! Ich freu mich so, dich wiederzusehen!« Ihr Englisch hatte zwar einen komischen Akzent, war aber fehlerlos. Ich legte meine Wange auf den Wirbel von indigoblauen kyrillischen Buchstaben, die um ihr linkes Auge herum tätowiert waren.

»Das ist Timothy, mein Praktikant. Aus Paris. Hilf doch Vlado mit dem Tee, hm, Timothy?«

Er schaute mich fragend an, also wiederholte ich meine Aufforderung auf Französisch, und er schlurfte davon.

»Also, Jovana – drei Dinge hab ich auf dem Herzen. Erstens: Dürften wir auf dein Angebot zurückkommen, ein paar Tage bei euch zu wohnen – ab morgen? Ich möchte ein Gespür für eure Arbeit bekommen, wenn ich schon mal die Gelegenheit habe, und für Timothy wäre es ein tolles Erlebnis. Wir zahlen euch natürlich auch etwas.«

»Klar, kein Problem. Ist halt nicht grade das Fünfsternehotel hier«, fügte Jovana zögernd hinzu.

»Danke. Es wird uns eine Ehre sein. Zweitens: Ich hab was mitgebracht, da bräuchte ich eine Zeichnung von dir – und zwar ziemlich schnell. Ich hoffe, es geht bis morgen. Mach mir einfach einen Entwurf auf deinem Laptop, ich brauch nur einen Screenshot. Ich hab nämlich Aussichten auf einen Auftrag von einem Kunden hier in Belgrad«, erklärte ich großspurig.

»Super!«

Auf fließend Wasser brauchte man sich in dieser Wohnung anscheinend keine großen Hoffnungen zu machen. Aber das WLAN funktionierte natürlich tadellos. Nach wenigen Minuten schob Jovana die Fotos, die ich von Kazbichs Schaufenster gemacht hatte, bereits auf ihrem Bildschirm hin und her.

»Könntest du da noch – so was wie das hier dazumachen?« Ich zeigte ihr die Abbildung einer venezianischen Ikone, die ich im Hotel heruntergeladen hatte.

»Kein Problem.«

»Danke schon mal dafür. Bevor du anfängst …« Ich machte eine kurze Pause, um aus einer Tasse mit dem Bild der Herzogin von Cambridge einen Schluck kochend heißen Blütentee zu trinken. »… hätte ich noch ein drittes Anliegen. Ein ziemlich großes Ding. Eine Installation für einen anderen Kunden in der Schweiz. Thematisch mehr oder weniger mit eurer Rapeporn-Geschichte verbunden.«

»Cool.«

»Nur vielleicht … ein bisschen abgeschwächt?«

»Warum?«

»Na ja, was du mir da erzählt hast, ist ja doch ziemlich extrem.«

Jovana musterte mich. »Die Prada Foundation zeigt demnächst *Jody, Jody, Jody* von Kienholz, in Mailand. Hast du das mal gesehen?«

Hatte ich, auf Fotos. Ich wünschte, ich hätte es nicht angeschaut. Wenn es um Ästhetik ging, stand ich nicht so auf Kindesmissbrauch.

»Und das hat er ungefähr 1994 gemacht. Du musst dranbleiben, du musst extrem sein. So ist eben das Geschäft.«

Wann war Ekel eigentlich zum Maßstab für künstlerischen Wert geworden? Niemand war wirklich noch entsetzt, wenn er Scheiße, benutzte Tampons oder Plastikgenitalien sah – was erwartete man denn sonst in einer Galerie? Also war es nur folgerichtig, dass man als Künstler, der außer Beleidigungen nichts zu bieten hatte, die Grenzen immer weiter nach hinten verschieben musste, sobald die Dinge vorhersagbar wurden.

»Aber das Zeug ist wirklich grässlich«, widersprach ich.

»Stimmt«, erwiderte Jovana gelassen. »Na, was meint du? Willst du es benutzen?«

»Ich denke schon. Bist du interessiert?«

»Immer doch.«

Am nächsten Tag war ich um elf Uhr wieder bei Kazbichs Galerie. Den ersten Teil von Jovanas Arbeit hatte ich auf mein Smartphone geladen. Meine Sachen bekamen langsam den verlotterten Flair von Kleidung, die zu oft getragen worden ist, aber ich konnte mir jetzt keine Gedanken darüber machen – ich hatte einfach einen schwarzen Kaschmirpullover über meine zuverlässige alte Miu-Miu-Hose gezogen und mein Haar zu einem hohen Knoten gebunden. Schlicht und seriös zugleich.

»Kann ich Ihnen helfen?« Das Mädchen am Schreibtisch schaute mich überrascht an und ließ ihre Zeitschrift und den Aschenbecher rasch in ihrem Schreibtisch verschwinden. Sie trug eine schwarze Filzschürze über einem Paisleyhemd aus den Siebzigern mit spitzem Kragen. Ziemlich überzeugend, aber die Tasche zu ihren Füßen war aus PVC, und sie hatte schlechte Haut. Keine Belgrader Prinzessin, die einen auf Kuratorin machte, sondern höchstwahrscheinlich eine studentische Aushilfe.

»Vielleicht. Ich hoffe es«, antwortete ich misstrauisch, denn ich erwartete so halb, dass Kazbich gleich wie Nosferatu hinter einer Tür hervorkommen würde. Ich reichte ihr eine meiner Gentileschi-Visitenkarten. »Mein Name ist Elisabeth Teerlinc. Ich habe ein Stück, das einen Ihrer Stammkunden interessieren dürfte.«

Ich klickte auf Jovanas Montage und reichte es ihr. Das Mädchen warf einen flüchtigen Blick darauf, wobei ihre Augen viel länger an den dreihundert Euro hängen blieben, die ich zwischen das Telefon und seine Hülle geklemmt hatte.

»Deswegen dachte ich, Sie könnten ihn vielleicht für mich kontaktieren. Ich bin nur einen Tag hier, und ich glaube, er wäre wirklich sehr interessiert.« Ich schob Telefon und Geld energisch zurück in meine Tasche und ließ das Schweigen zwischen uns anwachsen.

»Wie heißt denn dieser Kunde?«

»Dejan Raznatovic«, antwortete ich in aller Unschuld.

Ihre Gesichtszüge entgleisten vor Schreck.

»Ich … ich habe keine Ahnung, wen Sie meinen.«

Ich zog meine Zigaretten aus der Tasche. »Das geht schon in Ordnung, machen Sie nur. Es ist okay. Dr. Kazbich ist selbst in meine Galerie in Venedig gekommen. Ich weiß auch, dass er für Mr Yermolov tätig ist. Wirklich.« Ich hielt ihr die Schachtel hin, in der zufällig weitere zweihundert Euro steckten. Das serbische Durchschnittsgehalt liegt bei knapp vierhundert Euro pro Monat. Ich zog eine Zigarette heraus und steckte sie an, dann reichte ich ihr die Schachtel. Sie nahm sich auch eine, schob die Schachtel in ihren Schreibtisch und holte den Aschenbecher wieder heraus. Ich wartete ein paar Züge lang, dann fügte ich hinzu, dass ich Dr. Kazbich angerufen, ihn aber nicht erreicht hatte, und da ich gerade in Belgrad war, um meine Künstler vom Xaoc-Kollektiv zu besuchen, hatte ich mir gedacht, ich schau mal vorbei.

»Kennen Sie Xaoc?«

Ihre Miene hellte sich auf. »Na klar.« Jovana und Co. waren in Serbien ziemlich berühmt, die reinsten Rockstars.

»Ich komme grade von ihrer Wohnung. Die haben da ja ganz schön abgefahrene Partys.«

»Ich glaube, ich könnte mal nachschauen …«

»Natürlich könnten Sie das«, ermunterte ich sie in verschwörerischem Ton.

»Wenn ich nur noch mal schnell das … äh … Stück sehen dürfte?«

Ich zog eine Augenbraue hoch und reichte ihr das Telefon in der Hülle. »Selbstverständlich.«

Sie setzte sich wieder an ihren Tisch und begann mit großer Geste, die Datenbank der Galerie zu durchsuchen.

»Dieses Wochenende organisieren sie auch wieder so was«, erwähnte ich nebenbei. »Einen geheimen Auftritt. Vladimir Acic wird kommen.«

»Wirklich?«

»Wirklich. Ich werde es nicht schaffen, aber ich kann sicher einfädeln, dass Sie kommen dürfen. Dazu bräuchte ich nur Ihren Namen …«

Ihre Augen verengten sich. Sie ließ den Blick über mich wandern. Hatte ich zu dick aufgetragen? Ich tat so, als wäre ich von einem der Renaissance-Bodybuilder abgelenkt, stellte meine Tasche auf den Tisch und ließ sie offen stehen, sodass das Mädchen das Label sehen konnte.

»Die sind wirklich ganz schön gut. Sind Sie auch Künstlerin?«

»Ja. Skulpturen vor allem.«

Bingo.

»Tatsächlich? Na, dann sollten Sie Jovana aber wirklich kennenlernen.« Ich bemühte mich, meinem Lächeln etwas Schwesterliches zu geben. Nicht unbedingt ein Blick, den ich häufig geübt hatte.

»Also … äh, ja, wir haben hier einen Mr Raznatovic.«

»Könnten Sie ihn für mich anrufen? Und vergessen Sie nicht, mir Ihren Namen aufzuschreiben für Jovana.«

Die Assistentin tätigte mehrere Anrufe – obwohl sie Serbisch sprach, merkte ich, dass sie nervös war –, und fünfzehn Minuten später hatte ich eine Verabredung mit Dejan Raznatovic. Als ich die Galerie verließ, dachte ich mir, dass ich ihren Namen wirklich an Jovana weitergeben würde. Man weiß ja nie, vielleicht stellte sie sich als talentiert heraus. Ich hatte jedoch das dumme Gefühl, dass Vladimir seinen Überraschungsauftritt doch wieder absagen würde.

Timothy war alles andere als begeistert über unser neues Quartier. Ich fand, damit bewies er einen eklatanten Mangel an Fantasie. Zumindest galt sein Schmollen jetzt den schmuddeligen Schaumstoffmatratzen und Schlafsäcken, die unser Schlafzimmer waren, und das lenkte ihn von seinem Kummer um Edouard ab. Ich versuchte, ihn zu überzeugen, dass es eine tolle Inspiration für seine Bewerbungsmappe bei der Modeschule sein könnte, wenn er die Aktivitäten hier in der besetzten Wohnung dokumentierte.

Eine wichtigeres Anliegen war mir im Moment meine eigene Körperpflege – mithilfe eines einsamen Kaltwasserhahns in dem Raum, der früher einmal die Büroküche gewesen war. Ich machte mir Wasser im Kessel heiß, wusch mich im Stehen mit einem Schwamm und legte vor einem Taschenpuderspiegel mein Make-up auf, so gut es ging. Eres-Wäsche aus feiner schwarzer Spitze und das einzige wirklich schicke Outfit, das meine Tasche hergab: ein anthrazitfarbenes Lanvin-Kleid aus Tussahseide mit einer Kellerfalte am Rücken, das ich vom Hotel noch einmal aufbügeln ließ, bevor wir gingen – es sah schon recht gut aus, aber ich fühlte mich nicht perfekt gestylt, und das machte mich etwas gereizt. Ich ging die neun Treppen barfuß hinunter und trug meine Alaïa-Sandalen aus gehämmertem Leder in der Hand. Als wir unten auf den falschen Marmorfliesen der Lobby standen, machte ich meine Fußsohlen mit einem Feuchttuch sauber, bevor ich unelegant meine schwarzen Halterlosen anzog. Dejan Raznatovic war an die fünfzig, genau die Generation, die auf Strümpfe reagierte.

Das Restaurant, das Raznatovic Kazbichs Assistentin genannt hatte, lag an einer Donaubiegung, unter den Mauern des alten Belgrader Schlosses. Was früher die Werften und Lager gewesen waren, hatte man jetzt in eine schicke Zeile aus Restaurants und Bars mit Blick aufs Wasser verwandelt. Kurz vor acht schloss ich mich dem Schwarm von Mädchen an, die entschlossen über den Kai staksten. Wir schwankten alle sehr unelegant auf unseren hohen Absätzen über die großen Kopfsteinpflastersteine.

Serbiens politische Isolation mochte die Wirtschaft ruiniert haben, aber an der Eugenik-Front hatte sie Wunder gewirkt. Die meisten Mädchen hatten die reinste Modelfigur, waren um die eins achtzig groß mit endlosen Beinen wie Rennpferde, die sie unter eng anliegenden Minikleidern oder winzigen Röcken vorzeigten, die keine Rücksicht auf das Wetter nahmen. Allesamt waren sie auf eine natürliche Art süß, zumindest unter den Schichten von Make-up und falschen Wimpern, aber was mir wirklich auffiel, war ihr Haar. Es war ein hartes Land, und alles, was man einer Frisur antun konnte, war stoisch ertragen worden. Gebleicht, geföhnt, zurückgekämmt, hochgesprüht und aufgesprayt – der Kalte Krieg mochte lange vorbei sein, aber was diese Mädchen anging, hätte die Berliner Mauer auch noch intakt sein können. Trotzig und großartig: Im Wetteifern ums große Glück würden sie sich nicht von irgendwelchen schludrigen Extensions übertrumpfen lassen.

Trotzdem hatte ich an diesem Abend offenbar das heißeste Date der ganzen Stadt. Als ich dem Maître d' in dem peruanischen Sushi-Lokal Raznatovics Namen nannte, befürchtete ich im ersten Moment, er würde mir gleich ersticken. Er nannte mich mindestens viermal »Madam«, während ich mir durch das voll besetzte Lokal meinen Weg zum Tisch bahnte, der wunderbar abgeschieden auf einer Art Podium am hinteren Ende des Lokals stand. Es sah aus wie die hastig improvisierte Version eines VIP-Bereichs. Ich bestellte ein Glas Rotwein und steckte mir eine Zigarette an, einfach weil es mir so ein Drecksvergnügen war, in einem geschlossenen Raum zu rauchen.

Drei Kellner kamen sofort mit Aschenbechern auf mich zugerannt.

»Darf ich der Dame behilflich sein?«

Sogar nach serbischen Maßstäben war Dejan Raznatovic riesig. Knapp zwei Meter, schätzte ich, dazu Schultern, die die Sonne verdeckten. Bevor ich mich vor zwei Jahren Steve auf der Mandarin angeschlossen hatte, war ich kaum jemals in einem anständigen Restaurant gewesen. Seitdem hatte ich mit vielen seriösen Männern an vielen teuren Tischen gesessen, doch die Atmosphäre, die Raznatovic um sich verbreitete, war ganz anders als alles andere, was ich jemals erlebt hatte. Als er mich begrüßte und wir uns die Hand gaben, merkte ich, wie uns das ganze Lokal beobachtete. Sogar der obligatorische DJ reckte den Hals, um einen Blick auf uns zu erhaschen. Die Luft fühlte sich gleich viel schwerer an, seit er hier war, als würde sich seine Macht zwischen die Moleküle quetschen. Es war nicht nur der Umstand, dass er berühmt war, oder das unsichtbare Flair des Wohlstands. Es war, wie mir in diesem Moment erst klar wurde, die Angst. Abgesehen von seiner Größe hatte Raznatovic nichts Gorillaartiges – sein dunkelblauer Anzug war tadellos maßgeschneidert, seine Manschettenknöpfe diskret –, doch als das Stimmengewirr um uns herum wieder anhob, stellte ich fest, dass zwar alle im Lokal wussten, wer er war, dass aber kein einziger Mann es wagte, ihm in die Augen zu schauen. Mich überkam ein solcher Schwall von reinem Begehren, dass ich richtiggehend weiche Knie bekam, und ich gab es ihm mit meinem Blick zu verstehen. Unterdessen erzeugte der Kellner ein kreischendes Geräusch mit dem Stuhl, als er versuchte, ihn für seinen riesigen Gast weit genug vom Tisch wegzuziehen. Er ließ den Aschenbecher auf seinen Fuß fallen, und als er sich aufrichtete, verfing er sich im Tischtuch und warf den Wein um, der sich in einem roten Strom über den Stoff ergoss. Wir musterten einen Augenblick zu dritt das Chaos.

»Essen Sie gern Sushi, Miss Teerlinc?«, erkundigte sich Dejan Raznatovic.

»Es war sehr nett von Ihnen, mich hierher einzuladen«, erwiderte ich diplomatisch.

Er legte einen Geldschein auf den Tisch und sagte auf Serbisch etwas zum Kellner, dann zog er den Stuhl für mich heraus.

»Ich glaube, wir gehen irgendwo anders hin.«

Ein silberner Aston Martin parkte auf dem Gehweg vor dem Restaurant, das in der Fußgängerzone lag. Dejan Raznatovic machte mir die Tür auf, wartete, bis ich Platz genommen hatte, und manövrierte sich dann selbst auf den niedrigen Fahrersitz. Ich spürte einen übermächtigen Drang loszukichern. Wir fuhren los, gefolgt von einem schwarzen Range Rover mit getönten Scheiben, wie ich sah, der das Parkverbot ebenfalls fröhlich missachtet hatte. Seine Leibwächter, nahm ich an. Wir begannen, eine steile Straße hochzufahren, die wohl zum Schlosspark führte.

»Es ist sehr nett von Ihnen, dass Sie sich auf einen Flyby mit mir treffen«, begann ich. Ich wollte testen, ob er den Ausdruck kannte – ein Flyby ist eine inoffizielle Schätzung, wie viel ein Stück wohl auf einer Auktion einbringen wird.

»Wenn das Stück so interessant ist, wie es sich anhört, dann ist es sehr nett von *Ihnen*.«

Er machte das Spiel also mit. Gut.

»Da wären wir. Ich hoffe, die Straße ist Ihnen nicht zu steil?« Mit unverfrorener Direktheit starrte er auf meine Beine. Umso besser.

Er bot mir seinen Arm, damit ich auf meinen Alaïas die fast senkrechte Gasse hochkam. Meine Hand nahm sich richtig winzig aus auf seinem riesigen Ärmel. Ein junger Mann war dem Range Rover hinter uns entstiegen und hatte auf Anweisungen gewartet. Jetzt bog er in einen Eingang vor uns, und wir folgten ihm. Der Raum, den wir betraten, war mit Öllampen erleuchtet, es gab ein paar Sitzabteile aus Holz, grüne Samtbänke und eine Menge Silber und gestärktes Leinen, aber es hatte nichts Steifes. Eher so, als wären wir in eine ältere Version der Stadt zurückgekehrt. Ein älterer Kellner mit einem bläulichen Walross-Schnauzbart hieß uns willkommen und reichte uns zwei winzige Gläser aus geschliffenem Kristall, die mit Slibowitz gefüllt waren. Raznatovic hob sein Glas höflich mit Blick auf die anderen verstreuten Gäste, dann kippte er den Schnaps herunter. Ich tat es ihm nach und spürte den köstlichen Mostgeschmack von Pflaumen in der Kehle brennen.

»Das ist eines der ältesten Restaurants von Belgrad«, erklärte Raznatovic, als wir uns hinsetzten. Er sprach den Namen der Stadt serbisch aus, mit einem »O« in der Mitte statt dem »L«. »Ich glaube, Sie müssen das Pferdetatar probieren.«

»Ich bin mir sicher, es schmeckt köstlich.«

Er bestellte, und sobald unsere Weingläser gefüllt waren, bat er um die Fotos, die ich Jovana hatte zusammenschustern lassen. Ich begann mein Verkaufsgespräch:

»Ich glaube, ich sollte vorwegschicken, dass ich Dr. Kazbich in Venedig kennengelernt habe, wo ich meine Galerie habe. Wir haben mehrere gemeinsame Geschäftsbekanntschaften. Ich habe gehört, dass Sie sich für Ikonen interessieren, deswegen war ich so frei, Kontakt mit Ihnen aufzunehmen, als mir das hier unterkam.«

»Dr. Kazbich hat Ihnen also meine Nummer gegeben?« Er wirkte amüsiert.

»Nein«, antwortete ich und schaute ihm in die Augen. »Ich bin zu seiner Galerie gegangen und habe nach Ihnen gefragt. Man war dort sehr entgegenkommend.«

»Sie sind aber sehr findig. Sie sind Britin, stimmt's?«

»Meine Familie hat in der Schweiz gewohnt.« Elisabeths Geschichte fühlte sich seltsam eingerostet an. Dann fuhr ich fort: »Also, das Konzept ähnelt dem, was die Chapman-Brüder mit Goya gemacht haben – das Werk haben Sie sicher gesehen, nicht wahr? Die Ikone stammt aus dem dreizehnten Jahrhundert, aus Venedig, außergewöhnlich selten, aber schwer beschädigt. Sie steht zum Verkauf – privat, von der Familie, in deren Besitz sie sich befindet. Xaoc hat vor, die Fragmente weiter zu zerschneiden und daraus ein Triptychon zu machen, in dieser Art etwa.« Ich zeigte ihm die Serie, die Jovana skizziert hatte.

Ich weiß nicht, über wie viel Expertenwissen Dejan Raznatovic als Ikonensammler verfügte, aber ich machte mir keine Sorgen, dass er das Stück erkennen könnte, denn es existierte überhaupt nicht. Jovana und ich hatten ein Bild aus mehreren kleineren Ikonen zusammengeflickt, nach dem Vorbild der Sammlung im Museum Ca' d'Oro in Venedig: die typische dunkelhaarige, dunkeläugige Jungfrau im goldverbrämten Mantel, die ihr pausbackiges Christuskind ungeschickt auf dem Schoß hielt. Wir hatten die Krakelüren in den Gesichtern eingefügt und links unten noch ein schlechtes Wasserzeichen. Das »Konzept« sah so aus, dass Xaoc das beschädigte Bild zerschnitt und zu drei neuen Stücken zusammensetzte, wobei Fotos mit eingebunden wurden, die der »Kunde« selbst aussuchen durfte. Wir hatten mehrere Beispiele zusammengeschustert, die auf dem Renaissance-Bodybuilder basierten, den ich in Kazbichs Galerie gesehen hatte, dazu ein bisschen serbisches Graffiti mit dickem Filzstift und einen von den übleren Screenshots aus Jovanas »Abjection«-Projekts. Tatsächlich sah es gar nicht mal so schlecht aus, aber wichtig war natürlich vor allem, dass ich Gelegenheit bekommen hatte, Dejan Raznatovic zu treffen und ihm meine Botschaft zu übermitteln.

»Es wäre eine Auftragsarbeit, daher wären die Details selbstverständlich ... recht frei in der Ausgestaltung.« Dejans Englisch war so gut wie perfekt, aber ich hoffte, ihn mit meiner

Wortwahl leicht verwirren zu können. Er musterte die Bilder eine Weile, den Daumen über dem Display schwebend.

»Wo befindet sich die Ikone im Moment?«

»In Venedig, im Haus der Besitzer. Sie war immer nur in ihrem Besitz. Ich könnte es natürlich arrangieren, dass Sie sie besichtigen können.« Ich wusste natürlich sehr gut, dass er Serbien nicht verlassen konnte.

»Und es gibt … eine Genehmigung, so zu arbeiten?«

»Man braucht keine Genehmigung. Die Ikone ist in Besitz der Familie, die dürfen damit verfahren, wie sie wollen.«

»Und der Preis?«

»Siebenhundertfünfzigtausend US-Dollar der Ankauf, zuzüglich meiner Provision und dem Betrag für Xaoc, von dem ich auch zehn Prozent bekomme. Ich schätze, dass der Wiederverkaufswert mindestens beim Doppelten dieser Summe liegen wird.«

»Und wie wird sie nach Serbien gebracht?« Er war gut.

»Ein Familienmitglied würde nach Belgrad fliegen, in meiner Begleitung. Der Verkauf geschieht technisch gesehen auf serbischem Boden. Keine erbrechtlichen Probleme also.«

»Sie haben wirklich an alles gedacht.«

»Ich hätte nicht im Traum daran gedacht, mit Ihnen in Kontakt zu treten, wenn ich nicht an alles gedacht hätte.«

Wir wurden vom Kellner unterbrochen, der jetzt kleine Schüsseln mit dunkelrotem Fleisch vor uns hinstellte, mit Kapern, Petersilie, gehackten hart gekochten Eiern und Zwiebeln. Das Ganze wurde am Tisch durchgemischt. Dejan Raznatovic zeigte mir, wie ich die Masse dünn auf Röstbrot streichen musste. Ich biss ab. Das Pferdefleisch war samtig, wildartig, hatte aber einen überraschend frischen, klaren Eisengeschmack.

»Schmeckt es Ihnen?«, fragte er beflissen. »Ist es Ihnen nicht zu stark im Aroma?«

»Überhaupt nicht. Es ist großartig.«

Und das stimmte auch. Es kam mir vor, als hätte ich seit Ewigkeiten kein richtiges Essen mehr zu mir genommen. Wir machten uns über das Tatar her, aßen eine Schüssel Salzkartoffeln, die in Butter und Dill schwammen, und dann noch eine Portion Tomaten, mit Paprika und Knoblauch gebraten. Der Kellner tauschte unsere Teller gegen kleine Glasschüsseln mit einem dicken Pudding aus, garniert mit eingemachten Kirschen, und servierte dazu nach Kardamom duftenden Kaffee in Tassen mit Silberrand. Wir sprachen nicht viel.

»Ich werde Ihr Stück nicht kaufen«, sagte Dejan Raznatovic unvermittelt, als er von seinem Kaffee schlürfte. Ich hatte mich ein bisschen gehen lassen – der Wein, die Wärme des Restaurants – und brauchte eine Sekunde, um meinen Kopf wieder einzuschalten und zum Geschäftlichen zurückzukommen.

»Das bedaure ich natürlich. Aber wir haben … auch andere Kunden. Danke für dieses wunderbare Abendessen.« Ich tat, als wollte ich meine Sachen zusammensuchen und gehen, doch unsere Blicke trafen sich, und wir mussten beide lächeln angesichts meiner Finte.

»Warten Sie kurz.« Er legte mir eine riesige Pranke aufs Handgelenk. Ich spürte die Hitze seiner Fingerspitzen bis in meine Adern.

»Ich werde es nicht kaufen«, fuhr er fort, »denn, wie Sie schon sagten, ich interessiere mich sehr für Ikonen. Ich besitze mehrere und liebe sie sehr. Dieses Stück würde mich … verstören.«

»Sie drücken sich sehr höflich aus. Sie finden es grässlich. Das kann ich verstehen.«

»Vielleicht würden Sie sie ja gerne mal sehen?«

»Fragen Sie mich gerade, ob ich mitkommen und Ihre Ikonensammlung anschauen will?«

Er grinste jetzt ganz offen. »Ja. Ich glaube, sie würde Ihnen gefallen.«

»Tja, dann nehme ich dankend an. Das wäre wirklich … ein großes Vergnügen.«

Ich dachte, dass er mich küssen würde, nachdem er seinen Körper wieder ins Auto gezwängt hatte, aber das brauchte er gar nicht, und er wusste es auch. Wir fuhren ungefähr zwanzig Minuten schweigend dahin, wobei der Range Rover die ganze Zeit im Rückspiegel zu sehen war. Jedes Mal, wenn er schaltete, bewegte sich das Auto ganz leicht unter der Verlagerung seines Gewichts. Das konnte ich durch meinen Sitz spüren. Ich war so feucht, dass ich schon befürchtete, meine Säfte könnten mein Kleid durchnässt haben. Wir fuhren über eine Autobahn und bogen in eine gerade Straße ab, die leer war bis auf eine Reihe von dürren Bäumen. Dann ging es weiter auf einer anderen, bevor wir in einem Bogen zurückkehrten in die Richtung, wo schätzungsweise der Fluss an der Stadt vorbeifließt. Es war ganz schön weit außerhalb, dachte ich mir. Und niemand wusste, wo ich war und in wessen Begleitung. Für den Moment fühlte sich das ganz großartig an.

»Das ist Ihr Haus?«

Die Flutlichtanlage ging an, als die Torflügel aufglitten. Ich dachte, ich hätte schon genug Auswüchse gesehen, die man mit Geld kaufen kann, aber Chez Raznatovic war einfach nur eine ausgemachte Scheußlichkeit. Wenn ich ein Auge zugedrückt hätte, hätte es eine rosa Gipsversion von Schloss Chenonceau sein können, mit drei runden Türmen, die sich über einem künstlichen See drängten. Wenn ich das andere auch noch zudrückte, war es der reinste Churriguerismus, heftig bezuckergusst mit Zementkaskaden. Es gab allen Ernstes eine Zugbrücke. Und einen lebensgroßen sibirischen Tiger, der über den drei Meter hohen stählernen Sicherheitstüren fauchte.

»Gefällt es Ihnen?«

»Es ist sehr … eindrucksvoll, ja.«

Er warf mir einen sarkastischen Blick zu. »Ich hatte noch ein Haus in Montenegro. Viel schöner, schlicht, aus Stein. Venezianisch. Ganz in der Nähe von Kotor, am Fjord. Das würde Ihnen wahrscheinlich besser gefallen.«

»Tja. Scheißauslieferungsvertrag.«

»Das ist jetzt aber nicht sehr höflich, Miss Teerlinc.«

»Entschuldigung.«

Er drückte einen Knopf auf dem Armaturenbrett, und ich musste mir auf die Lippen beißen, als sich die Zugbrücke feierlich herabsenkte. »So was erwarten die Leute. Nicht subtil …« Er fuhr an. »… aber nützlich.«

Drei junge Männer in schwarzen Armyhosen und dicken Bomberjacken kamen zum Auto getrabt, als wir in einem engen Hof anhielten. Zwei von ihnen öffneten uns die Türen in einer geschmeidigen, geübten Bewegung, während der Motor des Autos noch lief, der dritte ging zur offenen Tür, richtete seine AK47 in die Nacht und beobachtete aufmerksam die Auffahrt, bis die Stahltüren klickend eingerastet waren. Nach meinem Fauxpas schien es mir höflicher, dieses Detail zu übersehen. Aber im Grunde betrat ich eine Festung. Ich erinnerte mich an das Zitat, das ich gelesen hatte, über Raznatovics Karriere als Henker: *Das ist beim ersten Mal noch ein bisschen seltsam, aber hinterher geht man aus und feiert mit den anderen.* Dejan Raznatovic sagte etwas auf Serbisch, und nachdem er mir aus dem Auto geholfen hatte, ging einer der Männer voran, um mich durch eine schmale Tür in einen der Türme zu führen.

»Bitte hier entlang, Miss.« Er bedeutete mir, vor ihm eine Wendeltreppe mit grellbunten Mosaiken hochzugehen. Ich kam in einem runden Raum heraus, wo ich überraschenderweise eine Bücherwand entdeckte und zwei ziemlich durchgesessene Samtsofas rechts und links von einem wunderschönen, aber ausgetretenen Perserteppich. Im Kamin brannte ein

Feuer, irgendetwas duftete stark – nach Apfel vielleicht? Auf einem ziemlich strengen Louis-XVI.-Tisch aus Mahagoni und Marmor standen eine Flasche und zwei Gläser. Als ich mich umschaute, fiel mir auf, wie hübsch das Zimmer war – weiße Rosen in einer blauen chinesischen Vase, bestickte Kissen, getünchte Wände, die vom Feuerschein vergoldet wurden, und ein riesiger, langweiliger Kerzenleuchter aus vergoldeter Bronze, der nach Empire aussah. Es hätte ein Zimmer aus einem russischen Roman des neunzehnten Jahrhunderts sein können, fand ich. Insbesondere, nachdem ich die drei Ikonen in ihren mattsilbernen Rahmen gesehen hatte.

»Na, besser?«

Dejan durchquerte den Raum. Er hatte einen Korkenzieher in der Hand.

»Darf ich mein Sakko ausziehen?«, fragte er.

»Natürlich.« Ich war davon ausgegangen, dass er das schon getan hatte, denn was auch immer er im Restaurant an der Hüfte getragen haben mochte, war jetzt weg.

»Das ist mein privates Apartment. Mein Elfenbeinturm.«

Ich krümmte mich innerlich, konnte ihm aber keinen Vorwurf machen.

Während ich das Glas entgegennahm, deutete ich auf die Ikonen.

»Erzählen Sie mir davon.«

»Sagen Sie mir zuerst, ob Ihnen der Wein gefällt. Er ist aus Georgien, aus Kakheti.«

Der Wein roch nach Zedern und Kirschen.

»Der ist köstlich, danke schön.«

»Also, diese beiden Ikonen hier sind aus Okrid, und die Madonna kommt aus Skopje. Sie stammen alle aus dem dreizehnten Jahrhundert, denn das dreizehnte Jahrhundert war die … revolutionärste Zeit für die Ikonenproduktion in Serbien. Wissen Sie, das war der Zeitpunkt, als Serbien zum unabhängigen Königreich wurde und der heilige Sava die griechischen Bischöfe von ihren … Bischofsstühlen vertrieb?«

»Bischofs*sitze*.«

»Langweile ich Sie?«

»Nicht im Geringsten.«

»Die Ikonenmaler entwickelten zum ersten Mal ihren eigenen Stil. Die meisten Maler waren zwar noch Griechen, aber es gab auf einmal eine neue Schlichtheit. Mehr Farbe, mehr … Energie.«

»Sie sind sehr hübsch.«

»Das gefällt mir. Der Wein ist köstlich, meine wertvollen Ikonen sind ›hübsch‹. So sprechen die Kunstleute immer. Understatement?«

»Genau.«

»Je kostbarer der Gegenstand, desto kleiner das …?«

»Adjektiv?« Er hatte recht. Diese Affektiertheit hatte mich auch schon immer amüsiert. Damals im Auktionshaus beschrieb man einen Gainsborough als »recht charmant«, wenn man wusste, was man tat.

»Danke.«

Dejan setzte sich neben mich, das alte Sofa gab nach unter seinem Gewicht, und er nippte an seinem Wein.

»Und jetzt?«, fragte ich.

»Jetzt?«

»Wir können ficken, und dann können Sie mir erzählen, was Sie hier tun, oder Sie können mir erzählen, was Sie hier tun, und dann ficken wir vielleicht im Anschluss.«

»Dann sollten wir wohl besser gleich ficken.«

Er streckte den Arm aus, nahm mir das Glas aus der Hand und stellte es neben seines. Das Weinaroma lag dick auf seiner Zunge, als er anfing, mich zu küssen. Er schob mir eine Hand ins Kreuz, hob mich problemlos hoch und zog mich unter sich. Ich machte den Mund weit auf vor Gier und schob meine Hände unter seine Jacke. An seinem breiten Brustkorb spürte man jeden Muskel, und obwohl er sich nicht mit vollem Gewicht auf mich legte, spürte ich bereits seinen schwellenden Schwanz an meinem Oberschenkel. Ich knöpfte ihm das Hemd auf, fuhr mit den Nägeln durchs dichte Haar und drückte leicht zu, als ich eine Brustwarze in die Finger bekam. Wir knutschten wie die Teenager, atemlos und ein bisschen ungeschickt.

»Lass mich dein hübsches Kleid ausziehen.«

Ich rutschte vom Sofa und drehte ihm den Rücken zu, während seine Hände geschickt die Reihe von Häkchen öffneten, die sich unter dem Seidenstoff verbarg, gefolgt von meinem BH.

»Schön.« Er strich mir mit den Fingern über die Wirbelsäule und folgte ihnen mit dem Mund, bis er hinter mir kniete und mit beiden Händen meinen Arsch knetete. Ich tropfte für ihn, und das heiße Sehnen in meiner Möse war fast unerträglich schön. Ich stieg aus meinem Slip und wollte mich über den Tisch beugen, aber er umfasste meine Taille mit beiden Händen, stand mit einer geschmeidigen Bewegung auf und hielt meinen ganzen Körper problemlos über seinem Kopf. Er legte den Kopf zurück, streckte die Zunge nach meinen Schamlippen aus und saugte genüsslich. Eine Sekunde lang schwebte ich völlig schwerelos und spürte, wie es in mir pulsierte. Dann legte ich meine Schienbeine auf seine Schultern und die Handflächen an die Decke, um uns zu stabilisieren, und begann, die Hüften kreisen zu lassen, während er mich von der Möse bis zum Arschloch leckte. Seine Zunge war in mir, und ich stemmte mich gegen die Decke, sodass mein Gewicht ihn zwang, tiefer zu lecken, während sich mein Körper über ihm krümmte. Ich hätte so kommen können, aber das war einfach zu gut.

»Lass mich wieder runter.«

Er ließ mich so sanft herunter, wie er mich hochgehoben

hatte. Ich drehte mich um und kniete mich vor ihn, um seinen Schwanz in den Mund zu nehmen.

»Oh. Oh.«

Gott hätte wohl jeden Schwanz so gemacht wie den von Dejan, wenn sein Geld gereicht hätte. Er war so dick wie meine Faust und von oben bis unten gleichmäßig geformt. Die beschnittene Haut zog sich zu einem kleinen erhabenen Dreispitz zusammen, zart wie Moiréseide. Zuerst leckte ich ihn dort ein wenig, ließ meine Zungenoberfläche diese weiche Stelle streicheln, ich reizte ihn und ließ meine Zunge flattern, bis er keuchte, zuckte und noch weiter anschwoll. Da nahm ich den Schaft fest in die Hand und wichste ihn mit langen Strichen von oben nach unten, denen ich mit dem ganzen Mund folgte. Ich zog seine Finger an meine Kehle, damit er sich selbst tief dort drinnen fühlen konnte. Dann bewegte ich meinen Kopf tiefer, befeuchtete ihn üppig mit Spucke und ließ ihn das nasse Schmatzen hören, wenn ich meinen Mund nach unten stieß, bis ich würgte und meine Kehle sich zusammenzog. Sie lieben es, wenn man so aussieht, als … würde man sich nicht besonders wohl dabei fühlen. Seine Hand tastete sich zu meinem Hinterkopf vor, und er begann, mit seinem Schwanz in meinen Mund zu drängen, während ich seine Eier und den Damm mit meinem Saft einschmierte, meine Zunge hochstreckte und sie über den Kopf seines Schwanzes gleiten ließ. Dabei stieß ich ihn immer weiter in meinen Mund – bis ich langsam, unendlich langsam, meine Lippen entspannte, lockerließ und meine Hand wegzog. Es blieb nur noch das beständige Flattern meiner Zunge, ganz Folter, ganz Versprechen.

Er war völlig still, sein Gesicht war konzentriert über mich gebeugt. Ich legte den Kopf in den Nacken und leckte ihn noch ein letztes Mal von oben bis unten ab.

»Jetzt kannst du mich ficken.«

Ich streckte die Arme aus, um seinen Nacken zu umfassen,

zog meinen Körper auf seine großen Oberschenkel, schob mein Steißbein zurück und bewegte mich hin und her, bis er richtig in mir steckte. Dann schlang ich ihm die Beine fest um die Taille, während seine Hände sich um meinen Arsch legten. Er machte ein paar Schritte rückwärts, ich saß dabei wie aufgespießt auf ihm, dann lehnte er sich an eine Wand, fuhr tief in mich hinein und rammte meine Hüften an sich. Ein langsamer Stoß, zwei, drei, bis ich innerlich nach seiner ganzen Länge schrie. Er drehte sich um und ließ mich seinen Platz einnehmen und stieß mich mit seinem ganzen Gewicht, immer und immer wieder, bis ich merkte, wie mein Orgasmus heraufzog. Ich zischte ihm zu: »Jetzt!« Er verpasste mir noch ein paar Stöße, um mich über die Ziellinie zu bringen, und als ich den Kopf zurücklegte und meine Möse sich krampfartig zusammenzog, fühlte ich ihn noch einmal in mir anwachsen, und als sein eigener Orgasmus explodierte, hob er mich leicht von seinem Schwanz weg, damit ich zusehen konnte, wie sein Sperma in dicken Tropfen zu mir hochspritzte. Er ließ nur die Eichel zwischen meine nassen und klaffenden Schamlippen fahren, und dann brüllte er noch einmal auf und ließ mich los, ließ mich mit meinem ganzen Gewicht auf sich fallen. Im letzten Moment fing er mich auf und hielt mich an sich, während sich das letzte bisschen in mich ergoss.

Wir zitterten alle beide. Ich leckte ihm ein salziges Rinnsal aus der tiefen Senke zwischen seinen Brustmuskeln. Ohne mich loszulassen, trug er mich zum Sofa, beugte sich vor und ließ mich herunterrollen. Ich zitterte. Er griff sich eins der Gläser, nahm einen langen Schluck Wein, dann legte er seine Lippen auf meine, und ich trank aus seinem Mund.

»Geht es dir gut, Elisabeth?« Er klang rührend besorgt.

»Ich glaube schon. Ich weiß noch nicht.« Meine Hand streifte seinen Schwanz, der sich jetzt wieder ins Dickicht seiner Schamhaare zurückzog. »Das war … eine Überraschung.«

»Das meinst du jetzt aber nicht ernst.«

»Stimmt.«

Er setzte sich auf und begann, sein Hemd und seine Hose anzuziehen. Ich folgte seinem Beispiel und suchte meine Unterwäsche zwischen den Kissen, und als wir beide wieder richtig angezogen waren, schenkte er uns nach und wandte sich zu mir.

»Also, willst du mir jetzt mal erzählen, warum du mit diesem eher scheußlichen Bild zu mir gekommen bist?«

»Du machst doch regelmäßig Geschäfte über Ivan Kazbich, oder?«

»Ja. Das weißt du doch.«

»Ich glaube, manchmal verkaufst du ihm auch noch andere Dinge.« Ich konnte zusehen, wie die Anspannung durch seinen Arm lief, eine jähe Welle vom Ellbogen zur Schulter.

»Kann sein«, antwortete er schmallippig.

»Ich möchte, dass du ihm etwas von mir ausrichtest. Für einen seiner anderen Arbeitgeber. Ich hab es aufgeschrieben, und ich gebe dir den Zettel, bevor ich gehe. Kazbich weiß, dass ich etwas habe, was sein Arbeitgeber sucht, und ich werde es ihm in einer Woche in der Schweiz übergeben. Vorausgesetzt, er hält die Verabredung zu meinen Bedingungen ein.«

»Und warum sollte ich das tun?«

Ich hätte jetzt natürlich sagen können, dass ich ihn schließlich nicht für nichts und wieder nichts gevögelt hätte, aber das wäre nicht wahr gewesen, von der Unhöflichkeit ganz zu schweigen.

»Weil Kazbich Fälschungen verkauft, und er riskiert … dass eure restliche Versorgungskette damit künftig komplizierter wird.«

»Du weißt überhaupt nichts.«

»Kann sein.« Ich wusste tatsächlich nichts, ich musste einfach beten, dass er mir den Bluff abnahm. Nichts gegen ein

Happy End, aber Sinn dieser ganzen Reise war ja gewesen, Yermolov und Balensky davon zu überzeugen, dass ich wusste, was sie wirklich trieben. Vorausgesetzt, dass ich hier lebendig wieder rauskam, würde eine Mitteilung von Dejan höchstpersönlich bedeuten, dass ich genug wusste, um sie hochgehen zu lassen. Deswegen würden sie einem Treffen zustimmen, genau so, wie ich es vorgehabt hatte. Mein Hinweis, dass ich über die Kunst-gegen-Waffen-Geschichte im Bilde war, könnte ihnen natürlich ein Anreiz sein, mich gleich umzubringen, aber das hatten sie ja sowieso vor. Wenn ich sie überzeugen konnte, dass ich etwas wusste, konnte ich mir die Zeit kaufen, die ich brauchte, um sie zu konfrontieren.

»Du bist sehr wissbegierig.« Dejan klang enttäuscht. »Oder vielleicht auch nur sehr dumm.«

»Das ist jetzt aber nicht höflich.«

Er hatte recht. Er würde ja nicht mal Hilfe brauchen, diese riesigen Hände konnten mir das Genick brechen wie ein Cocktailstäbchen. Das war der riskanteste Teil meines Plans, aber das machte ihn ja auch so sexy. Ich hielt seinen Blick fest und wagte sogar ein kaltes Lächeln.

»Du würdest doch sicher nicht … Ich meine, nachdem wir gerade eben erst …?«, schnurrte ich.

Er lächelte zurück. »Glaubst du nicht, dass ich das dann schon vorher gemacht hätte? Du bist … komisch. Und mutig.«

»Danke. Aber wie gesagt, deine … privaten Arrangements gehen mich nichts an. Ich möchte nur, dass meine Message Kazbich erreicht und dass ich das vermisste Objekt zurückgeben kann. Das ist alles. Versprochen.«

Er stand auf. »Ich werde dich jetzt nach Hause fahren lassen, Elisabeth.«

»Aber du wirst machen, worum ich dich gebeten habe?«

»Vielleicht. Ich glaube schon.« Er gab mir meine Tasche, und ich holte den Zettel mit den Anweisungen heraus. »Vielleicht hätte ich gerne noch ein bisschen mehr Zeit mit dir verbracht, aber du musst mich entschuldigen. Ich bin sehr beschäftigt.«

»Natürlich.« Es versetzte mir einen kleinen Stich, mit anzusehen, wie er seinen Stolz wiederherstellte und zur Förmlichkeit zurückkehrte.

Er drückte auf eine Klingel an der Tür zum Treppenhaus, und ich richtete mich auf, als wir Schritte hochkommen hörten. Zu irgendjemandem hinter der Tür sagte Dejan rasch etwas auf Serbisch.

»Zvezdan wird dich fahren, wohin du willst. Auf Wiedersehen, Elisabeth.« Er beugte sich über meine Hand.

»Auf Wiedersehen, Dejan. Vielen Dank, dass du dir die Zeit genommen hast.«

Ich folgte dem Jungen über den Innenhof und kam noch an ein paar anderen vorbei, die ein Tor aufsperrten und uns über eine Rampe in eine Tiefgarage begleiteten. Dort parkte der Aston, neben einem Porsche SUV und zwei Range Rovers – der dunkle von vorhin, der eine weiße Innenausstattung hatte, wie ich im Licht der Neonröhren sah, und ein weißer, bei dem das Leder schwarz war. Der Junge drückte auf einen Schlüssel, und ich atmete vor Erleichterung stoßartig aus. Das schwarze Auto mit den weißen Sitzen. Wenn er den anderen genommen hätte, hätte es bedeutet, dass er mich umbringen würde. Darf doch kein Blut auf die weißen Ledersitze kommen.

Das besetzte Haus bumperte, als der Bodyguard mich ungefähr eine Stunde später wieder absetzte. Er hielt mir die Tür auf und reichte mir mit feierlichem Ernst meine Tasche, bevor er halb salutierte und wieder in die Stadt zurückfuhr. Er sah gar nicht mal so schlecht aus, und ich fühlte mich so glänzend, dass ich ihn vielleicht sogar gebeten hätte, noch mit hochzukommen, wäre da nicht sein Chef gewesen. Also zog ich jetzt einfach wieder meine Schuhe aus und spulte den anstrengenden Marsch in den zehnten Stock ab, wobei die Kälte und die Anstrengung des Treppensteigens meine Weinnebel schon bald wieder verbrannt hatten.

Ein Kaleidoskop aus Klängen, hauptsächlich House und Techno, hallte von den Wänden wider. Die Studios waren alle offen, alles war voller Leute, die tanzten, tranken, rauchten, sich küssten. Ein bärtiger Riese fuhr auf einem Kinderdreirad vorbei und winkte mir zu, während sein Freund ihn mit dem Handy filmte. Zwei umwerfend schöne serbische Amazonen stampften in Doc Martens und Lederleggins vorbei. Sie hatten eine Handvoll angezündeter Wunderkerzen in der Hand. Ich zog mich aufs Dach zurück, weil ich gerne ein bisschen Ruhe haben wollte, und holte mein Handy heraus. Unter mir glänzte diese seltsame, überbordende Stadt.

Als Erstes schickte ich eine SMS an Carlotta, um auf ihre nette Einladung zu einem Besuch in St. Moritz zurückzukommen, die sie auf ihrer Hochzeit ausgesprochen hatte. Ich hauchte mir auf die kühlen Finger, während ich diverse Nummern durchprobierte, die Elena mir in Venedig gegeben hatte. Erst ein russisches Handy, das leider ausgeschaltet war, dann eine englische Vorwahl – vielleicht war sie gerade in London. Dort war es jetzt nach Mitternacht, und wenn sie tatsächlich noch wach war, standen die Chancen schlecht, dass sie nüchtern war. Aber dann meldete sie sich doch benommen beim zweiten Klingeln.

»Elena, hier ist Elisabeth aus Venedig. Diese Sache, um die Sie mich gebeten hatten, Sie wissen schon … ich kann Ihnen etwas noch Besseres besorgen. Um Längen besser. Sagen Sie kein Wort. Sie müssen mich jetzt zurückrufen, unter einer neuen Nummer, ich geb sie Ihnen durch. Aber Sie müssen mich von einem anderen Telefon aus anrufen. Können Sie das einrichten?«

»Da.« Wenn sie überrascht oder verdutzt war, zeigte sie es nicht.

Auf dem Dach standen ein paar Picknicktische vom Trödel. Ich verbrachte die zwanzig Minuten bis zu Elenas Rückruf damit, ein paar von den Tischen zu einer Art Windschutz zusammenzustellen. Dann hockte ich mich hinein, in meinem dünnen Kleidchen und den bloßen Füßen. Als sie anrief, redeten wir so lang, dass meine Hand am Handy erstarrte. Ich musste sie mit Gewalt lösen und ins Leben zurückmassieren, als ich später die Treppe hinunterging, um erst mal Timothy zu suchen.

Das Studio des Xaoc-Kollektivs war voll wie ein Club, dicht gepackt mit schwitzenden Leibern. Ich drängelte mich in die Küche durch, wo Jovana in einer riesigen Bratpfanne Rühreier und Zigarettenasche verrührte. Sie sah mich mit verträumtem Strahlen an. Ich verspürte den plötzlichen Drang, sie auf den Mund zu küssen, aber dann fiel mir wieder ein, dass ich ja praktisch ihre Chefin war – es hätte als sexuelle Belästigung gedeutet werden können.

»Wie ist es gelaufen?«, rief sie über die Schulter.

Ich reckte den Daumen nach unten, und sie zuckte mit den Schultern.

»Aber das andere Projekt machen wir weiter!«, schrie ich. »Können wir morgen drüber reden?«

Sie nickte, tat Tabasco in die Pfanne und rührte mit dem Pfannenwender in der Mischung.

Timothy war im Studio und wirbelte ein Mädchen in einer deplatzierten Rock-'n'-Roll-Nummer herum. Er hatte sich aus einem von Jovanas Folklore-Stoffen eine Bluse gemacht, die eine Schulter freiließ und sich gipsymäßig ausnahm zu seinem dunklen Haar. Er hatte seinen Glanz endlich zurück, er sah wieder jung aus und auf naive Art glücklich. Ich hatte ihn noch nie so gesehen, und es freute mich zutiefst. Was ich mit ihm vorhatte, war zwar ziemlich unschön, aber letztendlich war Sex für ihn doch ein Business. Hinterher würde es ihm wieder gut gehen. Da war ich mir ganz sicher.

Ich tippte seiner Partnerin auf die Schulter und nahm ihren Platz ein. Dann ließ ich mich von ihm herumwirbeln, so gut es ging in diesem Gewirr aus Körpern.

»Amüsierst du dich?«

»Ich liebe diesen Ort!«, rief er in seinem schwerfälligen Englisch.

»Gut. Dann vergnüg dich mal noch schön. Morgen reisen wir ab.«

»Wir reisen ab?«

Ich umarmte ihn.

»Ja, mein Schatz. Wir fahren in die Schweiz.«

3. STREUUNG

22. Kapitel

Obwohl ich die meiste Zeit meines Lebens pleite gewesen bin, hatte ich in den paar Jahren des Überflusses völlig vergessen, *wie* großartig sich Überfluss anfühlt. Endlich hatte ich die Nachricht von Dejan bekommen, dass Yermolov und ich uns in zwei Tagen treffen konnten. Wenn ich eventuelle Gottesakte außer Acht ließ, konnte ich ziemlich sicher sein, dass ich die Warnung des Hackers, Yermolov könne mich über meine Bankkarte aufspüren, nicht mehr ernst nehmen musste. Ich reiste sogar als Judith Rashleigh, einfach zum Spaß.

Timothy und ich flogen die kurze Strecke von Belgrad nach Mailand in der Businessclass, und nach dem Fernbus und der WG genossen wir die warme Mahlzeit und die Auswahl an Getränken, die von gertenschlanken Air-Serbia-Hostessen in schicken Lederhandschuhen serviert wurden. Timothy wäre gern in der Stadt shoppen gegangen, aber ich wollte unbedingt gleich in die Berge, also nahmen wir uns direkt am Malpensa-Flughafen einen Fahrer.

Der Malojapass ins Engadiner Tal schlängelte sich in einer langen Serpentine nach oben. Der Fahrer kurbelte sein Taxi mit geübter Souveränität hindurch, nur ab und zu musste er am Rand halten, um einen Bus mit dumpf dreinblickenden Filipinos oder verschreckten Touristen vorbeifahren zu lassen. Der Schnee begann auf halber Höhe, die Räumfahrzeuge hatten ihn am Fahrbahnrand zu zwei Meter hohen Haufen aufgetürmt. Wir kamen an Bauernhöfen vorbei, die aussahen, als stammten sie direkt von einer Weihnachtspostkarte, mit Eisschwertern, die von den Dachrinnen hingen, und knorrigen Kiefern, die sich waagrecht unter ihrer Schneelast und dem jahrelangen Alpenwind bogen.

Wir fuhren an einem langen schwarzen See vorbei, der mit Langlaufskifahrern in Neonmützen und Lycraanzügen geschmückt war, die sich schwerfällig über seine gefrorenen Wellen bewegten. Dann kamen mehrere Dörfer mit so musikalischen Namen wie Sils Maria und Silvaplana, bis die schmucke blau-weiße Fassade des Hotels Kempinski den Ort St. Moritz ankündigte. Ich hatte nicht erwartet, dass die Stadt so modern aussehen würde. Ihre zahlreichen Glas-und-Stahl-Gebäude hoben sich hässlich von der weißen Pracht der Berge ab. Aber während wir in Staus aus Geländelimousinen von Porsche und Audi vorankrochen, hatte ich jede Menge Zeit, um festzustellen, dass ländliche Einfachheit nichts für St. Moritz war. Rundliche Frauen, aufgepelzt wie Zwergspitze, schlitterten in kristallübersäten Sneakers mit Keilabsatz über die Gehwege, Skistirnbänder aus Nerz gaben ihren Hijabs festen Halt, während sie in Uhrengeschäfte, Juwelierläden und Sonnenbrillengeschäfte spähten. Alles, was nicht mit Markenlogos bedeckt war, war mit Diamanten besetzt. Eine Boutique hatte einen Schlafsack aus weißem Fuchspelz im Schaufenster, in einem anderen Schaufenster hingen schwarze Satin-Skijacken, auf deren Aufschlägen in diamantener Schnörkelschrift »Sexy« stand. Perfekt für einen kühlen Januar in Riad.

Wir deponierten Timothy im Eiderhof, einem hostelartigen Betonblock in Bahnhofsnähe. Nachdem wir für drei Nächte gezahlt hatten, gingen wir in die Nummer neun, ein Einzelzimmer mit Dusche, und ich schaute mir den Gebäudeplan gut an, während Timothy die Korridore nach Überwachungskameras absuchte. Aber wir waren hier in der Schweiz, und es war alles einwandfrei. In der Lobby gab ich ihm ein wenig Geld. Er nahm es mit einem ungewohnt zweifelnden Gesichtsausdruck entgegen.

»Bis später.« Ich versuchte, beruhigend zu klingen. »Du gehst jetzt am besten shoppen. Kauf dir ein paar anständige Klamotten. Da drüben ist gleich ein Moncler-Shop.«

Das munterte ihn ein bisschen auf, obwohl er sehr jung und einsam aussah, als er dort auf den beschneiten Stufen inmitten einer Gruppe aus zünftigen Schweizer Skilehrern in roten Jacken stand.

Ich erinnerte ihn daran, um wie viel Uhr er fertig sein musste, und dann schlängelte ich mich durch den dichten Verkehr zu meinem wartenden Taxi und zog selbst zu einer Shoppingtour los. Als Erstes war ein Sexshop dran, den ich auf dem Weg hierher entdeckt hatte. Er war praktischerweise an eine Tankstelle mit Imbisslokal angeschlossen. Die Schweizer sind einfach immer so effizient. Ich suchte eine schwarze Latexjacke und dazu passende Hotpants in der Männerabteilung aus. Die anderen Requisiten für meinen Tatort bestanden aus Angelschnur von einem Campingausrüster, einem guten alten Schweizer Armeemesser, einem schweren Trilobitenfossil aus einem Souvenirshop und einer Flasche Whisky. Schließlich zogen der stoische Taxifahrer und ich los, um Carlotta zu suchen.

Es dauerte eine Weile, bis wir Franz' Haus oberhalb des Stadtzentrums gefunden hatten. Vor allem, weil Norman Foster es als ein Stück Felsen verkleidet hatte. Das Haus hätte im *Architectural Digest* abgebildet sein können, aber von außen sah es aus wie die Traumbehausung von Bilbo Beutlin – weniger ein Gebäude als ein Eishügel. Doch nachdem ich den astronomischen Fahrpreis bezahlt und meine Tasche vorsichtig über einen schmalen Pfad geschleppt hatte, der mit schwarzem Torfmoos gesäumt war, musste ich zugeben, dass es von innen doch ziemlich spektakulär aussah. Carlotta erwartete mich in der NASA-gerechten Küche, durch deren Glaswände man einen perfekten Blick auf die Gipfel auf der anderen Seite des Tals hatte. Ich war überrascht, sie in Jeans und einem Trachtenjanker über einem marineblauen Kaschmir-Rollkragenpullover zu sehen, aber andererseits gehörte ihre Chamäleonhaftigkeit ja zu den wenigen Dingen, die wir gemeinsam hatten. Nachdem wir vorschriftsmäßig gequietscht und uns abgeküsst hatten, bot sie mir eine Tasse Tee an, aber dann war sie doch überfordert damit, eine Tasse und einen Teebeutel aus den Schrankreihen aus gebürstetem Stahl herauszuholen.

»Unser Filipino hat sich das Bein gebrochen«, erklärte sie.

»Oh … oje.«

»Ja, ich hatte ihn zu Hanselmann geschickt, damit er das Roggenbrot holt, das Franz so gerne isst, und er ist quasi auf dem Eis ausgerutscht und hat sich das Bein gebrochen.«

»Das ist ja schrecklich.«

»Ja, Franz ist echt total angenervt, weil wir heute Abend ein Dinner geben wollten, aber ist ja egal – wir können ja ins Cecconi's gehen.«

»Geht es ihm denn gut?«

»Oh ja, Franz liebt das Cecconi's.«

»Okay. Super.«

Ich entschied mich für ein Glas vom besten Leitungswasser, das ich jemals getrunken hatte, und dann setzten wir uns nebeneinander auf eine Bank mit einem Rentierfell und bewunderten die Aussicht. Es war ziemlich schwierig, das Gleichgewicht zu halten, denn die kunstvoll drapierten Felle drohten ständig auf den Boden zu rutschen.

»Es ist so nett, dass ich dich besuchen darf!«, rief ich begeistert. »Und so ein wunderschönes Haus habt ihr.«

»Uns gefällt es auch. Franz wollte ja am liebsten so einen

alten umgebauten Stall irgendwo im Tal in Zuoz, da hab ich aber gesagt, hey, kommt gar nicht infrage, ich werde doch hier nicht in der Pampa mit lauter alten Deutschen rumhängen, also haben wir das hier behalten. Fuck!«

»Was ist? Alles in Ordnung, Carlotta?«

Carlotta blinzelte auf den Goldbarren von Uhr, den sie ums linke Handgelenk trug. »Einen Moment.«

Sie verschwand und kam einen Augenblick später mit einer Spritze zurück.

»Bisschen früh für so was, oder?«, fragte ich nervös.

»Das ist für meine IVF«, erklärte sie. »Ich muss mir die Spritze geben. Hier, kannst du mir das mal machen?«

Sie drückte mir zwei Glasampullen in die Hand und bat mich, sie oben abzubrechen und den Inhalt in der Spritze zu mischen, während sie ihren Pullover hochzog und einen weichen, flachen gebräunten Bauch entblößte. Sie schob die Haut zwischen zwei Fingern zusammen. Ich schaute weg, bevor die Nadel in ihre Bauchdecke stach.

»Ich brauch einen Wattebausch. Schmeiß das mal schnell in den Abfalleimer, ja?«

Ich schaute mich hilflos nach dem Abfalleimer um.

»Ich versuche, schwanger zu werden«, verkündete sie, für den Fall, dass ich mich wunderte.

»Hat es bisher nicht geklappt?«, fragte ich mitfühlend.

»Nein. Ich bin eigentlich schon in der Lage, es auf natürlichem Weg zu machen, aber auf diese Art steigt die Wahrscheinlichkeit für Zwillinge, und dann muss man nur einmal dick werden. Kleine Versicherungspolice.« Sie nickte vertraulich. »Da wird er seinen Ehevertrag quasi noch mal ganz neu machen müssen.«

»Stimmt. Na, dann hoff ich mal das Beste für euch zwei.«

»Ja, bloß dass sie manchmal die überzähligen entfernen müssen, also die nicht lebensfähigen Föten. Ich kannte eine Frau in

London, der haben sie den falschen rausgenommen, und dann hatte ihr Kind quasi bloß einen Arm.«

»Du lieber Himmel, Carlotta.«

»Ich weiß. Der war dann verkehrt rum oder so. Ätzend. Auf jeden Fall hat diese Frau …«

»Bitte sei still! Warum macht ihr es denn nicht einfach auf natürlichem Wege?«

»Es würde mir ja wirklich gar nicht so viel ausmachen, aber das würde bedeuten, dass ich Franz quasi dazu bringen müsste, mich zu vögeln, weißt du?«

»Ich dachte, du hättest gesagt, er ist nicht lästig?«

»Na ja, ist er auch nicht. Aber er ist trotzdem ein Schwein. Er will zum Beispiel, dass ich in ein Glas pinkle, und das trinkt er dann aus, während er sich einen runterholt. Ist zwar weniger Aufwand, aber nicht so gut, um Babys zu machen«, schloss sie bedauernd.

»Du, sag mal, was ist eigentlich mit Hermann passiert?«

»Er hat zehn Jahre gekriegt. Schwerer Betrug. Gott sei Dank bin ich da nicht mit reingezogen worden.« Bei der Erinnerung daran schien sich ihre Stimmung aufzuheitern.

»Aber jetzt komm, wir müssen uns umziehen. Franz ist im Cresta, aber wir treffen ihn um sieben.«

Carlottas Versuch im Gotha-Chic hatte keinerlei Auswirkungen auf ihre Abendgarderobe. Sie erschien in einem Cocktailkleid von Balmain aus schwarzem Leder mit einem Band aus Smaragden, das in ihrem ungeheuren Dekolleté verschwand. Dazu trug sie Ankleboots aus Schlangenleder von Louboutin mit einer Reihe von Spikes um den Zehn-Zentimeter-Absatz. Meine Reisegarderobe ging nicht ganz so weit, aber es gelang mir, das leicht knittrige Lanvin-Kleid mit ein paar Streifen von Carlottas Tit-Tape in einen Mini zu verwandeln. Widerstrebend zog ich dazu schwarze Wildlederoverknees mit Blockabsatz an, die mir meine Gastgeberin lieh. Als ich mein Spiegelbild betrachtete, fiel mir wieder ein, dass dies in unschuldigeren Zeiten einmal meine Vorstellung von Eleganz gewesen war. Mir fiel meine erste Reise an die Riviera wieder ein und wie aufregend ich es gefunden hatte, mich im Minikleid mit High Heels zu stylen. War das Kleid gelb gewesen, das ich getragen hatte, als ich mit Leanne ausging? Ich war so naiv gewesen, in so vieler Hinsicht … damals fand ich ja sogar eine Chanel-Handtasche aufregend.

»Na komm, mein Schatz!«, riss mich Carlotta aus meinen Gedanken. Sie hüllte sich gerade in etwas, was einmal ein Jaguar gewesen sein mochte. Ich hatte immer noch keinen anständigen warmen Mantel.

»Toll, dann gehen wir morgen shoppen!«, quietschte Carlotta und lieh mir großzügig eine dunkle Nerzjacke aus der großen Sammlung, die im Flur hing. Zumindest wusste sie, wo diese Garderobe war – wenn mal ein Feuer ausbricht, muss man wissen, wie man die Prioritäten richtig setzt.

Franz' Fahrer schrieb uns eine SMS, und dann hasteten wir über das Moos zu dem unvermeidlichen, allgegenwärtigen SUV, an dem auch noch die Scheiben schwarz waren, dankbar für die Wärme nach dem raschen Lauf durch die nächtlichen Minusgrade.

»Franz bringt einen Freund mit für dich«, verkündete Carlotta träge, als wir zurück in die Stadt fuhren. Ihr Lipgloss glänzte pflaumenfarben im Schein ihres Smartphonedisplays.

»Jemand Nettes?«

»Nein, Tomas ist der volle Schnarchzapfen, aber dem gehört quasi halb Frankfurt. Weißt du, du solltest wirklich mal über deine Zukunft nachdenken. Ich meine, du hast ja deine Galerie und so, und das ist ja auch toll, aber …«

»Ich bin nicht wirklich auf dem Heiratsmarkt unterwegs.« Ich hatte immer gewusst, dass das nichts für mich war. Der

Gedanke, jemandem zu gehören, war mir immer unsympathisch gewesen.

»Du solltest das nicht zu lange aufschieben. Sobald du über dreißig bist, kriegst du nichts Gescheites mehr, das kannst du vergessen. Erinnerst du dich zum Beispiel an das Model, das wir auf dieser Party kennengelernt haben?«

»Hilf mir mal kurz auf die Sprünge.«

»Du weißt schon, in Italien. Die war mit diesem Fernsehtypen da.«

Als wir mit Steve auf Balenskys Boot waren, hatte ich mich nicht besonders auf die Dinnergesellschaft konzentriert – da gab es andere Dinge, mit denen ich mich beschäftigen musste, zum Beispiel nicht von seinen Bodyguards über Bord geworfen zu werden, als ich Informationen aus Balenskys Arbeitszimmer stahl. Aber ich konnte mich an ein Bikinimodel erinnern, das am Arm eines amerikanischen Produzenten hing.

»Na ja, also, die hat mit dem Typen zusammengelebt, hat keinen Ring von ihm bekommen, und dann hat er sie für irgend so eine Siebzehnjährige verlassen oder so. Ich glaube, vielleicht war es sogar ein Typ. Und dann kriegte das Finanzamt sie zu fassen, und sie musste nach Pittsburgh zurückgehen. Ich meine – Pittsburgh! Das hab ich auf Facebook gesehen.«

»Die Arme.«

»Ja, da kannst du mal sehen. Du musst das ernster nehmen, Schätzchen.«

»Ist notiert.«

»Jetzt posiert sie für Kataloge und so ein Zeug.«

Ich zuckte schon ein wenig zusammen, als der alte Franz einen säuregelben Riesling als Aperitif bestellte, aber das Dinner wurde dann ziemlich lustig. Tomas, der in ähnlichem Alter war wie Carlottas Mann, wie sich herausstellte, schwadronierte harmlos über internationale Immobilienpreise, immer wieder unterbrochen von Carlottas Kommentaren zu den Stammgästen des Cecconi's. Adrette Kellner in weißen Jacken glitten mühelos durchs Lokal, und die *gnocchi al cervo* waren butterweich und köstlich. Hinterher drängten wir uns alle ins Auto, um in den Dracula Club zu fahren.

Damals, als ich versucht hatte, mehr über die Welt zu erfahren, die ich glaubte bewohnen zu wollen, war mir das Dracula wie ein Mythos vorgekommen. Die Hochglanzmagazine reservierten ganz besonders sirupsüße Lobhudeleien für die Partys in der geheimen Berghöhle, zu der nur Fahrer des Cresta-Rennschlitten-Teams und ihrer Gäste Zutritt hatten. Franz war schon ein »Geisterfahrer« gewesen, als seine derzeitige Frau noch gar nicht geboren war, also wurden wir an einer jüngeren Gruppe von nervösen Schwätzern vorbei zu einem schmalen Tisch an der Bar geführt. Schwarze und rote Gardinen hingen von der hohen Decke, gerahmte Poster des Cresta-Clubs und seiner Fahrer hingen überall an den Wänden. Nur Zwerge und Tänzerinnen sah man eher wenig. Der DJ spielte – Adele. Kellner brachten Magnumflaschen Dom Perignon und hantierten mit Tischfeuerwerk, und ihr Auftreten wurde jedes Mal mit Jubelrufen und Begeisterungsschreien quittiert. Am nächsten Tisch musste eine laute Truppe zeigen, wie crazyyy sie waren, indem sie schwankend auf der Sitzbank herumhüpften. Ich war gar nicht sonderlich überrascht, als ich Stefania von Tage Stahls Party auf Ibiza wiedererkannte. Ich nickte ihr zu, und sie erwiderte die Geste mit einer Grimasse geheuchelten Wiedererkennens. Ich hoffte, dass sie eine gute Saison hatte. Die Musik war zu laut, als dass man sich hätte unterhalten können, aber Franz und Tomas schienen es zufrieden. Sie nickten mit den Köpfen wie ein altes Taubenpärchen und warteten friedlich, bis es Schlafenszeit war. Vielleicht war das Dracula früher mal so richtig wild gewesen, aber Gunter Sachs war jetzt auch schon eine ganze Weile tot.

Nach ungefähr einer halben Stunde schleppte ich meinen matten Körper auf die Damentoilette, schloss mich ein und schrieb eine SMS an Elena.

Gibt's Neuigkeiten?

Balensky ist angekommen. Wahrscheinlich auf dem privaten Flughafen von Celerina, etwas weiter unten im Tal.

Wo sind Sie jetzt? Ich bin im Dracula.

Im Palace.

Badrutt's Palace im Zentrum von St. Moritz mit Blick auf den See ist eines der ältesten und schillerndsten Resorthotels. Elena hatte mir erzählt, dass Balensky immer dort residierte.

Bin schon unterwegs, schrieb ich.

Unsere kleine Gesellschaft hatte Zuwachs bekommen, als ich an den Tisch zurückkehrte. Ich erfreute mich daran, wie Carlotta Hof hielt, und ebenso sehr freute ich mich, dass ich sie nicht hören konnte. Ich wurde von einem Amerikaner namens Jeff abgefangen und hörte ungeduldig zu, als er versuchte, mir irgendwelche Geschichten vom Heli-Skiing in Colorado zu erzählen. Irgendwann wich ich seinem ohrenbetäubenden Gebrüll aus, indem ich ihm einfach den Rücken zuwandte und über Tomas zu Carlotta kletterte.

»Was *tust* du denn da?«, kreischte sie. »Das ist Jeff Auerbach. Das ist der Vorstandsvorsitzende von KryptoSocial!«

Jeff war schon in einer Menge von eifrigeren Goldgräberinnen verschwunden.

»Warum? Dem geht's doch gut. Ich hab dir ja gesagt, mein Schatz, ich wollte mit *dir* ausgehen. Hättest du Lust, woanders hinzugehen?«

»Wohin?«

»Ich dachte, wir könnten die Jungs auf einen Absacker ins Palace mitnehmen? Franz sieht ein bisschen müde aus.«

Tatsächlich schien Franz schon eingeschlafen zu sein.

»Ja, klar, wenn du willst.« Carlotta bohrte ihrem Mann den

Finger in den Brustkorb. Vielleicht ein bisschen fester als nötig.

»Schatzi? Willst du noch einen trinken gehen und ein bisschen Backgammon spielen?«

»Wir können dann ja immer noch ins King's runtergehen«, deutete ich an. Das King's war der andere Club von St. Moritz, im Keller des Palace Hotel.

Alle checkten kurz ihre Smartphones, als wir in die Stadt hinunterfuhren. Ich hatte drei SMS von Elena:

Ich warte noch.

Er ist hier. Bar.

Wo sind Sie?

Ich antwortete, dann schickte ich eine Message an Timothy.

Zeit zum Aufbruch. Bar im Palace. Das Hostel, das ich ihm ausgesucht hatte, war zehn Minuten zu Fuß entfernt.

Bin startklar, lautete seine Antwort.

Ich war froh, dass mir Carlottas Overknees so einen selbstsicheren Gang verliehen, als ich ins Palace marschierte. In diesem Moment passten sie perfekt zu meiner Stimmung. Elena saß auf einem Stuhl in der Lobby und war anscheinend ganz in ihr Smartphone vertieft. Da Yermolov nach St. Moritz kommen sollte, durfte sie nicht in ihrem Haus wohnen, also hatten wir verabredet, dass sie sich ein Hotelzimmer nehmen sollte, wie sie es nach ihrer Trennung schon mehrfach gemacht hatte. Ich hatte sie gefragt, ob es ein Problem sein würde, wenn Balensky sie sah, aber sie hatte nur gehöhnt: »Pah! Ich bin eine alte Ehefrau! Praktisch unsichtbar. Und es ist völlig normal, dass ich zum Saisonstart in St. Moritz bin. Außerdem haben Sie ihm doch anderen Stoff zum Nachdenken gegeben, oder?«

Elena hatte die volle Kampfmontur angelegt, schien aber relativ nüchtern zu sein, obwohl ich mutmaßte, dass die durchsichtige Flüssigkeit in ihrem Glas purer Wodka war. Sie grüßte mich nicht, sondern deutete nur mit einem Nicken leicht seitlich zur Bar. Carlotta bahnte sich einen Weg durch die Vitrinen mit bonbonfarbenen Diamanten in die halb leere Lounge, wo Franz, erfrischt von seinem Nickerchen, gerade ein Backgammonbrett aufklappte. Ich griff nach Tomas' Hand.

»Ich hab die Bar hier noch nie gesehen, aber ich hab gehört, die Aussicht soll großartig sein. Wollen wir unseren Drink dort nehmen?«

Tomas folgte mir in den intimeren getäfelten Raum mit dem riesigen Panoramafenster, durch das man die Alpen wieder in ihrer gleichgültigen Erhabenheit glänzen sah. Ich bestellte mir einen Champagnercocktail, und während der Barmann ihn mir mixte, kuschelte ich mich unter Tomas' überraschten, aber durchaus nicht unwilligen Arm. So abgeschirmt durch Bäuchlein und Jackett, spähte ich über die Schulter nach hinten. Elena hatte wirklich ihre Berufung verfehlt. Balensky saß nur drei Meter entfernt.

Sein Gnomenrücken war halb in einem Art-déco-Clubsessel versunken, aber dieses Toupet hätte ich überall wiedererkannt. Wie ich ihn so da sitzen sah, konnte man sich nur schwer vorstellen, dass dieser verschrumpelte Mann für eine ganze Reihe von kleineren Kriegen mehr oder weniger verantwortlich zeichnete. Wie viele Leben hatten Yermolov und er insgesamt auf dem Gewissen? Wobei ich mich in dieser Hinsicht nicht gerade zum Richter hätte aufschwingen können.

»Bitte schön, meine Liebe.« Ich fragte Tomas, ob er St. Moritz schon lange kannte, und während er eine weitschweifige Anekdote begann über die guten alten Zeiten, als ein junger Kerl noch einen Spind mit Sportsachen im Palace haben konnte, schielte ich in die andere Richtung. Ich manövrierte Tomas' Körper näher an mich heran und drehte mich selbst ein Stück, um besser sehen zu können. Balenskys Leibwächter saß zu seiner Rechten und trank eine Cola. Vor ihm auf dem Tisch lag eine Herrentasche aus Leder, die so gar nicht ins Bild passen wollte. Links von Balensky saß Timothys Konkurrenz, ein schlanker Junge mit slawischen Zügen und hohen Wangenknochen, gebleichten Haaren und vollen Lippen, die so aussahen, als hätte er mit Hyaluronsäure herumexperimentiert. Balensky telefonierte gerade und ignorierte seine beiden Begleiter, aber seine Linke lag diskret auf dem Knie des Jungen.

Tomas fühlte sich offenbar ermutigt, er erzählte mir jetzt von seinem eigenen Chalet in Kitzbühel und meinte, das würde ich mir diese Saison doch bestimmt gerne mal anschauen.

»Klingt ja großartig«, ermutigte ich ihn weiter und ließ seine Hand wie durch Zufall über die freie Stelle zwischen meinem Rock und den schrecklichen Stiefeln gleiten, wobei ich Balensky eindringlich beobachtete. Sein kleiner Schrumpelkopf fuhr herum, als Timothy hereinkam, mit schwarzer Jeans und einem exquisiten weißen Kaschmirpullover. Über dem Arm eine neue Daunenjacke mit gestepptem Lederkragen, und seine goldene Rolex blitzte nur minimal indiskret hervor. Irgendwie hatte er es hingekriegt, sich eine Skibräune ins Gesicht zu zaubern, und die Spitzen seines perfekt zerzausten Haares streiften die gerötete Haut auf seinen Wangenknochen. Ich hatte keine Angst mehr, dass ich Balensky auffallen könnte – der hatte jetzt nur noch Augen für Timothy, der sich einen Drink bestellte, bevor er sich umdrehte, seinen Blick durchs Lokal wandern ließ und dann kurz Überraschung heuchelte, bevor er auf Balensky zuging.

Im Flugzeug nach Mailand hatte ich Timothy seinen Text eingebläut, aber es war auch für mich wichtig, ihn nun in Aktion zu beobachten. Ich musste sichergehen, dass er tatsächlich in Gegenwart von Zeugen ein Date mit Balensky ausmachte. Er sollte Balensky, der Französisch sprach, daran erinnern, dass sie sich schon mal begegnet waren, in Gesellschaft von Edouard Guiche. Dann sollte er kurz die schreckliche Tragödie seines Todes beklagen, anschließende die Unterhaltung auf neutrales Terrain steuern und erwähnen, dass er mit ein paar Freunden aus Paris im Resort wohnte. Freunde, die eine Party schmissen, die der Art von Party nicht unähnlich war, wie Balensky sie in Tanger gegeben hatte, und dann sollte er Balensky vorschlagen, doch vielleicht mal vorbeizuschauen. Traurig und begehrenswert spielen, ein bisschen verloren, aber nicht untröstlich, verletzt, aber immer noch keck. Verlockend.

Ich hatte damit gerechnet, dass Balensky mindestens einen Bodyguard dabeihatte. Es war wichtig, dass der Mann die Begegnung mitverfolgte und dass sich Balensky – hoffentlich – Timothys Nummer geben ließ. Als ich ihn beobachtete, fühlte ich mich an den Timothy erinnert, den ich erst vor ein paar Wochen in Belleville kennengelernt hatte – dieselbe sexy Unbekümmertheit, das sorglose Wonneversprechen. Ich weiß nicht, warum die Leute Prostitution für eine Arbeit halten, die keinerlei besondere Fähigkeiten erfordert. Innerhalb weniger Minuten hatte er die Poleposition zu Balenskys Linker erobert, und dem Blonden blieb nur noch mürrisches Schweigen. Schon bald legte Balensky ihm eine onkelhafte Hand auf den Arm und gab Timothys Nummer in sein Handy ein. Tomas sah ziemlich enttäuscht aus, als ich verkündete, dass ich müde sei, aber er half mir höflich in den Mantel, und dann schlossen wir uns wieder Franz und Carlotta an. Wir standen in der Lounge herum und warteten, bis Franz sein Spiel beendet hatte und Timothy beim Verlassen des Palace an uns vorbeigegangen war. Dann überredeten wir sie, nach Hause zu gehen.

Elena saß immer noch auf ihrem Posten in der Halle, mit leerem Glas und ruhiger Hand. Sie hob die Finger der einen Hand und den anderen Daumen, als wir nach draußen zum wartenden Auto gingen. Sechs. Elena hatte die Angestellten ihres Mannes davon unterrichtet, dass sie sich in St. Moritz aufhielt und ein paar Sachen aus ihrem Haus abholen wollte, bevor er kam. Sie bestätigten, dass er an diesem Abend erwartet wurde, genau wie ich geplant hatte. Also hatten wir Zeit bis achtzehn Uhr, um die Bühne vorzubereiten.

Am nächsten Morgen um acht zog ich nackt meine Bahnen in dem schmalen, mit Schieferplatten gefliesten Pool im Keller bei Carlotta. Ich ging die Punkte meiner Strategie einen nach dem anderen durch und ließ mir dabei genug Zeit, um mir haargenau das richtige Outfit zu überlegen.

Nachdem ich geduscht und Jeans und meinen dicksten Pullover angezogen hatte, fand ich Carlotta in der Küche, wo ein Dienstmädchen gerade einen Ingwer-Karotten-Saft mixte und Franz die *Financial Times* studierte.

»Wollen wir Ski fahren gehen?«

»Ski fahren?«, fragte Carlotta, als hätte ich etwas völlig Exzentrisches vorgeschlagen.

»Ja, ich dachte, ich besorg mir eine Ausrüstung, geh runter zur Skischule und schaue, ob ich eine Unterrichtsstunde buchen kann.«

»Nein, ich hab heute Morgen alle Hände voll zu tun. Ich hab Pilates, und dann will Franz Lunch im Trais Fluors essen. Aber heute Abend gehen wir zu Klara, zum Fondueessen!«

»Super. Dann sehen wir uns später.«

»Du brauchst noch die Hausschlüssel. Willst du den Fahrer haben?«

»Nein, ich glaube, es tut mir ganz gut, wenn ich mal zu Fuß gehe. Ciao, Schatz.«

Dankbar zog ich mir den geliehenen Nerz enger um den Körper, als ich den Hügel hinunterschlitterte. Die dünne Bergluft fühlte sich in meinen Lungen köstlich an. Ich schickte Timothy eine SMS, dass er mich bei der Eislaufbahn am Kulm treffen sollte. Während ich wartete, bestellte ich uns zwei heiße Schokoladen und beobachtete, wie drei kleine, exquisit gekleidete Italienerinnen mit einem geduldigen Lehrer tollpatschige Pirouetten übten. Ich war irrational neidisch auf ihre kleinen weißen Schlittschuhe.

»Ça va?« Die nervöse Lethargie der letzten Tage war verflogen, und er schien zu allem bereit. Vielleicht lag es aber auch am Kulm, an dem Ausblick und den ehrerbietigen Kellnern mit ihren winzigen gelben bestickten Servietten und silbernen Schokoladenkännchen. Wenn ich Erfolg hatte, könnte das hier seine Zukunft werden. Es war die Art von Zukunft, die ich mir früher einmal für mich selbst erhofft hatte.

»Hat Balensky sich schon gemeldet?«

Er zog ein gekränktes Gesicht. »Wofür hältst du mich eigentlich? So schnell konnte ich gar nicht schauen. *Vieux schnock.*« Der alte Saftsack.

»Gut. Du bist dann also bereit – wenn wir es tun müssen?«

»Ja, natürlich, Judith. Du hast mir das ja auch erst ungefähr zwanzigmal gesagt.«

»Es wird aber wehtun.«

Er winkte ab. »Da hab ich schon Schlimmeres mitgemacht.«

»Und wenn ich nicht komme, wird Elena dich ausfindig machen. Und sie wird dir das Geld geben. Es wird alles gut, das versprech ich dir.«

»Ja, ja, kein Stress.«

»Hast du was zum Anziehen?«

»Yes!«

»Okay, dann geh ich jetzt zu Elena. Wir sehen uns hoffentlich später. Du kannst um sechs Uhr anfangen zu warten, und verlass auf *keinen* Fall das Zimmer, verstanden?«

»Ja. Mach ich schon nicht. Hast du mir auch schon gesagt. Also dann, viel Glück.«

Wir umarmten uns kurz, aber ich machte mir nicht vor, dass in seiner Umarmung irgendeine Spur von Wärme lag. In seinem ersten Trauerschock um Edouard mochte er mich vielleicht als Trost gebraucht haben, aber ab jetzt waren wir reine Geschäftspartner. Das verstand ich.

Ich nahm vor der Lobby des Kulm ein Taxi und fuhr damit bis zu einem Dorf namens Pontresina, ungefähr zwanzig Minuten weiter ins Tal hinein. Elena hatte das Haus als *kottezhi* beschrieben, ein Cottage, was in gewisser Hinsicht schon korrekt sein mochte, denn die Amerikaner des Gilded Age hatten ihre Fünfzig-Zimmer-Sommerhäuser in Newport ja auch immer als »Cottages« bezeichnet. Drei Glasklippen zogen sich durch den Pinienwald herunter, jedes Fenster war ungefähr zehn Meter hoch, und die dicken Wände waren kirschrot. Eine kleine Seilbahn, mit der man Sachen zum Haus transportieren konnte, stieg zwischen den Bäumen empor, und unterhalb lief eine schmale Piste vorbei, die einen direkten Zugang von der offiziellen Skipiste gestattete. Vermutlich hatte Yermolov das extra so eingerichtet. Ich schickte das Taxi wieder weg, doch Elena war spät dran, und meine unbehandschuhten Hände waren sogar in den Taschen der Nerzjacke taub gefroren, bis sie endlich eintraf.

»Elisabeth! Wie wunderbar, Sie zu sehen, meine Liebe!«, rief sie mit schriller Stimme. Das war für die Sicherheitskamera gedacht, die an der Mauer angebracht war und sich ständig hin- und herbewegte. Als sie mich umarmte, sagte sie: »Ich hab angerufen und Bescheid gesagt, dass ich ein paar Sachen abholen muss. *Das* ist erlaubt.« Ich reichte ihr eine knittrige orange Hermès-Tragetasche, die ich aus dem Kleiderschrank von Carlottas Gästezimmer gemopst hatte. Darin befanden sich das Handy und die Kabel. Jovana hatte mir ein Huawei P9 gegeben, das ihrer Meinung nach am besten für den Job geeignet war.

Wir hatten die Geräte mehrmals getestet, bevor ich das besetzte Haus verließ.

Elena gab einen Code in eine Anlage in der Mauer ein. Es dauerte nicht lang, dann öffnete sich das, was ich für eine Lieferantentür gehalten hatte, und wir betraten einen kleinen Flur und einen wartenden Fahrstuhl, der direkt in den Fels gehämmert war.

»Wir müssen schnell sein«, murmelte sie, als sich die Tür wieder schloss und wir aufwärtsglitten. »Die Kameras schwenken im Drei-Minuten-Rhythmus hin und her.«

»Ich hoffe, Sie haben schön Ihre Stretchingübungen gemacht.«

Statt einer Antwort hob Elena einen Fuß aus den Falten ihres Zobels und reckte ihn langsam und mühelos auf Kinnhöhe.

»*Battement lent*«, erklärte sie zufrieden. Ich konnte nicht anders, ich fühlte mich richtiggehend beschwingt.

»Sie können im Flur warten, meine Liebe«, rief sie theatralisch, als die Fahrstuhltüren wieder aufgingen, »und dann treffen wir uns mit Carlotta. Ich brauch nur einen Augenblick.«

Wir standen in einem runden Zimmer mit einer hölzernen Kuppeldecke. An der Wand hing eine Reihe von Hirschgeweihen neben einer Serie von chinesischen Pferdestatuetten im Gansu-Stil, die auf herausragenden Sockeln standen. An der Decke befand sich ein riesiger, kunstvoller Bean-Kronleuchter. Den hatte ich in der Zeitschrift gesehen, als ich zu Yermolovs Sammlung recherchierte. Er war aus noch mehr Geweihen und Bronzeschwertern zusammengebaut, war bedrohliche drei Meter hoch, und die zarten natürlichen Formen des Horns kontrastierten mit der brutalen Effizienz des geschmiedeten Metalls. Der Kronleuchter hatte mich überhaupt erst auf die Idee gebracht. Wir wollten mein Treffen mit Yermolov und Balensky filmen, aber erst mussten wir eine entsprechende Vorrichtung installieren, und das, bevor Yermolovs eigene Kameras das aufzeichnen konnten. Ich war nicht besonders scharf darauf gewesen, Elena mit ins Boot zu holen, aber ich konnte mir keine bessere Art vorstellen, um auf Yermolovs Grundstück zu kommen und das Ding einzubauen. Ich hatte ihr versprochen, dass ich Yermolov zwingen würde, das Herzstück seiner Sammlung rauszurücken, nämlich die Jameson-Botticellis. Doch im Moment schien sie weniger davon begeistert zu sein als vielmehr von einer Gelegenheit, ihr Können unter Beweis zu stellen.

Elena verschwand über eine Treppe links vom Fahrstuhl und kam Augenblicke später ohne Mantel auf einer Galerie im Zwischengeschoss wieder heraus, die sich um das gesamte Obergeschoss der Eingangshalle zog. Von ihr zweigten die Flure ab. Abgesehen vom Klang ihrer Stiefelabsätze auf dem Holz war das Haus gespenstisch still. Das Summen eines Generators irgendwo in den Tiefen spürte ich mehr, als dass ich es hörte. Dieses Haus musste den Brennstoff ja nur so fressen.

»Ich werf sie Ihnen jetzt kurz runter!« Elena blieb auf dem Treppenabsatz stehen. Gegenüber sah ich auf einer alten Standuhr, dass es nur noch wenige Sekunden bis zwölf Uhr mittags waren. Ich fing ihre Stiefel auf, dann folgten flatternd mehrere Kleidungsstücke, die auf den unsichtbaren Thermalströmen des Hauses ganz leicht ins Schweben kamen, um dann vor meinen Füßen zu landen. Alle bis auf eine dünne weiße Seidenbluse, die dummerweise auf einer Geweihspitze der Lampe hängen geblieben war.

»Oh Gott, ich bin so dumm!«, schrie Elena dramatisch. Der Minutenzeiger rückte auf die Zwölf vor, und die Uhr begann zu schlagen.

Geschmeidig sprang Elena über die Balustrade und wandte dabei dem Leuchter den Rücken zu. Sie hielt sich mit beiden Händen am Geländer fest wie an einer Ballettstange, während sie ein Bein zum Kronleuchter ausstreckte. *Arabesque.* Ich zählte flüsternd die Sekunden. Ihr Fuß bekam ein Geweih zu fassen, und sie zog den Leuchter zu sich heran wie eine Schaukel, während sie ihr Standbein um hundertachtzig Grad drehte, dabei das Knie beugte und einen Arm über das ausgestreckte Bein öffnete. *Zweite Position.* Sie hob sich *en pointe* auf den unglaublich schmalen Sims, während der Rest ihres Gewichts nur noch von ihrem gebeugten Arm gehalten wurde. Graziös beugte sie sich aus der Taille nach unten und zog den Kronleuchter mit dem gebogenen Bein so nah wie möglich an sich heran. Die Muskeln meiner Körpermitte wurden vor lauter Mitgefühl auch ganz hart – wenn das Ding jetzt wegschwang, würde sie sich den Hals brechen. Sie hielt die Kabel zwischen den Zähnen, während sie das Smartphone mit ihrer freien Hand an der vorgesehenen Stelle festklammerte, mit dem Display zum Flurboden. Eine Minute, dreißig Sekunden. Mit quälender Langsamkeit nahm sie ihren Zeh von dem Gewirr aus Horn und Knochen. Wenn ihre Kraft versagte, würde sie auf die Bodenfliesen geschleudert werden. Ich hoffte bei Gott, dass sie nichts getrunken hatte. Ich schloss die Augen und wartete auf ihren Schrei, aber dann hielt ich es doch nicht aus und blinzelte, gerade als Elena wieder in die Sicherheit der Galerie zurücksprang. Zwei Minuten.

»Ist fest!«, rief sie nach unten. Sie war nicht mal außer Atem. »Da werd ich jemanden schicken müssen, der die Leiter abholt.« Der Hauch von Seide war neben dem blassen Horn fast unsichtbar, aber von oben bedeckte es das Handy.

»Prada«, verkündete Elena, als sie die Treppe herunterkam. Jetzt hatte sie ihren Zobel wieder an. Mir kam der Gedanke, dass, wenn Balensky oder Yermolov mich umbrachten – was definitiv im Bereich des Möglichen lag –, der Baldachin über mir ein Designerlabel trug. Irgendwie fand ich das extrem komisch. Ich weiß nicht, was Elena in dem Moment dachte, aber als sie meinen Blick auffing, begann sie zu lächeln, und im nächsten Augenblick mussten wir beide so schrecklich lachen, dass wir uns gegenseitig stützen mussten, und die Tränen unserer Erheiterung schmolzen in die puschelige Wärme unserer Pelzmäntel.

Elena wiederholte mit mir noch zweimal den Code für die Eingangstür, dann gingen wir los, um uns mit Carlotta zum Lunch zu treffen. Ich fuhr zurück nach St. Moritz, packte meine Sachen und legte beiseite, was ich für den Abend brauchen würde. Ich schickte eine Bestätigungs-SMS an Jovana; um achtzehn Uhr würden die Bildschirme in Belgrad die Augen aufschlagen. Ich schickte einen Snapcode nach Kenia. Jetzt blieb nur noch eines zu tun, und das war das Schwerste: Ich musste meine Mutter anrufen. Vielleicht würde ich nie wieder Gelegenheit dazu haben. Ein bisschen von der Ausgelassenheit, die ich mit Elena gespürt hatte, sirrte immer noch leise in mir. Die Angst baute sich langsam auf, war aber noch auf einem niedrigen Level, jedenfalls gemessen an diesem Risiko. In diesem Augenblick kam es mir beängstigender vor, die Stimme meiner Mutter zu hören, als Yermolov und Balensky entgegenzutreten. Wenn ich meine Gefühle für sie beschreiben sollte, hätte ich sie »komplex« oder »heftig« nennen können, doch die Bedeutung dieser Worte brach in sich zusammen, sobald ich sie aussprach. Meine Mutter hatte mich nie beschützt, andererseits war sie ja kaum in der Lage, sich um sich selbst zu kümmern. Sie tat mir leid, in vielerlei Hinsicht verachtete ich sie, aber ich hatte immer versucht, ihr eine pflichtbewusste Tochter zu sein. Denn andererseits bewunderte ich sie eben auch irgendwie. Sie war schwach, aber sie war auch schnell. Wir waren uns ähnlich, sie und ich. Gut im Improvisieren.

Bring es hinter dich, ermahnte ich mich.

Ich legte mich neben dem Caravaggio aufs Bett und wählte ihre Nummer.

»Na, Mum, alles klar?«

»Judy! Wie geht es dir, mein Schatz?«

In unserem Haus damals kamen und gingen die Dinge, erinnerte ich mich. Ein langsames, beständiges Leck, eine Ölspur mit ihrer eigenen zentrifugalen Logik. Der Weihnachtsbaum blieb bis Mai stehen, dann wieder kam ich eines Morgens herunter und entdeckte, dass der Fernseher verschwunden war.

»Prima. Ich arbeite viel«, entgegnete ich.

»Das heißt, es läuft alles gut für dich, hm?«

Einmal hatten wir einen Brotbackautomaten gehabt, den meine Mutter über Wertmarken von Tesco bekommen hatte. Das Haus roch wie in der Werbung – eine Weile zumindest.

»Richtig gut, Mum. Wie geht's dir, was hast du so getrieben in letzter Zeit?«

Manchmal war die Stereoanlage an, dann wusste ich, dass sie im Pub jemanden abgeschleppt hatte. Ich machte meiner Mutter keinen Vorwurf daraus, dass sie auch versuchte, ein bisschen zu leben, selbst wenn sie dabei Crystal Gayle hören wollte.

»Ach, nichts Besonderes. Das Übliche. Ich hab ein neues Sofa.«

Unerträglich war mir vielmehr der groteske Karneval, der mit diesem Versuch einherging – die verstreuten Sachen auf dem Wohnzimmerboden, die unaussprechlichen Flecken auf dem Sofa.

»Wie schön.«

Das Geld, das ich meiner Mutter geschickt hatte, seit ich nach Italien gezogen war, hatte sie von ihren vorübergehenden Bemühungen um eine Stelle befreit. Es war genug, dass sie jeden Monat bequem davon leben konnte, ohne Verdacht zu erregen. Ursprünglich hatte ich vorgehabt, zu warten, bis ich eine Weile in Venedig gewohnt und die Galerie so weit etabliert hatte, dass es nicht zu sehr auffiel, und dann wollte ich ihr mit dem Geld von Gentileschi ein Haus kaufen. In der Zwischenzeit fragte ich mich, ob sie nicht irgendwo hinreisen wollte, irgendwas machen wollte, aber wie es aussah, war sie ganz glücklich, wenn sie ein bisschen online shoppen und zum Pub runtergehen konnte. Langsam, aber sicher war mir klar geworden, dass sie kein neues Haus wollte – sie war ganz zufrieden in ihrer aufgemotzten Sozialwohnung, ohne Sorgen und mit ausreichend Kleingeld für Alkohol. Es schmerzte mich schrecklich, dass das alles war, was sie wollte. Doch meine Mum fand ihr Leben tatsächlich okay.

Der Wodka und Radio 1 auf ihrem alten Digitalradiowecker, rote Minuten, die den dämmrigen Nachmittag wegtickten.

In der Leitung entstand eine kleine Pause. Es gab jede Menge Dinge, die ich gern zu meiner Mutter gesagt hätte, aber sie würden nie gesagt werden. Gut möglich, dass dieses Nie gerade ein bisschen schneller näher rückte.

»Und, schönes Wetter?«, fragte sie schließlich. Meine Mutter war niemals weiter südlich als bis Birmingham gekommen. Sie war der Meinung, dass ich in den Tropen lebte.

»Schön. Bisschen kalt ist es jetzt, ist ja auch Winter.«

»Das ist ja schön.« Ich konnte den Fernseher hören. Beschäftigte Mums fahren zu Weihnachten nach Island! Es war gerade mal November. Und ich schnappte nach Luft.

»Ich wollte nur mal hören, ob's dir gut geht.«

»Schön, mein Schatz.«

»Also, dann mach's mal gut. Wollen wir mal lieber keine Riesentelefonrechnung machen.«

»Ja. Mach's gut, Judy. Ich hab dich lieb.«

Das hatte sie früher nie gesagt, das hatte sie aus dem Fernsehen gelernt. Ich wollte den Satz erwidern, aber mein Daumen drückte sie weg, bevor die Worte herauskamen. Ich setzte mich auf und schaute mich im Zimmer um, aber da gab es nicht viel zum Zerschmeißen.

Warum hatte ich diesen bedrohlich schwankenden Stapel von Unwägbarkeiten zusammengetragen? Wen wollte ich damit schützen? Dave? Wollte ich Timothy entschädigen? Das war es nicht so ganz. Yermolov hatte mir das Wichtigste weggenommen, was ich jemals gehabt hatte. Nicht das Geld, nicht meine Galerie, nicht Mascha. Yermolov hatte mich durchschaut, direkt durch meinen mühsam erworbenen Panzer hindurch, den zu errichten ich so lange gebraucht hatte. Bilder waren das einzig Reine, was ich jemals gekannt hatte, aber er hatte meinen Glauben an sie so weggekratzt wie ein Restaurator, der eine Schicht mit einer Rasierklinge entfernt. Ich musste ihn auf jeden Fall überrumpeln, um all das zum Stillstand zu bringen. Aber ich wollte, dass er etwas Hässliches besaß, etwas Vulgäres und Derbes und Verachtenswertes. Etwas, was ich gemacht hatte. Er dachte, er hätte mich vorgeführt, doch er hatte sich in mir getäuscht. Zumindest würde ich mir das weiter einreden können.

Ich nahm das Polster vom Bett, schlang meine Arme darum und drückte es immer fester an mich, bis es hinter meinen Augen rot wurde und meine Gedanken verstummten.

23. Kapitel

Keine Security, kein Personal, sonst fangen wir gar nicht erst an – so hatten meine Anweisungen gelautet. Die getönten Fensterscheiben des Yermolov-Anwesens in Pontresina wirkten so still wie schwarzes Eis, trotzdem blieb ich ein paar schmerzlich frierende Momente draußen stehen, um nach irgendwelchen Anzeichen für einen Hinterhalt Ausschau zu halten. Ohne Elena fühlte sich das Riesenhaus gruselig an, und die anmutigen kiefernbewachsenen Hänge unter der funkelnden Schneeschicht wirkten wie der Hintergrund für einen Horrorfilm. Yermolov hätte problemlos einen Scharfschützen im Wald verstecken können, aber ich musste annehmen, dass er nicht so dumm sein würde, mich umzulegen, ohne vorher das Versteck des Caravaggio in Erfahrung zu bringen.

Der Fahrstuhl war mit winzigen Perlmuttmosaiksteinen ausgelegt. Ich zählte die kühl schimmernden Fliesen, während ich hochfuhr. Wie versprochen, fühlte sich das Haus leer an. Wenn ich den Atem anhielt, hörte ich eine Stille, die von meinem Wissen um die Riesengipfel dort draußen im Dunkeln nur noch verstärkt wurde.

Als ich um siebzehn Uhr fünfundfünfzig den Korridor betrat, wartete ich die letzten fünf Minuten im Schatten. Dann schickte ich eine Botschaft von meinem Handy an den Apparat, der im Gewirr des Kronleuchters hing. Ich beobachtete, wie der winzige rote Punkt aufleuchtete. Einer von Jovanas Technikkünstlern hatte eine modifizierte Version von Livestream installiert, die ich mit einem Timer aktivieren konnte. Alles, was hier passierte, konnte von ihr und ihrem Team über einen verschlüsselten Link verfolgt werden und wurde auch aufgezeichnet. Ich war nervös, aber mit anderen zusammenzuarbeiten, war ja noch nie mein Ding gewesen. Ich musste mich einfach auf ihre fröhlichen Versprechen verlassen. Der Film war eine Versicherungspolice, ein eingebauter Plan B. Hoffentlich würde er nicht notwendig werden.

Sobald es funktionierte, fummelte ich an dem komplizierten System von Schaltern neben dem Lift herum und drehte die Lichter so weit herunter, bis ich einen angemessen dramatischen Level gefunden hatte. Ich versuchte, nach einem Auto auf der Straße unterhalb des Hauses zu lauschen, aber die Dicke der Wände und die Schneepolster isolierten den Schall so gründlich, dass ich nur das leise Flüstern meines eigenen Atems hörte. Doch dann erklang, ganz schwach, das geschmeidige Säuseln des Fahrstuhls beim Herunterfahren. Beim Hochfahren hatte ich zweiunddreißig leuchtende Quadrate gezählt, eines pro Sekunde, was bedeutete, dass sie in etwas über einer Minute im Haus sein würden.

Es gab einen witzigen kleinen Wettstreit zwischen dem großen und den kleinen Mann, als sie beide versuchten, als Erster aus dem Lift zu steigen.

»Wo ist sie?«, fragte Balensky auf Russisch.

»*Bot*«, antwortete ich. Hier. Dann wechselte ich ins Englische. »Wie versprochen habe ich das Bild.«

Balensky machte einen Schritt nach vorn und stand jetzt nahe genug vor mir, dass ich das würzige Rasierwasser in den Falten seines schweren Kaschmirmantels riechen konnte.

»Wo ist es?«

»Geben Sie es uns einfach, Miss Teerlinc. Je schneller wir die Scharade hinter uns bringen, desto bester.«

Yermolovs Stimme war eher müde als ärgerlich. Hatten Balensky und er ausgemacht, das bekannte *good cop/bad cop* mit mir zu spielen?

»Bevor ich es Ihnen gebe, habe ich ein paar Bedingungen. Sie sind hier, weil Ihr … Kollege Ivan Kazbich Ihnen eine Botschaft übermittelt hat. Von Dejan Raznatovic in Serbien. Ich bin zu ihm gefahren und habe mich mit ihm getroffen, wie Sie wissen. Ich weiß, dass Sie Kunst gegen Waffen gehandelt haben. Das ist mir scheißegal, aber ziemlich vielen anderen Leuten wird es überhaupt nicht scheißegal sein. Ich möchte von Ihnen nur eines – dass Sie aufhören, sich in mein Leben einzumischen, egal, in welcher Form. Ich werde Ihnen das Bild geben. Im Austausch dafür werden Sie …« Ich zeigte auf Yermolov. »… Ihrer Frau die Jameson-Botticellis geben. Und Sie haben beide mein Versprechen, dass ich schweigen werde. Ist doch ganz einfach, oder?«

Yermolov schnaubte, was mich ein bisschen aus dem Konzept brachte.

Balensky rückte noch ein Stückchen näher an mich heran. Der Sandelholzduft seines Rasierwassers wurde jetzt vom fauligen Geruch seines Atems überlagert.

»Ich glaube, es ist ganz offensichtlich, dass das hier kein Witz ist. Sie haben keine Beweise für Ihre absurden Drohungen.«

»Sie sind aber doch hier, oder nicht?«

»Wir sind wegen des Bildes gekommen. Geben Sie es uns. Jetzt.«

Er senkte den Blick, und ich folgte seinen Augen. Eine stumpfe Metallschnauze ragte aus seinem Mantel. Nicht gerade eine Waffe für die Damenhandtasche. Tja, dann würde jetzt wohl doch Plan B zum Einsatz kommen.

»Sie wissen aber schon, dass Ihr Bild eine Fälschung ist, oder?«, fuhr ich fort und beobachtete ihre Gesichter im gedämpften Licht. Yermolov wirkte kein bisschen überrascht.

Er wusste es. Er wusste es. Warum also das Ganze?

Ich setzte gedanklich noch einmal neu an, als ich sah, wie Balenskys Gesicht neutral wurde und dann in schiere Wut explodierte. Er rief etwas in schnellem Russisch, was ich nicht verstand. Yermolov zuckte mit den Schultern, seine hellen Augen blieben ganz ruhig. Ich schnappte den Namen Kazbich aus Balenskys Tirade auf.

»Ja, vielleicht sollten Sie Dr. Kazbich die eine oder andere Frage stellen«, unterbrach ich. »Nur ein Kind hätte an diese Herkunftsnachweise geglaubt. Ihr Bild ist ein wertloser Mist.« Warum reagierte Yermolov nicht?

Balensky hob die Waffe. Wie gesagt, ich hatte meine Kleidung sehr sorgfältig für diesen Auftritt ausgesucht: meine schwarze Hose und eine schwarze Dolce-&-Gabbana-Jacke, die ich von Carlotta gemopst hatte, stark tailliert, mit einem steifen Schößchen und einem hohen weißen Lederkragen. Darunter hatte ich mir die Brüste mit einem Stück Leinen umwickelt, aber ich befürchtete, dass Balensky immer noch erkennen konnte, wie mein Herz klopfte. Ich hatte keine Angst. Ich war nicht einmal dreißig, aber ich hatte es wirklich gründlich satt, dass man mir ständig blöd kam. Und wenn einem jemand mit einer geladenen Waffe auf die Aorta zielt, weckt das nicht unbedingt den Sinn für die üppigen Möglichkeiten des Lebens, also tat ich, was jedes Mädchen unter solchen unguten Umständen getan hätte: Ich begann, mich auszuziehen.

Als der erste Knopf aufging, stieß Balensky einen langen, bebenden Seufzer aus, aber das lag nicht an der Aussicht, einen Blick auf meine Titten zu ergattern. Unter der Jacke trug ich den Caravaggio.

Im Verzeichnis der Werke dieses Malers, die aus seiner eigenen Zeit stammen, finden sich einige Gemälde, die verloren gegangen sind, darunter auch Leinwände, die verschwunden sind oder von Unwissenden zerstört wurden. Von diesen verschwundenen Bildern taucht dann doch ab und zu wieder eines auf – auf einem Dachboden in Toulouse, in einem Esszimmer in Dublin. Bei manchen ist man sich der Sachlage bewusst und hat sie aufgehängt wie Schätze, bei anderen wird der Besitzer, der fanatisch von ihrer Echtheit überzeugt ist, langsam wahnsinnig. Kazbich hatte ein solches Verzeichnis in seinem Herkunftsnachweis zitiert: »ein Bild für eine Frau, die ihm ein Quartier gegeben hatte«. Eine Variation über das altbekannte Thema, wie ein Künstler in Sachleistungen bezahlt und ein hastiges Meisterwerk aufs Tischtuch malt, um für seinen Wein aufzukommen. In diesem Fall hatte Caravaggio angeblich seine venezianische Wirtin gemalt – vielleicht auch eine seiner zahlreichen Liebhaberinnen – und hatte ihr weites Unterkleid als improvisierte Leinwand benutzt.

Die serbischen Ikonen schließlich hatten das letzte Element von Kazbichs Fälschung geliefert. Als ich in England die Mappe öffnete, hatte es mich verwirrt, als ich feststellen musste, dass der »Caravaggio« auf ein Kleidungsstück gemalt worden war. Doch das Museum, das mit Raznatovics Hilfe in Belgrad eingerichtet worden war, zeigte auch Beispiele von Kirchengewändern aus regionalen Klöstern, Mäntel und Chorhemden, handbestickt von Generationen geduldiger Nonnen. Ich kannte mich mit Textilgeschichte nicht aus, aber wahrscheinlich hatte Kazbich ein Stück davon geklaut. Als ich den Stoff vorsichtig schüttelte, konnte ich winzige Löcher erkennen, wo die alte Stickerei vorsichtig entfernt worden war, um aus einem einfachen, ärmellosen Gewand eine leere Leinwand zu schaffen, die sich tatsächlich dieser Periode zuordnen ließ. Die Falten des Stoffes waren steif und angegilbt, aber Leinen kann sich sehr, sehr lange halten. Mit der Kreide im Archiv in Amsterdam hatte ich richtiggelegen, und auch Neapolitanisch Gelb war goldrichtig geraten. Und jetzt, wo ich es vor mir sah, wurde mir auch klar, wo es versteckt gewesen sein musste. Die ganze Zeit war ich über die Frage gestolpert, wie Moncada bei unserem Treffen im Hotelzimmer ein zweites Bild vor mir hatte verbergen können. Aber in dem Moment, wo es auf Leinen gemalt war – auch daran hatte Kazbich sicher gedacht –, war es gut möglich, dass er es einfach vorsichtig zusammengerollt und in eine Aktentasche gesteckt hatte, wo es nicht nur bei der Sicherheitskontrolle am Flughafen den Blicken verborgen blieb, sondern auch mir. Ganz schön schlau. Das Porträt selbst war so gestaltet, dass es dem verschlagenen, neugierigen Gesicht des Mädchens auf der *Wahrsagerin* ähnelte, einem der ersten Bilder, mit dem Caravaggio die sensationshungrigen Kunstsammler in Rom in Erstaunen versetzte. Kazbich hatte eine poetische Verbindung zwischen der vergessenen venezianischen Frau und den neckisch-wissenden Gesichtszügen des Zigeunermädchens hergestellt. Er musste darauf gesetzt haben, dass die Glut der Gier den Rest erledigen würde.

Balensky starrte auf meinen gefälschten Brustpanzer.

»Sie können mich erschießen«, fuhr ich fort, »aber das Blut kriegen Sie da nie wieder raus. Wollen Sie's versuchen?«

Seine Lippen bewegten sich, aber er zielte immer noch auf mich.

»Oder ich kann es mir abreißen«, fuhr ich fort. »Dieser alte Stoff ist sehr mürbe, der zerreißt ganz leicht. Und dann können Sie mich erschießen. Aber Ihr Bild haben Sie dann immer noch nicht.«

»Was wollen Sie?« Balensky kam ins Wanken. »Geld?«

»Ich brauche kein Geld. Ich will, dass Sie aufhören. Lassen Sie mich einfach in Ruhe. Und der da …« Ich deutete mit einer leichten Bewegung meines Kinns über Balenskys Schulter zu Yermolov. »… der wird seiner Frau die Bilder geben. Die Jameson-Botticellis, wie ich schon sagte. Ich werde hier auf demselben Wege rausmarschieren, auf dem ich gekommen bin, mit diesem Ding unter meiner Jacke. Wenn Elena Yermolov sicher ist, dass sie die Bilder hat, können Sie es haben, da Sie ja solchen Wert drauf legen. Dieser Wert ist allerdings gleich null.«

Yermolov schien ein Kichern zu unterdrücken. Nicht unbedingt die Reaktion, die ich erwartet hatte.

»*Ona besumna*«, murmelte Balensky. Sie ist wahnsinnig.

»Kann sein«, sagte Yermolov auf Englisch. »Aber sie ist nicht ganz dumm, wie du weißt. Leg sie um, wenn du willst. Du weißt, dass das Bild wertlos ist.«

Balensky wandte sich langsam zu dem anderen Mann um. Er musterte Yermolov, der einfach nur mit den Achseln zuckte, dann schaute er auf seine Waffe herab, als wäre er verblüfft, sie in der Hand zu halten.

»Wir müssen uns unterhalten.« Es war nicht zu übersehen, dass Balensky um Haltung ringen musste, aber darunter lag auch eine rasende Verzweiflung. Er wirkte überhaupt nicht einschüchternd, eher absurd. So absurd, wie ein wütender Greis mit einer geladenen Waffe eben sein kann.

»Nein. Das müssen Sie nicht.« Ich legte meine Hände an den Kragen des Kleides und spürte, wie der Stoff unter dem Druck zu knacken begann. »Wollen Sie es, oder wollen Sie es nicht? Soll ich bis zehn zählen?«

Ich wusste, dass Balensky mich nicht erschießen konnte. Selbst der sauberste Schuss in den Kopf würde das Bild mit meiner Hirnmasse tränken, bevor er es von meinem Körper lösen konnte. Es war nicht mal der vermutete Geldwert des Bildes. Begehren war eine Währung, mit der ich lange gehandelt hatte. Er konnte mich nicht erschießen, weil er versessen darauf war, dieses Bild zu besitzen, und das mit einer Leidenschaft, deren Blindheit sie nur noch überwältigender machte.

Da schoss Balensky auf mich.

Ein Echo von Stille, bevor der Knall ohrenbetäubend von den Wänden widerhallte. Etwas Schweres prallte gegen meine Brust, ich hatte nicht mal die Zeit, überrascht zu sein, als Balenskys Schädel auf meinem Schlüsselbein aufschlug und seine Waffe mit dem hellen Klirren zerbrechenden Porzellans auf den Boden fiel. Er gab ein kleines, sanftes Geräusch von sich, wie wenn sich alte Knochen aus einem Stuhl hochwuchten.

Yermolov stützte ihn von hinten mit dem linken Arm, in der Rechten hielt er einen schweren Ormolu-Aschenbecher. Balenskys Arm pendelte hin und her, während seine Knie unter ihm wegsackten. Yermolov beugte sich langsam vor und ließ ihn behutsam auf den Boden herab. Er schob den schwingenden Stoff seines Mantels beiseite und fühlte hinter Balenskys Ohr mit drei Fingern geübt den Puls. Dann entstand eine peinlich lange Schweigepause.

»Wir sollten wohl lieber einen Krankenwagen rufen«, meinte Yermolov schließlich. »Mr Balensky scheint einen Herzanfall gehabt zu haben. Und ich glaube, als er hinfiel, hat er sich den Kopf angeschlagen. Wie schrecklich.«

Leise stellte er den Aschenbecher neben die Leiche. Leise hob er die Waffe auf.

Meine Synapsen feuerten, als wäre Silvester, und meine Schultern waren völlig verkrampft, während der Rest meines Körpers immer noch zuckte und kaum glauben konnte, dass der Schuss an mir vorbeigegangen war. Der Boden war mit winzigen Porzellanscherben übersät. Das Pferd. Balensky hatte das Pferd erschossen und war dann an einem Aschenbecher gestorben. Hier durfte man also im Haus rauchen? Jippi. Oh Mann, Judy, ermahnte ich mich im nächsten Moment.

»Er hat das Pferd erschossen!«, rief ich überflüssigerweise.

Yermolov hielt die Waffe in der rechten Hand. Mit der Linken tastete er in der Tasche nach seinem Handy.

»Dieselbe …« Mein Mund war ganz trocken, ich sammelte Speichel zusammen und versuchte es noch einmal, aber ich brachte nur ein hohes, aufgeregtes Keuchen zustande. Dann presste ich meine Kehle zusammen und versuchte, meine Stimme wieder unter Kontrolle zu bekommen. »Dieselbe Art von Herzanfall, die Edouard Guiche erlitten hat, als Ihr Bodyguard ihn aus dem Fenster im fünften Stock gestoßen hat? Dieselbe Art von Herzanfall, an der Mascha gestorben ist? Werde ich auch so einen haben?« Ich sprach zu schnell für ihn. Er schaute mich verwirrt an, aber er holte sein Handy nicht aus der Tasche.

Der Caravaggio war jetzt schweißgetränkt, dennoch fror ich. »Sie müssen wissen, dass das, was Sie gerade getan haben, gefilmt worden ist. Livestream, alles in Echtzeit. Heerscharen von Zeugen. Er hat eine Verletzung im Hinterkopf, die so groß ist wie Ihre Scheißfaust. Ein Herzanfall?«

Ich verspürte kein Bedürfnis zu erwähnen, dass Jovana und Co. der Meinung waren, eine gestellte Szene zu verfolgen.

Yermolovs Hand war an meiner Kehle, bevor ich auch nur merkte, dass sie sich bewegte. Der hintere Teil meiner Zunge zog sich zusammen, aber ich quetschte die Worte heraus: »Sie können tun, was Sie wollen, es wird Ihnen nichts mehr helfen.«

»Was zum Teufel treiben Sie eigentlich?«

»Lassen Sie mich los.« Sein Griff lockerte sich, aber er ließ mich nicht los. »Sie haben gerade einen Mord begangen, der von einer Livecam aufgezeichnet wurde. Begreifen Sie das?«, rief ich.

Ganz langsam lösten sich die Finger um meinen Hals. Meine Absätze senkten sich wieder auf den Boden. Ich schnappte nach Luft.

Es ist schon interessant, was die Wut mit den Menschen macht. Ich war ja selbst ganz gut vertraut damit. Yermolovs Stimme war so kalt wie die Steppe im Januar, doch sein Ton klang fast nach Plauderei. »Aus welchem Grund sollte ich Ihnen das glauben?«

Ich lächelte zuckersüß. »Mr Yermolov. Das ist kein Bewerbungsgespräch. Aber gut, trotz aller Hindernisse, die Sie mir in den Weg gelegt haben, habe ich Ihr Bild. Ich habe von Ihrer kleinen Gaunerei in Serbien gehört. Ich habe Raznatovic ausfindig gemacht, ganz ohne fremde Hilfe. Und ich hab Sie hierhergeholt. Nennen Sie mich eine Streberin, aber warum sollten Sie jetzt an mir zweifeln?«

»Wo ist diese Kamera?«, fragte er langsam.

Ich machte einen Schritt zurück. »Da oben.« Ich deutete mit einer Kopfbewegung zu den baumelnden Geweihen. »Ich glaube, Sie sind schon ein guter Schütze, wahrscheinlich könnten Sie das Ding sogar mit einem einzigen Schuss ausschalten, aber es ist zu spät. Wie gesagt, was hier gerade passiert ist, wurde per Livestream weitergegeben. Nicht ins Web, versteht sich. Nichtsdestoweniger wurde es aufgezeichnet. Sie haben also die Wahl.«

Die Waffe hing lose in seiner Hand, entspannt, vertraut.

»Was machen Sie da eigentlich?«, zischte er. »Sie blöde kleine Schlampe.«

»Sie können mich erwürgen oder erschießen. Dann warten Sie eben ab, was passiert. Sie haben für Ihr Scheißbild zwei Menschen ermordet. Oh, pardon – drei waren's ja. Aber hier, bitte, hier haben Sie's.«

Ich zog die Jacke aus und ließ sie auf den Boden fallen, zog mir dann das Leinenoberteil langsam über den Kopf und warf es zur Seite. Ich hatte zwei Sport-BHs darunter angezogen, damit es mir passte. Mit einer kurzen Kopfbewegung deutete ich auf den zerknitterten Kleiderhaufen neben Balensky.

»Bitte sehr. Das gehört jetzt Ihnen.«

Yermolov wechselte die Taktik. »Ich war mitnichten verantwortlich für den Tod von Edouard Guiche. Und ich habe keine

Ahnung, wer diese Mascha sein soll. Und an diesem … Ding da habe ich überhaupt kein Interesse.«

»Warum sollte ich Ihnen das glauben? Warum haben Sie dafür bezahlt, wenn Sie es gar nicht haben wollen? Warum haben Sie …?«

Auf einmal wurde mir übel, und ich legte mich auf den Boden neben Balenskys Leiche. Yermolov wandte sich von mir ab, vergrub die Fäuste in den Taschen und drehte eine Runde durch den Raum, wie ein schlechter Schauspieler, der demonstrieren will, dass er gerade mit einer großen Entscheidung ringt.

»Ich hätte jetzt furchtbar gern einen Drink. Möchten Sie sich vielleicht anschließen?«

»Vielleicht. Ja. Danke.«

»Möchten Sie vielleicht zuerst die Kamera ausschalten?« Seine Stimme war sanft und lockend. Die Art von Stimme, die man einsetzt, wenn man es mit einem gemeingefährlichen Irren zu tun hat. »Sie sind nicht in Gefahr. Und dann hole ich Ihnen einen Drink.« Wir behandelten einander jetzt mit Respekt, weil jeder unsicher war, wie der nächste Schachzug des Gegenübers aussehen würde.

»Ich brauche mein Handy. Das ist in meiner Tasche da drüben.« Ich wischte mir die Hand an der Hose ab und wählte die Vorrichtung an, die den Timer abschaltete und damit auch den Livestream. Yermolov beobachtete mich mit Interesse. Dann schickte ich eine SMS an Jovana:

Fertig. Hat es funktioniert?

Sieht so aus. Abgefahrenes Zeug!, schrieb sie zurück.

Ja, total, oder? Wir reden dann morgen, danke erst mal.

Ich steckte das Handy wieder ein und legte mich mit geschlossenen Augen wieder hin. Yermolov war so lange weg, dass ich schon befürchtete, er würde Verstärkung rufen. Er hätte auch mit einem Raketenwerfer und einer eisernen Jungfrau zurückkommen können, ich hätte es nicht mal bemerkt. Er hatte gewusst, dass es eine Fälschung war. Also warum das Ganze?

Irgendwo in den Tiefen des Hauses hörte ich Türen knallen. Carlotta fiel mir wieder ein, wie sie völlig überfordert in ihrer eigenen Küche stand.

»Hier.«

Ich setzte mich auf und nahm das kalte Glas entgegen, das Yermolov mir in die Hand drückte. Elenas Lieblingsgetränk.

»Danke.«

»Also, dann erzählen Sie mir mal von diesem Film.« Er sprach immer noch mit seiner Irrenberuhigungsstimme.

Ich nahm einen langen Schluck und genoss das eiskalte Brennen.

»Ich hab ihn für Sie in Auftrag gegeben. Es ist entweder ein Kunstwerk oder ein Beweismittel. Einen Titel hat es noch nicht. Wenn Sie es kaufen wollen – es kostet zweihunderttausend Euro. Plus meine Provision, zehn Prozent.«

»Sie haben gesagt, es war live. Mit Zeugen.«

»Stimmt. Ich bin sicher, Sie haben schon mal von sozialkritischer Fotografie gehört? Die Zeugen sind Künstler. Sie glauben, dass das alles nur eine Inszenierung war – ein Kommentar zur Macht des Kapitals, das Materielle zu unterwandern. Oder irgend so ein Scheiß. Surreal.«

»Verstehe«, erwiderte er zögerlich.

Wahrscheinlich klang ich wirklich ein bisschen verrückt.

»Sie können also diesen Film kaufen, als ein einzigartiges Kunstwerk. Die andere Bedingung steht immer noch. Ihre Botticellis gehen an Ihre Frau. Ihre Entscheidung.«

Er zündete sich eine Zigarette an und reichte mir die Schachtel.

»Und Sie tun das, weil ...?«

»Ich möchte, dass Sie aufhören, sich einzumischen«, erklärte ich. »Wie ich schon Ihrem Freund gesagt habe: Lassen Sie mich einfach in Ruhe. Vielleicht hören Sie bei der Gelegenheit auch mal auf, Leute umzubringen.«

»Jetzt langweilen Sie mich bitte nicht so. Ich hab niemanden umgebracht. Diese Mascha nicht und Guiche auch nicht.«

»Sie haben meine Galerie in Venedig verwüstet.« Ich griff über Balensky hinweg und nahm mir den leicht beschädigten Aschenbecher.

»Warum sollte ich so was tun?«

»Um mir zu drohen. Weil Sie das Bild haben wollten.«

»Den gefälschten Caravaggio? Den wollte *er*.«

Balensky hatte erschrocken, wütend und verwirrt ausgesehen, doch bei Yermolov war nichts dergleichen zu sehen. Er wirkte gelangweilt. Es ist schwierig, Langeweile zu heucheln, denn man kann es leicht übertreiben. Und da wusste ich auf einmal mit erschütternder Gewissheit, dass er die Wahrheit sagte.

Ein übersteigertes Statusempfinden. Bei seinen ganzen wackligen Triumphen empfand Caravaggio Erfolg doch immer als Begrenzung. Ein erfülltes Begehren wurde zu einem verachteten Begehren. Die beklemmende Innerlichkeit seiner Bilder und ihre Reduktion der Welt auf die Grenzen eines einzigen Zimmers täuschen uns und verleiten uns schmeichlerisch zu glauben, was wir so deutlich zu sehen meinen. Sonst ist da nichts – wie kann es sein, dass wir uns so täuschen lassen? Trotzdem sind wir vom Schauen so besessen, dass wir ganz blind für die synchron abgebildeten Realitäten in seinen Szenen werden. *Malerei ist Betrug*. Nimm dich in Acht vor dem, was du zu sehen glaubst.

Ich ließ den Kopf auf den Boden zurücksinken und fühlte mich kurz an den Kelim in meiner Wohnung in Venedig erinnert. Nein. Ich erinnerte mich an eine Zeile, die ich einmal irgendwo gelesen hatte, etwas in der Art, dass sich der Moment der Kommunikation in einem Kunstwerk vollzieht, indem er ganz plötzlich an der Oberfläche unserer Psyche erscheint. Auf einmal war alles so glasklar, der letzte Idiot hätte es erkannt. Seit jenem Moment in Paris, als Renaud die Garrotte um Moncadas Hals gelegt hatte, hatte ich mich ins Zentrum gestellt. Dabei war ich die ganze Zeit immer nur ein Satellit gewesen, eine Randerscheinung einer gänzlich anderen Realität. Andere – Kazbich, Balensky, Yermolov, Moncada selbst – spielten nach anderen Regeln. Die Oberfläche war vernebelt gewesen, und ich hatte einfach nicht klar gesehen.

Ich stöhnte auf. Ich wünschte, Balensky hätte mich erschossen. Ich hatte es falsch verstanden. Ich hatte alles von vorne bis hinten falsch verstanden.

24. Kapitel

Es dauerte mehrere Stunden, bis Yermolovs Geschichte ganz bis zu Ende erzählt war. Während wir redeten, lagen wir auf den Ellbogen wie die Römer bei einem Festmahl. Das riesige Haus war mir vorher so bedrohlich erschienen, aber als wir jetzt mit unserem Wodka auf dem geheizten Boden lagen, fühlte es sich richtig gemütlich an, wie ein Kokon in einer Schneedecke. Während er erzählte, fühlte ich, wie ich zusammenschrumpfte, ausgetrocknet von meinem eigenen Irrtum.

»Ich wusste schon lange, dass Balensky ein Betrüger ist«, erklärte Yermolov. »Er genauso wie Kazbich.«

»Das hab ich auch rausgefunden – Balensky hat ihm einen gefälschten Rothko abgenommen.«

Yermolov war höflich genug, sich aufrichtig beeindruckt zu zeigen. »Das haben Sie rausgefunden. *Otlichno.*« Hervorragend.

Das hätte der Moment sein können, ihn zu fragen, warum seine Meinung von meinen Fähigkeiten so niedrig war, aber ich brauchte Informationen dringender als Beschwichtigung. Also ignorierte ich das Kompliment und fragte ihn, warum er die Geschäftsverbindung zu Balensky weiterhin aufrechterhalten hatte.

»Es gab vieles, was uns verband. Wir hatten schon in der Vergangenheit in Russland zusammengearbeitet. Es war aber nicht einfach.«

»Natürlich.«

»Als er dann mit dem Caravaggio-Deal zu mir kam, wusste ich, dass es eine Fälschung war. Nur ein … Ignorant hätte diese Geschichte geglaubt. Aber er … verstand nichts von Bildern, er liebte sie nicht. Für ihn waren es nur Gegenstände, verkäufliche Objekte.« Er beugte sich vertraulich vor. »Das einzige Bild, das er jemals geliebt hat, war ein Porträt von ihm selbst, das Safronov einmal gemalt hat.«

»Aua.« Nikas Safronov war spezialisiert auf pseudoklassische Porträts von selbstverliebten Menschen. Den russischen Präsidenten hatte er als François I. gemalt. »Wie Napoleon?«

»Sehr witzig. Nein, wie Peter den Großen.«

»Zweimal aua. Aber warum haben Sie überhaupt mitgespielt? Warum haben Sie sich darauf eingelassen, den Caravaggio zu kaufen?«

»Balensky brauchte Geld. Er ist pleite.«

»Pleite?«

»So was kommt vor. Die russische Regierung hat seine Konten eingefroren. Wenn er nach Hause kommt, wird man ihn verhaften. Das ist gar nicht so selten.«

»Aber Ihnen ist es gelungen, das zu vermeiden.«

Eine Weile hatte Yermolov gewusst, was ich aus Guiches Unterlagen erarbeitet hatte. Kazbich hatte mehr an Balensky verkauft als nur Bilder – indem er die Bilder als Tarnung benutzt hatte und Raznatovic als Lieferanten, hatte er nebenher mit Waffen gehandelt. Daran war Yermolov allerdings nicht beteiligt gewesen. Ich hatte nicht gewusst, dass Balensky den russischen Behörden ein Dorn im Auge geworden war. Wie viele seiner Vorgänger im postsowjetischen Goldrausch hatte er sein Vermögen auf etwas zu kriminelle Art erworben, um zu Moskaus Neuer Ordnung zu passen. Also hatte man seine Konten eingefroren. Balensky lebte daher auf Kredit und brauchte verzweifelt Geld – deswegen der Plan mit dem gefälschten Caravaggio, den Kazbich und er zusammen ausgeheckt hatten. Kazbich sollte das Bild verkaufen, vorgeblich an Balensky und Yermolov. Anschließend wollten sich Balensky und Kazbich Yermolovs Anteil am Kaufpreis teilen. Ein einziges großes Blendwerk. Balenskys angebliche »Investition« sollte Yermolov überzeugen. Deswegen war Balensky auch so in Panik geraten, als ich erklärte, dass das Bild eine Fälschung war. Yermolov hatte ich damit einen Gefallen getan. Vielleicht hatte er das sogar mit einkalkuliert, als er auf mich schoss, denn er hätte ja Yermolov immer noch überzeugen können, dass das Bild echt war.

»Wenn Sie doch wussten, dass das alles Unsinn war, warum haben Sie dann mitgemacht? Und warum sind Sie heute mit hergekommen?«

»Politik.«

»Was?«

»Ich musste in Balenskys Nähe bleiben. Sie wissen, dass ich ... politische Verbindungen in Russland habe, nicht wahr? Sie – wir – dachten, dass es für alle Beteiligten besser wäre, wenn Balensky im Westen verhaftet wird. Wegen Betrugs. Dieser Caravaggio-Betrug war eine perfekte Lösung – er hatte sich seine eigene Falle gestellt.«

»Und deswegen haben Sie einen solchen Preis bezahlt?«

»Ich wusste ja, dass ich es zurückkriegen würde. Und so viel war es nun auch wieder nicht.« Fünfzig Millionen Dollar. Für einen Mann wie ihn wahrscheinlich wirklich nicht so viel.

Mir fiel ein Satz aus Bruce Eakins Buch wieder ein: »Für meine Freunde alles – für meine Feinde das Gesetz!«

»Und Balenskys Leute? Ich hab ihn gestern Abend mit einem Bodyguard gesehen.«

»Von denen sind nur noch wenige übrig. Er hat eben versucht, den Schein zu wahren.«

Die Mails, die Dave bekommen hatte. Die Einbrüche. Sie hatten alle etwas ... Amateurhaftes an sich gehabt. Als ob ich so einfach hätte fliehen können, wenn Yermolov wirklich hinter mir her gewesen wäre.

Kazbich, der keine Ahnung hatte, dass Yermolov ein doppeltes Spiel mit ihm trieb, war ebenso erpicht darauf gewesen, dass Yermolov kaufte.

»Aber er war doch Ihr Händler. Haben Sie ihm vertraut?«

»Früher schon. Er war aber nicht mehr interessant für mich. Ich musste nur noch die Sache mit Balensky zu Ende bringen, das war alles.«

»Und Sie waren nicht wütend? Er hat Sie reingelegt. Wollten Sie denn keine Rache?«

»Für Rache habe ich keine Verwendung. Sie ist nicht effektiv.« Er fing meinen Blick auf, als er sein Glas hob, und ein winziger elektromagnetischer Funke schwirrte zwischen uns hin und her.

Kazbich hatte gewusst, dass ich im Hotel an der Place de l'Odéon war, und hatte angenommen, ich wisse, wo das Stück war. Er hatte die »Schätzung« vorgeschlagen und versucht, Yermolov dazu anzustacheln, dass er mich verfolgte. Als ich Yermolovs Angebot ablehnte, war sein Vorhaben gescheitert. Yermolov war nicht sonderlich erpicht darauf, das Bild zu finden, denn Balensky saß bereits hinreichend in der Falle mit dem Herkunftsnachweis und den Zahlungen, doch Kazbich war ganz wild darauf, die Sache weiter voranzutreiben und Yermolov dazu zu bewegen, den Rest des Geldes zu übergeben. Also hatte er angefangen, Druck auf mich auszuüben – das waren diese Psychospielchen. Und das hatte er ja auch auf spektakuläre Art getan, wie sich herausstellte. Yermolov war der Meinung, dass Kazbich für die »Geister« in meiner Wohnung verantwortlich war. Doch dann hatte sich Elena eingemischt.

»Wie gesagt, Judith, ich bin kein Mann ohne Prinzipien. Egal, was Elena Ihnen erzählt haben mag, sie ist immer noch die Mutter meiner Söhne. Ich würde sie niemals bedrohen. Sie ist … eine schwierige Frau. Hysterisch, frustriert. Sie trinkt – ohne Maß. Ich hab sie zu Ärzten und in Kliniken geschickt, aber es hat nichts genutzt.«

»Da hab ich schon schlimmere Fälle gesehen.« Meine eigene Mutter zum Beispiel.

»Bitte akzeptieren Sie, dass es Dinge gibt, die Sie einfach nicht wissen.«

»Aber Sie werden sich von ihr scheiden lassen?«

»Ja. Und ich werde ihr nicht meine Botticellis geben, obwohl ich sagen muss, dass ich die romantische Note Ihrer Forderung durchaus zu schätzen weiß. Elena wird gut versorgt sein. Aber ich glaube nicht, dass Sie das hier …« Er deutete mit einer nachlässigen Handbewegung zum Kronleuchter hinauf. »… für Elena getan haben, oder?«

»Elena wollte mich benutzen, sie wollte das Bild haben. Deswegen ist sie auch in St. Moritz. Sie hat sich eingebildet, dass sie ohne dieses Bild in akuter Gefahr ist. Aber angesichts der Dinge, die sie weiß oder die Sie beide wissen, hätte es nicht gereicht, wenn sie das Bild zurückgegeben hätte. Ich wollte erfahren, wie Sie das alles herausgefunden haben, und ich brauchte etwas, womit ich handeln konnte. Deswegen bin ich zu Raznatovic gegangen. Ich dachte, Balensky und Sie stecken bei dieser Sache mit dem Waffenhandel unter einer Decke.«

»Ich wusste von den beiden Toten. Einer in Paris, einer in Rom. Die Italiener, oder? Aber ich wusste auch, dass Sie nichts gestohlen hatten, obwohl Sie Ihren Namen geändert hatten.«

»Trotzdem.«

Yermolov verdrehte die Augen. »Miss Teerlinc …«

»Sie können mich ruhig Judith nennen, wenn Sie wollen. Das ist mein richtiger Name.«

»Judith. Das ist hier alles kein Spiel. Ich weiß, was die Leute von uns denken – Oligarchen und Mörder, die Leute in die Lubjanka sperren und anschließend den Schlüssel wegwerfen. Aber wir laufen nicht alle mit Polonium in der Hosentasche rum. Ich habe meine Prinzipien. Mag sein, dass ich kein Heiliger bin, deswegen ist mir Ihre haarsträubende Vergangenheit ziemlich egal. Aber ich bin auch keine Schurkenfigur wie im Cartoon.«

»Na ja, gut«, sagte ich und warf einen Blick auf Balensky. »Aber wie haben Sie nun eigentlich von dem … Vorfall in Paris erfahren?«

»Von Kazbich natürlich.«

Aber woher hatte Kazbich gewusst, wer ich war und was ich dort machte?

»Elena hat mir erzählt, dass Sie gefährlich sind«, sagte ich. »Also bin ich davon ausgegangen, dass Sie Mascha umgebracht, die Galerie verwüstet und Guiche getötet haben. Deswegen dachte ich, dass es Ihnen ernst ist. Ich dachte, Sie wären hinter mir her.«

»Aber warum haben Sie das gedacht?«

»Wegen Jurij. Ich habe ihn gesehen. Erst in Venedig, dann in Paris.«

»Ich kenne Jurij. Aber er arbeitet für Kazbich, für mich war er nie tätig. Ich habe Kazbich gebeten, dass er ein Auge auf Elena hat. Wenn sie trinkt, kann es ziemlich hässliche Szenen geben. Ich wusste nichts von Mascha. Und ich habe gehört, dass Edouard Guiche Selbstmord begangen haben soll.«

»Guiche wäre nicht der Erste, der für Balensky gearbeitet hat und so ein Ende findet.«

Wir schwiegen eine Weile.

»Es gibt noch einen Grund«, sagte ich. »Und zwar …«

»Ja?«

Eines hatte ich von Caravaggio gelernt: Man muss seine Technik den Umständen anpassen. »Und zwar, weil ich mir eingeredet hatte, dass Sie mich verfolgen. Weil ich wütend auf Sie war. Ich wollte Sie demütigen. Weil die ganze Sache … so aufregend war, schätze ich.«

»Und Mascha war Ihre Freundin?«

»Mehr oder weniger. Ja, schon. Ihr Tod ist mir auf jeden Fall nahegegangen.«

»Dann tut es mir leid. Es tut mir auch leid um Ihre Galerie.«

»Ehrlich gesagt, das ist mir gar nicht so nahegegangen. Aber um Ihr Porzellanpferd tut es mir leid.«

»Ja, das war wirklich schade.«

Wir hatten Balensky vorübergehend völlig vergessen, den schweigenden Gast unserer kleinen Party. Ich hob mein Glas und prostete dem Kaschmirhäuflein auf dem Boden zu. »Wie kommt es eigentlich, dass er gar nicht blutet?«

»Ich hab das früher mal professionell gemacht.«

»Elena und Sie waren wie füreinander gemacht, wissen Sie das?«

»Früher mal.«

Yermolov stand auf und streckte sich sportlich. Er merkte, dass es mir nicht entgangen war.

»So, und jetzt wollen Sie und Ihre schlauen Künstlerfreunde mir also die Flinte auf die Brust setzen?«

»Die Pistole.«

Yermolov schien amüsiert. »Sie sind sehr gründlich. Und Sie haben wirklich vor, diese ziemlich dramatische Erpressung bis zum Schluss durchzuziehen, oder?«

»Nein. Aber ich habe meinen Künstlern Geld versprochen. Das werde ich brauchen. Und für jemand anders auch noch. Elena weiß Bescheid.« Ich kniff mich mit zwei Fingern in den Nasenrücken. Später würde ich noch genug Zeit haben, um über meine eigene Riesenblödheit nachzudenken. »Und wir müssen immer noch Balensky loswerden.«

»Wie gesagt – ein Herzanfall. Er war ein alter Mann.« Yermolov ging auf und ab, als wäre die Eingangshalle ein Käfig.

»Aber Ihre Leute in Moskau wollten ihn umlegen. Also …

ins Gefängnis stecken. Sie werden sicher nicht allzu begeistert sein.«

»Es ist … schon etwas ungünstig, ja.«

»An dieser Stelle kommt der eben erwähnte Jemand ins Spiel. Ich glaube, das wird Ihnen gefallen.«

»Wollen Sie mir jetzt etwa erzählen, wie man eine Leiche verschwinden lässt?«

»Ach, da fang ich lieber erst gar nicht an.«

Yermolov war am Nachmittag mit einem Audi Kombi von der Landebahn hergekommen und hatte Balensky unterwegs vom Palace abgeholt. Der Caravaggio war uns jetzt ein nützliches provisorisches Leichentuch – wir wickelten den Leinenstoff um Balenskys Hals und Kopf wie einen Kapuzenschal, um die Wunde zu verbergen, dann zogen wir seinen Mantel fest um seinen Körper, um seinen Kopf aufrecht zu halten. Die lose pergamentartige Haut seiner Kehle war noch warm. Für die Leiche war jede Menge Platz im Kofferraum, und nachdem wir den Toten in den Fahrstuhl gezerrt und ins Auto gerollt hatten, brauchten wir nichts mehr zu reden, während wir zurück nach St. Moritz fuhren, zwischen alten Bauernhöfen mit dicken Mauern und modernen Wohnblöcken, die glänzend aus dem Schnee wuchsen wie Stalagmiten. Ich brach die Stille, um Anweisungen ins Hostel zu funken.

»Wir werden ihn tragen müssen. Wir legen uns einfach seine Arme um den Nacken, wenn wir ihn raustragen, und lassen es so aussehen, als wäre er betrunken.«

Das hatte ich schon mal gemacht, als ich Leanne in Paris hatte verschwinden lassen.

»Sind Sie sicher, dass das die beste Methode ist?«, fragte Yermolov.

»Gibt es nicht etwas, was Ihre Regierung noch mehr hasst als abweichende Meinungen?«

»Ich kann Ihnen nicht folgen.«

»Homosexuelle«, sagte ich.

Er schaute mich verständnislos an.

»Wussten Sie etwa nicht, dass Balensky schwul war?«

»Ich hatte keine Ahnung.« In seiner Stimme lag Stolz und, ich muss es zugeben, eine Spur von Ekel.

Mit Bedauern dachte ich an meine Vorsichtsmaßnahme mit Daves Hacker in Kenia. Ich hatte ihm Yermolov als eine Art allmächtigen Oberschurken geschildert, und nun stellte sich heraus, dass er Dinge nicht wusste, die jeder in der *Grazia* nachlesen konnte.

»Tja, das war er eben. Warten Sie, bis Sie meinen Freund Timothy kennenlernen. Ich glaube, Ihre Freunde in Moskau werden sehr zufrieden sein mit Ihnen.«

Timothys Zimmer lag im zweiten Stock. Ich warf einen raschen Blick in die Lobby. Als ich ihn hier absetzte, hatte ich gesehen, dass die Treppe auf der rechten Seite lag. Der Empfangstresen befand sich in einem Kasten im rechten Winkel dazu. Gäste waren keine zu sehen, nur eine Frau mit einem dicken gelben Rollkragenpullover, die hinter dem Tisch in einer Zeitschrift blätterte. Der Eingang war direkt in ihrem Blickfeld. Ich hatte mir eine Karte aufs Handy geladen, mit einer Wegbeschreibung zu einem Haus am See, das ich mir willkürlich ausgesucht hatte.

»Ich geh rein und frag sie nach dem Weg, und wenn wir rauskommen, bringen Sie ihn rein, okay?«

»Kein Problem.«

Ich trat an den Tisch und begann mit meinen wenigen deutschen Wörtern zu erklären, dass ich einen Freund im Hostel treffen wolle und wir nicht wüssten, wie wir am besten zum Chalet unseres Gastgebers kämen. Vielleicht war die Frau sogar ganz dankbar für ein wenig Zerstreuung in ihrer langweiligen Schicht, denn sie lächelte hilfsbereit und vertiefte sich in die

Karte, die ich ihr zeigte, und als ich verwirrt reagierte, wechselte sie in makelloses Englisch. Sie führte mich nach draußen und setzte zu einer effizienten Erklärung an, wo ich den Hügel runtergehen musste, um zu meiner Linken an einem Supermarkt vorbeizukommen, von wo aus ich den See schon erblicken würde. Ich schaltete das Handy in der Tasche aus, als wir durch die Tür gingen, denn ich dachte mir, dass die Zeit, die ich brauchte, um es wieder aufzuklappen, Yermolov genug Gelegenheit geben würde. Wir zwei zitterten auf der Veranda, bis das Display wieder zum Leben erwachte. Die Rezeptionistin fuhr mit dem Finger über die Strecke, die ich nehmen sollte.

»Herzlichen Dank! Dann geh ich jetzt einfach mal hoch und schau nach, ob mein Freund schon fertig ist.« Ich sah den Saum von Balenskys Mantel von der Treppe baumeln wie einen Drachenschwanz.

»Kein Problem, gern geschehen«, rief sie, während ich die Treppe hochrannte. Yermolov wartete auf dem Treppenabsatz im zweiten Stock. Selbst ein dürrer alter Kerl wie Balensky musste immer noch seine sechzig Kilo wiegen, aber Yermolov war überhaupt nicht ins Schwitzen gekommen.

»Hier rein.« Ich klopfte leise an die Tür von Zimmer 9.

Timothy hatte sich für sein Date mit Balensky eine kurze Lederhose mit bestickten Trägern angezogen. Nur das Hemd schien er vergessen zu haben. Das Haar hatte er glatt mit Wasser zurückgekämmt, es glänzte im bronzefarbenen Licht, das die billige Kiefernholztäfelung der Wände reflektierte. Die beiden Männer nickten einander zu.

»Legen Sie ihn aufs Bett.«

Sämtliche Gegenstände meines Einkaufszettels waren auf dem Nachttischchen arrangiert. Zufrieden stellte ich fest, dass Timothy den Whisky aufgemacht und zwei Gläser eingeschenkt hatte. Er wollte den Trick anwenden, den er immer bei Freiern einsetzte, die aus dem Ruder liefen, und musste sich dann gezwungenermaßen verteidigen. Yermolov musterte die Gegenstände und begriff, ohne dass ich ihm etwas erklären musste.

»Woher wussten Sie das alles vorher?«, flüsterte er.

»Wusste ich nicht. Zufall. Hätten genauso gut Sie sein können.«

Wieder wirkte er amüsiert.

»Sie sind sehr selbstbewusst.«

»Gründlich, wie Sie schon sagten.«

»Wäre ich dann auch … schwul gewesen?«

»Die Menschen stecken voller Überraschungen. Wollen wir jetzt weitermachen?«

Ich faltete das Tuch auseinander und legte Balenskys Hinterkopf frei, wo aus der Anemone seiner Wunde nun doch etwas Blut sickerte. Das Bild war jetzt nur noch ein Lumpen. Ein Nichts.

Ich arrangierte die Requisiten neu, entfernte ein paar und legte dann das Fossil auf den Nachttisch.

»Jetzt muss er noch umgezogen werden.«

Wir zogen Balensky aus, während Yermolov diskret beiseitetrat. Timothy holte eine Plastiktüte aus dem Schrank, in dem Balenskys Outfit steckte. Er legte Balenskys Kleidung säuberlich über die Lehne des einzigen Stuhls im Zimmer – Mantel, Jacke, Pullover, Hemd, Unterhose, Socken, Unterhemd. Das Unterhemd war schon leicht grenzwertig. Dann zwängten wir Balensky in die schwarze Latexausrüstung. Wie Yermolov wandte ich meine Augen ab, als Timothy die Latexpanty vorne öffnete, um ein Kondom auf Balenskys Schwanz zu rollen. Es überraschte nicht unbedingt, dass das Unterfangen eine ganze Weile dauerte.

»Wie viel berechnest du denn für heute Nacht, Schatz?«

»Zweitausend«, antwortete Timothy. Ich schob Balensky das Geld in die Tasche.

»Okay. Leg dich aufs Bett.«

Wir rollten Balensky an die Wand, und Timothy brachte sich in Position – er legte sich auf den Bauch und machte die Knöpfe rechts und links an seiner Lederhose auf.

»Warte. Hast du das Gleitmittel besorgt?«

»Ist in der Tasche.«

Timothy setzte sich auf, nahm die Tube von mir in Empfang, tat, was nötig war, und legte sich wieder hin.

»Kannst du das Fossil erreichen?«

Er versuchte es erst mit der rechten Hand, indem er sich auf den Ellbogen hochstemmte, dann mit der linken, aber der Winkel, in dem er Balenskys Kopfwunde hätte treffen müssen, war völlig unplausibel.

»Und wenn wir es mit der Missionarsstellung versuchen?«

Timothy legte sich ganz ungeniert auf den Rücken, packte sich ein Kissen unter den Kopf und spreizte die Beine.

»Dafür würde ihm die Kraft fehlen. Er ist alt.« Wir sprachen Französisch, und ich sah, wie Yermolov unsere Aktionen mit entferntem Interesse beobachtete. So bizarr das Szenario war, ich hatte das Gefühl, dass er nicht zum ersten Mal einen Tod inszenierte.

»Wie wäre es so?« Timothy ging mit einer einzigen anmutigen Bewegung auf alle viere. »Wenn er hinter mir knien würde? Dann könnte ich mich doch umdrehen.«

»Halten Sie ihn mal kurz hoch«, bat ich Yermolov, dann schaute ich hin. »Ja, genau. Hingreifen, mit der rechten Hand, jetzt drunter … gleich fällt er … genau, so.«

Yermolov ließ Balensky wie gewünscht fallen. Der Tote kippte nach vorn, sein schlaffer, fleckiger Arsch schaute obszön aus der Latexpanty heraus.

»Gut. Holen Sie den Draht. In seiner Jackentasche liegt eine

Rolle.« Dann wandte ich mich an Timothy. »Bist du bereit? Ganz sicher?«

Timothy zog eine Grimasse.

Ich sah ihn nur einmal zusammenzucken, als er nämlich mit dem Fossil auf Balenskys Hals schlug. Es gab ein dumpfes Geräusch wie von einem Tennisball, der auf den Schläger trifft. Er musste sichtlich schlucken. Dann ließen wir Balensky einfach auf den Fußboden rollen.

»Halt ihn fest. Dann fällt es dir natürlicher aus der Hand. Gib mir den Draht.«

»Ich mach das«, mischte sich Yermolov ein. »Er würde sich ja gegen Sie wehren, Judith.«

Ich war mir sicher gewesen, dass ich es fertigbringen würde, aber jetzt war ich doch ganz dankbar für sein Angebot.

»Gehen Sie gleich anschließend ins oberste Geschoss«, sagte ich. »Eine Feuerleiter aus Holz führt seitlich aus dem Gebäude. Sie finden Ihr Auto also links um die Ecke.«

»Und wann werde ich Sie wiedersehen?«, fragte er mich plötzlich auf Russisch. Seltsamer Moment, um mich um ein Date zu bitten.

»Elena wartet im Palace auf mich. Sie werden es also irgendwie miteinander aushalten müssen, bis ich dort bin.«

»Kein Problem.«

»Ich warte dann draußen.«

Wieder warten. Während ich auf dem Flur stand, betete ich, dass niemand vorbeikäme, aber es war ein Abend in der Hochsaison in St. Moritz, dann waren doch jetzt sicher alle beim Après-Ski, oder? Und kippten sich ihren guten alten Glühwein hinter die Binde. Ich zuckte zusammen, als ich Schritte auf der Treppe hörte, holte mein Handy aus der Tasche und tat so, als würde ich aufs Display starren, als ein Paar mit dicken Jacken, bunten Skihosen und fetten Stiefeln um die Ecke kam. Die beiden unterhielten sich auf Deutsch. Ich nickte ihnen zu, und sie erwiderten meinen stummen Gruß, während sie auf die Treppe nach unten zusteuerten.

Was machten die eigentlich so lang da drinnen? Man hörte Schritte, diesmal im Hotelzimmer. Im nächsten Moment kam Yermolov heraus. Er hatte sich die Schuhe ausgezogen und ging leise an mir vorbei.

Ich stieß die Tür energisch auf, hielt mein Smartphone in die Höhe und musste an die Gaffer denken, die sich auf der Île Saint-Louis um Guiches Leiche geschart hatten. Der moderne Reflex: erst fotografieren, dann schreien. Ich drückte blindlings den Finger aufs Display, während ich vorwärtsging, ein-, zwei-, dreimal. Erst dann schaute ich richtig hin. Timothy war nach vorne gesackt, er lag auf den Knien, als würde er Yoga machen. Ich kam näher. Sein Gesicht war lila angelaufen. Es sah nicht so aus, als würde er atmen. Hatte Yermolov mich reingelegt? Hatte er den Job zu Ende gebracht, und ich war die Nächste? Oh Gott. Sanft schob ich den Arm unter Timothy und drehte ihn auf die Seite. Ich sah, dass zwischen Balenskys runzligen, sorgfältig manikürten Fingern die Garrotte hing.

»Timothy? Alles okay, es ist jetzt vorbei. Na komm, atme. Bitte atme.«

Nichts. Der Draht hatte sich tief in seine Haut geschnitten, auf dem gestärkten Schweizer Kissen war Blut. Ich spürte, wie Panik in mir aufstieg. Die Baumwolle war milchig weiß, wie die Farbe von schmutzigem Badewasser. Ich wollte meine Hände hineintauchen – wenn ich sie nur zu fassen bekam, konnte ich sie retten … Nein, nein!, ermahnte ich mich. Das ist Timothy, niemand sonst.

»Bitte. Komm schon.« Ich schüttelte ihn immer fester. Da hustete er. Gott sei Dank. Er keuchte, schnappte nach Luft, musste immer noch würgen. Ich stützte seinen Kopf, bis seine Kehle wieder frei war. Er warf mir ein bezauberndes, träges Lächeln zu.

»Ça va?«

»Ça va.«

»Ich meld mich dann. Mit dem Geld. Pass gut auf dich auf.«

Ich wusste, dass ich ihn nie wiedersehen würde. Wir mochten eine Zeit lang eine gewisse Wärme füreinander empfunden haben, aber diese Sache war rein geschäftlich gewesen, von A bis Z.

Vielleicht hatte dieses Wissen überhaupt erst das nötige Vertrauen für unser kurzes Bündnis geschaffen.

Ich küsste ihn einmal zärtlich auf seine bläulichen Lippen.

Und dann fing ich an zu schreien.

25. Kapitel

Wir verließen St. Moritz noch in derselben Nacht. Ich hatte gewartet, bis die Rezeptionistin auf meine entsetzten Schreie reagierte und die Treppe hochgepoltert kam. Dann schoss ich auf demselben Wege hinaus, den ich Yermolov geschildert hatte. Die besorgte Freundin würde anonym bleiben. Als ich zum Palace hinunterging, war ich auf einem solchen Adrenalin-High, dass ich die Kälte gar nicht bemerkte, obwohl ich nur Carlottas schicke Jacke trug. Ich schloss mich den Yermolovs in Elenas Suite an. Dort ging ich schnurstracks ins Badezimmer, schloss die Tür ab und meldete mich bei meinem Hacker.

Alles erledigt, schrieb ich. *Wären 2000 $ fürs Hochladen okay?*

Yes, bestätigte er.

Für die Überweisung brauch ich Zugriff auf mein Konto. Du musst warten, bis ich wieder an meinem Laptop bin.

Ich weiß, dass ich dir trauen kann.

Danke. Bitte das Gesicht des Jungen unkenntlich machen. Warte fünf Stunden. Und dann volle Granate ins Netz.

Betrachte die Sache als erledigt. Na, das war ja mal eine ungewöhnlich elegante Ausdrucksweise.

Sonst alles klar bei dir?, erkundigte er sich. *Kein Ärger mit den Russen?*

Nein. Vielen Dank.

:) Schick dir gleich einen neuen Code.

Dann schickte ich die Bilder, die ich von Balensky und Timothy geschlossen hatte. Timothys Geschichte würde hoffentlich auch von Balenskys Bodyguard bestätigt werden. Aber das war recht wahrscheinlich, denn nachdem er nicht mehr bezahlt worden war, würde er wohl ziemlich verstimmt sein. Timothy würde den Behörden erklären, dass er sich mit Balensky für bezahlten Sex verabredet habe. Dass Balensky ein bisschen Christian Grey habe spielen wollen und Timothy mitgemacht habe, bis der Draht dann doch zu stramm zugezogen worden sei. Dann habe er in Notwehr zugeschlagen, um sein eigenes Leben zu retten. Sicher würde Timothy ein paar Tage ziemlich in die Mangel genommen werden, doch die Begleitumstände der Tat würden Balenskys Familie davon abhalten, einen Aufstand zu machen, gerade angesichts seiner finanziellen Situation. Und Timothy würde am Ende seine Doppelseite kriegen, wenn die Fotos aus dem Dark Web zum Vorschein kamen. Ich hatte darum gebeten, dass sein Gesicht unkenntlich gemacht wurde, um seine Identität zu schützen, aber die Mühe hätte ich mir wahrscheinlich gar nicht machen müssen. Eine Vergangenheit als Callboy stand dem Ruhm mitnichten im Wege. Wahrscheinlich würde er am Ende seine eigene Realityshow kriegen. Ich würde ihm eine halbe Million geben, die ihn unabhängig machte. Der Preis war mir schon vorher vernünftig erschienen, und nachdem Balenskys Ableben Yermolov so zupass gekommen war, schätzte ich, dass ich ihn vielleicht noch zu einer Erhöhung der Summe überreden konnte.

Im Nebenzimmer schienen sich Elena und Yermolov ruhig auf Russisch zu unterhalten. Ich nahm eine ausgiebige Dusche und wickelte mich in den gesteppten Bademantel mit dem Palace-Monogramm. Als ich mit einem Handtuchturban auf den nassen Haaren wieder ins Zimmer kam, lief Elena auf mich zu und umarmte mich, während Yermolov eine Flasche Krug aufmachte. Mir war nicht ganz klar, warum ich auf einmal so beliebt war, aber ich ergriff die Gelegenheit, um doppelte Cheeseburger beim Zimmerservice zu bestellen. Wir mampften sie im Knien, während uns Mayonnaise und Saft von den Handgelenken tropften. Elena hob das Glas mit leicht zitternder Hand zu einem Toast. Ich sah, wie Yermolov sie musterte, ohne etwas zu sagen.

»Danke! Wir haben uns so wunderbar unterhalten, zum ersten Mal seit Monaten – dank Ihnen!«

Ich konnte schon verstehen, warum es ihr gute Laune gemacht hätte, wenn sie die Gelegenheit bekommen hätte, ihren Mann wegen Mordes zu erpressen, aber irgendwie wirkte sie in diesem Moment aufrichtig glücklich.

»Ich wünschte, wir hätten schon früher gesprochen und uns alles erklärt«, fuhr sie fort. »Dann wäre alles so viel einfacher gewesen! Ich hatte überhaupt keinen Grund, Angst zu haben.«

Ich wusste, wovon sie redete.

»Ich habe Elena gesagt, dass alles so in die Wege geleitet wird, wie sie es sich wünscht«, warf Yermolov ein. »Sie hatte keinen Grund, sich irgendwelche Sorgen zu machen.«

»Tut mir leid wegen Ihrem Caravaggio, Elena.«

»Ich glaube, das ist jetzt nicht mehr wichtig.«

Der Blick, den sie mit ihrem Mann tauschte, war reumütig, wissend, bedauernd, liebevoll. Der Effekt wurde nur dadurch geschmälert, dass sie auf einmal langsam von ihrem Stuhl rutschte und mit dem restlichen Viertel ihres Burgers in der Faust auf dem Teppich liegen blieb. Die versteckte Wodkaflasche rollte unter dem Kissen hervor, das ihre tadellose Ballerinahaltung gestützt hatte. Yermolov und ich schauten uns an.

»Sagen Sie mir jetzt bitte, dass das nicht Sie waren.«

»Sagen Sie mir jetzt bitte, dass das nicht *Sie* waren.«

Ich drehte sie um, und sie gab ein lautes Schnarchen von sich. »Du liebe Güte«, seufzte ich, »und ich dachte schon …«

»Das dachte ich auch.«

Wir mussten furchtbar lachen, bis Yermolov mich fragte, ob ich bereit war zum Gehen.

»Sie meinen, ob wir zurück zu Carlotta fahren? Natürlich. Aber wir sollten vorher Elena ins Bett legen.«

»Ich meinte nicht zu Carlotta. Ich fahre jetzt zu meinem Haus in Frankreich. Haben Sie geglaubt, ich würde Sie aus den Augen lassen, bevor Ihre kleinen Künstlerfreunde mir ihre ›Installation‹ geschickt haben?«

»Warum glauben Sie eigentlich, dass es von den Aufnahmen keine Kopien gibt?«

»Warum sollte ich das glauben? Aber ich habe trotzdem nicht vor, Ihnen wehzutun.«

Die Art, wie er »wehtun« sagte, verriet mir, wie die Dinge standen.

»Ich hab nichts zum Anziehen«, versuchte ich, Zeit zu schinden.

»Flirten Sie gerade mit mir?«

»Ja.«

»Dann brauchen Sie auch nichts weiter. Haben Sie Ihre Papiere und so weiter in Ihrer Tasche?«

»Ja.«

»Na, dann. Es sei denn, Sie meinen, dass es Ihrer Freundin hier etwas ausmachen würde?«

Ich warf einen Blick auf Elena und überlegte. »Sie ist nicht meine Freundin. Ist sie nie gewesen.«

Ich war nackt unter dem Bademantel, als er mich zum Flughafen fuhr, aber den zog ich erst aus, als wir in der Luft waren.

Jeder Rest von schwesterlicher Solidarität, den ich für Elena empfunden haben mochte, war verschwunden, als ich sah, was sie mit dem Erdgeschoss von Yermolovs Villa angestellt hatte. Bei meinem vorherigen Besuch war es zu warm gewesen, um sich viel im Hausinneren aufzuhalten, aber jetzt, im Winter, musste ich das volle Grauen einer Vergoldung ohne Budgetbeschränkung ertragen. Es heißt ja, dass man ein Rothschild sein muss, um den Rothschild-Style wirklich leben zu können, und dieses Axiom wurde von Elenas Salon weiß Gott bewiesen. Wir wurden von Madame Poulhazan empfangen, die tadellos gekleidet und frisiert war, obwohl es erst vier Uhr morgens war. Ihr Gesicht verriet keine Gefühlsregung, aber ich spürte, was sie von meinem Bademantel hielt. Als sie mich zu meinem Zimmer führte, war es mit Tragetaschen mit Designerlogos vollgestellt.

»Ich hoffe, die Größe passt«, erklärte sie. »Ich musste raten.«

»Wie ist das denn jetzt gegangen?«

»Mr Yermolov hat aus dem Flugzeug angerufen. Er meinte, Sie würden gerade … äh … schlafen. Er hat mir erklärt, Sie bräuchten ein paar Sachen, also habe ich ein paar Boutiquen in Cannes aufmachen lassen und habe den Hubschrauber hingeschickt.«

»Im Ernst? Ich bin Ihnen wirklich sehr dankbar, aber es ist doch mitten in der Nacht – die haben ihre Boutiquen wirklich mitten in der Nacht aufgemacht?«

»Es hat mich wirklich nur einen Anruf gekostet, überhaupt kein Problem. Ich hoffe, Sie sind mit den Sachen zufrieden.«

Als ich in einem pistaziengrünen Seidenneglígé von Carine Gilson schlafen ging, war ich tatsächlich ziemlich zufrieden. Vor dem Einschlafen schrieb ich eine SMS an Carlotta: *Tut mir leid, dass ich einfach so verschwunden bin. Hab ein Angebot bekommen, das ich nicht ablehnen konnte. Vielen Dank für einen wunderbaren Aufenthalt, und sag schöne Grüße an Franz. Viel Glück!*

Dass ich meine Sachen zurückgelassen hatte, war mir egal. Die hatte ich sowieso bis oben hin sattgehabt.

Sie schrieb sofort zurück: *Wer ist es?* Ich stellte mir vor, wie sie in ihrem Schlafzimmer in St. Moritz unter der Decke lag und ihr Handy umklammerte, während Franz mit seinem kränklichen Altmännergeruch das Zimmer füllte. Ich zögerte und schrieb dann: *Ein Russe. Niemand, den du kennst, aber ich glaube, du würdest meine Wahl gutheißen.*

Sie schickte mir einen Kuss zurück und ein Emoji von einem Diamantring. Meine liebe Carlotta.

Viele Menschen verwechseln Sex und Liebe, was an und für sich nicht so zerstörerisch wirkt wie die Verwechslung von Liebe und gegenseitigem Verständnis. Die Kombination von Sex und gegenseitigem Verständnis ist jedoch eine gigantische Kombination. In den fünf darauffolgenden Tagen kümmerten Yermolov und ich uns morgens ums Geschäft und verbrachten die kurzen Winternachmittage in meinem Schlafzimmer. Ich ließ mir von Jovana per DHL die altmodischen Videos vom *Tod eines Oligarchen* aus Belgrad schicken, und Yermolov erklärte sich bereit, das Honorar zu überweisen und Timothy für seinen Anteil an der glücklichen Lösung des Balensky-Falles zu entlohnen.

Auf einem geliehenen Laptop, den mir Madama Poulhazan besorgt hatte, warf ich einen Blick auf meine Konten und ging die aufgestauten Mails an meine inzwischen geschlossene Galerie durch. Ich antwortete allen mit der Auskunft, dass die Gentileschi Gallery geschlossen sei. Und dann begann ich endlich, Daves Manuskript zu lesen, wenn ich nicht gerade online die Entwicklung in Fall von Balenskys spektakulärem, skandalösen Ableben verfolgte. Daves Hacker hatte uns alle Ehre gemacht. Die Bilder hatten sich in den sozialen Medien verbreitet und waren sofort von grässlichen russischen schwulenfeindlichen Bürgerwehrgruppen aufgegriffen worden. Hashtags vermehrten sich wie die Karnickel, Menschenrechtsaktivisten twitterten, die Schweizer Polizei verkündete einfach nur, dass sie Ermittlungen zum Ableben eines Sechsundachtzigjähren anstellten. Die russische Presse schlachtete die Story aus, und die konservativen Zeitungen brachten dröhnende Leitartikel über die heutige Dekadenz, die Yermolov für mich übersetzte. Als Quelle der Fotos wurde ein russischer Undercover-Fotograf genannt, der es sich auf die Fahnen geschrieben hatte, der Korruption ein Ende zu setzen, und diese Propaganda wurde ziemlich rasch zur anerkannten Wahrheit.

Um Timothy machte ich mir keine Sorgen. Ein Anruf in Panama hatte sein Geld in einen Fonds überführt, auf den er zugreifen konnte, wenn er nach Frankreich zurückkehrte. Als Passwort hatte ich »Edouard« gewählt. Und ich hatte auf siebenhundertfünfzigtausend aufgerundet. Jetzt bekam Timothy zu guter Letzt also doch noch seine Playboyvilla.

»Und was hast du mit Kazbich vor?«

Yermolov und ich saßen im Bett. Das Kaminfeuer brannte, die Fensterläden waren offen. Durchs weiche Taubengrau des Himmels über dem Meer zogen sich vereinzelte Linien in Phthaloblau. Wir tranken Lapsang-Tee und kauten Blini mit Brombeermarmelade. Das rauchige Aroma des Tees und die Süße der Marmelade erinnerten mich an meine Unterrichtsstunden bei Mascha.

»Ich hab ihm mitgeteilt, dass das Bild leider zerstört wurde, als Balensky versucht hat, es zu retten. Eine Tragödie jagt die nächste. Er weiß nicht, dass ich es weiß. Er hält sich gerade in Belgrad auf. Ich wollte vermeiden, dass er flieht. Man wird sich seiner annehmen.«

»Effektiv?«

»Allerdings.« Er küsste mich auf die Schläfe und ließ seinen Mund dann über meinen Wangenknochen und meinen Unterkiefer wandern.

»Dann wird sich Jurij also nach einem neuen Boss umsehen müssen?«

»Vielleicht. Oder soll ich mich auch um ihn kümmern?«

»Du bist einfach so professionell. Ja, das würde mir gefallen.«

»Rache?«

»Nein. Es wäre nur fair.«

»Und was wird mit dir, Judith? Was wirst du tun?«

»Nach Venedig zurückgehen, denk ich mal. Sobald die Lieferung aus Belgrad gekommen ist.« Nicht, dass es mich sonderlich in meine Wohnung zurückgezogen hätte.

Es gab einen Moment, in dem ich dachte, dass Yermolov mich vielleicht bitten würde, bei ihm zu bleiben, aber dieser Moment verschwand zusammen mit dem bläulichen Licht hinter den Klippen, und wir dösten, bis es Zeit wurde, sich anzuziehen und die Bilder anzuschauen. Jeden Abend vor dem Essen gingen wir in seine Galerie hinüber. Wir betrachteten die Bilder auf unterschiedliche Weise – Yermolov suchte sich eines aus seiner Sammlung aus und stellte sich ganz still davor, ungefähr zwanzig Minuten, während ich herumdriftete wie ein Taucher, der sich über den schwarzen Rand einer Unterwasserhöhle hinausgewagt hat und auf einmal in einer verborgenen farbenprächtigen Lagune herauskommt. So hatte ich schon lange keine Gemälde mehr angeschaut – ohne Messen und Beurteilen, ohne zu überlegen, an welche Fakten ich mich noch erinnern konnte und was ich noch wissen musste. Jetzt schaute ich sie einfach nur an, mit meinem ganzen Körper und mit völlig unkonzentrierten Sinnen. An dieses Erlebnis kam nichts auch nur annähernd heran, nichts, was wir in meinem Schlafzimmer gemacht hatten, nichts, was ich jemals mit irgendjemand anders gemacht hatte. Ekstase ist das richtige Wort. Und dann gingen wir zurück, Hand in Hand auf das Haus zu, das vor uns leuchtete, und wir aßen zu Abend, während Yermolov mir von all seinen Gemälden erzählte, wie und warum er jedes einzelne gekauft hatte. Er holte Bücher, um Illustrationen zu vergleichen und Abschnitte laut vorzulesen, bis der Tisch am Ende mit Stapeln von Bildern übersät war und wir unsere beiseitegeschobenen Teller endgültig auf den Boden stellten, um mehr Platz zu haben.

»Ich wusste, dass du es wusstest«, sagte Yermolov an dem Abend, der mein letzter werden sollte, wie sich später herausstellte.

»Dass ich *was* wusste?«

»Balensky hat mich angerufen und gesagt, er hätte mit Elena gesprochen, Kazbich hätte eine Message für mich, und du würdest dich mit dem Bild in St. Moritz einfinden. Ich wusste, dass du wusstest, dass es eine Fälschung ist.«

»Woher?«

»Komm her.«

Er nahm mich nicht in die Arme, wie ich erwartet hatte. Stattdessen führte er mich zu einem kleinen Raum unter der Haupttreppe, dessen dreieckige Wand mit Bildschirmen übersät war. Er schaltete einen davon ein. Der Monitor zeigte seine Galerie, und die Kamera bewegte sich alle zwanzig Sekunden vom einen Ende zum anderen.

»Ich hab dich beim ersten Mal beobachtet. Ich hab dich beobachtet, wie du meine Gemälde angeschaut hast.«

»Und?«

»Du weißt einfach Bescheid. Du hast einen entsetzlichen Akzent, wenn du Russisch sprichst, aber du hast ein gutes Auge.«

»Danke.«

Also hatte er mich letztlich doch für gut genug gehalten. Sex und gegenseitiges Verständnis. Vielleicht hätten wir es mit der Kombination noch zu etwas bringen können. Irgendein ganz ungnädiger Mensch hat einmal gesagt, dass das künstliche Licht gegenseitiger Achtung den schmalsten Horizont der menschlichen Seele darstellt, aber trotzdem war es schön, es zu fühlen, nur dieses eine Mal.

26. Kapitel

Die Installation traf am nächsten Morgen ein. Gemäß unserer Abmachung hatte Jovana den Clip auf Videobänder kopiert und drei altmodische tragbare Fernseher, Modell Junost, mitgeschickt, auf denen die Videos gezeigt werden konnten: Der »gestellte« Mord im Wechsel mit den Nahaufnahmen von Balensky in seiner Latexpanty. Wir verspürten kein Bedürfnis, sie uns anzusehen. Yermolov stand auf der Klippe und sah zu, wie das Ganze in Flammen aufging. Währenddessen packte ich die kleine Tasche, mit der ich aus St. Moritz gekommen war. Es wäre mir schäbig vorgekommen, die Sachen zu behalten, obwohl ich ganz kurz um einen besonders schönen Fendi-Rock trauerte – hellgrauer Duchesse-Satin, der durch unterfüttertes Steifleinen zu einem schwingenden Fünfzigerjahre-Rock wurde. Für die Reise wählte ich einen marineblauen Kaschmirpullover und eine graue Tweedhose von Chanel, Ferragamo-Ballerinas und den riesigen, absurd ballonförmigen Dries-Van-Noten-Mantel aus Maulbeerseide, den die Poulhazan ausgesucht hatte, damit ich ihn über mein Cocktailkleid anziehen konnte.

Ich klingelte nach dem Butler – nicht gerade ein Handgriff, auf den mich meine frühe Kinderstube vorbereitet hätte – und bat ihn, Mr Yermolov von meiner Abreise zu unterrichten und dem Chaffeur Bescheid zu geben. Vom Bahnhof in Nizza würde ich noch einmal dieselbe Route wie vor ein paar Monaten zurücklegen.

Ich fand Yermolov in seinem Arbeitszimmer. Ich hatte mich an seine rastlosen Hände gewöhnt, aber als ich jetzt an der Tür stand, sah ich sie wie zum ersten Mal, wie sie sich über den Schreibtisch vor ihm wanden, und sie gingen mir einfach wieder auf die Nerven. Vielleicht weil sie mich an mich selbst erinnerten. Stillstand war eben nichts, wofür ich ein besonders Talent gehabt hätte.

»Also – dann wird es jetzt wohl Zeit für meine Abreise.«

Er versuchte nicht, mich aufzuhalten, sondern fragte nur, ob ich das Flugzeug brauchte, um nach Venedig zurückzukehren.

»Damit du mich am nächsten Alpengipfel zerschellen lassen kannst? Nein danke, ich nehm lieber den Zug.«

»Du bist lieblos.«

»Du auch. Deswegen haben wir uns ja auch so gut verstanden.«

»Darf ich dich anrufen?« Er sagte es nur aus Höflichkeit. Unsere seltsame, köstliche Intimität war vorüber, und wir wussten es beide.

»Nicht nötig. *Proschtschaj,* Pavel.« Ich hatte ihn noch nie bei seinem Vornamen genannt.

»*Proschtschaj.*« Mach's gut.

Sobald ich im Zug nach Mailand saß, breitete ich meine Papiere auf dem Tisch aus. Judith, Elisabeth und der letzte Ausweis, den ich in Amsterdam gekauft hatte. Letzterer hatte mich nach Frankreich und England und Serbien gebracht und würde mich jetzt – wenn die Grenzbeamten Lust haben sollten, das zu überprüfen – zurück nach Italien fahren lassen. Katherine Olivia Gable.

Ich betrachtete die vertrauten Schilder, als wir über die Grenze nach Italien fuhren. Irgendwie fühlte es sich richtig an, diese Reise noch einmal zu machen, denn das war in vielerlei Hinsicht meine erste gewesen. Damals hatte ich mir so viel gewünscht. Geld, ja, und Freiheit und Unabhängigkeit, aber auch schöne Dinge, schöne Ausblicke, um Rupert zu beweisen, dass er mich nicht wie eine plebejische Versagerin behandeln konnte, und um mir zu beweisen, dass meine Anstrengungen nicht umsonst gewesen waren. Zugegeben, damals hatte ich auf dieser Reise keinen besonders gut durchdachten Plan gehabt.

Man mag mich sentimental nennen, aber seine erste Leiche vergisst man nie. Ich hatte James im Schlafzimmer des Hôtel du Cap liegen lassen, während er langsam weicher wurde, Cameron unter einer Brücke in Rom, Leanne auf einem anderen Bett, in einer anderen Stadt, Renaud – na ja, zumindest dachte ich noch an ihn, und dann Julien, mit der aufblitzenden Überraschung in seinen Augen, die Balensky vielleicht auch in meinem Blick gesehen hatte. Mascha und Balensky und Moncada und Edouard Guiche … Es ist nicht deine Schuld, Judith, sagte ich mir.

Jetzt gingen die Lichter in den Waggons an, ein Zugbegleiter schob seinen Getränkewagen mit der blechernen Glocke ungeschickt durch den Gang.

Im Frühling 1606 beging Caravaggio einen Mord. Die nächsten vier Jahre seines Lebens – seine letzten – verbrachte er mehr oder weniger auf der Flucht. Das Opfer, Ranuccio von Terni, wurde auf einem Tennisplatz getötet, bei einem Streit über einen Punkt im Match, über Spielschulden, über eine Beleidigung oder vielleicht auch aus Notwehr. Jeder redete darüber, aber niemand wusste etwas Genaues. Caravaggio hatte das Schwert – Requisit seines schmerzlichen Ringens, von seiner Umgebung als Edelmann akzeptiert zu werden – gegen den Schwanz seines Gegners geführt. Manch einer meinte, es sollte einfach eine Geste der Verachtung sein. Die ging allerdings ins Auge, weil er dabei die Femoralarterie durchtrennte. Andere meinten, der Mord sei ein Resultat von Caravaggios Charakter, der aus Wildheit ganz bewusst nach einer Gelegenheit gesucht habe, Kopf und Kragen zu riskieren. Wenn er sich Aufregung gewünscht hatte, dann hatte er sie weiß Gott bekommen. Als er die Stadt verließ, wurde eine Belohnung auf seinen abgetrennten Kopf ausgesetzt.

Sein erstes Bild im Exil malte er von einer Hure, einem Mädchen namens Lena, die er als ekstatische Magdalena darstellte, in den Farben des Todes: Rot, Weiß, Schwarz. Der Großteil der Leinwand ist Schwärze. Sie hat den Kopf in den Nacken geworfen, ihr absurd sinnlicher Mund steht leicht offen, und eine einzelne Träne, die unter den halb geschlossenen Augenlidern hervorkriecht, ist das einzige Anzeichen von Reue. Das Bild passt so wunderbar zur Geschichte von Caravaggios Leben, dass viele Betrachter nur zu gern den Umstand ignorierten, dass er es offenbar gar nicht gemalt hat. Die Darstellung ist sehr grob, die Schatten des Gesichts sind verpfuscht, und Lenas Nase ist ein Rüssel, der umso hässlicher aussieht, je länger man ihn anschaut. Die Leute wünschen sich so sehr, eine Geschichte zu sehen, etwas, was zusammenpasst, Caravaggios wild-verzweifelte Technikgewalt, kondensiert in die sentimentale Erzählung von Reue und Buße, dass sie die jämmerliche Schwäche der Ausführung schlichtweg übersehen.

Was Caravaggio hingegen gemalt hat, während die päpstlichen Truppen die ländliche Umgebung von Rom nach ihm absuchten, war eine zweite Version des *Abendmahls in Emmaus*. Eine freudlose, geschrumpfte Darstellung. Der Gastwirt und seine Frau sind vom Alter niedergedrückt. Christus ist auch gealtert, er ist so müde, dass er kaum die Hand zum Segnen über die Tischplatte heben kann. Das Essen ist nicht mehr mager, sondern erbärmlich: ein Stück verdorbenes Fleisch, ein paar alte, bröckelige Brotlaibe. Auf dem Bild herrscht Dämmerlicht, hier spielen sich keine Wunder mehr in den Schatten ab. Die einzige Verbindung zum Bildnis der Lena ist die seitliche Lichtkontur der Figuren. Alles andere ist Dunkelheit. Wenn man aus dem Bild überhaupt etwas über den Gemütszustand des Malers nach seinem Verbrechen herauslesen will, ist es keine sexy Hochglanztrauer. Jeder an diesem trostlosen Tisch sieht total gerädert aus.

Komischer Zufall, so ging's mir auch gerade.

Bevor ich die Treppe zur Wohnung zur Hälfte hochgegangen war, spürte ich schon, dass dort oben jemand auf mich wartete. Der Geruch war verräterisch. Er zog bis zu mir herunter und begrüßte mich, bildete einen stinkenden Puffer zur wassergetränkten venezianischen Luft, die ich unten von der Straße hereingelassen hatte. Wahrscheinlich hätte ich in dem Moment sogar noch davonrennen können, aber ich unterdrückte meinen Fluchtreflex. Ein Teil von mir wusste, dass es bereits zu spät war, und außerdem war ich neugierig. Trotzdem brannten mir wilde Tränen in den Augen, als ich meine Tasche durch die Ausdünstungen zum letzten Treppenabsatz schleppte. Nie war ich einem Zuhause näher gekommen als mit diesem Ort.

Als ich das Licht anmachte, sah ich den Stuhl, und ich sah das Bild. Eine Kopie der *Medusa,* die über dem Bett hing, als wäre sie schon immer dort gewesen. Sehr hübsch. Caravaggios Bilder sind grausam zu anderen Kunstwerken – sie sind einfach immer das hübscheste Mädchen im Zimmer. Eines davon reicht, und alle anderen Bilder in einem Zimmer voller Meisterwerke sind auf einmal unsichtbar. Er wartete auf dem samtbezogenen Sessel, der so gedreht war, dass die geschwungene Rückenlehne zur Tür schaute. Die Ellbogen seines dunklen Leinenjacketts ruhten auf den Armlehnen, während er das Bild betrachtete.

»Hallo, Fremder«, sagte ich, aber die Worte waren eher für mich als für ihn bestimmt.

Alvin sah nicht allzu gut aus. Sechs Wochen in einem Schrank können einen Menschen aber auch ganz schön mitnehmen. Ich hatte ihn dreifach in Plastiktüten verpackt, das hatte die Maden abgehalten, aber die Feuchtigkeit war in dieser Stadt ein konstantes Problem.

Wer ihn angezogen hatte, hatte ihn offenbar vorher abgespült, die stinkenden Müllsäcke lagen nämlich in der Badewanne, ein Milky Way aus schwarzem Plastik, in dem ein paar weiße Fäden aus leicht verwestem Fleisch hingen. Sein Weichteilgewebe hatte sich zersetzt, die Bauchspeicheldrüse hatte sich selbst verdaut und blaugrüne Bläschen erzeugt, die hartnäckig am verbliebenen Knorpelgewebe hingen. Ich atmete ganz flach durch den Mund, während ich um ihn herumging und mich vor ihn stellte. Methan und Schwefelwasserstoff. Nicht umsonst hatte ich meine Wohnung in London mit Medizinstudentinnen geteilt. Der Kopf mit der grässlich zerfetzten roten Zunge war an einem Kleiderbügel befestigt, dessen Drähte sich in den Stoff der Jacke geschnitten hatten und ungefähr die Form seiner Schultern nachzeichneten. Der Rest von Alvin war zu einer Pfütze auf der Sitzfläche zusammengeschmolzen, und seine abgetragenen Sebago-Loafer standen am Boden, wo seine Füße gewesen wären. An seinem Revers war eine Karte befestigt, mit einer der Sicherheitsnadeln von meiner Reinigung. Ich griff danach und berührte die schleimigen Knochen. Wir blieben beide einen Moment so und schauten dem Tod ins Gesicht. Als ich mich bückte, um die Nadel abzunehmen, löste sich der Kleiderbügel und Alvin mit ihm, sein augenloser Kopf plumpste auf den Boden und rollte gegen das Bett. Ich spürte die Vibrationen des Falls wie eine Alarmsirene, und als sie verebbten, war das Zimmer so still, dass ich zu hören meinte, wie der Staub meiner Abwesenheit in ihrem Kielwasser herumgewirbelt wurde.

Ich erkannte die Karte wieder. Ich hatte einmal ein Duplikat davon besessen. In Como, wo ich meinte, so erfolgreich die Dumme gespielt zu haben, als man mich zum Verschwinden von Cameron Fitzpatrick befragt hatte. »Ispettore Romero da Silva, Guardia di Finanza«, stand darauf. Auf der Rückseite hatte jemand mit Kugelschreiber eine Nummer notiert und daneben eine kurze Nachricht in Blockbuchstaben.

»Sie müssen mich anrufen.«

Kazbich hatte mich verpfiffen. Kazbich hatte von Fitzpatrick gewusst. Kazbich hatte Elena unabsichtlich auf ihren wahnwitzigen Erpressungsplan gebracht. Und es gab nur eine Person, der Kazbich nahegelegt haben könnte, dass Fitzpatricks Tod genauere Untersuchung erforderte: da Silva. Kazbich hatte mit Moncada zusammengearbeitet, hinter dem Renaud Cleret und da Silva gemeinsam her waren, weil er in Fälschungsdelikte der Mafia verwickelt war. Aber wo war die Verbindung zwischen Kazbich und da Silva? Kazbich war in Belgrad. Da lag es nahe, dass da Silva für dieses Begrüßungstableau in meiner Wohnung verantwortlich war, aber warum sollte er die *Medusa* aufhängen? Kazbichs letzter Wunsch, eine Rache aus dem Grab, welches auch immer ihm Yermolov bestimmt hatte?

Sie müssen mich anrufen.

Ich hatte so lang auf diesen Augenblick gewartet. Ich stieg über Alvin und spähte auf die Piazza. Keine Polizistenscharen. Da Silva wollte, dass ich mich ohne große Gegenwehr ergab.

Ich duschte zum wahrscheinlich letzten Mal in meinem schönen Badezimmer. Während ich mir die Nägel bürstete, schlangen sich meine Finger um meine Handgelenke und wanden sich wie Aale. Ich musste sie auseinanderzerren und mir die Handflächen an den Schädel pressen, um sie zu beruhigen. Das war die Stelle, an der die Handschellen sitzen würden.

Ich zog mich an, ohne Alvin anzuschauen: saubere Baumwollunterwäsche, Jeans, ein T-Shirt und ein Sweatshirt. Ich suchte mir die dicke Daunenjacke heraus, die ich gekauft hatte, um dem venezianischen Nebel zu trotzen. Ich dachte, dass man mir wohl nicht erlauben würde, meine Tasche zu behalten, aber ich stopfte trotzdem ein paar Gegenstände hinein: die unvermeidliche Zahnbürste, Deo, Feuchtigkeitscreme. Ein Buch – ob das wohl erlaubt war? Ich band mir die nassen Haare auf dem Kopf zu einem Knoten zusammen und schaute in den Spiegel. Hallo, Judith. Dann war ich wohl so weit. Ich ging auf den Treppenabsatz hinaus, um den Anruf zu tätigen, und hörte, wie unter mir auf dem *campo* das Handy einmal klingelte, bevor da Silva sich meldete.

Er wartete am Fuß der Treppe. Er war größer, als ich ihn in Erinnerung hatte, immer noch dieselbe breitschultrige, gepflegte Erscheinung. Er trug keine Uniform, und er war allein. Als wir uns das erste Mal trafen, hätte ich ihn am liebsten umarmt, weil ich so erleichtert war, dass der Geysir der Anspannung in mir zur Ruhe kam. Meine Resignation hatte jetzt eine ganz andere Qualität. Ich berührte seine Schulter.

»*Sono pronta.*« Ich bin bereit.

Er drehte sich um, und seine Augen sahen sanft aus, als er mich musterte, mit meinen Sneakers und den nassen Haaren. Ich hob die Hand, um mir die Strähnen aus dem Gesicht zu schieben, hielt aber auf halbem Wege inne, als wollte ich ihn zum Flirt einladen. Alte Gewohnheiten.

»Ich sagte, ich bin bereit.«

»Ich dachte mir, Sie möchten vielleicht irgendwo hingehen, wo es ruhig ist. Irgendwohin, wo wir reden können.«

»Wollen Sie mich denn nicht festnehmen?«, fragte ich mit dümmlicher Miene.

»Nein.«

»Aber …« Meine Hand zuckte spastisch nach oben und deutete zu meiner Wohnung. Ich hatte das Licht angelassen, Alvin wartete hinter den Jalousien.

»Wie gesagt, ich glaube, Sie brauchen jemanden, mit dem Sie reden können. Nämlich mich.« Sein dunkles Sakko rutschte zur Seite. Ich meinte, ein Holster an seiner Hüfte zu sehen, aber es hätte auch ein Schatten sein können. Ich nickte.

»Ein Boot wartet auf uns. Bitte, hier entlang«, fügte er höflich hinzu.

Auf der Fahrt zum Arsenal von Venedig bot da Silva mir eine Zigarette an, aber ich schüttelte nur den Kopf. Ich schaute Venedig gar nicht an, nur meine Knie, die ich dicht an die Brust gezogen hatte, während meine Hände ständig in Bewegung waren. Der Fahrer half mir am Tor zum Marineamt hinaus, unter den Augen der beiden riesigen weißen Löwen, dann salutierte er vor da Silva, der nach mir auf den Kai stieg und mir einen Arm stützend in den Rücken legte. Hier war ich schon hundertmal vorbeigegangen, das Arsenal war der zweite Ausstellungsort der Biennale, obwohl er jetzt im Dunkeln eher aussah wie das, was es schon immer gewesen war, nämlich eine Festung.

»Möchten Sie sich lieber auf Englisch oder Italienisch unterhalten?«

Wir saßen in einem kleinen, hell erleuchteten Büro. Das Fenster, das auf den Kanal ging, stand offen. In der Lobby waren wir an mehreren uniformierten Polizisten vorbeigekommen, aber da Silva war immer noch allein. Auf dem Tisch standen zwei volle Espressotassen, Plastikbecher und eine Flasche Wasser, aber kein Aufnahmegerät. Ich dachte mir, dass es dann wohl in den Wänden eingebaut sein musste, oder vielleicht gab es hier so einen Zweiwegespiegel? Im Grunde kümmerte es mich gar nicht so sehr.

»Vielleicht wäre Englisch besser.« Ich war zu erschöpft, um

in der italienischen Grammatik zu denken. Der Kaffee hinterließ einen Hauch von Säure in meiner Kehle, ich goss mir ein halbes Glas Wasser ein und kippte es herunter.

»Sehr gut.« Immer noch ganz sanft, die Stimme schmeichelnd. »Wo möchten Sie gerne anfangen?«

Ich zog die Knie unters Kinn und kauerte mich auf meinen Stuhl. Er wartete.

»Es war das Öl«, begann ich und erkannte den Klang meiner eigenen Stimme nicht wieder. »Ich hab das Mandelöl in die Badewanne getan.«

Es war das Mandelöl. So roch sie immer: nach Mandeln. Meine Schwester.

Sie kam zur Welt, als ich zwölf war. Meine Mutter nannte sie Katherine, nach Katherine Hepburn. Nach ihrer Geburt zogen wir in eine andere Wohnung, ich hatte zum ersten Mal ein eigenes Zimmer, und das Krankenhaus schenkte meiner Mutter bei der Entlassung eine ganze Tasche mit Wegwerfwindeln und Schnullern, Shampoo für ihren zarten Kopf und das Mandelöl, das man ihr nach dem Bad in die komischen Falten an Armen und Beinen rieb. Ich hatte mir Babys immer fett vorgestellt, aber Katherine war zu Anfang nur Haut und Knochen, wie ein Äffchen, und die Haut auf ihrem winzigen runden Bäuchlein war so dünn, dass man die Venen pulsieren sah. Ich liebte ihre molligen kleinen Froschhändchen und die Art, wie sich ihre dünnen Haarsträhnchen in meinem Mund anfühlten. Sie war meine Schwester, und ich würde mich um sie kümmern, ich würde mit ihr in den Park gehen und ihr Gänseblümchenkränze machen, ich würde ihr ein kleines Teeservice schenken, mit echten Porzellantassen und kleinen gemusterten Tellern. Meine Mutter zeigte mir, wie man ihr die Windeln wechselte und ihr über den Rücken strich, nachdem sie ihre Milch getrunken hatte. Sie lag zwischen uns auf dem Sofa, wenn wir zu

Abend aßen, und sie brachte uns zum Lachen mit ihren riesigen Augen und ihren forschenden Fingern.

Eine Weile kriegte meine Mutter es ganz gut hin. Sie brachte Katherine im Bus in die Klinik und schob sie im Buggy durch die Läden, und Katherine sackte zusammen in dem rosa Anorak, den meine Mutter vom Kindergeld gekauft hatte. Ich war darüber im Bilde, wie Babys gemacht wurden, aber ich fragte nie, wer Katherines Vater war. Meine Mutter sprach nie über meinen Vater, und es war auch völlig egal. Wir lebten eben zu dritt zusammen, und jeden Tag rannte ich von der Schule nach Hause und freute mich auf sie. Wenn es nicht zu kalt war, nahm ich sie mit zu den Schaukeln am Ende unserer Straße und setzte sie behutsam auf meinen Schoß, während ich ihr etwas vorsang, sämtliche Kinderlieder, an die ich mich aus meiner eigenen Kindheit erinnern konnte. Sie lachte, wenn ich Jack und Jill nachmachte und die Schaukel richtig weit heruntersausen ließ, und dann verzog sie ihr Gesicht, aber ich wusste, dass das ihre Art zu lächeln war.

Aber dann lief es doch nicht mehr so gut mit meiner Mutter. Sie fing an, wieder in die Kneipe zu gehen, und wenn Katherine in der Nacht aufwachte, war sie nicht da, um ihr das Fläschchen zu geben. Das machte mir nichts aus, das konnte ich ja machen. Ich mischte die Fertigmilch genau so, wie es die Striche auf den Plastikbechern angaben, dann stellte ich die Milch in eine Müslischüssel mit kochendem Wasser aus dem Kessel, um sie anzuwärmen, und dann prüfte ich die Temperatur mit ein paar Tropfen auf der Innenseite meines Handgelenks, wie ich es bei meiner Mutter gesehen hatte. Wenn Katherine ausgetrunken hatte und ganz kuschlig und schläfrig war, schaukelte ich sie an meiner Schulter und zog die Küchengardine auf und zeigte ihr die Sterne und die Lichter der Stadt und steckte sie unter die Decke in meinem Bett, wo sie sich an mich ankuschelte wie ein Komma.

Langsam machte ich mir wieder Sorgen um meine Mutter. Am Morgen stand sie nicht auf, und sie war umgeben von diesem Geruch, ihre Haut glänzte fettig, und ihr Make-up hatte sie über den ganzen Kissenbezug verschmiert. Ich stellte mich in meiner Schuluniform an ihr Bett, mit Katherine im Arm. Ständig verpasste ich den Bus, weil ich nicht gehen wollte, bevor meine Mutter wach war, um sich um sie zu kümmern. Ich fing an, auch mittags zu Hause vorbeizuschauen, nur um zu sehen, ob alles in Ordnung war, ich machte ganz leise die Wohnungstür auf, um zu horchen, ob der Fernseher oder das Radio liefen, um nachzusehen, ob der Buggy hinter der Tür stand oder ob meine Mutter sich aus dem Bett gequält und mit Katherine an die frische Luft gegangen war. Dann hörte ich ganz auf, in die Schule zu gehen, denn meine Mutter war kaum zu Hause, und ich wollte meine Schwester nicht allein lassen.

Das ging so, bis die Schule zu Hause anrief und meine Mutter mich wegen meiner Schwänzerei zusammenstauchte. Ich wurde ins Direktorat bestellt, um zu erklären, warum ich gefehlt hatte, aber ich konnte es nicht sagen, denn ich dachte, dann würden sie Katherine am Ende in ein Heim stecken.

»Du bist ein kluges Mädchen, Judith«, sagte der Direktor. »Vergib deine Chance nicht. Du könntest es auf die Universität schaffen.« Er war nicht unfreundlich, nur ratlos. Ich starrte auf den Boden, als er mich fragte, warum ich schwänzte, und ich kaute an meinem Pferdeschwanz und versuchte, auszusehen wie die ganzen anderen Mädchen in meiner Klasse, die pausenlos dem Unterricht fernblieben. Ich erwiderte, ich wisse es ja selbst nicht, aber es tue mir leid, und er schüttelte den Kopf und meinte, dann solle es jetzt bitte einfach nicht wieder vorkommen. Ich musste also wieder zur Schule gehen, weil ich Angst hatte, dass sie sonst einen Sozialarbeiter vorbeischicken würden, der Katherine mitnahm.

Meine Schwester muss ungefähr fünf Monate alt gewesen

sein, als es geschah, denn meine Mutter hatte gerade angefangen, ihr Babybrei aus dem Gläschen zu füttern. Manchmal zerdrückte ich ihr eine Banane, löffelte sie ihr in ihren gummiartigen Mund und streifte ihr die herausgesabberten Stückchen mit dem Löffel wieder von der Lippe. Sie konnte schon sitzen, und sie wollte nicht essen, wenn sie nicht ihren eigenen Löffel in der Hand hatte, aber den ließ sie ständig fallen oder pikste sich selbst damit, sodass es immer Ewigkeiten dauerte, bis man sie gefüttert hatte.

An dem Tag, an dem ich die Tür öffnete, roch die Wohnung nach süßen Mandeln. Es war Winter, es wurde schon dunkel, aber es brannten keine Lichter. Meine Mutter saß auf dem Sofa, sie hatte eine leere Weißweinflasche und eine halb leere Ginflasche neben sich. Sie musste angefangen haben zu trinken, sowie ich zur Schule aufgebrochen war. Katherine lag nicht in ihrem Bettchen im Schlafzimmer meiner Mutter und auch nicht in meinem Bett. Der einzige Lichtstreifen drang unter der Badezimmertür hervor. Ich wollte nicht da reingehen. Ich machte eine Tasse Tee, stellte sie neben meiner Mum auf den Boden und zog die Küchenvorhänge vor. Ich wollte, dass meine Mutter aufwachte, aber das tat sie nicht. Also musste ich ins Badezimmer gehen.

Im ersten Moment dachte ich, es ginge ihr gut, weil sie sich warm anfühlte, aber als ich sie aus der Wanne zog, merkte ich, dass es nur das Wasser war. Es war ölig und immer noch lauwarm. Ihr Gesicht war grau. Meine Mutter hatte das gelbe Babyhandtuch mit der Kapuze neben die Wanne gelegt, in das wickelte ich sie ein. Ihr Kopf rollte an meine Halsgrube, als wäre sie eingeschlafen. Ich stellte mich neben das Sofa, und dann setzte ich mich neben die Füße meiner Mutter, weil mir die Knie ganz weich geworden waren.

»Mum«, sagte ich immer wieder. »Mum?«

Ich glaube, sie wusste es, noch bevor sie die Augen aufschlug.

Es dauerte eine ganze Weile, bis auch ihr Gesicht aufgewacht war, aber sie konnte sich nicht ansehen, was sie getan hatte. Als sie sich aufsetzte, streckte sie die Hände nach ihrem Baby aus und zog das Handtuch zurück, denn sie wusste schon Bescheid.

»Ich hab sie gefunden«, flüsterte ich.

Meine Mutter wickelte sie wieder ins Handtuch ein, stand auf und holte ihren Mantel und ihre Stiefel.

»Ich hole Hilfe«, sagte sie, und dann war sie weg. Ihr Handy hatte sie in der Manteltasche. Ich dachte, dass sie hinausgehen würde, um den Notarzt anzurufen, aber sie kam nicht zurück. Stundenlang blieb sie weg. Ich dachte, es sei wichtig, dass ich in der Zwischenzeit blieb, wo ich war. Ich drückte Katherine an mich, streichelte ihr den Rücken durchs Handtuch. Ich dachte, es wäre wichtig, dass ich ihren Kopf immer stützte, also blieb ich so still sitzen, dass meine eingeschlafenen Glieder prickelten und piksten. Ich musste auf die Toilette, aber ich wusste, dass ich mich nicht bewegen durfte. Ich sah, wie die Lichter in den Wohnungen gegenüber angingen, wie die Fernseher losflackerten, die Leute die Vorhänge vorzogen. Ich hielt Katherines Kopf ganz still, und nach einer Weile hatte ich mir wohl sogar eingeredet, dass mein Herz nicht alleine klopfte.

Meine Mutter war nüchtern, als sie heimkam. Sie musste sich den Finger in den Hals gesteckt und sich das Gesicht gewaschen haben. Sie hatte eingekauft, was mich verwirrte, eine Tasche mit abgepackten Salamiwürstchen und Orangensaft und einer Dose Bohnen, die die Plastiktüte aufzuschlitzen drohten. Ich hörte, wie sie sich im Flur mit jemandem unterhielt – »Ich setz gleich mal den Wasserkessel auf« –, und ich erkannte die Stimme von Mandy vom unteren Abschnitt unserer Straße, die meiner Mutter manchmal die Haare machte, dann tanzte sie immer zu Radio 1 mit den Plastikhandschuhen und der Flasche mit der Tönung und einer Flasche Wein.

»Warum sitzt du hier im Dunkeln, Judy? Geht es dir gut?« Meine Mutter klang munter und überrascht. Ich konnte mich nicht rühren. Ich versuchte es, aber meine Beine waren immer noch eingeschlafen, und als ich versuchte, aufzustehen und Katherine dabei aufrecht zu halten, stolperte ich. Meine Mutter schaute ganz besorgt ins Badezimmer. Das Wasser musste bis dahin schon kalt geworden sein, aber das Mandelöl konnte man immer noch riechen.

»Judy? Wo bist du?«

Sie schaltete das Licht im Wohnzimmer an, und ich hielt ihr das Handtuch hin.

»Mum?«

Da schrie meine Mutter. Aber bevor sie losschrie, schaute sie mich an, und ich sah ihre Augen. Ich bin wie sie, dachte ich. Genauso schnell. Sie hatte Mandy überhaupt nicht mitgebracht, damit sie ihr half. Sie hatte sie als Zeugin mitgebracht.

Dann war Mandy im Zimmer, und sie schrie ebenfalls, und auf einmal wurde das graue Dämmerlicht, das das tote Gesicht meiner Schwester verhüllt hatte, von Licht und Lärm zerrissen, dann kamen die Sirenen und die Männer mit den steifen Jacken, irgendjemand machte Tee, und irgendwo konnte man immer noch Mandy weinen hören.

»Helft ihr auf die Beine.«

»Na komm, mein Schätzchen.«

»Sie hat sich eingenässt.«

»Na komm. Schön langsam.«

»Das ist der Schock«, wiederholte Mandys Stimme, »der Schock.« Aber die Arme meiner Mutter hielten mich umschlungen, und als ich anfing zu würgen und zu kämpfen, als sie mir Katherine wegnahmen, um ihre Leiche auf die Bahre zu legen, hielt sie mich fester als je zuvor in meinem Leben. Ihr eigener Körper zitterte auch, aber ihre Arme waren fest um meinen Rücken geschlungen, sodass ich nicht sprechen konnte, mein

Gesicht war fest in ihren Bauch gepresst, in dem einmal meine Schwester gewesen war, und sie sagte die ganze Zeit: »Es ist nicht deine Schuld, Judith. Es war nicht deine Schuld.«

Ich behauptete, dass ich mich nicht richtig erinnern konnte, was passiert war. Die Sozialarbeiterin und die Polizistin und die Psychologin fragten mich alle, ob meine Mutter weggegangen war, als ich von der Schule kam, und ich sagte Ja. Ich war zwölf, also war es nicht mal illegal. Und ob ich meine Schwester gebadet hätte? Ich sagte Ja. Ich hatte zu viel Öl ins Wasser getan, vielleicht war ich ausgerutscht. Ich sagte, ich könnte mich nicht erinnern, was danach passiert war. Ich hatte genug von den Seifenopern meiner Mutter mit angeschaut, um mich mit Traumata auszukennen. Das Gehirn blockiert einfach die Dinge, die so schrecklich wären, dass sie einen umbringen würden, wenn man sich an sie erinnern könnte. Ich wusste, warum meine Mutter es getan hatte. Sie wäre ins Gefängnis gekommen, und ich wäre in einem Heim gelandet. Und zwischen all den Fragen und den Tests und den Nachbarn, die am Tag der Beerdigung draußen standen, den Karten und Blumensträußen, dachte ich manchmal, dass ich es vielleicht wirklich gewesen war. Ich war nicht ins Badezimmer gegangen, weil ich zu viel Angst gehabt hatte.

»Es ist nicht ihre Schuld«, wiederholte meine Mutter immer wieder, und alle sagten, wie tapfer sie war und wie toll sie damit zurechtkam. Die Gemeinde wies uns wieder eine andere Wohnung in einem anderen Block zu. Sie meinten, jetzt bräuchten wir das zweite Kinderzimmer ja nicht mehr, und ich musste die Schule wechseln. Aber es hatte im *Echo* gestanden, und der Cousin von irgendjemandem war an meiner alten Schule, und als ich eine Woche dort war, wusste es schon jeder. Die Jungs fingen an, sich zu bekreuzigen, wenn ich im Flur vorbeiging, als wäre ich ein Vampir.

Die Psychologin hatte mich gefragt, ob ich eifersüchtig auf sie gewesen wäre. Auf meine Schwester, mit ihren feuchten Augen, die wie Blumen gewesen waren.

27. Kapitel

»Das Öl?« Da Silva schaute mich geduldig und neugierig an. In dem Moment merkte ich erst, dass ich eine ganze Weile nichts mehr gesagt hatte.

»Bitte helfen Sie mir«, flüsterte ich. »Ich weiß nicht, was Sie wollen.«

»Vor zwei Jahren haben Sie in Rom einen Mann umgebracht, den Sie unter dem Namen Cameron Fitzpatrick kannten. Geben Sie das zu?«

»Ja.«

»Dann haben Sie ein Gemälde mitgenommen, das dieser Mann verkaufen wollte, und haben es an einen anderen Mann verkauft, der Ihnen als Moncada bekannt war. Geben Sie das zu?«

»Ja.«

»Etwas später wurde Moncada in Paris ermordet. Ich glaube, Sie waren auch anwesend.«

»Das stimmt.«

»Seitdem haben Sie hier gewohnt, unter einem – entschuldigen Sie mein Englisch – unter einem Decknamen?«

»Das ist richtig.«

»Warum haben Sie Alvin Spencer getötet?«

Ich hatte stumpfsinnig geantwortet, in einem halb abwesenden Geisteszustand, aber diese Frage riss mich ein wenig heraus. Hier stimmte doch was nicht. Sollte nicht noch jemand anders hier sein? Warum hatte er mich nicht nach Renaud, seinem Kollegen, seinem Waffenbruder, gefragt? Er hatte einen perfekten Tatort, ein Geständnis, eine Beschuldigte, die er tatsächlich in Gewahrsam hatte. Warum hatte er noch nicht die Handschellen rausgeholt?

»Brauche ich einen Anwalt?« Idiotische Frage, hatte ich aus dem Fernsehen.

»Im Moment noch nicht, es sei denn, Sie möchten gern, dass ich Sie verklage. Bitte fahren Sie fort. Warum haben Sie Alvin Spencer umgebracht?«

»Alvin kannte jemanden. Jemanden aus meiner Vergangenheit. Ich hielt ihn für eine Bedrohung. Aber ich konnte nicht … ich war nicht in der Lage …« Meine Gedanken schweiften ab. Ich war nicht in der Lage gewesen, die Leiche zu entsorgen, weil ich wusste, wenn ich das in diesem Augenblick versuchte, würde ich einknicken. Und das konnte ich mir einfach nicht leisten. Deswegen hatte ich gedacht, dass ich einfach eine Woche oder so abwarten würde, bis ich die Kraft aufbrachte. Aber dann war Elena auf den Plan getreten, und Mascha wurde ermordet, und dann fehlte mir immer noch die Kraft. Ich hatte ihn einfach – dort sitzen lassen.

Da Silva griff in seine Tasche. Ich nahm an, dass er ein offizielles Anklageprotokoll hervorziehen würde, mir meine Rechte vorlesen würde, die Szene, die wir alle so gut kennen, doch stattdessen zog er ein Taschentuch heraus und reichte es mir.

»Hier.« Mein Gesicht und der Kragen meiner Jacke waren ganz nass. Ich hatte die Tränen gar nicht gespürt. Ich putzte mir explosionsartig die Nase.

»Ich habe viele Fragen, die ich Ihnen stellen muss. Wir können im Auto reden.«

»Im Auto?« Ich hatte angenommen, dass wir nach Rom fahren würden. Da Silva gehörte der römischen Abteilung der

Guardia an – vielleicht konnte er mich hier ja gar nicht verklagen. »Muss ich mitkommen?«

»Sie können mich begleiten, oder ich kann Sie verhaften. Das können Sie sich aussuchen.«

So wie ich mich in diesem Moment fühlte, hätte ich mich nur zu gern auf den Boden gelegt und wäre im orangen Overall wieder aufgewacht, aber andererseits hatte ich ja keine anderweitigen Verpflichtungen.

»Dann komme ich mit.«

Er ging um den Tisch und zog höflich meinen Stuhl für mich zurück, als wären wir beim Abendessen in einem schicken Restaurant. Als er sich vorbeugte, schwang seine Jacke zurück. Er trug eine Waffe. Eine Caracal F, um genau zu sein. Die Standardwaffe der Guardia di Finanza. Die Polizei hatte im Futura-Schützenverein in Rom vor ein paar Jahren einmal demonstriert, was sie alles konnte. Außerdem war sie die Lieblingswaffe der Mafiosi, wie sich sehr deutlich zeigte, als der Polizei-Van mit dem ganzen Waffenarsenal, das bei der Vorführung verwendet worden war, entwendet wurde und auf Nimmerwiedersehen verschwand – zur großen Beschämung der Guardia und der schäumenden Wut des *Corriere delle Sera*.

Moncadas Waffe. Ich wusste, wie sie mir in der Hand lag, war vertraut mit ihrem Gewicht. Die Waffe, die ich in Paris unbenutzt wieder zerlegt hatte. Ich zuckte, als ein so jäher Adrenalinstoß durch meinen Körper pulsierte, dass ich ins Stolpern kam.

»Geht es Ihnen nicht gut?«

»Nein. Alles bestens. Ein bisschen schwindlig. Wir können schon gehen.«

Ich ließ meinen Kopf im Mantelkragen versinken, als ich in den Korridor hinausschlich. Zeig es ihm nicht, dachte ich. Die Frage, die ich in St. Moritz begraben hatte, kam jetzt wieder an die Oberfläche: Woher hatte Kazbich Bescheid gewusst? Ich hatte gedacht, dass Kazbich und Moncada bei ihrem Kunst-gegen-Waffen-Handel unter einer Decke gesteckt hatten und dass Kazbich da Silvas Namen nur von Moncada gehört haben konnte. Aber wenn Moncada und da Silva nun auf derselben Seite waren? Wenn da Silva ein Doppelagent war, ein Polizist, der für die Mafia arbeitete? Wenn er die ganze Zeit schon involviert gewesen war? Bravo, Judith. Wieder danebengelegen.

Die ganze Zeit – während da Silva mir ins Boot half, während der Fahrt zurück zu San Basilio, wo die einzige Straße beginnt, die von Venedig zum Festland führt – zergliederte ich die Fakten und betrachtete die Einzelteile.

Wer hatte gewusst, dass Moncada an jenem Abend im Hotel an der Place de l'Odéon sein würde? Moncada selbst und ich. Renaud, Guiche. Balensky. Kazbich. Da Silva. Da Silva hatte Kazbich mit den »Geistern« ausgeholfen. Da Silva hatte den Caravaggio aufgehängt. Er wusste Bescheid.

Kunst gegen Waffen. Da Silva hatte demselben Ermittlungsteam angehört wie Renaud, das mit dem Wiederfinden gestohlener Kunstwerke in Süditalien betraut war. Einer ihrer Einsätze hatte mit dem Tode mehrerer Kollegen durch einen Bombenanschlag geendet. Ich hatte angenommen, hatte geglaubt, dass Moncadas Tod die Rache von Renaud gewesen war, der damit seinen Kollegen Ehre erweisen wollte. Ich hatte ihn zu Moncada geführt, und danach hätte er mich ausgeliefert. Aber ich war eine Weile verschwunden, bis ich schließlich die Gentileschi Gallery in Venedig eröffnete, wo sie mich aufgespürt hatten.

Ich hatte ihnen diese dämliche SMS geschickt:

Sagt euch der Name Gentileschi irgendwas?

So hatte Kazbich meine Galerie aufgespürt. Weil nur da Silva ihre Bedeutung kannte. Die Waffe hatte es mir endgültig klargemacht. Der Grund, warum ich den Caravaggio nicht zurückgegeben hatte, die Person, der Zeuge, den ich vergeblich gesucht hatte, war da Silva gewesen.

An den Docks wurden wir zu einem Auto gebracht, einer dunklen Limousine mit Chauffeur. Das Flutlicht zwischen den Kränen beleuchtete sie gnadenlos. Ich konnte erkennen, dass der Wagen ein römisches Nummernschild trug. Da Silva bedeutete mir, neben ihm auf dem Rücksitz Platz zu nehmen. Er drückte auf einen Knopf, und die Fahrgastzelle wurde durch eine Plexiglasscheibe geteilt, wie bei einem Londoner Taxi. Wir steuerten die Brücke nach Mestre an, und da Silva lehnte sich zurück.

»Wie geht es Ihrer Frau?«, fragte ich plötzlich.

»Meiner Frau?«

»Sie haben mir von ihr erzählt, als wir uns in Como kennengelernt haben. Francesca.«

Francesca – Franci – hatte mich zu Renauds wahrer Identität geführt. Ich hatte sie auf Facebook gestalkt, hatte mich mit ihr angefreundet und Bilder von der Taufe ihres Kindes gefunden, auf denen auch Renaud zu sehen war. Man musste es ihm lassen, da Silva ließ sich keine Überraschung anmerken.

»Es geht ihr … sehr gut. Aber jetzt müssen Sie, glaube ich, mit mir sprechen.«

Das Problem an der tapferen Entscheidung ist leider, dass sie nie sonderlich unterhaltsam ist. Ich setzte mich auf, löste langsam mein Haar, ließ es über die Schultern fallen, fuhr mir mit der Fingerspitze über die Lippen. Dann wechselte ich ins Italienische.

»Nein, das glaube ich nicht. Vielmehr glaube ich, dass Sie mit mir sprechen müssen.«

»Warum glauben Sie das?«

»Sagt Ihnen der Name Gentileschi irgendetwas?«

»Ich glaube, das ist der Name Ihrer Galerie, *Miss Teerlinc*.«

»Ich habe diese Frage schon einmal gestellt. In einer SMS,

vom Handy eines Mannes, den ich unter dem Namen Renaud Cleret kannte. Das wissen Sie auch. Ich will wissen, woher Ivan Kazbich es wusste. Ich will wissen, woher Sie wussten, was in meiner Wohnung war. Ich will wissen, warum Sie mich nicht wegen Mordes verhaftet haben. Denn ich glaube, ich kenne die Antworten.«

Ich dachte mir, wenn es bei dieser kleinen Fahrt mit rechten Dingen zugeht, würde er mich für wahnsinnig halten und mich verhaften, sobald wir ankamen, wohin auch immer wir gerade unterwegs waren. Und wenn er korrupt war, konnte er den Gorilla am Steuer anhalten lassen und mich direkt an der Autobahn umbringen. Im Moment kam mir diese Option ziemlich entspannend vor.

Da Silva starrte stur geradeaus.

»Und Ihr Kumpel? Mein Freund in Paris? Warum haben Sie mich noch nicht nach ihm gefragt?«

Da Silva drückte einen Knopf, die Scheibe glitt herunter und ließ einen eiskalten Schwall venezianische Luft herein. Er holte eine Zigarette heraus und steckte sie sich an. Ich lehnte ab, als er mir die Schachtel hinhielt, Rauchen im Auto mag ich überhaupt nicht. Er nahm einen langen Zug, dann stieg ein dünnes Band aus Rauch aus seiner Kehle.

»Sagen wir einfach, dass Sie mir da einen Gefallen getan haben.«

Das musste ich erst mal verdauen.

»Aber wohin fahren wir denn jetzt?«

»Das werden Sie schon sehen.«

Auf dem Festland zog sich die Autobahn durch die Nacht. Einmal hielten wir an einer Raststätte. Da Silva verlangte, dass ich ihm mein Handy gab, bevor ich auf die Toilette ging. Wir streckten uns und rauchten und fuhren dann weiter, und als ich wegzudösen begann, sah ich, dass wir die unsichtbare Linie überschritten hatten, die sich quer durch Italien schlängelt, ab der die Olivenbäume beginnen. Danach rollte ich meine Jacke zu einem Kissen zusammen, drehte da Silva den Rücken zu und schlief.

Ich wachte erst auf, als die Wärme des Tageslichts auf meine Lider traf, doch ich ließ sie zu, spürte den Bewegungen des Autos nach, fühlte, wie es immer öfter stehen blieb, weil es langsam in dichteren Verkehr kam. Ich drehte mich mit steifen Gliedern um und vergrub mein Gesicht im Kissen, bis wir langsamer wurden und ganz stehen blieben. Da Silva berührte mich an der Schulter.

»Wir sind da.«

Nachdem wir uns gestreckt hatten, standen wir auf einem Betondock, und der Wind trug uns stoßweise den Geruch von altem Fisch und Motoröl zu. Die stickige Feuchtigkeit von Venedig war einer klaren Meeresbrise gewichen. Hinter dem Dock sah man eine betonierte Promenade und zwei traurige vertrocknete Palmen. Eine Reihe von verwahrlosten Betonblocks, von denen die Farbe abblätterte und die mit schrottreifen Balkonen versehen waren, drängte sich um eine Kirche mit weißen Stuckverzierungen. Der Fahrer nahm unsere Taschen aus dem Kofferraum, und ich stand müßig neben ihm herum.

»Hier entlang.«

Ich drehte mich um und betrachtete die kleine Stadt, die von hohen, trockenen Hügeln gesäumt war. Von einem dieser Hügel ragte wie ein verfaulter Zahn eine Konstruktion heraus, die aussah wie eine nicht zu Ende gebaute Autobahn.

»Wo sind wir?« Ich kam mir vor wie Alice im Scheißwunderland.

»Kalabrien. Ich erklär's Ihnen später. Erst holen wir uns einen Kaffee.«

Da Silva gab dem Fahrer einige Anweisungen, woraufhin

dieser mit unseren Sachen weiterfuhr. Ich folgte da Silva über die Promenade. Ein alter Mann starrte uns gleichgültig von seinem Balkon an. Sobald man die Hafenfront hinter sich gelassen hatte, gab die Stadt sämtliche Bemühungen auf, die Atmosphäre einer heiteren Küstensommerfrische zu verbreiten: Die meisten Läden standen leer, bis auf einen Supermarkt, ein Lokal mit lauter Spielautomaten und ein Geschäft, in dem E-Zigaretten verkauft wurden. Zwischen den Laternenpfählen waren Leinen mit billigen kirschroten Wimpeln gespannt. Wir gingen in eine leere Bar, von deren Fernseher eine Spielshow auf voller Lautstärke plärrte und wo es nach frischem Kaffee und Brioches und Zitronen und Abfluss roch. Wir setzten uns an einen Tisch ganz hinten, und da Silva nickte dem Barmann zu. Die beiden schienen sich zu kennen.

»Haben Sie Hunger?«

»Nein«, erwiderte ich unwirsch. Doch der Barmann blieb in unserer Nähe stehen, also bestellte ich mir einen Cappuccino. Als wir allein waren, fuhr ich mit meinem Löffel über den Milchschaum, vor und zurück.

»Sie haben es also die ganze Zeit gewusst? Sie haben gewusst, dass ich das war, in Rom?«

»Ich war mir nicht ganz sicher. Die Vorstellung, die Sie da abgeliefert haben, war schon ganz schön gut. Aber dann tauchten Sie in Paris auf, und … Sagen wir einfach mal so: Es war rundum eine ganze Menge los. Und Sie sind mittenrein marschiert.«

Ich hatte gemeint, ein Spiel zu spielen, dessen Regeln ich alle selbst gemacht hatte. Dabei war ich in Wirklichkeit in ein anderes Spiel hineingestolpert, das schon lange vorher begonnen hatte und dessen Regeln sich mir nicht erschlossen hatten.

Da Silva und Moncada. Kunst gegen Waffen. Die ganze Zeit.

»Insofern, ja«, fuhr er ruhig fort, »ich weiß einiges. Ich kann mir aber gut vorstellen, dass Sie mir noch viel mehr zu erzählen haben. Wir haben Zeit.«

Auf einmal befiel mich Atemnot, ich rang nach Luft. Als ich einen Schluck Kaffee nahm, hustete ich ihn wieder auf die Tischplatte. Der Barkeeper sah sich um, halb genervt, halb besorgt.

»Entschuldigen Sie. Ich brauche ein bisschen frische Luft.«

»Selbstverständlich. Wie gesagt, wir haben Zeit.«

Ich stellte mich an die Tür und schaute die Straße hinunter. Eine Gruppe von Kindern ging vorbei, dick eingemummelt, obwohl es überhaupt nicht kalt war. Sie trugen Pakete von einer Bäckerei. Ein paar von ihnen hatten bereits die dünne Verpackung aufgerissen und angefangen, sich die Leckereien in die überfütterten Gesichter zu schieben. Marzipan. Winzige Gemüse, Karotten und Auberginen, Trauben, ein Mini-Panettone mit kleinen Tröpfchen aus Lebensmittelfarbe. Die macht man im Süden zu Weihnachten. Ich schlenderte wieder zur Promenade und schaute eine Weile aufs Meer, aber das Wasser hatte mir nichts zu erzählen. Es gab keinen anderen Ort, an den ich hätte gehen können.

Da Silva erwartete mich vor der Bar. Er fasste mich beim Arm. »Wir gehen hier entlang.«

Eine Weile gingen wir die Hauptstraße entlang und ließen die kleine Stadt hinter uns. Ein paar Autos fuhren vorbei. Vielleicht hielten uns die Insassen für ein Paar, das am Feiertag einen Spaziergang machte. Nach ungefähr zwanzig Minuten dirigierte mich da Silva auf einen unbefestigten Weg, der sich zum Meer hinunterschlängelte. Plastiktüten und Getränkedosen hatten sich zu beiden Seiten des Pfades im dornigen Gestrüpp verfangen. Dann kamen wir zu einer Bucht, in der noch mehr Abfall lag. Hier schlugen die Wellen ans Ufer, ihr Rauschen wurde jedoch von Motorengeräuschen fast übertönt. Hier war eine riesige Betonplattform ins Meer hinaus gebaut worden, vermutlich eine Kläranlage, denn aus dem Betonbau auf der Plattform ragte ein riesiges rotes Rohr in die Wellen und verlief bis zu einem Tanker, der ungefähr in hundert Meter Entfernung zum Strand festgemacht war. Das Rohr schaukelte auf dem Meer wie die Tentakel eines Riesentintenfischs. Ich musterte die Schiffsdecks, aber sie waren genauso leer wie der Strand. Da Silva führte mich zu der Anlage, auf die Landseite, wo uns niemand vom Schiff aus hätte sehen können und wo der Turbinenlärm am größten war. Ich roch Öl und Pisse und irgendwo, als sich der Wind leicht drehte, den schwachen Geruch von Mandeln.

Ich hatte den Gedanken schon gehabt, bevor er die Caracal herausholte.

»Also, ich lasse Ihnen die Wahl«, begann er.

»Ja, ja. Mittlerweile bin ich auch dahintergekommen, dass Sie korrupt sind, also werden Sie mich jetzt umbringen. Schönen Ort haben Sie sich ausgesucht. So nah bei Ihren Kumpels – in Kalabrien.«

»Genau. Oder …«

Ich hatte geglaubt, ein Spiel zu spielen, doch dann hatte sich herausgestellt, dass es ein völlig anderes war. Aber der Haken ist einfach der, dass ich es nicht leiden kann, wenn jemand mit gezinkten Karten spielt. Kann schon sein, dass ich eine verrückte Eigenbrötlerin bin, aber irgendwie hab ich doch immer diesen Grundgedanken, dass es *fair* zugehen sollte. Bis ich gemerkt hatte, wie die Dinge wirklich standen, hatte ich eine Art von konfuser Gleichgültigkeit empfunden, ein Nachhall der Trägheit, die sich langsam in mir ausgebreitet hatte, nachdem ich Alvin ertränkt hatte. Die arme kleine Judith, wie gelähmt von ihrem Trauma. Aber jetzt – jetzt war ich sauer. So richtig scheißensauer.

»Was für eine Wahl habe ich denn?«

Ich machte einen winzigen Seitwärtsschritt zum Rand der Plattform, dann noch einen. Er folgte meiner Bewegung mit der Waffe.

»Bilden Sie sich bloß nicht ein, Sie könnten jetzt schwimmen gehen«, murmelte er. »Die Strömung da draußen würde Sie morgen früh in Gallipoli anschwemmen. Was meinen Sie denn, warum wir hier sind?«

»Weil es Ihnen an Fantasie fehlt?«

»Entweder machen wir hier ein Ende – oder Sie kommen mit mir zurück in die Stadt, und wir schauen, ob wir nicht eine Weile zusammenarbeiten könnten.« Seine Hand war ebenso ruhig wie seine Stimme. Seltsam, da hatte ich monatelang geglaubt, dass jemand versuchte, mich umzubringen, und jetzt, wo wirklich jemand vor mir stand, der versuchte, mich umzubringen, fühlte es sich an wie eine Enttäuschung.

»Zusammenarbeiten?«, zischte ich.

»Ich hab da etwas, was Sie für mich machen sollen. Und dann würde ich Sie laufen lassen, Judith.«

Ich hätte an meine Schwester denken können oder an meine Mutter. An alles, was ich getan hatte, an alles, was geschehen war, um mich bis zu diesem Punkt zu führen, an alles, was ich gewesen war, und alles, was aus mir geworden war. Aber ich tat es nicht.

»Na, dann los. Tun Sie's. Tun Sie's. Machen Sie's einfach.«

Er hob die Waffe und zielte auf mein Herz.

Danksagung

Ein Dankeschön an The Tosh, an Errikos für die Hacker und an meine großartigen Verleger Joel Richardson und Tara Singh-Carlson für ihre unglaubliche Geduld.

Lieber Leser,

ich freue mich sehr, dass Sie sich *Domina* ausgesucht haben, ich hoffe, das Buch gefällt Ihnen.

In *Maestra* wurde die Figur Judith Rashleigh eingeführt, eine junge, ehrgeizige Kunstexpertin, die in dem Auktionshaus, für das sie tätig ist, einen Betrug aufdeckt. Für ihre neugierigen Fragen wird sie gefeuert, und als sie in ihrer Verzweiflung in der Bar, in der sie nachts als Hostess arbeitet, das Angebot eines Kunden annimmt, mit ihm eine Reise zu machen, offenbart sich ihr ein ganz neuer Weg, ihre Träume zu verwirklichen ... *Domina* setzt an dem Punkt ein, als Judith bereits eine eigene Galerie in Venedig eröffnet hat, doch dann droht ihre Vergangenheit sie wieder einzuholen.

Als ich begann, Judiths Geschichte niederzuschreiben, reizte es mich, mit den Gesetzen des Noir-Genres zu spielen und eine ganz neue Art von Antiheldin zu schaffen. Ich wollte, dass die Leser für sie Partei ergreifen, obwohl sie kriminelle Handlungen begeht, dass sie sich zusammen mit ihr im Glanz und Glamour ihrer Welt verfangen, obwohl sie ihre Charakterfehler sehen. *Maestra* hat ein paar sehr heftige Reaktionen ausgelöst, positive wie negative – manche empfinden Judith als einen starken Charakter, während andere sie … nun, im Grunde so richtig hassen. Es mag seltsam klingen, aber mir gefallen beide Reaktionen, weil sie eben zeigen, dass der Leser sich richtig mit dem Buch auseinandergesetzt hat.

Ob *Domina* die Sichtweise der Leser auf Judith wohl verändern wird? Als ich anfing, den Plot zu entwickeln, begann ich mit dem Ausspruch: »Am Ende des Begehrens steht der Tod.« Was passiert mit Judith, wenn sie tatsächlich kriegt, was sie will? Und wenn sie es schützen muss, vielleicht sogar unter Einsatz ihres eigenen Lebens – wird sie es dann noch wollen?

Es war ein Riesenspaß, *Domina* zu schreiben, nicht zuletzt, weil ich dafür ziemlich interessante Recherchen anstellen musste. Ich habe Hacker interviewt und einen echten Waffenhändler, ich bin nach Belgrad und Venedig gereist, und ich habe viel Zeit mit Caravaggio verbracht, einem meiner Lieblingsmaler. Ich habe sogar angefangen, Russisch zu lernen, wenn auch mit eher kläglichem Ergebnis. Die Geschichte ist temporeich, energiegeladen, düster und manchmal komisch, und ich hoffe, dass sie den Leser bis zur letzten Seite immer wieder überrascht.

Die Grundstimmung in *Domina* ist eine andere als die in *Maestra*. Ich würde gerne erfahren, welche Ihnen besser gefallen hat und wie sich Ihrer Meinung nach die Geschichte im dritten und letzten Teil weiterentwickeln wird. Schreiben Sie mir eine Mail unter LS.Hilton@myreadersclub.co.uk und treten Sie dem LS Hilton Readers' Club bei. Dort finden Sie eine Menge Zusatzmaterial, vom Hintergrund zu den Kunstwerken bis hin zu einem Reiseführer, der an Judiths Abenteuer angelehnt ist. Bonnier Zaffre wird Ihre Daten privat und vertraulich behandeln, und sie werden niemals an einen Dritten herausgegeben.

Wir werden Sie nicht mit Fluten von E-Mails zuspammen, wir werden uns nur ab und zu melden, wenn es Neuigkeiten zum Buch gibt, und Sie können Ihr Abonnement natürlich jederzeit beenden.

Ich freue mich darauf, von Ihnen zu hören, wie Ihnen *Domina* gefallen hat.

Mit herzlichen Grüßen
Lisa